KB122347

한 권으로 끝내는

금병매

한 권으로
끝내는

금병매

金瓶梅
小說

● 소소생 지음

파주북

『금병매金瓶梅』는 『삼국지三國志』, 『수호지水湖志』, 『서유기西遊記』와 함께 중국 사대기서四大奇書 중 하나로 손꼽히는 책으로, 명조明朝 중기인 16세기 말엽의 작품이라고 한다. 고대소설이 대체로 그렇듯 처음에는 사본 형태로 전해져 오다가, 1617년도에 만들어진 『금병매사화金瓶梅詞話』라는 판본이 1933년에 발견되었는데, 작자가 소소생笑笑生으로 되어 있기는 하나 필명에 불과할 뿐이다.

　『금병매』라는 제목의 유래에는 두 가지 설이 있다. 첫 번째는 서문경의 여섯 부인 가운데 다섯째 부인 반금련潘金蓮, 여섯째 부인 이병아李瓶兒, 반금련의 몸종인 춘매春梅의 이름 가운데 글자를 하나씩 땄다는 설이고, 또 하나는 금金은 돈을, 병瓶은 술을, 매梅는 여색을 상징하는 함축적인 제목이라는 설이다.

　『금병매』는 민간전설이나 역사적 사건에서 유래하지 않은 중국 최초의 사회소설로, 『수호지』의 한 대목인 '무송武松 이야기'에서 소재를 가져와 창작을 한 소설이기 때문에 시대 배경은 송조宋朝로 되어 있다. 하지만 이 책이 처음 씌어졌던 명조明朝의 사회상과 풍습이 주인공 서문경西門慶의 일대기를 통해 그대로 반영되어 있다.

이야기는 서문경이 쾌락을 위해 온갖 악행을 저지르는 경과를 중심으로 해서 그의 주위를 둘러싸고 있던 여러 여자들의 일상을 통해 당시 사회에 만연했던 부패상을 여실히 보여주고 있다. 특히 주인공인 서문경이 천하의 호색한인지라 남녀의 색정에 관한 생생한 표현이 수없이 많아 음서로 치부되기도 했지만, 이러한 선정적인 부분들은 쾌락의 덧없음을 나타내려는 작가의 도덕적 의도가 드러나는 부분이라고 여기는 견해도 있다.

그래서 근래에는 그 문학적 가치가 인정되어 재평가를 받게 되었고, 장편소설의 형태로 당시의 사회상과 생활상을 지극히 사실적으로 표현한 문학성 높은 작품이라는 평가가 지배적이다. 특히 중국의 대작가인 노신魯迅은 "동시대의 소설 중에 금병매를 능가할 작품이 없다"고 했으며, 마오쩌둥毛澤東 역시 "금병매는 진정한 명나라의 역사를 묘사한 소설"이라 평했다.

총 100회분에 달하는 『금병매사화』를 한 권으로 추리면서, 무엇보다 중점을 둔 것은 비슷한 사건의 반복을 피하면서 균형 있는 흐름을 유지하는 것이었다. 때문에 대상을 바꾸었을 뿐인 비슷한 내용이 배제되었고, 서문경의 죽음과 함께 이 소설의 끝을 맺게 되었다.

과연 이 책 『금병매』가 시정의 골계소설인지, 아니면 한 사회의 실태를 투영한 문학작품인지의 판단은 독자의 몫으로 남기면서…….

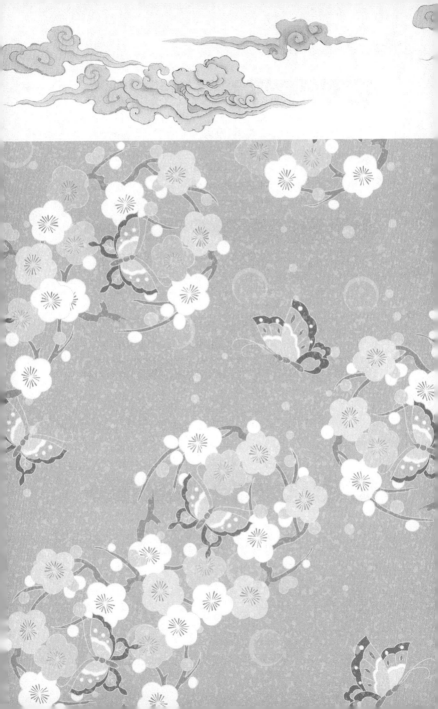

1장

일그러진 욕망

● 호랑이를 잡은 사나이

때는 중국 송나라 휘종徽宗 황제 때의 일이다. 무능한 휘종이 고구·양전·동관·채경 등의 간신들을 지극히 총애한 까닭에 국정은 그야말로 말이 아니었다. 부패와 부정이 만연했고 백성들은 도탄에 빠져 있었으며 사방에서는 도적이 들끓었다.

특히 도적들 중에서도 산동山東의 송강宋江, 회서淮西의 왕경王慶, 하북河北의 전호田虎, 강남江南의 방랍方臘 등 네 도적의 세력이 가장 컸는데, 모두가 약탈과 살인을 일삼는 가운데 유독 송강만큼은 약한 백성들을 돌보고 못된 관리를 주륙함으로써 그 이름을 떨치고 있었다.

이 무렵 산동 양곡현陽谷縣에 무대武大와 무송武松 형제가 살고 있었다. 무송은 칠 척 거구에 힘이 장사인데다 창술과 봉술에도 뛰어난 반면, 무대는 오 척도 채 못 되는 난장이에다 줏대도 없고 머리도 둔한 팔푼이였다. 형제 모두 심성이 바르고 성실한 까닭에 동리에서는 칭찬이 자자했다.

그러던 어느 날, 무송이 술에 취해 본청의 기밀관원을 말다툼 끝에 때려눕히는 일이 벌어졌다. 무송은 기밀관원이 죽은 줄로만 알고 그 길로 도망쳐, 창주滄州 횡해군橫海郡에 있는 소선풍小旋風 시진柴進에게 몸을 의탁했다. 시진은 후주後周의 황제인 시세종柴世宗의 적손으로, 의를 중히 여기고 천하의 호걸들과 사귀기를 좋아하는 인물이었다.

시진은 무송의 사람됨을 알아보고 기꺼이 자기 집에 머물러 있게 했는데, 어쩌다 무송이 학질에 걸리는 바람에 1년 가까이 그곳에 눌러 있게 되었다. 그러던 중 죽은 줄로만 알았던 기밀관원이 멀쩡히 살아 있다는 소식을 들은 무송은, 문득 형 무대의 일이 궁금해져 고향으로 돌아가기로 마음을 먹었다.

시진에게 작별을 고한 무송은, 밤낮을 부지런히 걸어 며칠 만에 양곡현 어귀에 이르렀다. 때는 한낮으로, 심한 갈증을 느끼며 두리번거리던 무송의 눈에 주점이 하나 들어왔다. 주점의 문 앞에는 '어두워지면 절대 고개를 넘지 말 것'이라고 쓰인 깃발이 내걸려 있었다.

대수롭지 않게 여긴 무송은 안으로 들어가 자리를 잡고 앉아 술과 안주를 청했다. 그런데 무송이 수육을 안주 삼아 술 세 사발을 연달아 비우자, 주인은 더 이상은 술을 줄 수 없다고 하는 게 아닌가. 무송은 의아해 하며 그 까닭을 물었다.

"저희 집 술은 처음에는 향기가 좋고 순한 것 같지만 잠시 후엔 술기운이 바짝 오를 것입니다. 누구든 세 사발을 마시면 취하지 않는 이가 없으니, 이 앞의 고개는 다 넘어간 것이지요."

"그런 소리 말고 어서 술이나 주시오. 이미 세 사발을 마셨지만 보다시피 끄떡없지 않소?"

과연 무송이 세 사발이나 마시고도 얼굴빛 하나 변하지 않은 것을 본 주인은 다시 연이어 세 사발을 더 주었다.

"거참, 술맛 한번 기막히구려. 뭐하시오? 어서 더 따르지 않고."

주인은 무송이 그 독한 술을 연거푸 여섯 사발이나 마시고도 끄떡없는 것을 보고는 못내 어이없어 하며, 그가 청하는 대로 수육 두 근을 더 썰어 내오고 술도 다시 세 사발을 더 부어 주었다. 그렇게 해서 무송은 모두 열다섯 사발을 마시고서야 자리에서 일어났다.

"어떻소, 끄떡없지 않소?"

무송이 껄껄 웃으며 문을 나서자, 주인이 황급히 따라 나오며 말했다.

"지금 고개를 넘으려는 것입니까? 참으십시오. 저 고개가 바로 그 유명한 경양강景陽岡으로, 요즘 호랑이가 자주 출몰하는 바람에 벌써 수십 명이나 목숨을 잃었답니다. 현청에서도 사냥꾼들을 풀어 호랑이를 잡으려고 애를 쓰고는 있습니다만 그것도 여의치 않은 모양입니다. 그래서 이곳 사람들은 반드시 여럿이 모여야, 그것도 밝은 대낮에만 고개를 넘고 있습니다. 이제 곧 날도 저물 텐데 어디를 넘겠다고 그러십니까? 오늘은 저희 집에서 쉬시고, 내일 사람들이 좀 모이면 함께 넘도록 하시지요."

"이거 왜 이러시오? 내 이제껏 경양강을 수십 차례 넘어 다녔지만 호랑이가 나온다는 말은 들어 보지 못했소. 보아하니 숙박비라도 건질 심산인가 본데, 어림없는 수작 마시오."

무송의 빈정거리는 말투에 술집 주인은 크게 화를 내며 버럭 소리를 질렀다.

"기껏 생각해서 일러 줬더니……, 호랑이한테 물려 죽거나 말거나 마음대로 하시오."

무송은 코웃음을 치며 발걸음을 재촉해 고개를 오르기 시작했다. 때는 시월이라 해는 짧고 밤은 금세 다가왔다. 무송이 고갯마루에 이르렀을 때는 이미 해가 산 너머로 떨어진 뒤였다.

"호랑이는 무슨 호랑이? 공연히 겁들을 집어먹고 못 올라오는 게지."

그대로 얼마간을 더 가니, 갑자기 취기가 오르면서 온 몸이 타는 듯 끓어올랐다. 전립을 벗어서 등에 걸고, 옷고름을 풀어 가슴을 드러낸 무송은 큰 바위 위로 올라가 아무렇게나 드러누웠다.

"에라 모르겠다. 아무 데서나 한잠 자고 가자."

그렇게 바위 위에서 막 잠이 들려는 찰나였다. 난데없이 한 줄기 바람이 무송의 얼굴을 훑고 지나갔다. 자고로 구름은 용을 따르고 바람은 범을 쫓는 법, 바람이 지나가자 수풀 속에서 이마에 흰 점이 박힌 호랑이 한 마리가 뛰어나왔다.

무송은 깜짝 놀라 바위 아래로 뛰어내리며 얼른 몽둥이 하나를 집어 들었다. 호랑이는 넓죽 엎드리는가 싶더니 이내 앞발을 치켜들고 몸을 날려 무송을 덮쳤다. 무송은 엉겁결에 몸을 돌려 피하긴 했으나, 낮에 먹은 술이 죄다 식은땀이 되어 흘러내리는 듯했다. 앞발로 허공을 친 채 바닥에 내려앉은 호랑이는 그대로 뒷발을 번쩍 들어 무송을 차려 했다. 무송은 이번에도 몸을 굴려 가까스로 피했다.

두 번의 공격이 모두 실패로 돌아간 호랑이는 다시금 자세를 고쳐 잡으며 무송의 주위를 맴돌더니 또다시 앞발을 치켜들고 달려들었다. 이미 호랑이의 움직임을 예측하고 있던 무송은 기다렸다는 듯이 힘껏 몽둥이를 내리쳤다. 그러나 힘이 너무 들어갔던지, 옆에 있던 굵은 나뭇가지를 후려친 몽둥이는 그대로 반 토막이 나고 말았다.

당황한 무송은 달려드는 호랑의 양쪽 볼을 두 손으로 움켜쥐고는 땅바닥에 대고 짓이겼다. 호랑이는 발버둥을 치며 머리를 치켜들려고 용을 썼고, 그럴수록 무송은 있는 힘을 다해 호랑이의 머리를 내리 누르면서 무릎으로 그 면상을 수없이 갈겨댔다. 그러는 동안 아픔을 견디지 못한 호랑이가 으르렁대며 앞발로 땅을 허우적거리는 바람에 순식간에 조그만 구덩이 하나가 만들어졌다. 무송은 다시 그 구덩이 속에 호랑이의 입을 틀어박고 쇠망치 같은 주먹으로 사정없이 후려쳤다.

한 5,60대쯤 정신없이 후려갈기자, 그 사납던 호랑이가 입과 코로 선지피를 내쏟고는 축 늘어졌다. 기진맥진해진 무송은 바위 위에 걸터앉아 흘러내리는 땀을 닦으면서도 죽은 호랑이에게서 눈을 떼지 못했다.

'이제 밤도 깊었는데 호랑이가 또 나타나기라도 한다면 무슨 수로 당해내겠는가. 어서 빨리 내려가는 게 상책이다.'

그렇게까지 생각이 미치니 가만히 있을 수가 없었다. 서둘러 전립을 찾아 쓰고 자리에서 일어나려는데, 뒤에 있는 풀숲에서 '바스락!' 하는 소리가 들려왔다. 무송은 머리칼이 모두 곤두서는 듯 전신이 오싹함을 느꼈다. 과연 그의 불길한 예감대로, 호랑이 두 마리가 풀숲을 헤치고 쌍을 지어 나타나는 게 아닌가.

'이젠 꼼짝없이 죽었구나!'

다리에 힘이 풀려 걸음조차 떼기 어려운데, 그 순간 이상한 일이 일어났다. 무송에게로 다가오던 호랑이들이 문득 걸음을 멈추더니 머리를 치켜들고 벌떡 일어서는 것이었다. 무송이 의아해 하며 자세히 살펴보니, 그것은 호랑이 가죽을 뒤집어 쓴 사냥꾼들이었다. 그들은 무송을 바라보며 놀라움을 금치 못했다.

"대체 장사님은 어떤 분이시기에 저 무서운 호랑이를 맨손으로 때려잡으셨단 말입니까. 저희들은 진작부터 보고 있으면서도 오금이 저려 감히 나서지도 못했습니다. 이러지 말고 어서 고개를 내려가시지요. 지사님께서 호랑이를 잡는 사람에게 천 냥의 상금을 내리겠다고 하셨습니다. 호랑이는 저희들이 메고 내려가겠습니다."

잠시 후 소식을 듣고 달려온 20여 명의 사냥꾼들 중 하나가 즉시 현청으로 달려가 이 사실을 전하는 한편, 나머지 사냥꾼들은 죽은 호랑이를 묶어서 장대에 메고는 무송을 대나무 교자에 태우고서 마을로 내려갔다.

무송이 경양강의 호랑이를 맨손으로 잡았다는 소문은 삽시간에 퍼졌고, 현청으로 가는 길목은 무송을 보려고 나온 구경꾼들로 가득했다. 지사는 무송을 청상으로 오르도록 권한 다음, 술을 내리고 상금 천 냥을 주었다. 그러나 무송은 상금을 사양하며 말했다.

"소인이 호랑이를 잡은 것은 요행이었지 힘과 재주가 있어서가 아니었습니다. 제가 듣기로는 많은 사냥꾼들이 이 호랑이 때문에 곤욕을 치렀다고 하니, 이 상금은 마땅히 그들에게 주는 것이 옳다고 생각됩니다."

지사는 무송의 힘이 뛰어날 뿐만 아니라 인덕까지 갖추고 있음을 보고는 자신의 곁에 두고 싶은 마음이 간절해졌다.

"그대의 고향이 양곡현이라고 하니 우리 청하현과는 지척간일세. 내 자네를 이곳의 순포도두巡捕都頭로 삼을까 하는데, 자네 생각은 어떠한가?"

"상공께서 그 같은 은혜를 내려주신다면, 소인은 죽을 때까지 상공을 모시겠습니다."

지사는 곧 압사押司를 불러 절차에 따라 문서를 만들게 하고, 그날로 무송을 순포도두로 임명했다. 이렇게 해서 무송은 양곡현에 있는 형을 찾아가다가 생각지도 않은 벼슬을 얻게 되었다.

　무송이 순포도두가 되고 며칠이 지난 어느 날이었다. 현청을 나와 혼자 거리를 걷고 있는데, 누군가 등 뒤에서 그를 부르는 소리가 들렸다. 돌아보니 뜻밖에도 그의 형 무대였다. 오랜만에 만난 형제는 서로 얼싸안고 그간의 안부를 묻느라 정신이 없었다.

　"그런데 형님이 이곳엔 웬일이십니까? 양곡현에 계신 줄로만 알았는데……."

　"내가 이곳에 온 지도 벌써 반년이 넘었구나. 그 동안 네가 얼마나 보고 싶었는지 모른단다."

　그래도 무송이 양곡현에 있을 때는 아무도 무대를 멸시하지 못했다. 그러나 무송이 집을 떠나자 사람들은 대번에 변해 무대를 업신여기기 시작하더니, 무대가 반금련潘金蓮이라는 계집을 아내로 들인 후부터는 더욱 놀림이 심해졌다.

　반금련은 나이 스물둘에 낯짝이 제법 반반하게 생긴 계집으로, 본래 청하현에서 손꼽히는 부잣집의 하녀였다. 따라서 일이 제대로 되었다면, 결코 무대와 같은 위인에게 시집을 계집이 아니었다. 그런 것이 일이 공교롭게 꼬여, 평소 반금련에게 흑심을 품고 있던 그 집 주인 영감이 호시탐탐 기회를 엿보던 중 어느 날 집안이 한적한 틈을 노려 반금련의 손목을 잡으려는 일이 벌어졌다.

　이때까지만 해도 어리숙하기만 했던 반금련은 냉정하게 주인 영감의 손을 뿌리치고는 냉큼 안채로 뛰어 들어가 주인 마님에게 그대로 고자질을 해 버렸다. 결국 점잖은 주인 영감의 체면이 순식간에 구겨졌고, 이 일로 앙심을 품은 주인 영감은 동네에서 제일 못생기고 가난하기로 이름난 무대에게 반금련을 넘겨주고 말았던 것이다. 이때 무대는 돌림병으로 처를 잃은 후 딸 영아迎兒와 함께 살고 있었다.

동네의 사내들은 연한 양고기가 개의 아가리로 들어갔다고 지껄여 댔지만, 정작 무대는 팔자에 없는 미인을 얻은 덕에 골머리를 앓고 있었다. 어떻게 할 수 없는 노릇이라 그저 얼굴을 맞대고 산다 뿐이지, 계집이 속으로는 밤낮 다른 사내들을 생각하고 있다는 것쯤은 무대도 알고 있었다. 사실 동네 젊은 사내들과의 사이에 별별 소문이 다 떠돌고 있었던 것이다. 마침내 무대는 자석가紫石街로 집을 옮기고 전처럼 거리에 나가 떡을 팔면서 생계를 이어가고 있었다.

"전에 경양강에서 맨주먹으로 호랑이를 때려잡고 순포도두가 된 장사의 성이 무가라는 말을 듣고, 내 필시 너일 거라고 생각했었다. 아무튼 잘 만났다. 어서 우리 집으로 가자."

무대는 자기 집으로 무대를 데리고 가, 아내 반금련에게 인사를 시켰다. 반금련은 무송의 인물됨이 뛰어난 것을 보고는 첫눈에 반해 버렸다.

'어쩌면 한 뱃속에서 나온 형제가 저리도 다를 수가 있단 말인가. 경양강 호랑이를 맨손으로 때려잡은 장사라니, 힘은 또 얼마나 좋을까. 어떻게든 우리 집에서 같이 살게 해야지.'

이렇게 마음먹은 반금련은 무송을 극진히 대접하는 한편, 관사에서 숙식을 하면 불편한 점이 많을 테니 함께 살자고 권했다. 그러자 반금련의 흑심을 알 리 없는 무대는 무송과 한집에서 살 수 있다는 생각에 크게 기뻐하며 말했다.

"그거 참 좋은 생각이오. 무송아, 너 당장 짐을 싸서 우리 집으로 들어오너라. 이제부터 우리 네 식구가 함께 살자꾸나."

처음에는 여염집 부인 같지 않은 반금련을 탐탁지 않게 보았던 무송이었지만 형수가 이리도 인정이 많은 사람인가 하여 고마운 마음과 함께 미안한 마음까지 들었다. 무송은 그날 밤으로 거처를 옮겼고, 그날부터 형 내외와 한집에서 살게 되었다.

어느덧 세월이 흘러 가을이 가고 겨울이 되었다. 큰 눈이 내려 천지가 온통 은빛으로 변해 버린 어느 날, 반금련은 오늘만큼은 꼭 무송에게 자신의 애타는 마음을 전해야겠다고 결심을 굳혔다. 그녀는 눈이 쏟아지는 거리로 남편 무대를 떡 팔러 내보낸 다음, 술과 고기를 사다가 주안상을 푸짐하게 차려 놓았다. 몸단장까지 새로 한 반금련은 새벽 당직을 서러 나간 무송이 돌아오기만을 기다렸다.

기다린 지 얼마 되지 않아 무송이 돌아왔다. 무송은 초록빛 도포를 벗어 벽에 걸고는 방으로 들어갔다. 반금련은 얼른 대문을 닫아 걸고 뒷문에도 빗장을 지른 다음, 미리 준비해 두었던 주안상을 받쳐 들고 들어갔다.

"형님은 어딜 가셨습니까?"

"오늘도 장사 나갔죠. 자, 어서 한잔 드세요."

"형님이 돌아오시거든 같이 먹죠."

"언제 돌아오실 줄 알고 기다려요? 따뜻할 때 어서 드세요."

무송이 마지못해 잔을 들자, 반금련은 눈가에 웃음을 띠우며 말했다.

"참, 소문을 들으니 도련님께서 현청 앞에다 기생과 살림을 차리셨다는 말이 있던데……, 사실인가요?"

"그런 허튼 소문은 곧이듣지 마십시오. 전 그런 사람이 아닙니다."

"알 게 뭐예요. 남자들 말이야 다 똑같지……."

"못 미더우시면 형님께 여쭤 보십시오."

"형님이 그런 걸 알면 저렇게 떡이나 팔러 다니겠어요?"

반금련은 무송에게 술을 권하면서 자신도 연거푸 석 잔을 따라 마셨다. 술이 어느 정도 오르자 춘정이 발동한 반금련은 무송의 옆자리로 옮겨 안더니 그의 어깨를 가만히 꼬집으며 말했다.

"아이, 도련님, 이렇게 얇은 옷을 입고도 춥지 않으세요?"

무송은 아까부터 형수의 거동이 심상치 않은 것을 보고 몹시 불쾌했으나 그래도 꾹 참고 아무 대꾸도 하지 않았다. 욕정에 사로잡힌 반금련은 그런 무송의 마음을 전혀 눈치채지 못했다. 결국에는 술을 한잔 따라 제가 먼저 입을 대고는 반이 넘게 남은 술잔을 무송에게 내밀더니 그대로 무송의 가슴에 안기듯 쓰러졌다.

그러자 이제껏 심사가 틀어져 있던 무송은 마침내 화가 폭발해 계집이 내미는 잔을 그대로 마룻바닥에 내던지며 소리쳤다.

"짐승이 아니고서야 어찌 이럴 수가 있습니까? 만일 또 다시 오늘 같은 일이 있다면 그 때 벌어질 일에 대해선 나도 책임질 수 없으니 그리 아십시오."

반금련은 그 말을 듣고 한편으로는 무안하고 한편으로는 분해서 얼굴이 시뻘게졌다. 무송이 자리를 박차고 나간 후, 얼마 지나지 않아 무대가 돌아왔다. 남편이 온 것을 안 반금련은 얼른 달려나가 문을 열어주었다. 무대는 아내의 얼굴이 퉁퉁 부은 것을 보고 놀라서 물었다.

"아니, 무슨 일이오? 누구하고 싸웠소?"

"당신이 변변치 못하니 나까지 멸시를 당하는 것 아니에요."

"누가 어쨌다고 그러는데?"

"당신의 그 잘난 동생 말이에요. 날도 추운데 눈을 흠뻑 맞고 들어왔기에 내가 오한이나 풀라고 술 한 잔을 데워 주었더니, 글쎄 이 놈이 나를 가지고 희롱하는 게 아니겠어요?"

"내 아우는 그럴 사람이 아니니, 행여 어디 가서라도 그런 말 하지 마시오. 괜히 당신 꼴만 우습게 될 테니."

아내를 달랜 무대는 곧 무송의 방으로 갔다.

"아직 점심 안 먹었거든 나하고 같이 먹자."

그러나 무송은 아무 대답이 없었다. 혼자 고개를 숙이고 앉아 한참 생각에 잠겨 있더니, 이윽고 가죽신으로 갈아 신고 웃옷을 걸치고는 집을 나섰다. 무대는 눈이 휘둥그레져 물었다.

"아니, 어디를 가는 거냐?"

그래도 무송은 아무런 대답도 없이 뒤도 돌아보지 않고 걸음만 재촉할 뿐이었다. 무대는 다시 집으로 돌아와 아내에게 물었다.

"대체 무슨 일이 있었소? 무슨 일이기에 무송이 저렇게 뒤도 돌아보지 않고 가느냔 말이오?"

"지은 죄가 있으니까 얼굴을 들지 못하는 거지요. 이제 보세요. 오늘 안으로 사람을 보내서 짐을 챙겨갈 테니."

과연 조금 있으려니까 무송이 관원 하나를 데리고 와서는 짐을 챙겨 나갔다. 무대가 그 뒤를 쫓아 나오며 물었다.

"무송아, 대체 왜 이러는 거냐?"

"형님, 더는 묻지 마시고, 그저 저 하는 대로 내버려 두세요."

무송은 그 한 마디를 내뱉고는 관원을 앞세워 현청으로 돌아가 버렸다. 무대도 더는 무송을 붙잡지 않았다. 다음날 아우를 만나서 그 까닭을 물어보리라 생각했기 때문이었다. 그러나 여우같은 반금련은 자기 죄가 드러날까 두려워 선수를 쳤다.

"내가 이 집에 붙어 있는 꼴을 계속 보시려거든 다시는 그 녀석 만날 생각도 하지 마세요. 빈 말이 아니니 단단히 새겨들으세요!"

무대는 입을 다물고 말았다. 심약한 그로서는 열 마디에서 한 마디도 본전을 찾을 수가 없기 때문이었다. 이렇게 해서 형제가 같은 청하현에 살면서도 서로 소식을 모르는 채 십여 일이 지났다.

이때 현의 지사는 부임한 후 적지 않은 재물을 착복해 왔는데, 그것을 동경東京으로 올려 보내 승진할 길을 열어보려 했다. 하지만 막대한 예물의 운반을 아무에게나 맡길 수가 없어 고심하던 참에, 문득 순포도두 무송이 있음을 깨달았다. 지사는 곧 무송을 불러들여 말했다.

"내 친척 중에 한 분이 동경에서 전전태위殿前太尉 벼슬을 하고 계시는데, 오랫동안 뵙지 못해 문안 겸 선물을 좀 보낼까 하네. 그런데 가는 길이 워낙 험한지라 좀처럼 마음이 놓이지 않는구먼. 그러다 자네 같으면 이 일을 어렵지 않게 해낼 수 있겠다 싶어 이렇게 부른 것이니, 힘들더라도 자네가 좀 다녀와 주지 않겠나?"

"제가 이 자리에 있는 것도 모두 상공의 은혜이거늘 어찌 분부를 마다하겠습니까. 제게 맡겨만 주십시오."

무송의 말에 마음이 놓인 지사는 무송에게 석 잔의 술과 함께 은자 열 냥을 여비로 내어주었다. 현청에서 물러나온 무송은 술과 안주를 사들고 무대의 집으로 찾아갔다.

무송이 먹을 것을 사들고 온 것을 본 반금련은 자신에게 마음이 있어 찾아온 줄로 지레짐작하고는 몸단장을 새로 한 후 무송을 반갑게 맞아들였다. 얼마 지나지 않아 무대가 돌아오자, 무송은 형과 형수를 상좌에 앉히고는 먼저 무대의 술잔을 채워주며 말했다.

"형님, 제가 이번에 지사님의 명으로 동경을 다녀오게 되었습니다. 내일 떠나면 대여섯 달은 뵐 수 없을 것 같기에, 떠나기 전에 형님께 당부드릴 말씀이 있어 이렇게 찾아뵌 것입니다. 부디 저 없는 동안 아침에는 늦게 나가시고 저녁에는 일찍 들어오시며, 밤에는 문단속을 잘 하십시오. 그리고 행여 남에게 욕을 당하는 일이 있더라도 제가 돌아올 때까지는 모든 걸 꾹 참고 모른 체하셔야 합니다. 제 말을 들어 주시겠다면 이 잔을 받으십시오."

"내 모든 일을 네 말대로 할 테니, 너는 아무 걱정하지 말고 무사히 잘 갔다 오너라."

무대가 잔을 비우며 대답하자, 무송은 다시 두 번째 잔에 술을 가득 부어 형수에게 건네며 말했다.

"형님은 워낙 순박한 분이시니 모든 대소사는 형수님께서 알아서 처리하셔야 할 것입니다. 형수님만 매사를 잘 보살피신다면 우리 형님이야 무슨 근심이 있겠습니까? 옛말에도 울타리가 튼튼하면 개 한 마리 들어올 틈이 없다고 했습니다."

이 말을 들은 반금련은 귀까지 빨개져서 화를 냈다.

"아니, 이젠 별 소릴 다 듣네. 개가 들어올 틈이 없다니? 내 행실이 어때서 그따위 말을 지껄이는 거야? 어이구 분해, 어이구 분해!"

반금련은 가슴을 주먹으로 쾅쾅 두드리며 자리를 박차고 나가더니 분을 못 이기고 흐느껴 울었다. 그런 반금련은 안중에도 없다는 듯이, 무송은 형과 함께 몇 잔의 술을 더 나눈 다음, 자리에서 일어나며 다시 무대에게 당부했다.

"형님, 안녕히 계십시오. 그리고 제가 드린 말씀 잊지 마시고 무슨 일이든 꾹 참고 지내십시오."

무대와 작별을 나눈 무송은, 이튿날 아침 예물을 실은 수레를 이끌고 동경으로 길을 떠났다.

무송이 떠난 후, 무대는 아우가 당부한 대로 매일 아침 늦게 나가서 해가 떨어지기 전에 집으로 돌아왔다. 그리고 집에 와서는 모든 문을 잠근 채 일체 바깥출입을 하지 않았다. 매일같이 이래 놓으니 반금련으로선 여간 죽을 맛이 아니었다. 무대에게 욕설을 퍼부으며 앙탈을 부려 봤지만 무대는 꿈쩍도 하지 않았다.

결국 제풀에 지친 반금련은, 나중에는 무대가 돌아오기가 무섭게 제가 먼저 문단속을 하게 되었다.

● 음부淫婦와 간부奸夫

그렇게 세월이 흘러 겨울이 다 지나고, 햇볕이 따스한 어느 봄날 오후였다. 그날도 무대를 내보내고 2층 창가에 앉아 지나가던 사람들을 구경하고 있던 반금련이 장대로 창문 위에 걸린 발을 내리려다 그만 실수로 장대를 떨어뜨리고 말았다. 장대는 때마침 그 밑을 지나가던 한 사내의 두건을 쳐서 땅에 떨어뜨렸다.

"어떤 놈이야!"

사내는 화를 벌컥 내며 위를 올려다보더니, 이내 반금련을 보고는 낯빛을 바꾸었다. 초승달 같은 눈썹, 시원스레 빛나는 눈, 앵두같이 붉은 입술, 오뚝 솟은 코, 함박꽃같이 불그름한 볼, 하늘하늘 가는 허리에다 소복이 부풀어 있는 앞가슴……, 청하현에 이런 미인이 있었나 싶을 정도로 아름다운 여인이었다. 반금련 또한 사내의 화려한 옷차림과 준수한 외모에 마음이 끌려 금세 얼굴이 빨갛게 달아올랐다.

"용서해 주세요. 제가 큰 실수를 저질렀네요."

"이만한 일로 용서라니요? 당치도 않습니다."

사내는 떨어졌던 두건을 고쳐 쓰고는 반금련이 있는 창가로 다가갔다. 이때 이 모습을 모두 지켜보고 있던 이웃 찻집의 왕파王婆가 의미심장한 웃음을 흘리며 말했다.

"원 어쩌다가 점잖으신 분이 봉변을 당하셨을꼬?"

"아닐세. 내가 잘못해서 두건을 떨어뜨린 거지."

사내는 다시 반금련을 보며 미소를 지어 보였다.

이 사내의 성은 서문西門, 이름은 경慶으로, 천하의 호색한이었다. 부호의 외아들로 태어난 그는 어릴 때부터 학문에는 도무지 뜻이 없고 노는 것만을 일로 삼았다. 노상 파락호 무리들과 어울려 다니다 보니 약간의 권법과 봉술도 몸에 익히게 되었고, 장기나 골패·마작 따위의 잡기는 누구에게도 뒤지지 않을 만큼 능했다.

서문경은 여자라면 사족을 못 쓰는 정력가로, 정실인 오월랑吳月娘을 비롯해서 이교아李嬌兒·맹옥루孟玉樓·손설아孫雪娥를 소실로 거느리고 있었다. 그런데도 그의 엽색 행각은 하루도 그치는 날이 없었으니, 기방의 기녀는 말할 것도 없고 심지어는 집안에 부리는 하녀들까지 조금만 그의 눈에 들었다 하면 기어이 자기 것으로 만들지 않고는 못 배겼다.

스무 살도 채 되기 전에 양친이 모두 세상을 떠나고 적지 않은 유산과 함께 아버지가 경영하던 약방을 물려받게 되었는데, 여느 바람둥이와는 달리 이재에는 남다른 재간이 있어 재산을 크게 늘려 나갈 수 있었다. 부패한 사회일수록 돈이 위력을 발휘하는 법이다. 돈이 많으니 고위 관리들과의 교유도 잦아지고, 그에 따라 서문경의 위세는 갈수록 높아졌다. 20대 후반에 이미 청하현에서 모르는 사람이 없는 저명인사가 된 그는 사람들에게 대관인大官人이라 불리고 있었다.

서문경은 반금련을 향해 자못 점잖게 고개를 숙여 눈인사를 하고는 다시 걸음을 옮기기 시작했다. 몇 걸음을 떼다가 넌지시 뒤를 돌아보니, 과연 예상했던 대로 반금련도 자기의 뒷모습을 지켜보고 있는 것이 아닌가. 두 사람의 시선이 마주치자 약속이라도 한 듯이 또다시 은근한 미소를 주고받았다.

서문경은 집에 돌아가서도 반금련 생각으로 머릿속이 꽉 찼다. 지금까지 어느 여자건 그의 마음에 들었다 하면 결코 가만두지 않았던 서문경이었다. 그만큼 집념도 남달랐고 방법도 능란했다.

　그는 문득 반금련의 이웃에서 찻집을 하고 있는 왕파를 생각해 내고는 옳거니 하고 무릎을 쳤다. 그 노파를 통한다면 일이 쉽게 풀릴 것 같았다. 저녁때가 다 되었건만 그는 서둘러 집을 나서 왕파를 찾아갔다.

　"아이고, 대관인께서 웬일로 이런 누추한 곳에……."

　왕파가 눈을 크게 뜨며 반색을 했다. 서문경이 묵묵히 한쪽 구석에 가서 자리를 잡고 앉자 왕파도 마주 앉았다.

　"음, 부탁할 게 있어서 왔네만……, 옆집 여자와는 잘 아는 사이인가?"

　"반금련 말씀이시군요? 매일 현청 앞에서 떡을 파는 무대라고……, 아시죠? 그 사람의 마누라지요."

　그 말을 들은 서문경은 저도 모르게 발을 구르며 혀를 찼다.

　"뭐? 그 반동가리 무대의 마누라라고? 쯧쯧, 아깝구나, 아까워. 개 아가리에 양고기가 들어가고 말았으니!"

　"맞아요. 바로 그 무대 말이에요. 사람은 좀 모자란 듯하지만, 심성이 착하고 아주 부지런하지요. 참, 그런데 왜 그런 걸 물으시죠?"

　왕파는 이미 서문경의 속셈을 훤히 꿰뚫고 있으면서도 짐짓 시치미를 떼고 물었다.

　"여보게, 할멈! 내 무대의 마누라를 한 번 본 후로는 아무 것도 손에 잡히지 않으니 어쩌겠나. 자네가 어떻게든 주선만 해 준다면 은자 열낭을 주겠네."

서문경이 거두절미하고 본론을 꺼내자, 왕파의 얼굴이 잠시 어두워졌다.

"그야 어려운 일이 아니지만 마음에 좀 걸리는 게 있어서……."

"뭔가? 뜸들이지 말고 어서 말을 해 보게."

"저어, 대관인께서도 현청의 순포도두 무송을 아실 겁니다. 그자가 바로 무대의 동생이거든요."

"음, 그래?"

서문경은 긴 신음을 내뱉으며 잠시 생각에 잠겼다. 무송이라면 경양강 고개에서 맨손으로 호랑이를 때려잡은 공로로 도두가 된 자가 아닌가. 그러나 곧 코언저리에 웃음을 띠며 말했다.

"공연한 걱정을 하는구먼. 할멈만 입을 굳게 다문다면, 이 일을 누가 알겠나? 게다가 무송은 지사의 명령으로 동경에 가고 없지 않은가."

"휴우, 그렇다면 안심이군요."

"설령 무송이 여기 있다고 하더라도 두려워할 내가 아니야. 조금도 염려 말고 그 여자를 내 손에 넣을 수 있는 방법이나 생각해 보게."

"그렇다면 제게 묘책이 하나 있긴 합니다. 귀를 좀……."

왕파는 주위를 둘러보더니 서문경의 귀에 대고 무언가를 한참 동안 속삭였다. 듣는 내내 고개를 끄덕이고 있던 서문경은 왕파의 말을 다 듣고는 크게 웃으며 말했다.

"참으로 절묘한 계책이네 그려. 육가陸賈나 수하隨何도 자네 앞에선 고개를 들지 못할 걸세."

"약속하신 은자 열 냥이나 잊지 마십시오."

"염려 말게. 그런데 일은 언제부터 시작할 텐가?"

"미룰 것 있습니까? 당장 시작하지요."

서문경은 즉시 포목점으로 달려가 가장 좋은 비단 세 필을 사서는 왕파에게 갖다 주었다. 비단을 건네받은 왕파는, 이튿날 무대가 집을 나서자마자 바로 반금련을 찾아갔다.

"아니, 할머니께서 저희 집을 다 찾으시고 웬일이세요?"

반금련은 한편으론 놀라고 한편으론 반기면서 왕파를 맞았다.

"뭐, 별일은 아니고 부탁할 게 있어서⋯⋯."

"무슨 일이신데요? 방으로 들어가시죠."

반금련은 왕파의 손에 들려진 비단을 흘끗 보며 방으로 안내했다. 탁자를 사이에 두고 마주 앉자, 반금련이 배시시 웃으며 왕파에게 물었다.

"웬 비단이에요? 색이 정말 곱네요."

반금련이 여자다운 관심을 보이자, 왕파는 일이 쉽게 풀려나가는 것 같아 은근히 기뻐했다. 그러나 겉으로는 조금도 내색을 하지 않고 천천히 입을 열었다.

"색시, 서문경이라고 알지?"

"알다마다요. 청하현에서 둘째가라면 서러워할 부자잖아요. 아직 보지는 못했지만⋯⋯. 그런데 그걸 왜 물으시죠?"

반금련이 눈을 크게 뜨고 잔뜩 호기심을 보였다.

"그 양반이 나한테 이 비단으로 옷을 한 벌 지어 달라는 거야."

"할머니가 바느질을 잘 하시는가 보죠?"

"뭐 그런 건 아니고……, 그냥 우리 집 단골손님이거든. 그래서 나한테 부탁을 하는 모양인데, 내가 눈도 침침하고 손도 떨려서 바느질을 할 수 있어야지. 바늘귀에 실도 제대로 못 꿰는데 말이야."

"그래서 저한테 가지고 오신 거군요?"

"색시는 눈치도 참 빠르네. 바로 그래서 내가 이렇게 찾아온 걸세. 품삯은 달라는 대로 줄 테니, 수고스럽겠지만 색시가 이 일을 좀 맡아주지 않겠나? 이 근방에 색시만한 바느질 솜씨가 어디 있어야지."

왕파는 반금련을 치켜세우며 이리저리 구슬렸다.

"할머니께서 모처럼 부탁하시는데 어떻게 거절하겠어요."

"아이고, 고마워라. 이제야 내가 큰 짐을 벗게 되었군."

"안 그래도 요즘 적적하던 참인데, 일을 맡게 되어 제가 더 고맙네요."

"그런데 말이야. 옷은 우리 집에 와서 지어 주었으면 하는데, 괜찮겠나?"

"그건 왜죠? 그냥 집에서 지으면 안 되나요?"

"글쎄. 그것도 좋겠지만 한 번 생각해 보라고. 옷을 지으려면 우선 옷 입을 사람의 치수도 재야 할 테고, 마름질을 해서 입어 보기도 해야 한 텐데……, 색시네 집에 외간 남자가 드나들게 되면 남들이 이상하게 생각하지 않을까?"

왕파가 이렇게 둘러대니 반금련도 수긍하지 않을 수 없었다.

"듣고 보니 그럴 수도 있겠네요. 별로 어려운 일도 아닌데 그렇게 하죠 뭐. 집도 바로 옆이고……."

"대답이 시원시원해서 좋구먼. 그럼 내일부터 당장 시작하도록 하세나."

"네, 그렇게 하죠."

왕파는 흡족한 표정을 감추지 못하며 자리에서 일어났다. 집으로 돌아온 왕파는 곧 심부름하는 아이를 시켜 서문경에게 이 소식을 전하고, 내일 아침에 자기 집으로 오라고 했다.

이튿날 반금련은 무대가 집을 나서자, 여느 때보다 화장을 곱게 하고 서둘러 왕파의 찻집으로 갔다.

"아유, 부지런도 하지. 오늘 따라 더욱 예뻐 보이는데 그래."

"찻집이 밖에서 보기보다 훨씬 넓고 좋아요."

"그래봤자 시골 찻집인걸 뭐. 어서 방으로 들어가지."

왕파는 반금련을 찻집에 딸린 내실로 안내했다. 침상과 장롱이 있고 경대와 탁자까지 갖추어져 있는 것이, 늙은이의 방 치고는 의외로 깨끗하게 정돈이 잘 되어 있었다. 탁자 위에는 어제 봤던 비단이 놓여 있고, 그 옆으로 실과 바늘 그리고 잣대가 준비되어 있었다.

"조금 있으면 옷 임자가 올 거야. 몸 치수부터 재야 일을 시작할 수 있을 테니까. 그럼 기다리는 동안 차나 한 잔 할까?"

왕파는 잣을 띄운 따끈한 차를 가지고 와서 권했다. 반금련이 차를 거의 다 마셨을 무렵, 가게 바깥에서 굵은 남자의 목소리가 들려왔다.

"할멈 있는가?"

"예, 대관인 어른! 곧 나갑니다."

왕파는 큰소리로 대답부터 하고는 반금련에게 목소리를 낮추어 말했다.

"서문경이 왔어."

왕파가 가게로 나가자, 다시 서문경의 굵은 목소리가 들려왔다.

"내가 너무 일찍 온 건 아닌가?"

"아니에요. 지금 옷을 지을 색시가 와서 기다리고 있어요."

이윽고 왕파가 서문경을 안내하여 방으로 들어왔다. 반금련은 자리에서 일어나 서문경을 맞았다. 그런데 두 사람의 시선이 딱 마주치는 순간이었다.

"어머!"

반금련은 깜짝 놀라더니 이내 얼굴이 온통 새빨갛게 물들고 말았다. 상대는 그저께 오후에 발을 거둬들이다가 갑작스런 바람 때문에 두건을 떨어뜨리게 했던 바로 그 남자였기 때문이다.

그러나 서문경은 짐짓 모르는 척 시치미를 떼고 점잖게 의자에 가 앉았다.

"수고를 끼쳐 미안하오. 서문경이라 합니다."

"이분이 바로 옷의 임자라네."

반금련이 뭐라고 말을 꺼내기도 전에 왕파가 먼저 서문경을 소개했다.

"대관인의 존함은 저도 들어서 알고 있습니다."

반금련이 다시 얼굴을 발갛게 상기시키며 말했다.

"아. 그래요? 이거 영광입니다. 하하하……."

서문경은 뭐가 그리도 좋은지 유쾌하게 웃어젖혔다.

"차부터 한 잔 드시겠어요?"

왕파가 허리를 굽히며 서문경에게 물었다.

"나는 조금 전 집에서 마시고 왔으니까 여기 계신 부인에게

나……."

"색시는 여기서 차를 마셨으니, 일을 시작하도록 하죠."

성미 급한 서문경의 마음을 알아챈 왕파가 먼저 서둘렀다. 그녀는 자리를 비켜 주는 듯 슬그머니 방에서 나가며 말했다.

"색시, 몸 치수부터 먼저 재 보구려."

방안에 두 사람만 남게 되자, 서문경이 빙그레 웃으며 말했다.

"여기서 다시 만나게 됐군요."

"어머, 대관인께서도 기억하고 계셨군요. 아까는 절 몰라보시는 것 같더니……."

"미인을 몰라보다니 그게 될 법이나 한 일입니까."

"호호호, 저 까짓게 무슨……."

"아닙니다. 이제껏 부인처럼 아름다운 미인은 처음 봅니다."

서문경은 이글이글 타는 눈빛으로 반금련을 바라보았다.

"아이, 몰라요. 너무 치켜세우시니 몸 둘 바를 모르겠네요."

마치 물과 고기가 만난 듯 두 사람은 죽이 잘 맞았다. 남자가 추파를 던지면 여자는 얼른 그것을 받아 되던져 주었다.

"자, 이제 몸 치수를 재야죠. 일어서세요."

반금련의 말은 자못 사무적이었으나 그 말시와 억양에는 애교와 정감이 넘치고 있었다. 천하의 바람둥이 서문경이 그것을 눈치 채지 못할 리가 없었다. 그러나 노련한 서문경은 모른 척하고 의자에서 일어나자, 반금련이 잣대를 가지고 서문경의 앞으로 다가섰다.

"길이는 지금 입고 계신 옷하고 똑같이 하면 되겠죠?"

"예? 아, 예."

"아이, 그렇게 뚫어지게 쳐다보고 계시면 치수를 어떻게 재요? 뒤로 돌아서세요."

"예, 그러죠."

서문경은 아이처럼 고분고분 돌아섰다. 반금련은 깃에서부터 자락 끝까지 먼저 잰 다음, 소매의 길이를 쟀다. 그리고는 다시 서문경을 돌아서도록 했다. 이제 품을 재려는 것이었다.

"두 팔을 드세요."

서문경이 두 팔을 쭉 들어 올리자, 반금련은 한 발 더 바짝 다가가서 서문경의 한쪽 겨드랑이 밑에서 다른 쪽 겨드랑이 밑까지 잣대를 갖다 대었다. 반금련이 막 치수를 다 쟀는가 싶자, 서문경의 들어 올린 두 팔이 스르르 내려오더니 갑자기 그녀를 껴안아 버리는 것이 아닌가.

"어머, 왜 이러세요?"

반금련은 깜짝 놀라 소리를 질렀다. 그러나 그 소리는 크지 않았고 얼굴에도 화난 기색은 조금도 보이지 않았다. 오히려 발갛게 상기된 얼굴에는 엷은 웃음기마저 보였다. 그것도 그럴 것이, 난쟁이 소리를 듣는 남편에게서도 받아 보지 못한 뜨거운 포옹을 처음으로 맛보았기 때문이었다.

"부인, 우리가 이렇게 만난 것도 하늘이 정해 준 인연이 아니겠소."

서문경은 은근한 눈길로 품안의 반금련을 바라보았다.

"누가 보면 어쩌려고 이러세요? 이제 그만 놓으세요."

"보긴 누가 본다고 그러오? 여긴 우리 둘뿐인데."

서문경은 이미 알고 있었다. 반금련이 염려하는 것은 남의 눈이지,

남편이 있는 여자로서의 정절 같은 걸 생각하는 것은 아니었다.

"여기서 이러시면 안 된다니까요. 할머니가 눈치라도 채면 어쩌시려고……."

"음, 그것도 그렇겠군. 하지만 내 간절한 마음만은 알아주시구려."

서문경은 점잖게 그녀를 풀어 주었다. 여자에게 너무 서두르면, 자기를 하찮은 여자로 여겨서 그런다고 오해하기 일쑤였고, 서문경은 그러한 여자의 심리를 잘 알고 있었던 것이다.

몸 치수를 다 재고 난 서문경은 왕파를 불러 돈을 쥐어 주면서 말했다.

"오후에 다시 올 테니까 술과 안주를 좀 마련해 주게."

"예. 염려 마세요."

눈치 빠른 왕파는 일이 잘 되어 간다는 것을 알고는, 잔뜩 주름이 진 얼굴에 간드러진 웃음을 연신 흘려댔다.

'히히, 저 바람둥이의 수단은 알아줄 만하다니까. 그나저나 무대만 불쌍하게 됐군.'

왕파는 반금련의 남편인 무대의 초라한 행색과 왜소한 모습에 생각이 미치자, 저도 모르게 끌끌 혀를 찼다.

얼마 후, 점심을 먹고 가볍게 낮잠까지 자고 난 서문경은 다시 왕파의 집으로 갔다. 가게가 아닌 내실 식탁에 제법 그럴듯하게 술과 안주가 차려지고, 세 사람이 빙 둘러앉게 되자, 방안에는 마치 가족 같은 분위기가 흐르고 야릇한 친근감마저 느껴졌다.

"색시가 바느질하느라 수고한다고 대관인께서 한턱내시는 거라네."

왕파가 듣기 좋게 공치사를 하자, 반금련은 나긋나긋한 웃음을 지으며 서문경에게 고개를 숙여 보였다.

"고마워요."

"고맙긴 내가 고맙죠. 뛰어난 미인이 지어 주는 옷이니, 한결 더 멋진 옷이 될 겁니다. 수고를 위로하는 뜻에서 내가 매일 오후마다 이렇게 한턱을 내지요."

서문경의 말 속에 담긴 뜻을 금방 알아차린 왕파가 반금련에게 웃으면서 말했다.

"아이구 색시, 색시 덕분에 내가 복이 터졌구려. 매일 오후마다 포식을 하게 됐으니 말이야. 자, 그런 의미에서 색시가 대관인께 술 한 잔 따라 드리구려."

"네, 그러죠."

반금련이 술병을 두 손으로 받쳐 들고 서문경이 내민 잔에다가 찰찰 넘치도록 술을 따라 주었다. 서문경은 단숨에 잔을 비우고 나더니, 술잔을 반금련에게 건넸다.

"자, 부인. 이번에는 부인께서 제 잔을 받을 차례입니다."

"아이, 전 술을 못해요."

이런 경우 여자의 말은 대부분 거짓말이라는 것을 서문경이 모를 리가 없었다.

"사양 말고 받으세요. 뭐 우리 셋밖에 없는데……."

"그럼……."

반금련은 마지못한 듯 잔을 받았다. 서문경은 반금련의 잔에 술을 따르고, 이어서 왕파의 잔에도 술을 따라 주었다. 물장사로 이골이 난 왕파는 술이 제법 셌다. 서문경이 석 잔을 마시는 동안 왕파는 두 잔을 마셨고, 애써 얌전을 빼고 있는 반금련도 한 잔을 비웠다. 술판이 무르익자 술 한 병이 금세 바닥났다.

"할멈, 술병이 비었잖아. 어디 가서 술을 한 병 더 사오지. 특상주로 말이야."

서문경이 한쪽 눈을 찡긋하며 말하자 왕파는 금방 눈치를 채고 자리에서 일어났다.

"예, 알았어요. 특상주를 사려면 멀리 동가까지 가야 하니까 시간이 좀 걸릴 거예요. 그 사이에 둘이 얘기나 하면서 기다리고 계세요."

왕파가 방에서 나오다 넌지시 돌아보니, 반금련은 한 잔의 술에 얼굴이 빨개진 채 가슴에서 솟아오르는 불꽃을 억누르지 못하는 듯 고개를 숙이고 있었다. 왕파는 아예 가게 문을 닫아 버리고는, 가게 앞에 앉아 천천히 뜨개질을 하기 시작했다. 화창한 봄날의 오후가 왕파에게는 무료하기만 했다. 안방에서 서문경과 반금련 사이에 벌어질 일들을 나름대로 상상해 보며 늘어지게 하품을 했다.

"흥, 물과 고기가 만났으니 질펀하게 노는 일만 남았겠군."

한편, 같은 봄날의 오후인데도 다른 곳에서는 흥분과 설렘이 넘쳐나고 있었다. 잠시 무거운 적막이 흐르자, 서문경은 일부러 젓가락을 식탁 밑으로 떨어뜨렸다. 그리고는 젓가락을 집는 체하며 반금련의 조그만 발등을 가만히 꼬집었다. 그러자 반금련은 소리를 치거나 몸을 빼기는커녕 얄밉게 눈웃음까지 치며 말했다.

"아이, 왜 이러세요?"

그 모양을 본 서문경은 더욱 자신감을 얻고 자못 진지한 얼굴로 말했다.

"부인, 당신은 이제 내 것입니다. 결코 놓치지 않겠습니다."

서문경의 입에서 '당신'이라는 말이 나오자, 반금련의 얼굴이 한결 더 붉게 상기되었다. 서문경은 서두르지 않고 천천히 다가가 반금련의 허리를 지그시 끌어안았다.

"이러시지 마세요. 전 남편이 있는 몸이에요."

비록 입으로는 그렇게 말했지만, 그녀의 코에서는 뜨거운 열기가 내뿜어지고 있었다.

"난 임자가 있는 여자를 더 좋아한다고."

이제는 거침없는 반말이었다. 그러나 남녀가 사랑을 속삭이는 데는 딱딱한 존댓말보다 반말이 한결 친밀감을 더해 주는 것이었다.

허리를 껴안아 상대의 의사를 타진하고 나면 그 다음은 입맞춤이고 이어서 애무를 시작하게 마련인데, 애무는 먼저 외곽부터 서서히 공략해 들어가는 것이 서문경이 즐겨 쓰는 수법이었다. 물론 이 때 각 단계마다 상대에게 알맞은 달콤한 말로써 분위기를 고조시키는 것도 잊지 않았다.

"우리가 왜 이제야 만났는지 모르겠어."

"그게 무슨 말이죠?"

"좀 더 일찍 만났더라면 당신도 고생을 덜 했을 거고 나도 외롭지 않았을 텐데 말이야."

서문경은 터무니없는 거짓말을 늘어놓았다. 그에게 외로움이란 애당초 있지도 않았다.

"어머, 대관인께서도 외로울 때가 있나요?"

"당신을 만나지 못해서 그랬었겠지. 당신을 만나고 나니 이제야 세상 사는 보람을 느끼게 된 것 같아."

"어머, 정말이세요?"

"정말이고말고."

순간 서문경의 뜨거운 입술이 호소하듯 반금련의 볼을 비비며 작은 입술을 향해 접근해 갔다. 반금련은 서문경의 입술이 다가오자, 무의식중에 고개를 뒤로 젖히며 옆으로 살짝 피했다. 그러나 그것은 후끈 달아오른 서문경의 가슴에 불을 지르는 것이었다. 그는 여자의 허리를 더욱 불끈 끌어안으며 기어이 그 입술 위에 자신의 입술을 포개었다.

"어머."

반금련의 몸이 녹아내리듯 축 늘어지며 저절로 두 눈이 감겼다. 서문경은 천천히 그녀의 입술을 빼앗았다. 마침내 그녀의 혀가 서문경의 입안으로 들어왔다. 서문경은 그녀의 입술과 혀가 너무도 부드러운데 놀라지 않을 수 없었다. 그는 흥분을 이기지 못하고 정신없이 그녀의 혀를 느꼈다. 뜨겁고 달콤한 입맞춤이 계속되는 사이에 서문경의 한 손은 어느 결에 그녀의 허리를 타고 내려가 아랫배 위에 가서 일단 멎었다. 옷 위로 감지되는 촉감이 또한 부드러우면서도 팽팽한 탄력이 있었다.

"어머나, 안 돼요. 할머니가 오시면 어쩌시려고요?"

반금련이 불안한 얼굴로 고개를 내저었다.

"염려 말라고. 할멈은 오지 않아."

"그게 무슨 말씀이세요. 술을 사 가지고 올 때가 됐잖아요?"

"할멈은 술을 사러 간 게 아니라 자리를 비켜 준 거야. 내가 그렇게 하라고 시켰거든."

"어머, 엉큼하셔라."

반금련은 놀랐다는 듯이 눈을 크게 뜨면서도 안심하는 눈치였다.

"이게 다 당신을 내 것으로 만들기 위한 거야. 당신을 위해서라면 난 아까울 게 없어."

비록 새빨간 거짓말이라는 것을 뻔히 알면서도 이런 말은 상대를 감동시키기에 충분한 것이었다. 반금련은 요염하게 살짝 이를 드러내 보이며 말했다.

"아이, 뭐 그렇게까지……."

서문경은 반금련의 말이 채 끝나기도 전에 그녀를 번쩍 안아 침상에 눕혔다. 그리고는 무슨 거추장스런 물건을 버리듯 자기의 옷을 홀 렁홀렁 벗어 던졌다.

"우리……, 이래도 괜찮을까요?"

"안 괜찮을 게 뭐 있어? 누구도 우리를 떼놓을 순 없어."

"난 몰라요."

반금련은 온몸의 맥을 풀고 반듯이 누웠다. 서문경은 기다렸다는 듯이 침상 위로 올라가 그녀의 곁에 다가앉았다. 그리고는 양파 껍질 벗겨내듯 그녀의 옷을 한 꺼풀씩 차례로 벗기기 시작했다. 그녀는 가만히 눈을 감은 채 숨만 색색거리고 있었다.

이윽고 그녀의 알몸이 드러나자, 서문경은 잠시 황홀한 듯이 내려다보았다. 참으로 희고 탄력 있는 몸뚱어리였다. 서문경의 아랫도리가 터질 듯이 불끈 치솟아 올랐다. 다음 순간 혹 하고 뜨거운 숨을 뿜어내며 서문경의 알몸이 그녀의 알몸 위에 겹쳐졌다.

"어머, 난 몰라."

반금련의 감미로운 신음 소리가 자지러지면서 두 알몸이 요동을 치기 시작했다. 엿가락처럼 늘어지기도 하고 새우처럼 오므라들기도 하다가 마침내 두 알몸이 하나로 휘감겼다.

서문경의 여자를 다루는 솜씨는 참으로 능란했다. 처음에는 봄비가 내리듯 부드럽더니 점차 여름날의 폭우처럼 하늘이 무너지고 땅이 꺼질 듯 격렬해졌다. 그러다가 어느덧 소슬한 가을바람에 낙엽이 지듯 긴 여운을 남기면서 조용히 마무리를 하는 것이었다.

갑자기 방안이 조용해졌다. 창문에 걸려 있던 눈부신 석양도 자취를 감추고 어느덧 땅거미가 지기 시작했다.

"난 이제 어떻게 하면 좋죠?"

반금련이 조그맣게 한숨을 쉬며 중얼거리듯 말했다.

"어떻게 하긴……, 이제부터 당신은 내 것인데 뭘."

"그렇게만 말씀하시지 말고……."

"허허, 여자는 이래서 탈이란 말이야. 한 번 사랑을 하고 나면 요구하는 게 많거든. 아무 염려하지 마. 여차하면 당신 남편한테서 당신을 빼앗아 버리면 그만이니까."

"네? 남편한테서 빼앗다니요?"

바로 그 때 문밖에서 인기척이 나며 왕파가 헛기침 소리를 냈다. 두 사람은 깜짝 놀랐다. 그러나 눈치 빠른 왕파는 그들이 옷을 찾아 입을 시간을 충분히 주려는 듯 한참 있다가 방문을 열었다.

"색시 놀랄 건 없어. 기왕에 일이 이렇게 되었으니, 두 사람이 다 변치나 말고 오래오래 사랑을 나누시구려."

"할머니, 죄송해요."

반금련이 사죄를 하는 듯 깊숙이 고개를 숙이고 말했다.

"나에게 미안할 건 조금도 없어. 사람 사는 게 다 그런 거지 뭐."

"할머니, 제발 부탁이니 이 일이 저의 남편 귀에 들어가지 않도록
해 주세요."

"그런 염려는 하지 말라고. 두 사람을 맺어 준 것이 바로 난데, 내
입으로 그런 말을 할 리가 있겠어?"

"고마워요, 할머니."

반금련의 마음은 착잡하기만 했다. 한편으로 두렵고 죄스런 생각
이 없지 않았지만, 한번 서문경의 품에 안기고 보니 지금까지 자기가
겪었던 남자들에게서는 찾아볼 수 없던 황홀감을 떨쳐 버릴 수가 없
었다. 이제야 제대로 남자다운 남자를 만났다는 생각이 들었다.

자기가 숫처녀의 몸으로 처음 알게 된 남자는 환갑이 넘은 노인네
였고, 두 번째 남자인 지금의 남편은 왜소한 체격만큼이나 체력이 허
약하고 여자를 다룰 줄 몰라 항상 아쉽기만 했던 것이다.

'난 이제 이 남자를 놓칠 수 없어.'

반금련은 속으로 가만히 중얼거렸다.

이튿날 반금련은 무대가 아침을 먹고 행상을 나가자마자 곱게 화
장을 하고 왕파의 찻집을 찾아갔다. 왕파의 부탁으로 삯바느질을 하
러 가는 것이었으나, 마음 한편으로는 서문경과의 밀회를 은근히 기
대하고 있었다.

"아이고, 색시는 부지런하기도 하구먼."

왕파는 칭찬하는 것인지 빈정거리는 것인지 알 수 없는 말투로 반금련을 맞았다.

"내가 너무 일찍 왔나요?"

반금련이 눈치를 살피며 조심스럽게 말했다.

"아니야. 반가워서 한 말이야. 자, 어서 안으로 들어가지."

내실로 들어가자 반금련은 어제의 황홀했던 일들이 떠올라 바느질이 제대로 손에 잡히지 않았다. 혹시나 그 남자가 단 한 번으로 자기를 버리지나 않을까 하는 불안과 함께 그를 기다리는 마음은 시간이 흐를수록 더해 갔다.

점심 먹을 시간이 가까워졌을 때였다. 남자의 헛기침 소리가 들리더니 뒤이어 귀에 익은 목소리가 들렸다.

"할멈 계시는가?"

"예, 여기 있어요."

왕파가 얼른 뛰어 나갔다.

'서문경이 왔구나.'

반금련은 반가운 나머지 맨발로라도 뛰어 나가고 싶었지만, 행실 곧은 요조숙녀처럼 얌전을 빼고 앉아 바느질에 몰두하고 있는 체했다.

"여보, 나 왔어."

서문경은 자기 아내라도 되는 듯 거침없이 '여보'라고 부르며 방으로 들어섰다. 뒤따라 온 왕파가 미리 준비해 둔 술과 안주를 탁자 위에 차렸다.

"그럼 둘이서 맛있게 드세요."

"왜, 같이 들지 않고……"

서문경이 건성으로 인사치레를 하자, 반금련은 이 남자가 참으로 인정 많고 세심한 사람이구나 하고 생각했다.

"어이구, 아니에요. 늙은이가 옆에 있으면 방해만 될 뿐인걸요."

왕파는 언제나처럼 빈정거리는 것인지 어떤지 알 수 없는 묘한 말투로 한 마디 던지고는 친절하게도 방문까지 닫아 주었다.

"이제 우리 둘만 남았구려."

서문경이 달콤한 목소리로 말했다.

"네, 그래요. 모든 게 꿈만 같아요."

반금련이 속삭였다. 서문경은 한 팔로 반금련을 감싸 안고 다른 팔로는 그녀의 옷을 천천히 벗기기 시작했다. 어제와는 달리 반금련이 몸을 이리저리 돌려 호응해 준 덕분에 옷은 순식간에 다 벗겨졌다.

"오, 당신의 살결은 백합보다도 더 희고 아름다워."

"아이, 몰라요. 부끄러워요."

서문경은 가볍게 반금련을 안아 침상 위에 눕혔다. 그리고는 자기도 옷을 벗고 그녀의 옆에 누웠다. 이제 서문경은 조금도 서둘 필요가 없었다. 어제는 첫 시도라서 다소 조급한 마음이 없지 않았지만, 이제는 얼마든지 마음 놓고 즐길 수가 있는 것이다.

그는 먼저 여자의 귀밑머리를 가만가만 혀로 핥다가 귓불을 입안에 넣고 자근자근 깨물었다. 여자가 물결치듯 요동하면서 남자에게 찰싹 달라붙었다. 남자의 입술이 여자의 입술에 겹쳐졌다. 여자는 혀를 내밀어 이에 화답했다. 남자는 맛있는 사탕을 녹여먹듯 여자의 혀를 빨기 시작했다. 그와 동시에 남자의 한 손이 여자의 허리를 미끄러지듯 쓸고 내려갔다. 그 손은 피둥피둥한 여자의 다리를 달래듯 어루만지다가 조심스럽게 허벅지로 옮겨갔다. 여자의 몸이 한번 바르르 떠는 듯했다.

"이게 꿈은 아니죠?"

흥분에 겨운 반금련이 몸을 뒤채며 말했다.

"꿈속의 꿈인지도 모르지."

서문경이 빙그레 웃으며 대답했다.

"이대로 그냥 죽어 버렸으면 좋겠어요."

"아니, 죽긴 왜 죽어?"

"너무도 행복해서요."

반금련이 꿈꾸는 듯한 목소리로 말했다.

두 사람이 달콤한 밀어를 주고받는 사이에 서문경의 손은 어느덧 여자의 가장 깊숙한 곳을 더듬고 있었다. 어제는 서두르느라고 미처 깨닫지 못했는데, 반금련의 그곳은 화창한 5월의 잔디처럼 부드러우면서도 뽀송뽀송했다. 이것이 서문경의 손바닥 아래 나긋나긋 짓눌리면서 촉촉하게 젖기 시작했다.

"이런, 이런……."

그는 손가락을 펴서 숲의 한가운데를 깊숙이 찔렀다. 그러자 꿀샘에서 꿀이 흘러나오듯 그의 손은 삽시간에 흥건히 젖어들었다. 손가락을 타고 전해지는 한없이 부드러운 감촉은 그의 하복부를 터지도록 흥분시켰다.

"아이구, 미치겠네."

마침내 서문경의 알몸이 그녀의 위로 포개졌다.

"아, 더 꼭 안아주세요!"

그녀는 신음 소리를 내며 이를 악물었다. 터져 나오려는 희열의 탄성을 스스로 막기 위해서였다. 그러나 억눌려진 희열은 더 뜨겁고 짜릿하게 그녀를 휩싸는 것이었다.

튼튼하게 만든 침상이 요란한 소리를 내며 삐걱거렸고 두 남녀의 가쁜 숨소리는 점점 높아지다가 드디어 폭발음으로 바뀌었다.

한차례 태풍이 지나간 방안은 다시 조용해졌다. 반금련은 아직도 꿈속을 헤매는 듯 누운 채 몸을 뒤채고 있었고, 서문경은 옷을 입고 탁자에 앉아 남은 술을 기울였다.

이튿날도, 그 다음 날도 반금련은 왕파의 내실에서 서문경과 뒹구는 것을 낙으로 삼았다. 20대 후반의 한창 나이에 좋은 음식과 보약으로 무장된 서문경이었으며, 반금련 역시 20대 초반의 싱싱한 몸으로 서문경의 정력을 감당하기에 부족함이 없었다. 두 사람이 나누는 운우의 정은 아귀같이 악착같았고 옻칠처럼 끈끈했다.

그러나 옛말에 이르기를, 좋은 일은 문지방을 넘지 않지만 나쁜 일은 천 리를 간다고 했다. 보름이 채 못 되어 두 사람의 애정행각이 입에서 입으로 퍼지더니, 어느덧 동네에서 모르는 사람이 없을 정도가 되었다. 반금련의 남편인 무대만 빼고 말이다.

● 무대의 죽음

이 무렵 청하현에는 과일 행상으로 늙은 아버지를 부양하는 운가라는 소년이 있었다. 이제 열대여섯 살이 된 운가는 눈치가 빠르고 영리한 소년이었다. 철 따라 나는 온갖 과일들을 가지고 음식점이나 가게는 물론, 길거리를 지나가는 행인들에게 팔기도 했는데, 서문경은 그런 운가의 가장 큰 단골이었다.

어느 날 운가는 배 한 바구니를 들고 서문경의 약방을 찾아갔다. 그런데 하필이면 그날따라 서문경은 출타하고 약방에 없다는 것이었다.

"그럼 대관인께서는 어디로 가셨는데요?"

운가가 크게 낙담을 하며 약방을 지키고 있는 의원에게 물었다.

"내가 그걸 어떻게 알겠니."

의원은 귀찮다는 듯이 대답했다.

"그러지 말고 좀 가르쳐 주세요. 오늘 이걸 못 팔면 저녁을 굶어야 해요. 아저씨는 짐작 가시는 데가 있을 거 아니에요."

의원은 운가가 측은해 보였던지 목소리를 낮추어 말했다.

"허허, 얘가 참……, 왕파네 찻집 내실로 한번 가 봐. 거기 계실 테니."

"예? 대관인께서 왜 그곳에 계십니까?"

"대관인께서 무대의 마누라와 배가 맞아 매일 왕파네 찻집에서 몰래 만나는 것을 모르느냐? 아무튼 가 보면 알 수 있을 테니, 그리 가 보거라."

운가는 고개를 갸우뚱하며 그곳을 물러나와 왕파의 찻집을 향해 잰걸음을 쳤다. 과일도 팔아야겠지만 의원의 알쏭달쏭한 말이 더욱 궁금했다. 마침 왕파는 찻집 문 앞에서 뜨개질을 하고 있었다. 내실에 있는 두 잡것들이 재미를 볼 수 있도록 자리를 피해 나와 있었던 것이다.

"할머니, 대관인 계시죠?"

운가가 대답도 듣기 전에 찻집으로 들어서려 하자, 왕파가 운가의 가슴을 쥐어지르며 말했다.

"이 녀석, 어디를 함부로 들어가려는 게냐?"

"아프잖아요. 대관인을 좀 뵈려는 것뿐인데 왜 쥐어박고 그러세요?"

왕파는 사뭇 눈을 부라리며 시치미를 뗐다.

"대체 어떤 대관인을 찾기에, 남의 집에 함부로 발을 들여놓느냐 말이다."

"서문 대관인 말입니다. 지난번에 좋은 배가 나오면 갖다 달라고 하셨거든요."

"그럼 약방이나 댁으로 갖다 드려야지, 여기로 오면 어떡하느냐?"

"여기 계신 걸 다 알고 왔는데, 왜 그러세요?"

운가가 계속 우겨대며 조금도 물러서려 하지 않자, 왕파는 운가의 멱살을 쥐고 주먹으로 연거푸 머리를 쥐어박았다. 그래도 성이 안 풀렸는지, 나중에는 배 바구니를 번쩍 들어서 길바닥에 내팽개쳐 버렸다. 운가는 망가진 배를 주어 담으며 울면서 이를 갈았다.

'그래, 내가 이렇게 맞고도 가만있을 줄 아느냐? 무대 아저씨에게 죄다 일러바칠 테니 각오나 하고 있어라!'

운가는 그 길로 무대를 찾으러 사방을 헤맸다. 청하현이 비록 번화하다고는 하지만 역시 시골의 소읍에 불과했다. 게다가 행상들이 다니는 길은 운가가 모두 꿰뚫고 있는지라, 얼마 지나지 않아서 무대를 찾아낼 수 있었다.

"아저씨, 큰일났어요. 아주머니가……, 아주머니가……."

운가는 숨을 헐떡이며 무대를 불러 세웠다.

"왜? 무슨 일인데?"

무대는 영문을 알지 못하고 멀뚱한 얼굴로 물었다.

"아주머니가 지금 왕파네 찻집 내실에서 서문경이와 그 짓을 하고 있어요."

아무리 사람 좋은 무대라 할지라도 그 소리를 들으니 두 눈에서 불꽃이 튀는 듯했다. 상대가 서문경이라는 데에는 은근히 위압감을 느끼지 않을 수 없었지만 그렇다고 해서 이 일을 그냥 덮어 둘 수만은 없는 일이었다. 무엇보다도 분통이 터져서 견딜 수가 없었다. 그리고 운가가 이미 모든 사실을 알고 있는 이상, 그대로 모른 척한다는 것도 안 될 일이었다.

무대는 두 연놈을 꽁꽁 묶어서 현청으로 끌고 가리라 마음먹었다. 간통죄는 법에서도 엄하게 금하고 있는 터였다. 생각해 보면 두 연놈뿐 아니라 왕파도 또한 그냥 둘 수가 없었다. 그 여우 같은 할망구가 자기 찻집 내실에서 두 연놈을 맺어 준 게 분명하니, 그 할망구까지 함께 묶어서 고발하기로 결심했다.

무대와 운가는 각기 몽둥이와 밧줄을 들고 왕파의 찻집으로 쏜살같이 달려갔다. 평소에는 좀 모자라는 듯싶던 무대였지만 한번 성을 내자 무서운 기세로 변했다. 그는 몽둥이를 들고 왕파의 집 뒷문으로 해서 내실로 들어갔고, 운가는 밧줄을 들고 가게로 들어갔다.

운가가 갑자기 가게로 뛰어들자 왕파는 기겁을 했다. 운가는 불문곡직하고 왕파에게 달려들어 수건으로 입을 틀어막은 다음, 버둥거리며 휘저어대는 두 팔을 밧줄로 꽁꽁 묶어 버렸다. 그리고는 주방으로 끌고 가 꼼짝 못하도록 기둥에 묶어 놓았다.

한편, 뒷문으로 들어간 무대는 다짜고짜 내실 문을 왈칵 열어젖혔다. 아니나 다를까, 자기 아내가 실오라기 하나 걸치지 않은 알몸으로 서문경과 한 이불 속에 누워 있지 않은가.

"이 연놈들아, 하늘이 무섭지도 않느냐!"

무대의 호통 소리가 한낮의 찻집을 쩌렁쩌렁 울리자, 깜짝 놀란 두 벌거숭이들은 침상에서 굴러 내려왔다. 서문경은 무대가 몽둥이를 들고 있는 것을 보고는 정신없이 침상 밑으로 기어들어갔고, 반금련은 경황 중에도 옷을 찾아 사타구니를 가리면서 한쪽 구석으로 몸을 피했다.

"이런 개 같은 년."

무대는 분함을 참지 못하고 몽둥이로 반금련을 내리쳤다. 그러나 너무 흥분한 탓인지 몽둥이는 옆에 있던 경대만 박살내고 말았다.

"아이고, 사람 죽네. 나 좀 살려주시오."

반금련은 몽둥이에 맞기라도 한 것처럼 자지러들며 서문경에게 도움을 청했다. 서문경은 정신이 번쩍 들었다. 아무리 죽을 죄를 지었기로 대장부가 침상 밑으로 숨는다는 것은 창피하기 짝이 없는 일이었다. 그리고 상대는 보잘것없는 무대가 아닌가. 생각에 이에 미치자, 서문경은 벌거벗은 채로 벌떡 일어났다.

당황한 무대가 얼떨떨해 하는 사이, 서문경은 무대의 손에서 몽둥이를 빼앗아 무대를 내려치기 시작했다. 매를 견디지 못한 무대가 밖으로 도망가려 하자, 서문경은 다시 무대의 머리채를 잡아 넘어뜨리고는 가슴을 냅다 걷어찼다. 무대는 외마디 비명을 지르며 쓰러지더니, 이내 두 눈을 허옇게 까뒤집고는 축 늘어지고 말았다.

"한 주먹거리도 안 되는 것이……, 감히 누구한테 덤벼들어!"

그제야 서문경은 몽둥이를 집어던지고 옷을 찾아 입으며 씨근거렸다.

"이놈의 할망구는 도대체 뭘 하고 있었던 거야?"

서문경은 왕파까지 혼내 줄 기세로 가게 쪽으로 뛰어 나갔다. 왕파가 보이지 않아 두리번거리고 있는데, 주방 쪽에서 신음 소리가 들려왔다. 서문경은, 입에 재갈이 물린 채 기둥에 묶여 있는 왕파를 보고서야 일이 어떻게 된 것인지 짐작할 수 있었다.

운가는 내실에서 무대의 비명 소리가 들리고, 뒤이어 서문경이 성난 얼굴로 뛰어 나오는 것을 보고는 일이 잘못 되었구나 싶어 줄행랑을 놓고 말았던 것이다.

"운가 이놈, 어디 두고 보자!"

왕파로부터 자세한 얘기를 듣고 난 서문경은, 그제야 겨우 옷을 주워 입고 나온 반금련에게 말했다.

"어서 저 난쟁이 놈부터 집으로 데리고 가서 잘 보살펴 줘. 괜히 죽기라도 하면 골치 아프니까."

방귀 뀐 놈이 성낸다고, 서문경은 잔뜩 화난 얼굴로 휑하니 가게를 나가 버렸다.

왕파의 도움으로 간신히 무대를 집으로 옮겨간 반금련은 혹시나 남편이 그대로 죽지나 않을까 싶어 걱정하면서도 한편으로는 남편이 이대로 죽어 버렸으면 하는 마음도 없지 않았다. 다행히 무대는 얼마 뒤에 정신이 돌아오긴 했지만, 심하게 열이 나고 헛소리까지 했다.

영문도 모르는 영아는 눈물을 찔끔거리며 아버지의 곁을 떠나지 않고 지켰다. 그러나 그뿐이었다. 무서운 반금련에게 단단히 주위를 받고 있는 터라 눈치만 살살 보는 형편이었다. 무대는 이틀 후에야 겨우 입에 떠 넣어 주는 미음을 삼켰다. 그러나 여전히 꼼짝도 하지 못했다.

"여보, 내가 죽을 죄를 지었어요. 다시는 안 그럴 테니, 한 번만 용서해 주세요."

반금련은 두 손을 모아 싹싹 비는 시늉까지 해 보였다.

"여보, 용서해 주는 거죠? 네?"

"그만 둬."

무대는 잠긴 듯한 목소리로 겨우 대답했다.

"그만 두라니요? 그럼 용서해 주지 못하겠단 거예요?"

"으음……."

무대는 대답하기조차 힘에 부친 듯 다시 신음 소리를 냈다.

"사람은 누구나 한 번 실수는 있는 법이에요. 당신은 자기 아내의 한 번 실수도 용서해 주지 못할 만큼 그렇게 옹졸한 사람이었어요?"

"흥! 한 번 실수라고? 꼭 복수하고 말겠어. 무송이 돌아오기만 하면 내 이것들을 가만히 두지 않을 테니, 두고 보라고!"

무대는 너무도 억울하고 분한 나머지 눈물까지 쏟아냈다. 그 말을 들은 반금련은 벌떡 일어나더니 곧장 왕파의 찻집으로 달려갔다. 아무래도 뒤가 켕기고 불안했던 것이다.

"할머니, 야단났어요."

반금련이 호들갑을 떨자 왕파가 놀라서 물었다.

"아니, 무슨 일이기에 이러는 거야?"

"제 남편이 지금, 무송이 돌아오기만 하면 복수를 하겠다고, 이를 갈고 있어요. 무송은 자기 형을 끔찍이 위하는 사람이란 말예요."

"흥! 그 주제에 성깔은 있어 가지고……."

말은 그렇게 했지만, 왕파도 여간 걱정이 되는 게 아니었다.

"아무래도 안 되겠네. 내 당장 대관인의 약방으로 가서 대책을 의논해 봐야겠네."

"그럼, 어서 다녀오세요. 가게는 제가 봐 드릴 테니."

왕파가 서문경의 약방을 향해 가고 있을 때, 마침 저쪽에서 서문경이 휘적휘적 걸어오고 있었다. 왕파가 반색을 하며 마주 다가갔다.

"대관인 어른, 어딜 그리 한가하게 가고 계십니까?"

"음, 할멈네 찻집으로 가는 길이지. 일이 어떻게 됐는지 궁금하기도 해서……."

서문경은 사방을 휘둘러보며 겸연쩍은 듯이 말했다.

"잘 됐군요. 그러지 않아도 제가 지금 대관인 어른을 뵈러 가는 길이었습니다."

"아니, 무슨 일로 나를……? 혹시 무대가 죽기라도 했나?"

"그게 아니에요. 무대 그 놈이 말하기를, 무송이 돌아오기만 하면 이것들을 가만 두지 않겠다고 이를 갈면서 벼르고 있다지 뭐예요. 더구나 반금련의 얘기로는, 무송이 제 형의 일이라면 물불을 가리지 않는다고 하잖아요."

"난 또 뭐라고. 그깟 무송이 돌아오는 게 무슨 대수라고 이리 호들갑인가. 병신이 육갑한다고, 그놈이 매를 덜 맞은 게로군."

서문경은 자못 가소롭다는 듯이 여유 있게 웃어 보이기까지 했다. 그러나 속으로는 마음이 편치 못했다. 자기가 저지른 잘못이 있는 만큼 몹시 켕기고 두렵기까지 했다. 더구나 상대는 경양강에서 맨손으로 호랑이를 때려잡은 무송이 아니던가. 이 청하현에서 그를 상대할 장사가 있을 리 만무했다.

서문경이 불안한 표정을 감추지 못한 채 묵묵히 걷기만 하자, 그의 심경을 모를 리 없는 왕파가 주위를 살피더니 조용히 다가가 속삭였다.

"아예 무대 놈이 찍소리도 못하도록 하면 그만입니다."

서문경은 왕파의 말이 무엇을 뜻하는지 잘 알고 있었다. 아니, 그 역시 그 방법밖에 없다고 생각하고 있었던 것이다. 두 사람 사이에는 다시 긴 침묵이 흘렀다.

잠시 후 왕파의 찻집에 도착한 두 사람은 반금련과 함께 내실의 탁자에 둘러앉았다.

"자, 일이 이쯤 되었으니 앞으로 어떻게 하면 좋겠나?"

지금까지 자신만만해 하던 서문경이 별안간 의논하는 투로 말을 꺼냈다.

"할멈, 무슨 좋은 수가 없을까? 뒤끝 없이 아주 깨끗하게 해결해 버
릴 방법 말이야……."

서문경은 능란했다. 이곳으로 오면서 이미 왕파에게 들은 말이 있
었지만 아무런 대꾸도 하지 않은 것은 다 까닭이 있어서였다. 그것을
왕파의 입으로 말하게 하기 위해서였던 것이다.

"좋은 수가 있긴 합니다만……."

왕파도 지금 서문경이 무슨 말을 원하고 있는지 잘 알고 있었다.

"그게 뭔데? 어서 말해 보라고."

"무대가 아예 입을 놀리지 못하도록 하는 거죠."

왕파는 좀 전에 서문경에게 말한 그대로 말했다.

"입을 놀리지 못하게 하다니요?"

반금련이 알지 못하겠다는 듯이 눈을 동그랗게 뜨고 물었다.

"색시는 그것도 못 알아듣나. 말 그대로지."

"하하하! 할멈의 말이 옳아. 그런 좋은 방법이 있었군. 할멈은 역시
내 장자방張子房이야."

반금련은 서문경이 큰소리로 웃어대자, 자기도 무턱대고 따라 웃
기는 했지만, 그 말이 무슨 뜻인지는 알 수가 없었다.

"할머니, 그게 무슨 뜻인지 좀 자세히 말해 주세요."

"응? 그건 말이지……. 무대를 죽여 없애버리는 거지."

"아니, 뭐라고요?"

반금련이 깜짝 놀라며 눈이 휘둥그레졌다. 그러자 이번에는 서문
경이 나섰다.

"뭘 그렇게 놀라나? 내 말을 잘 들어 보라고. 이번 일이 잘못되면 우리 세 사람이 모두 큰 낭패를 당하게 돼. 그날 무대와 운가 놈이 밧줄을 가져온 걸 봤지? 그들은 우리를 묶어서 현청으로 끌고 가 고발을 하려고 했던 거야. 참 가소로운 일이지. 하지만 무송이란 놈은 달라. 그놈은 맨주먹으로 호랑이를 때려잡아 순포도두가 된 놈이라고. 만일 그놈이 달려들었다면, 우린 꼼짝없이 망신을 당하고 말았을 거야."

서문경의 말은 겁을 주려는 것인지 안심을 시키려는 것인지 도무지 종잡을 수가 없었다. 그러나 그것이 바로 서문경이 노리는 바였다.

"참, 듣고 보니 그렇군요."

왕파는 계속 서문경의 눈치를 살피며 덮어놓고 맞장구를 쳤다.

"아무리 그렇지만 어떻게 사람을 죽여요? 더구나 남편을……, 전 무서워요."

"생각을 해 보라고. 무대 놈이 있는 말 없는 말로 무송을 격동시키면, 그 무지막지한 놈이 무슨 일을 저지를지 어떻게 알아? 왕파의 말이 맞아. 무대 놈의 입을 완전히 틀어막으려면 그 방법밖엔 없어. 그렇게만 된다면 만사가 순조롭게 잘 풀려 나갈 수 있지."

"어떻게 잘 풀려 나간단 말이죠?"

반금련은 솔깃해진 듯 눈을 빛내며 물었다.

"무대를 아주 감쪽같이 죽여 장사를 지낸 다음 병이 들어서 죽었다고 하면 그만 아니겠어. 그러면 아무것도 모르는 무송이 뭘 어떡하겠어. 안 그래?"

서문경은 반금련을 집요하게 설득했다.

"그리고 말이지……, 무대가 죽고 나면 당신은 혼자 몸이 되니 거리낄 게 없어지지 않겠어? 그렇게 되면 남의 눈치 볼 것도 없이 당신을 우리 집으로 데려올 수도 있을 테고……."

마침내 서문경의 마지막 미끼가 던져지자, 반금련의 표정에 현저한 변화가 일어나더니 차츰 미소까지 보이는 것이 아닌가. 그것을 본 서문경은 한시름 놓았다는 듯이 가볍게 한숨을 쉬고는 왕파에게 말했다.

"아무래도 할멈이 또 수고를 해줘야겠어. 내 이 은혜는 잊지 않고 두둑하게 갚음세."

"어이구, 고마우셔라. 제가 뭐 하는 일이 있다고……."

"그러고 보니 목이 컬컬하군. 할멈이 또 특상주를 좀 사다줘야겠어."

서문경이 은전 몇 닢을 꺼내어 왕파에게 건넸다.

"예, 사다 드리고말고요."

이제 그 말은 자리를 비켜 달라는 그들만의 신호가 되어 있었다.

왕파가 돈을 챙겨 들고 나가자, 서문경은 기다렸다는 듯이 반금련을 번쩍 안아들고 침상 위에 눕혔다. 그제야 다소 긴장되어 있던 반금련의 얼굴이 활짝 밝아졌다.

"나를 데려간다는 말……, 그게 정말이에요?"

"암, 정말이고말고. 그 때는 이렇게 숨어서 남의 눈을 피할 필요도 없지. 당신은 정식으로 내 아내가 되는 거니까."

"그 말대로만 된다면 얼마나 좋을까. 나도 이제 당당하게 살고 싶어요."

반금련이 종알거리는 사이에 어느덧 그녀는 서문경의 손에 알몸이 되어 있었다.

"어머, 지금 뭐 하시는 거예요?"

반듯이 누워 꿈속을 헤매고 있던 반금련이 살며시 고개를 쳐들고 물었다. 서문경은 아무 말 없이 허리를 굽혀 혀로 반금련의 발끝에서부터 다리 위로 핥아 올라오고 있었다. 부드럽고 뜨거운 혀끝이 피부에 닿을 때마다 반금련은 온몸이 녹아내리는 듯했다. 반금련은 처음 맛보는 짜릿한 쾌감에 온몸을 내맡기고 있었다.

서문경은 자신의 모든 실력을 발휘해 반금련을 완전히 녹여버릴 작정이었다. 그것은 그녀를 완전히 정복함으로써 그녀로 하여금 남편을 죽여야겠다는 마음을 더욱 굳히도록 하기 위해서였다.

발끝에서부터 시작된 서문경의 정성스런 애무는 무릎을 지나고 허벅지를 거쳐 마침내 그녀의 깊숙한 숲에까지 이르렀다. 서문경의 혀끝은 마치 더듬이라도 있는 것처럼 여자의 민감한 곳을 구석구석 잘도 찾아내 흥건히 적셔 놓았다.

"아아, 이젠 더 못 참아요. 어서 빨리……"

반금련이 흥분을 이기지 못하고 재촉하자, 서문경은 천천히 자신의 알몸을 여자의 알몸 위에 포개면서 입을 열었다.

"여보."

"네?"

"이번이 좋은 기회야. 이번 기회를 놓친다면, 당신과 나는 이것으로 끝이라고. 무송이 놈이 눈을 부릅뜨고 우리 사이를 감시할 테니까 말이야. 마음을 단단히 먹어야 해."

"그건 걱정하지 마세요. 내 손으로 무대를 없애버리고 말 테니까……."

욕정에 사로잡힌 반금련은 다른 생각을 할 겨를이 없었다. 그녀가 지금 원하는 것은 오로지 서문경뿐이었다. 그렇게 무대를 죽이기로 약속한 두 남녀는 불안과 죄의식에서 벗어나려는 듯 더욱 서로의 몸을 탐닉해 들어갔다.

서문경은 반금련과의 정사를 끝내자마자 왕파를 다시 불러들였다.

"할멈, 아직도 안 왔는가?"

"예, 지금 막 술을 사 가지고 오는 참이네요."

왕파가 능청을 떨면서 술병을 들고 들어왔다. 일을 치르느라 목이 말랐던지, 서문경은 자기 잔에 술을 가득히 부어 단숨에 쭉 들이켰다.

"자, 그럼 무대를 어떻게 해치우는 게 좋을까?"

서문경은 이미 마음속으로 그 방법까지 다 결정해 두었으면서도 자신의 입으로는 내뱉고 싶지 않았다. 왕파나 반금련의 입에서 나오도록 유도해야만 나중에 탄로가 나더라도 자기의 죄가 가벼워질 것이기 때문이었다. 뜻밖에도 먼저 입을 연 것은 반금련이었다.

"아무래도 독약을 쓰는 게 낫지 않을까요?"

"역시 그 방법이 좋겠지? 이왕 마음을 굳힌 거 오늘 밤에 당장 해치우자고!"

고개를 끄덕이며 자못 굳은 얼굴을 하고 있던 서문경은 반금련을 똑바로 쳐다보며 다짐하듯 물었다.

"할 수 있지? 당신 말고는 이 일을 할 사람이 없어."

"예, 그건 염려 마세요."

반금련은 두 눈에 빛을 띠며 분명한 어조로 말했다.

"그럼, 밤이 되거든 할멈이 우리 약방으로 오게. 내 약을 줄 테니까…"

"예, 그건 그렇게 하겠습니다만, 그것 말고도 걱정되는 일이 한 가지 더 있습니다."

왕파가 미간을 좁히며 말하자, 서문경이 짜증 섞인 투로 물었다.

"또 뭐가 문제인데? 어서 말해 보게."

"무대가 죽었다고 하면 현청에서 검시관이 검시를 하러 나올 텐데, 만일 독살인 게 들통이라도 나게 되면…"

"허허, 또 쓸데없는 걱정이구먼! 내가 그만한 일 하나 처리 못 할라고…? 아무 걱정 말게."

서문경은 호탕하게 웃으며 큰소리를 쳤다.

그날 밤 왕파가 서문경의 약방을 찾아가자 그는 봉지에 싸인 비상을 은밀히 건네주며 사용하는 방법까지 자세히 설명해 주었다. 잠시 후 찻집으로 돌아온 왕파가 반금련을 부르러 갈까 하고 있는데, 반금련이 먼저 제 발로 찾아왔다. 반금련은 마음을 단단히 먹은 모양인지 비장한 얼굴을 하고 있었다.

"할머니, 그걸 받아 왔나요?"

"암, 받아오고말고. 여기서 이럴 게 아니라 안으로 들어가지."

왕파가 조심스럽게 말하고는 먼저 일어나 내실로 들어가자, 반금련이 그 뒤를 따랐다.

"비상은 굉장히 무서운 독약이야. 일단 목구멍으로 넘어가면 오장육부가 타는 듯이 아파서 비명을 지르게 되고, 곧 눈, 코, 입, 귀 할 것

없이 구멍이란 구멍에서는 피가 쏟아진대. 아무래도 끔찍한 꼴을 봐야 할 테니, 마음을 단단히 먹어야 해."

왕파가 진저리를 치며 잠시 말을 끊자, 반금련이 조바심을 쳤다.

"그래서 어떻게 하면 되는데요?"

"그러니까 말이야. 무대가 비명을 지르기 시작하면 얼른 두꺼운 이불을 뒤집어씌워서 꼼짝 못하게 누르고 있어야 해. 비명 소리가 바깥으로 새나가지 않도록 사방의 이불귀를 꼭 누르고 말이야. 참! 그 전에 미리 뜨거운 물과 수건들을 준비해 두었다가, 숨이 끊어진 다음에 쏟아진 피를 닦고 시체를 염해 버리면 만사는 끝나는 거지."

"알겠어요. 그렇게만 하면 되는 거죠?"

다소 긴장된 얼굴로 듣던 반금련이 별거 아니라는 듯이 말했다.

"그런데 무대에게 감쪽같이 약을 먹일 수 있겠나? 난 그게 제일 걱정이야. 조금 먹고 토해 버리기라도 하면 그 때는 아주 낭패를 보는데……."

"그런 걱정은 붙들어 매세요. 그보다도 혼자서는 무서우니까, 오늘 밤에는 주무시지 말고 기다려 주세요. 일이 끝나면 이리로 모시러 올게요."

"그래, 기다릴 테니까 뒷문으로 와서 문을 두드리라고."

왕파에게 비상을 받아든 반금련이 무대가 누워 있는 방으로 가 보니, 무대는 가랑가랑 가래 끓는 소리를 내며 꼼짝도 못하고 있었다. 반금련은 조용히 무대 옆으로 가 앉더니 두 손으로 얼굴을 감싸고는 홀쩍댔다. 그 기척에 얕은 잠에서 깬 무대가 퀭한 눈으로 물었다.

"울긴 왜 울어?"

"여보, 제가 나쁜 년이에요. 그 파락호한테 속아 당신을 이 지경이 되게 만들다니……. 많이 아프지요. 제가 가슴앓이 약을 지어 왔는데 좀 드셔 보시겠어요?"

무대는 계속 입을 다물고 있었지만, 반금련이 울면서 치료까지 해 준다니 마음이 조금 풀렸다.

"저기……, 그리고요……, 이번 일은 무송 도련님께 말씀드리지 말아 주세요. 다시는 이런 일 없을 거예요. 정말이에요."

그 말을 들은 무대는 속으로 쓴웃음을 지었다. 결국은 무송이 무서워 자신에게 잘해 주는 게 틀림없다고 생각했다.

"알았으니 어서 약이나 가져와. 가슴이 결려서 숨쉬기도 힘들어."

반금련은 왕파에게 받아온 비상을 태연스럽게 무대에게 보이며 말했다.

"의원이 그러는데, 이 약은 잠들기 전에 먹어야 한대요. 그리고 두꺼운 이불을 푹 뒤집어쓰고 흠뻑 땀을 내고 나면 다음날 아침이면 운신을 할 수 있을 거라더군요. 약이 쓰다고 하니 생강차라도 끓여 놓을게요. 조금만 기다리세요."

"그러구려."

부엌으로 나온 반금련은 솥에다 물을 끓인 후, 큰 대야에 흰 수건을 담가 놓고 한참 동안 생각에 빠져 있었다. 어느덧 삼경을 알리는 북소리가 들려오자, 생강차에 비상을 풀어 잘 저은 다음 무대가 누워 있는 방으로 갔다.

"이제 시각이 됐어?"

끙끙 앓고 있던 무대가 눈을 뜨면서 반금련을 올려봤다.

"예, 이제 약을 드시면 돼요. 참, 내 정신 좀 봐. 이 약을 마시고는 땀을 푹 내야 하니까, 두꺼운 이불을 하나 더 가지고 와야지. 잠깐만 기다리세요."

반금련은 옆방으로 가서 이불을 하나 더 가지고 와 무대에게 덮어 주었다. 그리고는 비상이 든 약그릇을 한 손에 들고 다른 손으로 무대를 안아 일으켰다.

"으음…."

무대는 힘겹게 상체를 일으키며 몹시 고통스러운 듯 신음 소리를 냈다. 반금련은 약사발을 무대의 입으로 가져갔다.

"약이 너무 써서 생강차에 타긴 했지만, 그래도 좀 쓸 거예요. 맛은 보지 말고 단숨에 쭉 들이키세요."

무대는 시키는 대로 약사발을 들고 단숨에 쭉 들이켰다. 약맛이 몹시 거슬리는 듯 무대는 얼굴을 잔뜩 찡그렸다. 반금련은 무대가 약사발을 비우자, 얼른 안았던 팔을 풀고 서둘러 무대를 자리에 눕혔다.

약효는 금세 나타났다. 무대는 배를 움켜쥐고 몇 번 신음소리를 내더니 금세 비명을 질러대기 시작했다.

"아이고, 배야! 여보, 이 약 왜 이래? 아이고, 나 죽네!"

그 모양을 본 반금련은 잽싸게 달려들어 이불로 덮어씌운 다음, 그 위에 올라타고 짓이기듯 눌러댔다. 무대의 조그만 몸집이 벌레처럼 꿈틀거리며 작은 비명 소리가 새어 나왔다. 하지만 그것도 그리 오래가지 못했다. 차츰 몸부림이 잦아들더니 이내 방안엔 적막만이 가득했다.

반금련은 한참 동안 더 이불을 짓누르고 있다가 이마에 밴 땀을 닦으며 그 위에서 내려왔다. 왠지 모르게 온몸이 부들부들 떨렸다. 그녀는 혹시라도 무대가 살아 있지나 않을까 하는 생각에 이불을 가만히 들추어 보았다.

"에구머니!"

반금련은 자기도 모르게 비명을 질렀다. 정말이지 눈 뜨고는 볼 수 없는 처참한 광경이었다. 무대의 두 눈은 툭 불거져 나왔고, 코와 입에서는 물론 눈과 귀에서도 검붉은 피가 흐르고 있어 이불 속은 온통 검붉은 피로 흥건해 있었다.

기겁을 한 반금련은 정신없이 방을 뛰쳐나와 왕파의 찻집으로 달려갔다. 잠시 후 반금련의 뒤를 따라 무대의 방으로 들어선 왕파 역시 너무도 참혹한 광경에 얼굴을 돌리며 말했다.

"색시, 어서 뜨거운 물하고 수건을 가지고 와. 우선 이 피부터 닦아내야지."

반금련이 뜨거운 물을 담은 대야와 수건을 가져오자, 왕파는 소매를 걷어붙이고 무대의 몸을 씻기기 시작했다. 먼저 입가를 시작으로 코와 눈, 귀를 차례로 닦고 나서, 항문에 이르기까지 온 몸의 피를 깨끗이 닦아내는데, 처음 하는 일이라 보기 어려울 만큼 능숙했다. 반금련은 그저 그 곁에서 피에 젖은 수건을 빨아서 다시 건네주는 게 전부였다.

"그나저나 색시의 솜씨가 보통이 아니던데. 바로 옆집에서 귀를 세우고 있는 내게도 들리지 않게 감쪽같이 해치우다니……. 참, 딸애도 모르지?"

"예, 오늘 밤은 이층에서 자라고 일찌감치 올려 보냈어요."

"잘 했네. 아주 빈틈이 없구먼. 그보다 이거 큰일이네. 누가 보더라도 이건 독살이라고 단번에 의심을 하겠는걸."

"예? 그럼 어떡해요?"

피를 말끔히 닦아내긴 했지만 무대의 얼굴은 아무래도 그냥 병사한 사람 같지는 않았다. 온 얼굴이 퍼렇게 얼룩져 있는데다가 두 눈알마저 툭 불거져 나와 흐물흐물해져 있었던 것이다.

"뭐, 별 수 없지. 날이 새기 전에 염을 해 버리자고. 혹시 색시 집에 삼베 있어? 삼베가 있어야 염을 할 텐데……."

"어머, 삼베가 없는데 어쩌죠?"

반금련이 걱정스러운 얼굴로 왕파의 얼굴을 쳐다봤다.

"그럼 도리가 없군. 우리 집에 있는 걸 우선 갖다 쓰자고. 내가 죽으면 쓰려고 준비해 둔 게 있지."

"그렇게 해 주세요. 나중에 톡톡히 셈을 쳐 드릴게요."

"하긴 이럴 때 삼베는 값을 열 배로 쳐 준대도 아까울 게 없지."

왕파는 히히 웃으며 자기 집으로 가더니, 잠시 후 삼베를 가지고 왔다.

"어차피 수의도 없을 테니 아무거나 깨끗한 옷을 한 벌 가져오게. 날이 밝기 전에 서둘러 염을 끝내야 하니까."

그들은 먼저 무대의 시신에 깨끗한 옷을 입힌 다음, 삼베로 머리에서부터 발끝까지 겹겹이 감쌌다. 그리고는 삼베를 잘라서 만든 끈으로 여기저기 몇 군데를 질끈 묶었다. 물론 누가 봐도 의심이 가지 않도록 방안 정돈을 말끔히 하는 것도 잊지 않았다.

"그럼, 난 돌아갈 테니 색시는 이제부터 곡을 하고 있어. 날이 밝으면 다시 올게."

왕파가 돌아가자, 반금련은 그 때부터 동네가 떠나가도록 곡을 하기 시작했다.

얼마 후, 새벽 먼동이 트기도 전에 서문경이 왕파를 찾아왔다.

"간밤의 일은 어찌 되었나?"

"요절을 냈지요. 하지만 정말 어려운 일은 이제부터예요. 검시관 하구河九 말입니다. 여간 꼼꼼한 사람이 아니라고 하던데……."

"그 일이라면 걱정하지 말라니까. 아무튼 내 이번에 할멈에게 신세진 건 톡톡히 갚겠네. 그리고 내친 김에 할멈이 아예 장례까지 맡아서 치러 주게. 우선 이걸 장례 비용에 보태도록 하고……."

서문경이 스무 냥을 꺼내 왕파에게 건네주자, 왕파의 입이 함지박만 하게 벌어졌다.

"어이구, 이렇게나 많이……. 무대가 죽어서 호강을 하게 생겼네."

향촉과 지전紙錢 등을 사든 왕파가 상갓집으로 들어서니 곡소리가 크게 들렸다. 눈물은커녕 콧물 한 방울도 흘리지 않으면서도 하도 소리가 요란한지라 왕파는 절로 쓴웃음을 지었다.

'저것이 앙큼해도 보통 앙큼한 여우가 아닐세그려.'

왕파는 죽은 자에게 공양할 국과 밥을 마련하고 한 쌍의 등불을 밝혀 놓았다. 빈소에는 반금련과 영아가 앉아 있었고, 이웃에 사는 몇몇 사람들이 문상을 와 있었다. 영전에 배례를 마친 문상객 중 하나가 반금련을 위로하며 물었다.

"아니, 이게 웬일입니까? 무대가 이렇게 갑자기 죽다니……, 무슨 병이라도 있었나요?"

"평소 가슴이 아파서 약을 먹어 왔는데, 며칠 전 갑자기 쓰러져서는 통 기운을 차리지 못하더군요. 온갖 약을 써 봐도 소용이 없더니 간밤에 그만……."

"그래요? 무대가 가슴이 아팠다는 말은 못 들었는데……."

문상객이 의외라는 듯 고개를 갸우뚱하자, 반금련은 속으로 몹시 당황해 하면서도 태연히 받아넘겼다.

"원체 입이 무거운 분이라 남한테 아프다는 소리를 안 해요. 혼자서만 끙끙 앓고……."

"하기야 그러고도 남을 사람입니다."

문상객은 아무래도 납득이 안 간다는 눈치였다. 그러나 거짓 울음을 우느라 거의 쓰러질 지경이 된 반금련의 말을 믿지 않을 수도 없어 왕파가 차려다 준 음식을 먹는 둥 마는 둥 서둘러 가 버렸다.

차츰 조문객들이 발길이 잦아들자, 왕파는 입관에 필요한 물건을 사들이는 한편, 보은사報恩寺에 있는 승려 둘을 청해 밤샘을 해줄 수 있도록 주선하는 등 부산을 떨었다.

한편 무대가 죽었다는 소식을 전해들은 검시관 하구는 오후 늦게야 집에 나와 터덜터덜 무대의 집으로 발걸음을 옮기고 있었다. 그가 막 입구에 들어서니, 어디서 나타났는지 서문경이 불쑥 튀어나와 불러 세웠다.

"하형! 어디를 그리 급히 가는 거야?"

"아, 예. 요 앞에 사는 떡장수 무대가 죽었다기에 검시하러 가는 중입니다."

"그러면 잠시 나하고 얘기 좀 하다가 가지. 내 긴히 할 말도 있고 하니……."

불과 이십대 후반의 서문경은 쉰이 넘은 하구에게 거리낌 없이 말을 놓았다. 그만큼 서문경의 위세가 당당했던 것이다. 눈치 하나로 먹고 사는 노회한 관원인지라, 하구는 허리를 굽히며 서문경의 기색을 살폈다.

서문경은 하구의 손을 잡고 그의 단골 요릿집으로 데려갔다. 안쪽에 있는 호젓한 방으로 안내된 두 사람이 자리를 잡고 앉자, 이내 최고급 술과 함께 고급 요리들이 차례로 나왔다. 미리 준비가 되어 있었음을 알아차린 하구의 가느다란 눈이 더욱 가늘어졌다.

"진작부터 하형과 술이라도 한잔 할 생각이었는데 그 동안 통 틈이 나지 않더라고. 자, 한 잔 쭉 드시게."

서문경이 술병을 들고 먼저 하구의 잔에 술을 가득 따라 주었다.

"예, 고맙습니다."

하구가 두 손으로 공손하게 잔을 받았.

'이 사람이 대체 무슨 까닭으로 내게 술대접을 하는 걸까?'

하구는 서문경으로부터 술잔을 받아 마시면서도 그것이 궁금했다. 평소에 친분이 있는 것도 아니고 업무상으로도 아무런 연관이 없었기 때문이었다. 술잔이 몇 차례 오가고 어느 정도 술이 오르자, 서문경이 금 한 냥을 꺼내 하구 앞에 내려놓으며 말했다.

"이거 얼마 안 되지만 받아 두시게."

"아니, 제게 왜 이렇게 큰 돈을……. 무슨 영문인지를 모르겠지만, 제게 부탁할 게 있으시면 털어놓고 말씀해 주십시오."

대충 감을 잡은 하구는 얼른 돈을 챙겨 넣으며 자세를 바로잡았다.

"역시 시원시원해서 좋으이. 다름이 아니라, 무대의 시신을 입관할 때 대충 넘어가 주었으면 해서……. 하형이 맘만 먹으면 그리 어려운 일도 아니지 않나?"

"그게 뭐 그리 대단한 일이라고 이렇게까지……. 아무 염려 마십시오. 그런데 사인死因이 무엇이랍니까?"

하구는 저도 모르게 직업의식이 발동했다.

"가슴앓이로 오래 전부터 약을 먹어 왔는데, 그것이 다시 도진 모양이야."

"아, 그래요?"

"유족으로 미망인과 어린 딸아이가 하나 있는데, 집안 형편도 어렵고 하니 검시를 할 때 적당히 눈을 감아 줘서 조용히 장사를 치를 수 있도록 해 주었으면 좋겠네."

서문경이 비록 말은 번드르르하게 잘 했지만, 그 속에 무서운 흑막이 있으리라는 것쯤은 눈치 빠른 하구가 모를 리 없었다. 그러나 주머니 속에서 묵직하게 전해오는 금의 촉감이 그의 양심을 잠재우고 말았다.

요릿집에서 나와 서문경과 헤어진 하구는 술기운에 붉어진 얼굴로 상갓집을 향해 갔다. 일단 사망 신고가 접수된 만큼 검시관으로서 가보지 않을 수 없는 일이었다. 그는 휘청휘청 길을 가면서도 한 가지 의문을 떨쳐 버릴 수가 없었다. 하찮은 난쟁이 행상 하나가 죽은 것을 가지고, 서문경이 무슨 까닭으로 뇌물까지 주면서 부탁을 하는지 영문을 알 수 없었던 것이다.

이윽고 하구가 무대의 집에 들어서니 왕파가 달려 나오며 맞았다.

"왜 이리 늦으셨습니까? 보은사 스님들도 진작부터 와 계시는데요."

"오는 길에 일이 좀 생겨서 그리 됐소."

하얀 상복차림으로 울고 있던 반금련도 하구가 온 것을 보고는 자리에서 일어나 더욱 흐느껴 울었다.

"부인, 너무 서러워 마십시오. 누구나 한 번은 맞이할 일, 주인 양반은 반드시 좋은 곳으로 가셨을 겁니다."

"죽은 사람치고 가련치 않은 사람이 어디 있겠습니까만, 저희 바깥양반처럼 불쌍한 분이 또 어디 있겠습니까. 그동안 속으로 병을 키워온 것도 모르고, 이렇게 허무하게 보내다니……."

하구는 묵묵히 고개를 끄덕이다 무심코 반금련의 얼굴을 보고는 자기도 모르게 입이 벌어졌다. 풀어헤친 칠흑 같은 머리카락 아래로 드러난 새하얀 얼굴이 섬뜩하게 고왔던 것이다. 얼굴뿐만 아니라 몸매에서도 야릇한 매력이 풍겼다.

'아하, 그렇게 된 거였군.'

모든 의문이 한꺼번에 풀리는 것 같았다. 보잘것없는 난쟁이 무대에게 이렇게 아름다운 아내가 있었다는 것, 그리고 서문경이 천하의 바람둥이라는 것이 무대의 갑작스런 죽음과 깊은 연관이 있음을 말해주고 있었다. 그러나 하구는 모르는 척 사무적인 질문을 던졌다.

"임종 시각은 언제지요?"

"삼경이 조금 지나서요."

"임종의 자리에는 누가 있었지요?"

"제가요."

"부인 혼자 있었나요?"

"예."

하구의 질문이 뭔가 심상치 않은 방향으로 나간다고 느낀 왕파가 슬그머니 둘 사이의 대화에 끼어들었다.

"지난밤 삼경이 좀 넘었을 때였어요. 여기 색시가 얼굴이 하얗게 되어 우리 집에 찾아와서는 갑자기 무대가 죽었다고 하지 않겠어요. 바로 옆집에 사는 이웃이고 해서 내가 이렇게 장례 일을 거들어 주고 있다오."

왕파가 묻지도 않은 일들을 주절주절 늘어놓자, 하구는 노려보듯 왕파를 흘끗 쳐다보았다. 뭔가 모르게 이 할망구도 무대의 죽음과 관련이 있는 듯했다.

"그럼, 시신을 좀 볼까요?"

하구가 일어나서 시신이 안치되어 있는 병풍 뒤로 가려 하자, 왕파는 당황해 어쩔 줄 몰랐다. 왕파뿐 아니라 반금련도 사색이 된 얼굴로 자리에서 벌떡 일어났다.

"아니, 뭐가 그리 급하다고……. 우선 술이나 한 잔 드시고 시신은 천천히 보아도 되잖아요. 자, 이리 좀 앉으세요."

왕파가 다급한 나머지 하구의 한쪽 소맷자락을 덥석 잡아끌었다.

"제가 한 잔 따라 드릴게요. 이리 앉으세요."

이번에는 반금련이 유혹이라도 하듯 생글 웃으며 말했다.

"허어, 이거 참……."

하구는 서문경과 먹은 술이 아직 깨지 않은데다가 반금련의 요염한 눈길과 마주치자 그만 마음의 끈이 스르르 풀어지고 말았다.

'돈까지 받은 터에 너무 짓궂게 굴어서도 안 되겠지.'

하구는 엉거주춤 도로 자리에 앉았다. 왕파가 얼른 주방으로 가서 술상을 차려 오자, 반금련이 가늘고 하얀 손으로 공손히 술을 따라 주었다. 하구는 기분 좋게 몇 잔을 연거푸 들이켰다.

"으음……, 그래도 주어진 직책이 있으니, 형식적으로라도 절차는 밟아야지요. 여기까지 와서 시신도 한 번 안 본대서야……."

하구가 혀 꼬부라진 소리로 말하며 일어서려 하자, 이번엔 반금련이 그의 소매를 잡으며 황급히 둘러댔다.

"아이, 보긴 뭘 봐요. 시신을 꼭 눈으로 봐야 하나요. 말로 들었으면 됐지. 게다가 이미 염까지 해 버린걸요."

"뭐, 벌써 염을 해 버렸다고요? 내가 검시를 하기도 전에?"

"대관인께서 염을 하라고 그러시던데요."

"으음, 대관인께서……."

"네. 그래요."

"좋아요. 그럼 염을 한 거라도 한번 보고 가도록 하지요."

하구가 자리에서 일어나자, 왕파가 얼른 달려가서 병풍 한쪽을 걷었다. 흰 홑이불로 덮어씌워진 무대의 시신은 너무도 작고 초라해 보였다. 하구는 홑이불을 잠깐 들춰 보고는 이내 도로 덮어 버리며 자못 엄숙하게 말했다.

"검시가 끝났으니, 입관을 해도 좋소."

그 말을 들은 왕파와 반금련은 가슴을 쓸어내리며 안도의 한숨을 내쉬었다.

하구가 돌아가고 나자, 반금련은 술밥을 준비해서 이웃에 돌리고,

다음날엔 두 승려에게 부탁해 하루 종일 독경을 외도록 했다. 그리고 사흘째 되는 날에는 이른 새벽부터 장의사를 불러 성 밖으로 관을 운반하게 했다.

이렇게 해서 무대의 시신은 화장터에서 한 줌의 재로 변한 후, 근처에 있는 강에 뿌리지고 말았다. 장례에 든 모든 비용이 서문경의 주머니에서 나온 것은 말할 것도 없었다.

모든 일을 마치고 집으로 돌아온 반금련과 왕파는 빈소를 장식하기 시작했다. '망부무대랑지영亡夫武大郎之靈'이라 쓴 위패를 모시고는 그 양쪽에 지전을 주렁주렁 매달았다. 이렇게 해 두어야 주위 사람들의 이목도 속일 수 있을 뿐 아니라, 무엇보다도 무송이 돌아왔을 때 공연한 의심을 사지 않을 수 있을 것 같았기 때문이었다.

이날 밤이 깊어져서야 서문경이 반금련을 찾아왔다.

"내가 너무 늦게 온 건 아닌지 모르겠군."

서문경이 들어서자 반금련과 왕파가 반갑게 그를 맞았다. 오랜만에 세 사람이 탁자에 둘러앉게 되니, 눈치 빠른 왕파가 의자에서 일어나며 물었다.

"술을 좀 가져올까요?"

"허허, 그래도 문상을 왔으니 술 한 잔은 대접받아야겠지?"

서문경은 왕파가 술과 안주를 내오자, 손수 세 개의 잔에 넘치도록 술을 따랐다.

"자, 이제 일도 무사히 끝났으니 함께 건배나 하자고."

반금련과 왕파는 다소 곤혹스러운 표정을 지으며 서로를 마주보았다. 사람을 죽여 놓고서 그 영전에서 축배를 드는 게 영 꺼림칙했던 것이다. 그러나 서문경이 재차 건배를 독촉하자, 마지못해 잔을 들고 건배를 했다. 서문경이 먼저 꿀꺽꿀꺽 단숨에 잔을 비우자, 반금련도 홀짝홀짝 잔을 비웠다. 하지만 왕파는 한 모금 입에 대는 시늉만 하고는 그대로 잔을 내려놓았다.

"두 사람 모두 수고가 많았어. 허허허……."

몹시 기분이 좋은 듯 서문경의 입가에선 웃음이 떠나지 않았다. 그는 연거푸 서너 잔을 비우고 나더니, 일부러 크게 하품을 해 보이며 왕파에게 말했다.

"할멈, 왜 그거 있지……, 특상주 좀 사와야겠어."

"예, 그러지요."

왕파는 혼자서 집으로 돌아가다 말고 고개를 돌려 상갓집을 향해 가래침을 '퉤!' 하고 뱉었다.

'세상에 저런 파렴치한 놈이 있나. 남의 여편네를 데리고 노는 것도 모자라 그 남편을 독살해 놓고 건배는 무슨 얼어 죽을 놈의 건배야. 그래놓고는 특상주를 사오라고? 위패까지 모셔 놓고 그 앞에서 또 그 짓을 할 모양이지. 벼락을 맞아 뒈질 연놈들……. 나 참 더러워서, 그놈의 돈이 원수지, 원수야.'

왕파가 돌아가자 서문경이 빙그레 웃으며 잔에 남은 술을 홀쩍 마셨다. 그리고는 의자를 뒤로 밀고 천천히 일어서며 말했다.

"자, 이제부터 그 동안 밀린 일을 시작해 볼까?"

"안돼요. 이층에서 영아가 자고 있단 말예요."

"영아가 누군데?"

"무대의 딸이잖아요."

"몇 살이나 먹었지?"

서문경은 계집애란 말이 나오자 얼른 나이부터 물었다. 그러자 반금련은 입술을 삐죽 내밀며 눈을 흘겼다.

"열세 살이요. 아직 어린애라니까요."

"어린앤데 무슨 상관이 있어. 어서 이리 오라고."

창문으로 환한 달빛이 흘러 들어오고 있었다. 그 달빛을 받아 소복을 입은 반금련의 모습이 자못 요염하기까지 했다. 서문경은 야릇한 분위기에 젖어들면서 불끈 치솟아 오르는 정욕을 참을 수가 없었다. 천천히 반금련의 옷을 벗기고 두 개의 봉우리를 애무하기 시작하니, 달빛을 바라보고 있던 그녀의 입에서 감미로운 탄성이 흘러 나왔다.

반금련의 옷을 모두 벗겨버린 서문경은 자기 옷도 홀렁홀렁 벗어 던졌다. 그리고는 무슨 생각에선지 혼자 침상으로 걸어가더니, 벌렁 누운 채로 반금련을 뚫어져라 바라보았다.

"왜 그래요? 부끄럽게……."

반금련은 두 손으로 은밀한 곳을 가리며 그에게로 다가가려 했다.

"안 돼. 그대로 가만히 서 있어. 손도 떼고……."

"아이, 부끄럽다니까요."

"당신이 너무 멋있어서 그래. 이제 내 사람이 됐으니 마음 놓고 감상해 봐야지."

매끈하게 빠진 그녀의 알몸이 달빛을 받아 한결 선연하게 드러나고, 풀어헤친 치렁치렁한 검은 머리가 섬뜩하도록 아름답게 빛났다. 한동안 넋을 놓고 바라보던 서문경은 누운 채로 두 손을 내밀어 그녀에게 오라는 시늉을 했다.

반금련은 후다닥 서문경이 누워 있는 침상으로 뛰어올라가 그의 알몸 위로 몸을 포갰다. 그러자 서문경이 몸을 돌려 반금련을 아래로 눕히고 온몸 구석구석을 애무하기 시작했다.

　한동안 달짝지근한 신음 소리를 내고 있던 반금련이 갑자기 벌떡 몸을 일으키더니, 침상 위에 꿇어 엎드렸다. 그리고는 서문경을 바라보며 눈웃음을 쳤다. 그 뜻을 알아차린 서문경은 입가에 미소를 흘리며 몸을 일으켰다.

　"흐흐흐, 짐승이 되자 이거지. 그것 참 재미있겠는데."

　서문경은 반금련의 뒤로 돌아가, 잠시 달처럼 크고 하얀 엉덩이를 주무르고는 이내 자신의 물건을 그녀의 몸속으로 밀어 넣었다. 짐승만도 못한 그들로서는 참으로 어울리는 체위가 아닐 수 없었다. 두 짐승은 그렇게 한 덩어리로 뒤엉켜 날이 새도록 떨어질 줄 몰랐고, 좁은 방 안은 그들이 내뿜는 열기로 뜨겁게 달아올랐다.

● 틀어진 복수

어느덧 세월이 흘러 버들이 푸른 가지를 드리우고, 석류꽃이 붉은 연지를 찍어 놓은 듯 활짝 핀 초여름이 되었다. 무송이 떠난 게 한겨울이었으니 그럭저럭 여섯 달이 지난 것이다. 경양강 고갯마루에 올라선 무송은 가슴을 활짝 펴고 산 아래로 펼쳐진 청하 성내를 내려다보았다.

'형님은 별 탈 없이 잘 계시는지 모르겠군. 그 동안에 영아도 많이 자랐겠지……'

마음이 급해진 무송은 말고삐를 당겨 경양강 고개를 달려 내려갔다. 그는 곧장 형님부터 찾아보고 싶었지만, 우선은 지사에게 임무를 마치고 돌아온 보고부터 먼저 해야 했다.

무송을 맞은 지사는 그 동안의 노고를 치하하며 상으로 금 다섯 냥을 내려주는 한편 손수 술까지 따라 주었다.

"먼 길에 수고가 많았네. 그리고 내 자네가 없는 동안 순포도두 자리를 비워 놓을 수가 없어서 다른 사람을 임명했는데, 언짢게 생각 말게. 조만간 더 나은 자리를 마련해 줄 테니, 당분간은 아무 생각 말고 편히 쉬도록 하게."

"예, 황공합니다."

현청에서 물러나온 무송은 한동안 성내를 돌아다니다가 해질 무렵이 되어서야 형님 집을 찾아갔다. 형님도 없는 집에 가서 형수를 대하기가 껄끄러웠기 때문이었다.

"형님, 제가 왔습니다."

무송이 대문을 열고 큰소리로 형님을 찾으니, 마루 끝에 앉아 실을 잣고 있던 영아가 멀뚱멀뚱 쳐다보고만 있었다. 한참이 지나서야 무송을 알아본 영아는 다짜고짜 울음부터 터뜨렸다.

"아버지와 어머니는 어디 가시고 너 혼자 있는 게냐? 자자, 울지만 말고……."

하지만 그 동안 쌓인 두려움과 설움이 복받쳤던지 영아의 울음은 그칠 줄 몰랐다. 이웃 왕파의 찻집에서 이 울음소리를 들은 반금련은 무송이 돌아온 것을 직감하고 부리나케 달려왔다. 괜히 영아가 쓸데 없는 소리라도 지껄이면 이만저만 큰일이 아니었다.

"아이고, 도련님! 왜 이제야 오셨어요? 형님이 얼마나 기다렸는데……."

반금련은 무송의 소매를 붙잡고 그대로 주저앉으며 대성통곡을 했다.

"아니, 이게 무슨 일입니까? 형님은 어디 계시는데요?"

"돌아가셨어요. 지난 사월 스무날에……."

"형님이 말입니까? 도대체 무슨 일로 돌아가셨단 말입니까?"

무송은 너무도 갑작스런 말에 반금련을 일으켜 세우고는 어깨를 거칠게 흔들며 물었다.

"가슴앓이로요. 도련님이 떠나시고 난 후 때때로 가슴이 아프다고 하시더니 봄부터는 아예 자리보존만 하셨어요. 온갖 약을 써도 아무 소용이 없더니, 기어이……."

"형님께서 가슴앓이로 돌아가셨단 말씀입니까?"

그 순간 문득 무송과 눈이 마주친 반금련은 가슴이 철렁 내려앉았다. 도저히 믿을 수 없다는 듯 무송의 눈빛은 서릿발같이 차갑기만 했다. 그녀는 얼른 다시 고개를 숙이고 기어들어가는 목소리로 가까스로 대답했다.

"예에……."

무송은 도무지 이해할 수가 없었다. 비록 작은 체구 때문에 난쟁이 소리를 듣기는 했지만 비가 오건 눈이 오건 하루도 쉬는 날이 없을 만큼 부지런했고 건강했던 형이었다. 그런 형이 가슴앓이 때문에 죽다니, 무대의 마음속에서는 의심의 골이 더욱 깊어졌다.

한편 반금련은 반금련 대로 무대의 커다란 주먹에서 눈을 떼지 못한 채 가슴을 졸이고 있었다. 호랑이도 때려눕힌 저 주먹이 언제 자신의 머리 위로 떨어질지 모른다고 생각하니, 지난날 무대를 죽인 것이 진심으로 후회되기까지 했다.

"그래, 장사는 어떻게 치르셨습니까?"

"저 혼자서 어떻게 할 도리가 있어야지요. 옆집 왕파의 도움을 받아 사흘 만에 화장을 지냈답니다."

반금련은 더욱 기어들어가는 목소리로 가까스로 대꾸를 했다. 그 말을 듣고, 너무나 기가 막혀 허공만 바라보고 있던 무송은 잔뜩 굳은 얼굴로 문을 박차고 나가 버렸다.

무송은 그 길로 현청 앞에 있는 자신의 관사로 돌아가 소복으로 갈아입고는 군졸 하나를 데리고 나와 등촉과 지전 등을 구하여 다시 형의 집으로 갔다. 반금련은 다시 무송의 얼굴을 대하기가 두려웠던지 어디론가 피하고 없었다. 영아도 삼촌의 살벌한 얼굴이 무서웠던지

제 방에 틀어박혀 꼼짝도 하지 않았다. 무송은 상청 앞에 나가 등촉을 밝히고 영전에 절을 올렸다.

"형님이 이렇게 허무하게 돌아가실 줄 누가 알았겠습니까? 만약에 원통한 죽음을 당하신 것이라면, 부디 현몽이라도 하셔서 제게 일러 주십시오. 형님의 원수는 이 아우가 반드시 갚겠습니다."

잔에 술을 가득 부어 영전에 올린 다음, 무송은 그대로 목 놓아 대성통곡을 했다. 곡을 마친 후 영아를 불러 군졸과 함께 한 상에서 저녁을 먹은 무송은, 평상 두 개를 내어다가 군졸은 중문간에서 자게 하고 자신은 상청 앞에 팔을 괴고 누웠다.

밤은 깊어 삼경을 알리는 북소리가 멀리서 들려왔다. 그 때까지 무송은 이 생각 저 생각으로 잠을 이루지 못하다가 마침내 벌떡 일어나 앉았다. 그 순간 갑자기 상청 아래로부터 한 자락 냉기가 일더니 등촉은 빛을 잃고 지전이 어지러이 날았다. 무송은 머리카락이 곤두서는 것을 느꼈다. 마음을 가다듬고 자세히 살펴보니, 상청 앞에 사람의 형상 하나가 흐릿한 모습으로 나타나 말했다.

"아우야, 괴롭구나. 정말 못 견디게 괴롭구나."

무송이 얼른 앞으로 나서며 한 마디 물어 보려 했으나, 곧 찬 기운이 흩어지면서 사람의 형상은 이내 사라져 버렸다. 고개를 돌려 군졸 쪽을 바라보니, 그는 아무 것도 모른 채 깊은 잠에 빠져 있었다. 무송은 깊은 생각에 빠졌다.

'아무래도 형님께서는 억울한 죽음을 당하신 게 분명하구나. 날이 밝거든 자세히 알아봐야겠다!'

이윽고 날이 밝자, 무송은 검시관 하구를 찾아 나섰다. 하구라면 형의 사인을 잘 알고 있을 것이 분명했다. 하지만 무송이 동경에서 돌아온 것을 일찌감치 안 하구는 그 날로 종적을 감추고 말았다. 하루 종일 하구를 찾다가 허탕을 친 무송은 그만 맥이 풀렸다. 바로 그때였다.

"저어, 혹시 순포도두 나리가 아니신지요?"

어디서 나타났는지 소년 하나가 다가와 꾸벅 절을 하는 것이 아닌가.

"그렇다만……, 넌 누구냐?"

"전 운가라고 하는데 과일 행상을 하고 있습니다. 돌아가신 무대 아저씨랑은 잘 아는 사이지요."

"오, 그랬었구나."

무송은 반가운 나머지 운가의 손을 덥석 잡았다. 사실 운가는 무대에게 반금련의 간통을 일러바친 죄로 서문경의 패거리들에게 반죽음이 되도록 얻어맞고는 보름이나 앓아누웠었다. 그러다 얼마 전부터 겨우 몸을 추슬러 다시 과일 행상을 하던 차에 무송이 돌아왔다는 소문을 듣고, 이제야 서문경에 대한 복수를 할 수 있겠다 싶어 부리나케 달려온 것이었다.

"그런데 무대 아저씨가 왜 돌아가셨는지 아세요?"

"가슴앓이를 앓다가 돌아가셨다고 하더구나."

"가슴앓이는 무슨 가슴앓이……. 무대 아저씨는 병 같은 건 앓지 않았어요. 그건 누구보다도 제가 잘 알아요."

"그럼 왜 돌아가셨단 말이냐?"

"맞아서 돌아가셨어요. 서문경에게 맞아서 말예요."

"뭐라고? 맞아서 돌아가셨다고? 그 서문경이란 놈이 어떤 놈이기에?"

무송의 두 주먹이 부르르 떨렸다.

"왜 약방을 하는 젊은 부자 있잖아요. 대관인이라 불리는……."

"음, 이제야 생각났다. 그런데 그놈이 왜 우리 형님을 때렸지? 형님이 무슨 큰 잘못을 했기에?"

"아이고, 무대 아저씨같이 착한 분이 잘못을 할 리가 있나요? 잘못은 서문경이 저질렀지요."

운가는 분을 이기지 못하겠다는 듯 씨근거리며, 서문경과 반금련이 왕파의 찻집에서 간통을 일삼은 일이며, 그 현장을 덮쳤다가 오히려 역습을 당해 자기는 도망을 하고 무대는 서문경에게 반죽음이 되도록 맞은 일을 자세히 말해 주었다.

"이 천하의 나쁜 연놈들 같으니! 내 이것들을 살려두지 않으리라."

무송은 그 길로 곧장 왕파의 찻집을 향해 달렸다. 거구의 무송이 바람 소리를 일으키며 달려가는 모습은 마치 성난 호랑이가 질주하는 것과도 같았다.

'모든 농간은 다 그 늙은 여우가 부린 게 틀림없다.'

무송이 한달음에 달려왔건만, 왕파의 찻집 문은 굳게 닫혀 있었다.

"이 늙은 여우가 벌써 낌새를 알아차리고 도망을 치고 말았구나."

무송은 분을 삭이지 못하고 주먹으로 문짝을 꽝! 하고 내리쳤다. 커다란 문짝은 그대로 박살이 나 사방으로 흩어졌다. 사람들이 무슨 일인가 하고 모여들자, 무송은 그곳을 떠나 숙소로 돌아왔다.

천정을 향해 깍지를 베고 누운 무송은 앞으로 어떻게 해야 좋을지

곰곰이 생각해 보았다. 아무 잘못도 없이 억울하게 죽은 형의 원혼을 조금이나마 달래주기 위해서라도 세 연놈을 징벌해야 마땅했다. 생각 같아서는 이 길로 곧장 서문경의 집으로 쳐들어가 그 면상을 갈겨주고 싶었지만, 한때는 청하현의 치안을 맡았던 순포도두였고 지금은 발령을 기다리고 있는 관원의 신분이 아닌가. 섣불리 주먹부터 휘두른다면 세상의 비웃음을 면하기 어려울 것이었다. 어디까지나 적법한 방법으로 세 연놈을 징벌하는 것이 옳은 길이라고 생각되었다.

무송은 이튿날 날이 밝기가 무섭게 현청으로 나아가 지사 앞으로 청원서를 제출했다. 형 무대의 죽음이 병사가 아니라 타살일 가능성이 높으니 다시 조사를 해 달라는 것과, 간통을 한 서문경과 반금련은 물론 중간에서 뚜쟁이 역할을 한 왕파를 처벌해 달라는 내용이었다.

그런데 뜻밖에도 청원서는 기각되었다. 말할 것도 없이 서문경으로부터 푸짐한 뇌물을 받은 지사가 뇌물값을 하느라고 그렇게 된 것이었다.

이런 속사정을 모르는 무송은 지사의 처분을 도저히 납득할 수가 없었다. 그는 지사를 직접 만나서 호소해 볼 수밖에 없다고 생각하고는 그날 저녁에 지사의 관저로 찾아갔다.

지사는 무송이 왜 찾아왔는지를 뻔히 알면서도 짐짓 모르는 척 반갑게 맞아 주었다. 호화로운 응접실에서 지사와 마주 앉은 무송은 곧바로 찾아온 용건을 말했다.

"제가 상공께 올린 청원서는 보셨는지요?"

"음, 보았지."

"그 청원서가 왜 기각되었는지 이유를 알고 싶습니다."

"그건 말일세, 자네가 뭔가 오해를 하고 있는 것 같더군."

무송의 무뚝뚝한 어조에 비해 지사의 목소리는 부드럽고 온화했다.

"오해라니요?"

"그럼 한 가지 물어 보겠네. 자네 형이 서문경에게 맞아서 죽는 걸 보았는가?"

"직접 보지는 못했습니다만, 본 사람이 있습니다. 과일 행상을 하는 운가라는 소년입니다."

"운가라는 아이가 본 것이 무엇이라고 하던가?"

"저의 형님이 서문경에게 두들겨 맞아서 입으로 피를 토하며 쓰러졌다고 했습니다."

"그래서 그 자리에서 죽었다고 하던가?"

"그런 건 아니고 며칠 뒤에……."

"이보게, 옛날부터 밀통은 현장이 증거, 절도는 장물이 증거, 살인은 상처가 증거인 게야. 그런데 지금 자네는 타살되었다는 형의 시신도 없고, 형수가 밀통했다는 현장도 적발하지 못하지 않았는가. 게다가 검시관 하구는 병사가 틀림없다고 기록해 놓았더군. 공정한 입장에서 판단을 내려야 하는 내가 일개 소년의 말을 믿어야 하겠는가, 검시관의 말을 믿어야 하겠는가?"

생각지도 못했던 지사의 말에 무송은 굳게 입을 다문 채 목에까지 차오르는 분을 가까스로 참았다.

"그러니까 공연한 의심을 버리고, 돌아가 쉬도록 하게. 내 곧 좋은 자리에 발령을 내줄 테니까."

"예, 잘 알겠습니다."

결국 무송은 지사의 도움으로는 형의 원수를 갚을 수 없음을 깨닫고는 순순히 현청에서 물러나왔다. 하지만 그의 가슴속의 불길은 이제 걷잡을 수 없을 만큼 커져 있었다. 이제 남은 일이라곤 연놈들을 찾아가 형님의 복수를 하는 일뿐이었다.

　　무송은 그 길로 서문경의 약방으로 달려갔다. 안을 들여다보니 경리인 부이숙이 마침 탁자 앞에 앉아 계산서를 뒤적이고 있었다.

　　"서문경은 지금 어디 있느냐?"

　　우레 같은 호통 소리에 깜짝 놀라 고개를 쳐든 부이숙은 상대가 무송인 것을 알고는 먼저 몸부터 떨기 시작했다.

　　"대관인께서는 지금 출타 중이십니다."

　　"이놈, 추호라도 거짓이 있을 땐 네놈부터 먼저 요절을 내고 말 테다."

　　"제가 왜 도두님께 거짓을 아뢰겠습니까. 대관인께서는 조금 전 친구분과 함께 사자가獅子街에 있는 요릿집에 가셨습니다."

　　뱀에게 혼이 빠진 개구리처럼 얼굴빛이 하얗게 질린 부이숙을 뒤로 하고 무송은 바람처럼 사자가로 향했다.

　　한편 요릿집 이층에서는 현청의 하급 관리인 이외전李外傳이 서문경의 술을 얻어먹으며 온갖 아첨을 떨고 있었다.

　　"이번에 지사께서 신경을 많이 써 주셨습니다. 그렇지 않았더라면 대관인께서도 봉변을 면키 어려웠을 겁니다. 물론 소인도 대관인을 위해서 나름대로 애를 좀 썼지요. 헤헤……."

　　"내가 왜 그걸 모르겠나. 정말 수고 많았네. 그러니 오늘은 마음 놓고 들게나."

서문경은 흡족한 얼굴로 이외전에게 연신 술을 권했다.

"대관인께서는 이제 마음을 푹 놓으십시오. 청원서까지 기각된 마당에, 제 아무리 무송이라 해도 어떻게 해 볼 도리가 없을 테니까요. 현청에서 물러나는 그 놈의 얼굴을 보셨어야 하는데……. 아주 가관이었습니다."

이 이외전이란 사내는 현청 관리라는 것을 내세워 크고 작은 송사에 관여해 진드기처럼 피를 빨아 먹는 놈이었다. 백성들 사이에 송사가 벌어질 경우 교묘한 방법으로 양쪽 모두에 정보를 팔아 이중으로 돈을 옭아내는 일이 다반사였다.

그날도 지사가 무송의 청원서를 기각한 것을 마치 자기의 공인 것처럼 생색을 내면서 닷 냥이라는 적지 않은 돈에다가 술대접까지 받고 있는 중이었다. 그러나 지사까지 다 주물러 놓아 한 시름 놓고 있는 서문경으로서는 이외전의 씨부렁거리는 소리가 제대로 귀에 들어올 리 없었다. 그저 건성으로 들으면서 무심코 창 밖을 내다보았을 때였다.

문득 거리 저편에서 무송이 살기등등하게 이쪽으로 걸어오고 있는 것이 눈에 띄었다. 칠 척 거구에 살기까지 품은 무송의 얼굴을 보는 순간 서문경은 그만 모골이 송연해짐을 느꼈다. 무송에게 잡히기라도 하는 날에는 그 무쇠 주먹에 뼈도 못 추릴 것만 같았다.

서문경은 지체하지 않고 들창으로 빠져나가 도둑 고양이처럼 지붕을 타고 넘어 옆집의 뒤뜰로 훌쩍 뛰어내렸다. 그리고는 뒤도 돌아보지 않고 줄행랑을 치고 말았다.

한 걸음 늦게 요릿집에 이른 무송은 대문 안에 들어서기가 무섭게 요릿집 주인의 멱살부터 거머잡았다.

"서문경이 여기에 있지!"

주인은 무송의 험상궂은 얼굴에 기겁을 하며 대답했다.

"예, 예…… . 이층에서 손님과 술을 들고 계십니다."

주인의 대답이 끝나기도 전에, 무송은 단숨에 이층으로 뛰어올라갔다. 벌컥 문을 열어젖히자 서문경의 모습은 보이지 않고 조그만 체구의 사내 하나가 거나하게 취한 채 양 옆으로 두 계집을 끼고 앉아 있었다.

무송이 누군가 하고 자세히 살펴보니, 현청의 하급 관리로 송사가 벌어질 기미만 보여도 귀신같이 냄새를 맡고 달라붙는 이외전이었다.

'이놈이 서문경에게 술을 얻어먹고 있는 걸 보니, 또 누군가의 등을 친 게 분명하군.'

무송은 속으로 짐작을 하며 그의 앞으로 성큼성큼 걸어갔다.

"서문경은 어디 있느냐?"

이외전은 자기 앞에 버티고 선 사람이 무송임을 알고는, 저도 모르게 두 손을 싹싹 비비며 빌기 시작했다.

"도두님, 살려 주십시오. 저는 그저 시키는 대로 했을 뿐입니다요."

도둑이 제 발 저리다고, 이외전은 너무도 두려운 나머지 안 해도 될 말을 입 밖에 내고 말았다.

"아니, 이놈이 뭐라고 주절대는 거야?"

"지사께서 서문경의 뇌물을 받고 도두님의 청원서를 기각한 것일 뿐, 저 같은 하급 관리가 무엇을 알겠습니까요?"

일은 엉뚱한 쪽으로 흐르게 되었다. 무송은 그저 이외전의 말이 무슨 소린지 몰라 되물은 것이었는데, 이외전은 그것이 자기를 추궁하는 말인 줄 알고 실토를 하고 만 것이었다.

"어쩐지 지사 놈의 짓거리가 수상쩍다 했더니, 과연 그랬었구나."

이외전의 말을 듣고 난 무송은 온몸의 피가 거꾸로 치솟는 것을 느꼈다. 머리카락은 고추 서고 움켜쥔 주먹은 분노로 떨렸다.

"도두님, 제발 살려 주십⋯⋯."

파랗게 질린 이외전이 다시 뭐라고 입을 놀리기도 전에 무송의 바위덩어리 같은 주먹이 먼저 그의 면상을 정통으로 내리쳤다.

"컥!"

처절한 비명 소리와 함께 이외전이 뒤로 넘어가자, 무송은 가볍게 그를 번쩍 들어 이층 아래의 땅바닥으로 내던졌다. 온몸이 피투성이가 된 채 이외전은 그대로 두 다리를 쭉 뻗으며 황천길로 가고 말았다.

요릿집 주인은 반쯤 얼이 빠져 벌벌 떨기만 했고, 지나가던 사람들도 우르르 몰려왔다가 이층에서 무송이 분을 풀지 못해 씩씩거리며 서 있는 것을 보고는 모두 그 자리에 얼어붙고 말았다.

"도두님, 그자는 서문경이 아닙니다. 사람을 잘못 보셨습니다."

모여든 사람들 속에서 누군가가 소리쳤다.

"아니다. 내 송사에 이놈이 끼어들지 않았을 리 없다. 그리고 그 덕에 서문경 놈에게 술을 얻어먹고 있었음이 분명하다."

얼마 지나지 않아 급보를 받고 현청의 포교들이 달려왔다. 그러나 상대가 무송임을 알자, 모두들 섣불리 달려들지 못한 채 어물어물했다. 더구나 얼마 전까지만 해도 상전으로 모시던 도두가 아닌가.

"도두님께서는 오라를 받으십시오."

"흥! 내가 죽어 마땅한 놈을 죽였는데, 그것도 죄가 되느냐?"

무송이 코웃음을 치며 내뱉듯이 말했다.

"그래도 국법을 어기셨으니……."

"음, 알았다. 내가 음부淫婦와 간부奸夫를 죽이지 못하고 잡히는 게 분할 뿐이지만, 너희들이 무슨 죄가 있겠느냐. 자, 와서 묶어라."

무송이 갑자기 하늘 우러러보고 길이 탄식을 한 다음 순순히 이층에서 내려와 포교들에게 손을 내밀자, 군중들 사이에서 탄성이 터져 나왔다.

"무 도두님이야말로 하늘이 내린 대장부시다!"

저마다 비분해 하고, 원통해 하는 군중들은 잡혀가는 무송을 둘러싸고서는 현청까지 따라 들어갔다. 보고를 받고 기다리고 있던 지사는 시꺼먼 눈썹을 꿈틀거리며 노여움을 감추지 못했다.

"내 말을 듣지 않고, 기어이 네놈이 일을 저지르고 말았구나. 괘씸한 놈 같으니!"

지사는 무송을 하옥하라 명하고는 뒤도 돌아보지 않고 들어갔다.

옥에 갇혀 사형이 집행될 날을 기다리는 무송은 너무나도 분하고 허망해서 견딜 수가 없었다. 지난해 가을에는 경양강 호랑이를 맨 주먹으로 때려잡은 덕에 순포도두가 되고, 형을 만나는 기쁨을 누리더니, 불과 1년도 채 안 되어 사형수의 몸이 되고 만 것이다. 생각하면 할수록 어이가 없어 도리어 웃음이 나올 지경이었다.

그러던 어느 날, 뜻밖에도 무송에게 감형이 내려졌다. 청하현에서 이천 리나 떨어진 맹주孟州 땅의 유배지로 귀양을 가게 된 것인데, 자신의 사사로운 심부름으로 동경까지 다녀온 무송의 공로를 저버릴 수 없었던 지사가 마음을 바꾸어 사형만은 면하게 해 주었던 것이다.

멀고 험한 맹주 땅으로 유배를 간다는 것은 살아서 돌아올 가망이 거의 없는 일이었으나, 무송은 목숨을 부지하게 된 것을 천만 다행으로 생각했다. 어떠한 일이 있어도 반드시 살아서 돌아와 그 연놈들을 잡아 죽이고 말겠다고 다짐하며 이를 악물었다.

● 반금련과 춘매

무송이 맹주로 귀양을 가고 나자, 서문경은 반금련을 자기 집에 들이고 뜰 한가운데의 별채를 그녀의 처소로 정해 주었다. 여러 개의 크고 작은 문을 지나 안으로 들어가면 가지각색의 화초들이 피어 있는 가운데 조그만 연못에는 붕어들이 한가롭게 노닐고 있었다. 한낮이 되어도 사람들의 출입이 많지 않은 호젓한 별채였다.

서문경은 반금련을 위해 열여섯 냥이나 되는 큰 돈을 들여 흑칠에다 오색의 그림을 수놓은 침대와 금으로 테를 두른 붉은색의 휘장, 그리고 상아로 만든 과자 그릇을 비롯해서 탁자와 의자 등 필요한 가구를 모두 갖추어 주었다.

뿐만 아니라 본처의 몸종인 춘매春梅를 붙여 주고, 그것도 모자라 여섯 냥을 주고 계집아이 하나를 새로 사들여 추국秋菊이란 이름을 지어 주고 밥 짓는 종으로 부리도록 해 주었다.

그 때 서문경에게는 이미 네 명의 부인이 있었는데, 반금련이 다섯째 부인으로 들어앉게 되자, 전처나 소실들이 좋은 낯으로 보아줄 리가 없었다. 아무리 부덕이 높은 요조숙녀라 할지라도 시샘이 없을 수 없었던 것이다. 게다가 서문경이 반금련에게 온갖 호사를 다 시켜 주는 걸 보고는 분통을 터뜨리는 여자도 있었다.

반금련이 들어오고 그 다음날의 일이었다. 머리를 빗고 화장을 한 다음 화려한 옷으로 갈아입은 반금련은 춘매에게 차를 들려서 정실인 오월랑의 방으로 인사를 갔다.

오월랑은 의자에 비스듬히 앉은 채 몸 하나 까딱하지 않고 반금련을 바라보기만 했다. 반금련이 머리가 방바닥에 닿도록 네 번 절을 하고 나서 예물로 신 한 켤레를 올리니, 그제야 오월랑은 자세를 고쳐 바로 앉았다.

오월랑이 예물을 거둬들이는 것을 기다려 반금련은 옆에 앉아 있는 둘째 이교아, 셋째 맹옥루, 넷째 손설아에게도 차례로 절을 해 각각 자매의 예를 올린 다음, 한 옆으로 나가 공손히 서 있었다.

"애, 새 아씨에게 의자를 갖다드려라."

오월랑이 여종에게 명하여 반금련을 옆에 앉도록 했다.

"오늘부터 이 새 아씨를 오랑五娘이라고 부르렴."

다섯째 마님, 그러니까 이 말 속에는 '너는 다섯째이니 함부로 날뛰지 말라'는 뜻이 담겨 있었다.

조심스레 의자에 앉은 반금련은 오월랑이 다른 사람에게 말하고 있는 틈을 타, 곁눈질로 거기에 앉아 있는 여자들을 한 사람씩 관찰하기 시작했다.

먼저 오월랑은 은쟁반같이 둥그스름한 얼굴에 눈이 유난히 반짝이는 것이 인상적이었다. 나이는 이십칠팔 세 정도로, 비교적 말수가 적고 침착해 보여 과연 정실답다는 생각이 들었다.

둘째인 이교아는 뚱보라고 해도 좋을 만큼 풍만한 육체에도 불구하고 귀염성이 있어 보였다. 화류계에서 노래로 한 몫 보던 기녀妓女 출신으로, 이불 속의 비술이 뛰어나다는 소문이었다.

셋째인 맹옥루는 이 집에 들어온 지 얼마 안 되었다고 하는데, 배꽃처럼 하얀 얼굴에 늘씬하게 큰 키, 허리는 바람에 나부낄 듯 가늘었다. 얼굴에 드문드문 박혀 있는 주근깨는 도리어 자연스러운 매력을 느끼게 하고, 예쁘장한 작은 발은 남자들의 눈길을 끌기에 충분했다.

넷째인 손설아는 여종 출신이었으나, 자색이 뛰어나 서문경이 머리를 얹힌 것이라고 했다. 자그마한 체구에 나긋나긋한 몸매는 여자들의 마음까지도 설레게 했다. 음식 중에서도 특히 생선국을 잘 끓여 모두에게 인기가 있었는데, 춤 실력도 수준급이라고 했다.

얼핏 보아도 서문경은 특색 있는 여자들을 잘도 골라서 모아 놓았다는 생각이 들었다. 그것이 한편으로는 얄밉기도 했지만, 다른 한편으로는 서문경이 과연 천하의 한량이라 여겨져 자랑스럽기조차 했다.

그로부터 반금련은 매일같이 아침이면 일찍 식사를 마치고 나서 오월랑의 방으로 가 바느질을 하기도 하고 말벗이 되어 주기도 했다. 항상 공손한 태도를 잃지 않고 하인들에게도 오월랑을 두고 말할 때는 반드시 '큰마님'이라 높여 불렀기 때문에, 오월랑도 날이 갈수록 반금련이 마음에 들어 자기도 그녀를 부를 때는 꼭 '육저六姐'라고 해서 마음으로 사랑한다는 뜻을 표했다.

오월랑이 반금련을 육저라고 부르는 것은 반금련이 친정 형제간의 순서로 보아 여섯째가 된다고 해서 일종의 애칭으로 부르는 것이었다. 뿐만 아니었다. 옷이며 장신구며 온갖 장식품들을 주기도 하고, 끼니때가 되면 밥도 한상에 같이 먹곤 했다.

그러자 이런 광경을 보는 다른 측실들의 배알이 뒤틀리지 않을 수 없었다. 그들은 저마다 한 마디씩 불평과 불만을 쏟아내었다.

"저건 뭐야. 들어온 지 얼마나 되었다고……."

"그러게 말이야. 앙큼한 것이 아양을 떠는 꼴이라니."

"저것도 저것이지만, 월랑이 하는 짓은 또 뭐야. 우리들은 거들떠 보지도 않고 반금련만 끼고도니."

반금련이 그러한 눈치를 모를 리 없었다. 그러나 반금련은 그들이 뭐라고 하든 개의치 않았다. 내실의 주장이 되는 오월랑의 귀여움을 독차지하고 있는데다 밤만 되면 어김없이 서문경이 찾아와 운우지락을 누릴 수 있기 때문이었다.

반금련이 서문경의 집으로 들어오고 일주일쯤 지나자, 서문경은 큰 잔치를 벌였다. 반금련을 새 식구로 맞은 데다, 앓던 이 같던 무송이 맹주로 귀양을 떠났으니 한바탕 주연을 벌이지 않을 수 없었던 것이다.

이윽고 비단 장막을 치고 열두 폭 병풍을 둘러놓은 부용정芙蓉亭 중앙에 서문경이 좌정한 가운데 정부인 오월랑, 둘째 부인 이교아, 셋째 부인 맹옥루, 넷째 부인 손설아, 그리고 다섯째 부인 반금련이 차례로 들어와 자리를 잡고 앉았다.

북쪽으로는 악사들이 일렬로 늘어앉았고, 네 기둥 짬에는 남녀 하인들이 붙어 서서 시중을 드는데, 한가운데에 마련되어 있는 큰 상 위에는 산해진미가 그득했다.

"오늘은 상하 구별 없이 다 함께 즐기자꾸나."

근래에 서문경이 이날처럼 즐거워 보인 적은 없었다. 그는 무송을 죽음의 귀양길로 보낸 것이 그리도 좋은지, 혼자 웃고 혼자 지껄여 댔다.

"자, 부어라. 오늘같이 기쁜 날 마음껏 취해 보자꾸나."

향로에서는 은은히 향이 타오르고 금으로 만든 화병에는 아름다운 꽃들이 꽂혀 있었다. 화려한 그릇들은 상주象州의 소산이고, 바람에 흔들리는 주렴은 합포合浦의 야광주로 엮은 것이었다.

눈부신 수정 접시에는 방금 불에 구운 대추와 배가 담겨 있고, 푸른 옥잔에는 향기로운 술이 넘실거리고 있는데, 쟁반 위에는 곰의 발바닥과 낙타의 발톱, 이천伊川의 방어에다 낙하洛河의 잉어 등 이루 말할 수 없는 진미 중의 진미와 별미 중의 별미가 다 놓여 있었다.

서문경을 비롯한 다섯 부인들이 한창 술을 마시고 있을 때, 시중드는 아이 대안玳安이 아주 예쁘게 생긴 두 아이를 데리고 들어왔다. 하나는 계집아이였고 또 하나는 사내아이였다.

"이웃의 화태감花太監 댁에서 마님들의 머리에 꽂으시라면서 꽃을 보내왔습니다."

그러면서 고개를 돌려 두 아이를 가리키니, 그들은 잠시 얼굴을 붉히며 수줍어하다가 서문경과 오월랑 앞으로 나아가 절을 했다.

"저희 마님께서 이 꽃과 과자를 나리의 마님께 갖다 드리라고 하셨어요."

"음, 그래."

서문경이 두 아이가 올리는 상자를 받아 열어 보니, 하나는 대궐 안에서나 쓰는 고명을 넣은 산초떡이 들어 있고, 다른 하나에는 금방 잘라 넣은 듯한 옥잠화가 들어 있었다.

"이렇게 귀한 것을 보내주시다니 우리는 무엇으로 답례를 하지."

오월랑은 매우 기뻐하면서 아이들에게 상 위에 있는 과자랑 음식을 먹게 한 뒤에 수고한 값으로 돈 백 문씩을 쥐어 주었다.

"돌아가거든 너의 댁 마님께 고맙다는 말씀을 전해 다오."

오월랑이 이렇게 말하며 유심히 소녀의 얼굴을 바라보았다.

"그런데 네 이름이 뭐지?"

"전 수춘琇春이라 하고요, 이 앤 천복天福이라 합니다."

소녀는 눈언저리가 도톰하고 양 볼이 잘 익은 복숭아처럼 발그레한 게 같은 여자가 봐도 그냥 베어 먹고 싶도록 귀여웠다.

"둘 다 참 귀엽게 생겼구나."

아이들을 보내고 나서 오월랑이 서문경을 돌아보며 말했다.

"옆집 부인은 참 인정도 많은 분이에요. 수시로 아이들을 시켜서 무얼 보내오는데도 우린 한 번도 답례를 못했네요."

"그래서 그 집 주인 화자허花子虛가 늘 자기 입으로 마누라 하나는 참 잘 얻었다고 자랑하더라고. 그런 사람이 아니고서야 어떻게 저런 참한 아이들을 구해 놓을 수 있겠어."

"저도 한 번 그 부인을 잠깐 본 적이 있는데, 자그마한 키에 피부도 희고, 얼굴도 아주 곱고 얌전하게 생겼더군요. 나이도 아직 스물너댓 살밖에는 안 돼 보이던데요."

"잘 모르는 모양인데, 그 부인은 본시 대명부 양중서梁中書의 소실이었어. 그러던 게 지금 화자허한테로 와 있는 거니까, 벌써 두 번째인 셈이지. 아마 돈도 상당히 많이 챙겨 가지고 왔다던데."

"어머, 그랬었군요."

이 화자허의 부인은 성이 이李가요 이름은 병아甁兒로, 이런저런 연고로 양중서의 소실로 들어가게 되었다. 양중서는 당대의 세도가인 동경 채태사蔡太師의 사위였는데, 그의 부인, 곧 채태사의 딸이 어떻게나 질투가 심하던지, 얼굴이 반반한 소실과 여종들을 무수히 때려 죽여서 뒤뜰에 묻었다고 한다.

그 때 이병아는 바깥채에서 유모와 함께 지내면서 겨우 화를 면하고 있었는데, 정화政和 3년 정월 상원절上元節 밤에 저 유명한 양산박梁山泊의 흑선풍黑旋風 이규李逵가 양중서 일가족을 몰살시키는 사건이 일어났다. 그 때 마침 양중서는 본부인과 함께 취운루翠雲樓에 있다가 이 소식을 전해 듣고는 목숨만 달고 멀리 도망을 쳤다. 그 바람에 이병아도 서양 진주 백 개와 두 냥짜리 흑보석 한 쌍을 가지고 유모와 같이 동경에 있는 친척집으로 피해 갔다.

그즈음 황제의 총애와 신임을 받고 있던 화태감花太監이란 자가 있었다. 그가 지금의 광서성 용승현의 진수鎭守로 발령을 받아 가게 되었는데, 조카인 화자허가 마침 독신으로 있는 것을 알고 중매쟁이를 통해 이병아를 정실로 맞아들이게 했던 것이다. 이리하여 화태감이 용승현으로 그들 부부를 데리고 갔던 것인데, 그곳에서 반년도 채 못 되어 화태감이 병을 얻어 사직하고 그의 고향인 청하현의 집으로 돌아오게 되었다.

그러나 얼마 안 가 그 화태감이 죽자, 유산은 깡그리 화자허에게로 돌아왔다. 화자허는 원래가 건달에다 바람둥이인지라, 허구한 날 친구들과 어울려 기방을 전전했다. 그러다 보니 서문경과도 자연스레 어울리게 되었고, 지금은 서로 각별하게 지내는 사이가 되었다.

평소 서문경은 이병아에게 남다른 관심을 가지고 있었다. 옷차림이나 몸가짐, 말씨는 정숙한 부인으로 보이면서도 남자들의 시선을 끄는 야릇한 매력이 온몸에서 풍기는 여자였던 것이다. 그러나 친구의 아내인지라 감히 딴생각을 품지 못하고 있던 터였다. 그런데 그 이병아가 뜻밖의 선물을 보내왔으니, 저절로 마음이 들뜨기 시작했던 것이다.

"이런 좋은 자리에 노래가 빠져서야 쓰나. 자, 누가 먼저 한 곡 뽑아 볼 테냐?"

그러자 서로 눈치를 보는 가운데 하녀 하나가 슬그머니 일어서더니 수줍은 듯 얼굴을 빨갛게 물들이며 말했다.

"제가 한 곡 불러도 되겠습니까?"

춘매였다. 이제 겨우 열여섯 살로 귀밑에 솜털도 채 가시지 않았지만 어딘지 모르게 처녀티가 서서히 감도는 풋풋함이 느껴졌다.

"오! 춘매로구나. 그래, 어서 한 곡조 뽑아 보거라."

서문경은 대견한 듯 춘매를 넌지시 바라보며 흡족해 했다. 평소에는 그저 예사로 보아 온 계집이건만, 오늘따라 차츰 벌어져가고 있는 엉덩이 쪽으로 시선이 갔다.

뜻밖에 춘매의 노래 솜씨는 보통이 아니었다. 매끄럽고 고운 목소리로 제법 유창하게 뽑아나가며 가볍게 몸까지 살랑살랑 흔들어 대는 것이 보는 사람의 애간장을 녹게 했다. 춘매의 노래가 끝나자 떠나갈 듯한 박수가 터져 나왔다. 서문경도 의외라는 듯이 칭찬을 아끼지 않았다.

"우리 춘매가 이렇게 노래를 잘 하는지 몰랐는걸!"

노래판이 끝나자 질펀한 춤판이 벌어졌는데, 여기서는 춘매는 남다른 춤 솜씨로 좌중을 압도했다. 서문경은 또 한 번 춘매를 눈여겨보며 마른 침을 삼켰고, 반금련은 그런 그의 모습이 못마땅한 듯 삐

죽거렸다.

서문경은 종일토록 마시고 놀다가 해가 저물녘에야 상을 물리게 하고 좌우의 부축을 받으며 반금련의 방으로 갔다. 얼큰히 취한 술기는 온몸을 뜨겁게 달구는 듯했다.

"술을 마셔서 그런지 꽤나 더운데……."

서문경이 훌떡훌떡 옷을 벗어 던지며 말했다.

"당신도 벗어. 부채질하는 것보다 훨씬 시원하다고."

"벌써 시작하시게요? 좋아요, 벗을게요."

반금련은 향을 한 대 피우고는 천천히 옷을 벗기 시작했다. 이런 때는 적당히 시간을 끄는 것이 남자를 더욱 흥분시키는 법이다.

"에이그, 저걸 그냥!"

서문경이 하늘이라도 찌를 듯 곤추선 자신의 거대한 물건을 내려다보며 안달을 했다.

"이제 곧 가요, 가!"

마침내 옷을 다 벗은 반금련이 천정을 향해 반듯이 누워 있는 서문경의 허벅지를 타고 앉았다. 그러나 서문경의 양물을 금방 자신의 옥문 속에 집어넣지는 않았다. 한 손으로 양물의 끄트머리를 살짝 움켜쥐고는 옥문의 주위를 가볍게 비비었다.

"으음……."

서문경이 신음 소리를 토해 냈다. 이윽고 홍건한 음액이 옥문을 적시자, 반금련은 양물을 반쯤만 옥문 속에 넣고 살살 돌리기 시작했다.

"어때요?"

"으으으……, 좋아."

서문경이 반쯤 숨넘어가는 소리를 했다. 그러자 반금련이 서문경의 양물을 자신의 옥문 속에 깊숙이 삼켜 버렸다.

"어이쿠!"

흥분한 서문경이 비명을 질렀다. 반금련도 흥분을 이기지 못하고 성난 암사자처럼 온몸을 요동쳤다. 두 암컷과 수컷은 서로 잡아먹을 듯 상대를 탐욕스럽게 유린했다. 온 방안은 쾌락의 신음 소리와 뜨거운 열기로 가득 찼다.

마침내 서문경이 비명에 가까운 신음 소리를 토해내고 나자, 방안은 갑자기 깊은 정적에 휩싸였다. 그 알 수 없는 깊이의 정적을 깬 것은 서문경이었다.

"춘매 거기 있니? 차 한 잔 가지고 오너라."

그러자 반금련이 당황한 듯 벌떡 일어났다.

"아니, 이러고 있는데 춘매를 부르면 어떡해요? 망측하게……."

"망측하기는 뭐가 망측해. 남이 봐주는 것도 재미있는 일이라고."

"정말이에요?"

반금련은 뜻밖의 말에 묘한 시선으로 서문경을 바라보았다. 그리고는 무슨 그림을 떠올렸는지 이내 눈빛을 반짝이며 말했다.

"호호호……, 그것도 재미있겠네요."

얼마 지나지 않아 춘매가 쟁반에 찻잔 두 개를 받쳐 들고 들어왔다. 춘매는 침상 위에 벌거숭이로 누워 있는 서문경과 반금련을 보고는 멈칫하더니 이내 두 볼을 빨갛게 물들였다. 보아서는 안 될 것을 본 것처럼 얼른 고개를 돌렸지만 어느새 그녀의 눈길은 자신도 모르게 침상 위를 더듬고 있었다.

반금련은 안절부절 못 하는 춘매의 모습을 보고는 더욱 골려주고 싶은 마음이 들었다.

"요년! 엿듣고 있었구나. 이렇게 빨리 차를 가지고 오는 걸 보면 자다가 나온 것은 아닐 테고……."

"아니에요, 막 잠자리에 들려는데 주인어른께서 부르시기에 얼른 달려온 거예요."

춘매가 정색을 하면서 대답했다.

"아무려면 어때. 목이 마르니 차부터 마시자고."

서문경이 부스스 몸을 일으키며 끼어들었다. 순간 서문경의 아랫도리에 눈길이 간 춘매는 마치 그 자리에 얼어붙은 것처럼 꼼짝도 하지 못했다. 서문경은 벌컥벌컥 단숨에 찻잔을 비우고는 다시 춘매에게 건네주며 말했다.

"아, 시원하다. 이렇게 시원한 차는 정말 처음인데……."

춘매는 찻잔을 받아들기가 무섭게 도망치다시피 방을 나갔다. 벌거벗은 채 침상에 누워 있던 반금련은 그 모습을 보고는 손뼉까지 치며 깔깔댔다. 그러다 이내 낯빛을 바꾸고는 서문경을 향해 볼멘소리를 했다.

"내가 당신 속셈을 모를 줄 알아요? 춘매한테 흑심을 품고 있다는 것쯤은 나도 다 안다고요."

"내가 그런 눈치를 보이던가?"

"아까 술자리에서부터 그런 눈치가 뻔히 보이던걸요. 춘매 그것이 먼저 꼬리를 치기는 했지만 말예요. 나 참 기가 막혀서……."

"사실 옆집 화허자가 말이야……, 그 집에 몸종으로 부리는 계집애

일그러진 욕망 101

가 둘이 있는데, 오늘 낮에 왔던 애는 그 중의 하나야. 그런데 춘매 또래의 계집애를 화자허가 손을 댔다더군."

"그래서요?"

"그저 화자허가 부러워서 하는 말이야."

서문경이 다소 어색한 얼굴로 어물거리자, 반금련이 뜻밖에도 까르르 웃음을 터뜨리며 말했다.

"그럼 뜻대로 하세요. 그깟 계집종 하나 마음대로 못 한대서야 말이 되겠어요. 맛있는 음식도 같은 것만 노상 먹으면 싫증이 나는 법인데……. 마침 춘매 년도 물이 오를 대로 올랐으니 쇠뿔도 단김에 빼라고, 아예 내일이라도 맛을 보시라고요."

"뭐? 그제 정말이야?"

서문경이 반색을 하며 다가앉았다.

"정말이에요. 내일 제가 옥루 형님 방에 가 있을 테니, 나머지는 당신이 알아서 잘 해 보시라고요."

"역시 당신은 시원시원해서 좋아. 내가 이래서 당신 없인 못 산다니까."

기분이 좋아진 서문경은 다시 반금련의 알몸 위로 기어 올라갔다. 내일은 내일이고 지금은 우선 반금련을 즐겁게 해 주어야 했다. 나중에 딴말이라도 하면 만사가 허사 아닌가.

반금련이 기꺼이 춘매를 허락한 데는 나름대로의 이유가 있었다. 어차피 천하의 바람둥이인 서문경이 눈독을 들인 이상 춘매는 서문경의 손아귀에 놓인 것이나 다름없는 것이었다. 게다가 다른 여자들에게 가는 것보단 자기 마음대로 할 수 있는 춘매 쪽이 오히려 손쉬워 보이는 데다, 이럴 때 인심을 써 놓으면 서문경도 자신을 남다른 여자로 볼 것이 분명했다.

이튿날 오후, 낮잠을 늘어지게 잔 서문경은 기지개를 켜면서 슬슬 반금련의 거처 쪽으로 가 보았다. 역시나 반금련은 보이지 않고, 춘매만 혼자 거실에 나와 수를 놓고 있었다.

"아씨는 어디 가셨니?"

"예, 셋째 마님께 가셨습니다. 모셔올까요?"

"아니, 그냥 나둬라. 무료해서 와 봤더니 허탕이구나. 이왕 온 김에 너랑 얘기나 하다 가야겠다."

"예, 그러세요."

춘매는 살짝 수줍은 미소를 지었다.

"어디 네 방 구경이나 좀 시켜주련?"

"너무 누추해서……."

춘매는 당황한 듯 후다닥 방안에 널린 것들을 치우고는 반금련의 거실에 있는 의자 한 개를 가져다 놓았다. 자기 방에는 보잘것없는 나무 의자가 한 개뿐이었던 것이다. 서문경은 의자에 앉으며 방안을 둘러보더니, 한쪽 구석에 있는 침상에 시선을 고정시키며 말했다.

"침상이 너무 작구나. 혼자밖에 못 눕겠는데……."

"호호호……, 저 혼자서 자는 걸요……."

"아, 그렇지. 내가 왜 이러는지……."

서문경이 싱겁게 웃어 보이자, 춘매는 어제 밤의 일이 떠올라 저도 모르게 얼굴이 화끈거렸다. 서문경은 고개를 떨군 채 말이 없는 춘매를 은근한 목소리로 불렀다.

"춘매야. 네가 올해 몇 살이지?"

"열여섯이에요."

"열여섯이라……, 좋을 때구나. 그럼 혹시 시집을 가고 싶다거나 남자 생각은 안 나니?"

"아직 그런 생각은 조금도 없어요."

서문경은 재미있다는 듯이 능글맞은 웃음을 떠올리며 들이대듯 물었다.

"춘매야, 너 아직 처녀 맞니?"

"어머, 무슨 말씀이세요? 당연히 처녀지요."

춘매는 두 눈을 동그랗게 뜨고 억울하다는 듯이 말했다.

"숫처녀냔 말이야. 아직 남자 맛을 못 봤냐고."

"숫처녀라고요. 정말이에요."

"만약 숫처녀가 아니면 어떻게 할 테냐?"

"주인어른께서 내쫓아도 아무 말 않겠어요."

서문경의 추궁 아닌 추궁에 춘매는 얼떨결에 이렇게 대답하고 말았다. 서문경이 내민 미끼를 덥석 물은 꼴이 되고 만 것이다.

"좋아, 그렇다면 검사를 해 봐야겠군. 일어나 저쪽 방으로 가자."

서문경은 당황해 하는 춘매의 손을 잡고는 거실을 거쳐 반금련의 침실로 데리고 갔다.

"아씨께서 오시면 어쩌시려고요?"

"안 오니까 아무 걱정 말라고. 내가 일부러 그쪽으로 가 있으라고 보낸 거니까."

"아이 엉큼하셔."

춘매는 살짝 눈을 흘겼다. 제법 성숙한 티가 흐르는 눈빛이었다.

"네가 좋아서 견딜 수가 있어야지."

서문경은 춘매가 귀여워 못 견디겠다는 듯이 번쩍 안아 들고는 볼에 쪽 소리가 나도록 입맞춤을 했다. 그럴수록 춘매는 얼굴을 붉히며 잔뜩 움츠러들었다. 서문경은 그대로 춘매를 안아 침상에 눕혔다. 제법 미끈한 다리를 쭉 뻗고 반듯이 누워 있는 열여섯 살짜리 계집애를 가만히 내려다보던 서문경은 벌써부터 목구멍이 뜨끈해 왔다.

"자, 이제 옷을 벗어야지. 내가 벗겨 줄 테니 가만 있어봐."

춘매는 체념한 듯 두 눈을 꼭 감고는 서문경의 손에 온 몸을 내맡겼다. 먼저 웃옷을 벗겨내자 두 개의 하얀 봉우리가 드러났다. 아직 봉긋하게 솟아오르진 않았지만 동그랗게 자리를 잡고 있는 것이 귀엽기까지 했다. 게다가 두 개의 젖꼭지는 분홍빛이 곱게 감돌고 있는 게 아닌가.

서문경은 그 앵두 같은 젖꼭지로 입술을 가져가는 한편 다른 한 손을 뻗어 아랫도리에 걸친 것들을 모두 걷어냈다. 서문경이 몸을 일으키자 춘매는 얼른 옆으로 돌아누웠다. 실오라기 하나 걸치지 않은 알몸으로 반듯하게 누워 있는 것이 쑥스러웠던 것이다.

이번에는 돌아누운 춘매의 엉덩이가 서문경의 눈길을 끌었다. 아직 제대로 살이 오르진 않았지만 작고 하얀 엉덩이가 아름답기 그지없었다.

"춘매는 너무 귀여워."

서문경은 잠시 그 야들야들하고 미끈한 엉덩이를 주무르다가, 이내 못 견디겠다는 듯이 자기 옷을 훌렁훌렁 벗어던졌다. 이윽고 춘매를 반듯하게 눕힌 서문경은 마치 깨지기 쉬운 물건을 다루듯 조심스럽게 애무를 시작했다. 바짝 긴장한 채 바르르 떨고 있던 춘매는 간질거리는 쾌감에 저도 모르게 신음소리를 토해냈다.

한편 맹옥루의 방에 가 있던 반금련은, 지금쯤 서문경과 춘매의 정사가 한창이겠지 하는 생각에 더는 엉덩이를 붙이고 있을 수가 없었다. 급히 자신의 거처로 향하면서 혹시 그들의 정사가 벌써 끝났으면 어쩌나 하는 생각에 초조하기까지 했다.

거실 앞에 다다른 반금련은 숨을 죽인 채 가만히 방 안의 소리에 귀를 기울였다. 아니나 다를까, 방 안에선 남녀의 정사가 한창이었다. 반금련은 마치 무엇엔가 홀린 듯 방문 앞으로 발걸음을 옮겼다.

인기척을 느낀 서문경이 뒤를 돌아보니, 반금련이 묘한 미소를 띠고 문 앞에 서 있었다. 서문경 또한 조금은 민망한 듯, 조금은 재미있는 듯한 미소를 보이더니, 이내 시선을 돌리고 더욱 격렬하게 몸을 움직였다.

가만히 지켜보고 섰던 반금련은 걸치고 있던 옷을 홀렁홀렁 벗더니 서슴없이 침상 위로 기어 올라갔다.

"어머나!"

갑작스런 반금련의 등장에 춘매가 화들짝 놀라 소리쳤다. 서문경도 휘둥그레진 눈으로 반금련을 바라보며 물었다.

"아니, 당신 왜 이래?"

"몰라요. 나도 모르겠다고요."

반금련은 반쯤 풀린 눈으로 두 사람 사이를 비집고 들어왔다. 서문경은 이내 너털웃음을 터뜨렸다.

"하하하, 좋아. 셋이 노는 것도 재미있겠군."

그 때 마치 하늘이 노하기라도 한 듯 천둥 번개와 함께 장대비가 쏟아져 내리기 시작했다. 하지만 쾌락에 몸을 맡긴 세 짐승들의 향연은 끝날 줄을 몰랐다.

● 처조카 이계저

가을 하늘이 그 어느 때보다 높고 청명했다. 서문경은 거실의 의자에 비스듬히 기대앉아 떨어지는 은행나무의 낙엽들을 하염없이 바라보고 있었다.

"어느새 가을이로구나."

서문경의 시선이 이번에는 은행나무 건너편의 담장 쪽으로 향했다. 그곳은 이웃인 화자허의 집이고, 담장 너머가 바로 이병아의 거처였던 것이다.

"이번 가을에는 기어이……"

서문경은 지그시 어금니까지 깨물며 야릇한 웃음을 입언저리에 떠올렸다. 그는 지금 화자허의 아내인 이병아를 기어이 정복하고야 말겠다고 마음을 다지고 있는 것이었다.

그러나 그것은 조심, 또 조심해야 할 일이었다. 친구의 아내를 범했다는 사실이 탄로라도 나게 되면 친구들 사이에서 매도될 것이 분명했고, 화자허 또한 가만히 보고만 있지는 않을 것이기 때문이었다. 화자허는 검술이 능한 자였다. 서문경이 비록 봉술 깨나 한다고는 하지만 화자허에 비할 바가 아니었다.

서문경은 가장 좋은 옷으로 갈아입고 집을 나섰다. 오늘은 응백작應伯爵의 집에서 주연이 벌어지는 날이었다.

서문경에게는 가까운 친구 아홉이 있었는데, 이들은 스스로를 서문십걸西門十傑이라 부르며 한 달에 한 번씩 모여 술판을 벌였다. 나이는 서문경보다 많은 사람이 많았으나, 서문경이 가장 부호인지라 자연스레 이름이 그렇게 붙여진 것이었다.

서문십걸은 서문경을 비롯해 이날 주연을 베푸는 응백작, 그리고 사회대謝希大, 오전은吳典恩, 손천화孫天化, 운참장雲參將, 화자허, 축일념祝日念, 상시절常時節, 백내창白來滄 등이었다. 이들 중에는 화자허같이 검술에 능한 사람도 있고, 서문경처럼 권법이나 봉술에 약간의 재주가 있는 사람이 있는가 하면, 고리대금업자도 있고 포주도 있었다. 모두가 돈푼 깨나 있는 괜찮은 집안의 자식들이지만 한마디로 건달이나 다름없는 위인들이었다.

서문경을 맏형으로 한 이른바 서문 십걸의 한량패들은 이 날도 응백작의 집에 모여 거나한 술판을 벌이고 있었다. 조금 늦게 도착한 서문경이 자리를 잡고 둘러보니, 기녀 셋이 불려와 있었다. 그런데 그 가운데 한 계집이 유난히 서문경의 눈길을 끌었다. 비파도 잘 타고 노래도 제법 할 뿐만 아니라, 용모도 한 떨기 백합을 연상시킬 만큼 청초해 보였다. 나이는 열일곱쯤 되어 보이는데, 몸매도 늘씬했다.

서문경은 바로 옆에 앉은 응백작에게 그 기녀를 턱으로 가리키며 물었다.

"괜찮은 아인데……, 이름이 뭔가?"

그러자 응백작이 어이가 없다는 듯이 웃으며 말했다.

"어이구, 형님 처조카도 몰라보십니까? 계저桂姐가 아닙니까."

그래도 서문경은 그 이름이 생소한 듯 살짝 고개를 갸우뚱거렸다. 그도 그럴 것이 마누라가 다섯이나 되니, 누구의 조카인지도 얼른 머릿속에 떠오르지 않았던 것이다.

"작은 별실에 있는 둘째 형수의 조카딸 말입니다. 이계경李桂卿의 동생……."

서문경은 응백작의 말을 듣고서야 무릎을 치면서 크게 웃었다.

"저 얘가 계저야? 못 본 지가 불과 대여섯 해밖에 안 됐는데, 그새 저렇게 컸단 말인가."

서문경은 자못 놀라는 눈으로 한참 동안 계저를 바라보고 있다가 자기 곁으로 불렀다.

"계저야, 너 이리 와서 술 한 잔 따르렴."

계저가 얌전한 걸음걸이로 다가와 서문경에게 술을 따랐다.

"고모부님, 많이 드세요."

"음, 들고말고. 누가 권하는 술인데……."

서문경이 흡족한 얼굴로 연신 술을 받아 마시며 다시 한 번 계저의 아래위를 훑어보았다. 오똑 선 콧날에 빨간 입술, 꼭 끌어안아 주고 싶도록 귀여운 얼굴이었다.

"그래, 어머니는 안녕하시고?"

"어머닌 지난해 중풍으로 쓰러져서 지금까지 누워만 계세요."

"그것 참 안됐구나. 내가 좀 더 일찍 알았더라면 도와줬을 텐데……. 언니는 잘 있고?

"예."

"그런데 언제부터 이런 자리에 나오게 됐느냐?"

"아직 한 달이 채 안 됐어요. 언니 혼자서 기방을 꾸려가기엔 벅찰 것 같아서 저도 나서기로 했어요."

"잘 했다. 그래야지. 이만큼 컸으면 집안일도 도와야지."

서문경은 기특하다는 듯이 계저의 등을 토닥거리자, 계저는 수줍은 듯 야릇한 시선으로 고모부를 힐끗 바라보고는 살짝 고개를 숙였다. 그 모습이 서문경에게는 색다른 매력으로 다가왔다.

　"그럼, 오늘이라도 당장 네 집에 들러야겠구나."

　"고모부님 같은 귀하신 분이 어떻게 저희 집같이 누추한 곳에 가시려고요?"

　"그런 건 상관없다. 여전히 손님을 받고 있기는 하지?"

　"그럼요. 집에서는 언니가 손님을 받고 있어요."

　그러자 곁에 있던 응백작이 서문경의 마음을 얼른 알아차리고 하인 하나를 계저의 집으로 보내 미리 준비를 해 두도록 이르게 했다.

　이윽고 주연이 파하자, 서문경은 패거리들 가운데 응백작과 사희대만 데리고 계저의 집으로 갔다. 불과 몇 년 전까지만 해도 기녀 여러 명을 둔 기루였던 것이 이제 기녀라고는 계경 혼자뿐인 기방으로 바뀌어 있었다. 그야말로 여염집과 별반 다름이 없는 초라한 기방이었다.

　서문경 일행이 대문에 들어서자, 계경이 수선스레 달려 나오며 반겼다.

　"아이고, 우리 고모부님께서 어쩐 일로 저희 집을 다 찾아주셨을까! 누추하지만 어서 안으로 드세요."

　서문경은 먼저 반신불수가 되어 있는 처남댁을 잠깐 문병하고는, 곧 술자리에 앉았다. 그런데 한참이 지나도록 계저가 모습을 내비치지 않았다. 하지만 서문경은 꿍꿍이속이 있던 터라 아무 내색도 안 하고, 계경을 상대로 두 친구와 주거니 받거니 술잔만 비워댔다.

밤이 깊어져 두 친구가 돌아가자, 그제야 비로소 말을 꺼냈다.

"계저는 어디를 갔기에 코빼기도 안 비치는 거지?"

"계저는 집에서는 손님을 받지 않아요. 애가 콧대가 어찌나 센지……. 바깥 주연에 나가는 것도 제가 타이르느라 얼마나 애를 먹었는지 몰라요."

"그래? 보기에는 안 그렇던데……."

"겉보기와는 다르다고요."

"동생을 너무 못마땅하게 생각하지 말라고. 아직 열일곱밖에 안 됐잖아."

"열일곱이면 시집을 가서 애를 낳고도 남을 나이란 말이에요."

그 말에 서문경은 히죽거리며 불쑥 내뱉듯이 묻는다.

"계저는 아직 숫처녀겠지?"

"그럼요. 깨끗한 처녀라고요. 그러니까 집에서는 손님을 안 받겠다고 콧대 높게 나오죠."

"좋아, 그러면 내가 머리를 얹어주지."

"네?"

계경은 뜻밖의 말에 깜짝 놀라면서도 기쁜 듯 쑥스러운 듯 묘한 눈길로 서문경을 바라보았다. 아무리 기녀라지만 고모부가 처조카의 머리를 얹어준다는 것은 예사로운 일이 아닌 것이다.

"내가 머리를 얹어주고 나면 그 다음부터는 집에서도 손님을 받을 게 아니냔 말이야. 안 그래?"

"좋아요. 그 대신 머리채는 두둑이 주셔야 해요. 틀림없는 숫처녀니까요. 아셨죠?"

계경은 지금 자기 앞에 있는 사람이 고모부라는 것을 머릿속에서 깨끗이 지워 버리기라도 한 듯 노골적으로 직업 근성을 드러냈다.

"오십 냥이면 되겠지?"

"오십 냥씩이나요? 호호호, 계저는 횡재했네요. 그나저나 계저가 순순히 말을 들을지 모르겠네요. 워낙 콧대가 높아서……."

"좌우간 이 방으로 데리고 오라고. 내가 직접 얘기해 볼 테니."

계경이 방을 나가더니 한참 뒤에 계저를 데리고 들어왔다.

"그럼, 저는 물러가 있을 테니까 둘이서 이야기 나눠 보시라고요."

계경은 묘한 웃음을 지으며 서문경을 힐끔 바라보고는 문을 닫고 나갔다.

"계저야, 이리 와서 술 한 잔 따라야지."

다소곳이 섰던 계저는 술병을 들고 서문경 곁으로 다가가 앉더니 잔에 술이 넘치도록 따랐다.

"어이구, 정이 넘치는구나."

기분이 좋은 듯 서문경은 얼른 잔을 입으로 가져가 꿀꺽 한 모금만 마시고는 탁자 위에 내려놓았다. 그리고 곁에 앉은 계저의 손목을 잡으며 부드러운 얼굴로 말을 꺼냈다.

"언니한테 얘기는 들었지?"

"예."

계저는 부끄러운 듯 고개를 들지 못했다. 그 표정이나 태도로 보아 승낙한 게 틀림없다고 생각한 서문경은 마음이 놓였다.

"그런데…… 문제가 있습니다."

"문제라니? 뭐가 문제인지 어서 말해 보거라."

계저는 잠시 곤혹스런 표정을 짓더니 서문경을 빤히 바라보며 말했다.

"고모님께 죄송스러워서요."

"하하하, 죄송스러울 거 하나도 없어. 고모가 알면 오히려 좋아할 텐데……."

"좋아하시다니요?"

"좋아할 수밖에. 난 청하현에서 둘째가라면 서러워할 부자라고. 나 같은 부자가 자기 조카의 머리를 얹어준다는데 싫어할 이유가 어디 있겠어? 그러니까 고모한테 미안하다는 생각은 아예 말라고. 알겠지?"

"예."

계저는 고개를 끄덕이며 기어들어가는 목소리로 대답했다.

"머리를 얹어준 다음, 내가 계저를 여섯 번째 마누라로 들어앉힐지도 모른다고."

이제는 다 되었구나 생각한 서문경이 생각 없이 던진 말에 계저가 돌연 정색을 하며 말했다.

"그건 안 될 일이에요. 고모와 조카가 한 남자의 아내가 되는 법이 어디 있어요? 그건 머리를 얹어주는 일이랑은 다르다고요."

"허허허……, 그 말이 맞구먼. 이거 계저한테 한 소리 듣고 말았네."

콧대가 높다고 하더니 보통 맹랑한 계집이 아니었다. 뒤통수를 얻어맞은 듯 머쓱해진 서문경은 대놓고 고개를 끄덕였다.

"그리고……, 머리를 얹어주시는 데도 한 가지 조건이 있어요."

"조건? 무슨 조건인지 어서 말해 보라고. 내 다 들어줄 테니."

"오늘 밤에는 안 돼요. 많이 취하신 데다 저 또한 아무런 준비도 되어 있지 않아서……. 목욕도 좀 하고 마음도 가다듬으려면 내일 밤이 좋겠어요. 내일 낮에는 간단한 축하연이라도 열고요."

"과연 계저가 다르구나. 좋아, 내일로 날을 받지. 비록 식은 안 올리지만 계저한테는 일생의 대사니까 말이야."

"그리고 오늘 밤엔 이곳에서 주무세요. 제가 잠자리를 봐 드릴게요."

"여기서 나 혼자 자라고? 집에 가서 자고 내일 오지 뭐."

그러자 계저는 무 자르듯이 단호하게 말했다.

"안 돼요. 여기서 주무셔야 해요. 집에 돌아가시면 마음이 변하실지도 모르잖아요. 하룻밤 사이에 손바닥 뒤집듯이 바뀌는 게 남자의 마음이라던데요."

"허허허……, 난 그런 사람이 아닌데……. 그래, 좋아! 오늘 밤은 여기서 푹 쉬기로 하지."

서문경은 열일곱 살짜리 처조카 앞에서 맥을 못 춘 채 그녀의 말을 좇아 그날 밤을 그곳에서 혼자 잤다. 그리고 이튿날 아침, 이교아 앞으로 계저의 머리를 얹어줄까 하니 돈 칠십 냥을 보내라는 서찰을 적었다.

그 서찰을 가지고 이교아를 찾아간 것은 계경이었다. 심부름꾼을 보낼까 하다가 오랜만에 고모도 만나보고, 또 계저의 머리를 고모부가 얹어주게 된 사실 때문에 속상해 할까봐 오해가 없도록 하고 싶었던 것이다. 그런데 서찰을 다 읽고 난 이교아는 뜻밖에도 환한 미소를 지으며 말했다.

"참 잘 됐구나. 너희 집에 경사가 났어."

계경은 다행이다 싶으면서도 마음속으로는 한 가닥 의문을 떨칠 수가 없었다. 조카의 머리를 자기 남편이 얹어준다는데 조금도 언짢아하질 않다니, 도무지 이해가 되지 않았다.

실은 이교아도 서찰을 읽으면서 속으로는 꺼림칙했던 게 사실이다. 그러나 이내 반금련을 떠올리고는 그 꺼림칙한 생각이 싹 가셨다. 계저가 서문경의 몸과 마음을 사로잡아 그 아니꼬운 반금련을 밀어내 주었으면 싶었던 것이다.

서문경은 계경이 가지고 온 칠십 냥 중에서 오십 냥은 계저의 머리채로 주고, 나머지 이십 냥은 그날 축하연의 비용으로 건네주었다. 물론 아홉 명의 친구들에게 이 소식을 전하는 것도 잊지 않았다.

그날 오후, 전날에 이어 다시 모인 서문십걸은 서문경과 계저의 경사를 축하하며 마시고 노래하고 떠들어댔다. 밤이 깊어 그들이 모두 물러가자, 서문경은 계저가 곱게 단장을 하고서 기다리고 있는 신방으로 찾아 들어갔다.

의자에 다소곳이 앉아 있던 계저는 서문경이 들어서자 고개를 숙인 채 말 없이 일어섰다. 그 표정이나 태도가 영락없는 신부였기에, 서문경은 정말로 새 장가를 드는 기분이 들었다.

"많이 기다렸지?"

계저는 대답 대신 엷은 미소를 지어 보였다. 탁자 위에는 술과 몇 가지 안주가 정갈하게 차려져 있었다.

"이렇게 좋은 날 계저의 술 한 잔 안 받을 수 없지."

서문경이 앞에 놓인 잔을 들자, 계저가 조심스레 다가와 공손히 술을 따랐다. 그 태도는 사뭇 첫날밤을 맞이한 여염집 규수 같기까지 했다. 잔을 비운 서문경은 그 잔을 계저에게 건네어 술을 따라주었다. 계저는 한 모금만 마시고 잔을 내려놓았다. 그리고는 서문경을 바라보며 가만히 입을 열었다.

　"부탁이 하나 있습니다. 앞으로 보름 동안은 저와 함께 있어 주세요."

　서문경은 뜻밖의 부탁에 조금 어리둥절했다. 계저는 한결 진지한 눈빛으로 말을 이었다.

　"겨우 하룻밤을 끝으로 집으로 돌아가 버리시면, 그 이후의 긴긴 날들을 도저히 견딜 수가 없을 것 같아요."

　서문경은 계저의 간절한 심정이 마음에 와 닿은 듯 그윽한 시선으로 그녀를 바라보았다. 계저에게 이런 면도 있었구나 하고 새삼 놀라기도 했다.

　"저는 어려서부터 한 남자를 끝까지 섬기는 여자가 되겠다고 다짐했었어요. 비록 기녀가 될 수밖에 없는 운명으로 태어났지만, 마음만큼은 여염집 여자 못지 않게 살고 싶어요."

　계저의 말에 큰 감동을 받은 서문경은 가만히 고개를 끄덕였다.

　"그러니까 앞으로 보름 동안은 저와 함께 계서 주세요. 제게는 이것이 결혼인 셈인데, 신혼의 단꿈이 하룻밤으로 끝나는 것은 싫어요."

　"알았어. 그렇게 하지. 앞으로 보름 동안은 이곳을 내 집으로 생각하겠어."

혼쾌히 승낙한 서문경은 자리에서 일어나 계저에게 다가갔다.

"이제 슬슬 시작해 볼까. 우리의 첫날밤을……."

계저가 의자에서 몸을 일으키자, 서문경은 두 팔로 그녀를 번쩍 들어 올리려 했다. 그러자 계저는 호들갑스럽게 놀라며 몸부림을 쳤다.

"이러지 마세요. 싫어요."

"왜 그러지? 그냥 안아서 침상에 눕히려는 것뿐인데……."

"싫다니까요. 제 발로 걸어가겠어요."

"허허, 그것 참……."

무안해진 서문경은 입맛을 다시며 억지웃음을 웃었다.

"죄송해요. 하지만 오늘 밤만은 너그럽게 용서해 주시고, 제가 하자는 대로 해 주셨으면 좋겠어요. 예전부터 생각해 두었던 첫날밤의 꿈이 있었는데, 이런 건 아니었어요."

"그래, 내가 어떻게 하면 돼지?"

"어떻게 하는가 하면 말이에요……. 남자와 여자가 마주보고 선 다음, 먼저 여자가 남자의 옷을 벗기고, 그 다음엔 남자가 여자의 옷을 벗기는 거예요. 서로 사랑한다는 표시죠. 그리고 난 후 남자가 여자의 이마에 입맞춤을 하고, 다시 여자가 남자의 이마에 입을 맞추고요. 이건 사랑의 맹세인 셈이죠. 그것이 끝나면 먼저 남자가 침상에 가서 눕고, 그 다음으로 여자가 침상으로 가는 거예요. 말하자면 제 발로 사랑하는 남자를 찾아가는 거죠."

서문경은 약간 낯간지럽다는 생각도 들었지만 나름대로 재미있을 것 같기도 했다.

"침상에 오른 다음에는 어떻게 하는데?"

"그 때부턴 남자가 알아서 하는 거죠. 여자가 뭘 알겠어요?"

"좋아. 그럼, 이제 시작해 볼까."

서문경은 꽤 재미있다는 듯이 능글맞은 웃음을 흘리며 계저를 향해 섰다.

"불을 꺼야죠. 이렇게 환한 데서 어떻게 옷을 벗겨요. 남자와 여자가 사랑을 나누는 의식은 어두운 데서 해야 신성하다고요."

"알았어. 그럼 신성하게 해 보자고."

계저가 촛불을 훅 불어서 껐다. 불은 꺼졌지만 창을 통해 흘러들어온 달빛으로 어렴풋이 서로의 얼굴을 분간할 수 있을 정도는 되었다. 계저는 가만히 두 손을 서문경의 웃옷으로 가져가 옷고름을 풀기 시작했다. 웃옷을 벗겨내고, 아랫도리를 벗겨낼 때는 계저의 손끝이 가늘게 떨렸다.

희미한 어둠 속에서 그 모습을 즐기고 있던 서문경은, 계저에 손에 알몸이 되고 나자, 곧 두 손을 계저의 웃옷으로 가져가 훌훌 잽싸게 벗겨낸다. 여자의 옷을 벗기는 데엔 이골이 난 서문경이 아닌가. 순식간에 알몸이 된 계저는 부끄러워 어쩔 줄 모르며 두 손을 아랫도리로 가져갔다.

"이번에는 입맞춤을 할 차례인가?"

"예."

서문경은 계저의 하얀 알몸을 왈칵 끌어안고는 이마에 쪽 소리가 나도록 입맞춤을 했다. 그리고는 이어서 그 입술로 그녀의 입술을 덮쳐 버렸다. 계저의 버둥거림이 있었지만 서문경은 소용없다는 듯이 더욱 거칠게 그녀의 입술을 짓이겨댔다. 마침내 계저도 도리가 없었는지 살포시 두 눈을 감았다.

잠시 동안의 뜨거운 입맞춤이 끝나자, 계저는 기어이 서문경의 이마에 잽싸게 입술을 갖다 댔다.

"꼭 의식대로 해야 한다는 건가? 좋아, 이제는 내가 침상으로 갈 차례군."

서문경은 건들건들 침상으로 올라가더니 벌렁 누워 버렸다. 어둠속에서 희끄무레하게 서 있던 계저의 알몸이 잠시 움직일 줄을 모르더니, 조용히 걸음을 떼어 침상으로 다가왔다. 서문경은 문득 그런 계저의 행동이 같잖게 보였다. 한낱 기녀 주제에 깨끗한 척, 고상한 척구는 것에 묘한 반감이 느껴졌던 것이다.

서문경은 코언저리에 짓궂은 웃음을 떠올리며 침상 옆으로 다가온 계저에게 손을 내밀었다. 계저가 그 손을 잡자, 서문경은 벌떡 몸을 일으키더니 쓰러뜨리듯 그녀의 알몸을 눕혀 버렸다. 그리고는 대번에 두 다리를 벌려 한 번도 열려 본 적 없는 계저의 몸 속으로 자신의 물건을 사정없이 쑤셔 넣었다.

"아악!"

순식간에 벌어진 일에 계저는 비명을 내질렀다. 하지만 서문경은 쉬지 않고 허리를 들썩이는 한편 입으로는 계저의 이곳저곳을 서슴없이 짓이겼다. 계저의 입에서 연달아 비명이 터져 나왔지만 그럴수록 서문경의 행동은 더욱 거칠어졌다. 같은 숫처녀라도 춘매의 경우엔 유리그릇을 다루듯 조심스럽더니, 이번에는 정 반대였다.

그런데 계저의 비명소리가 조금씩 잦아들더니 잠시 후엔 야릇한 음색을 띠기 시작하는 것이 아닌가. 그것은 단순한 고통에서 나오는 소리가 아니라, 쾌감이 뒤섞인 듯한 신음에 가까운 소리였다. 그리고 그 신음은 감미로운 탄성으로 이어졌다.

서문경이 계저에 의해 예전에는 미처 몰랐던 가학적인 성교의 맛을 알았다면, 계저는 서문경으로 인해 피학적인 성 쾌감에 눈을 떴던 것이다. 이 날 이후, 서문경은 매일 밤 새로운 방식으로 색다른 쾌감에 젖어들었고, 계저는 계저대로 서문경의 그런 거칠고 억센 애무를 조금도 마다하지 않고 흔쾌히 받아들였다. 이렇게 해서 두 사람은 밀월 아닌 밀월의 단꿈을 만끽하며 밤낮을 잊은 채 서로를 탐닉하기에 여념이 없었다.

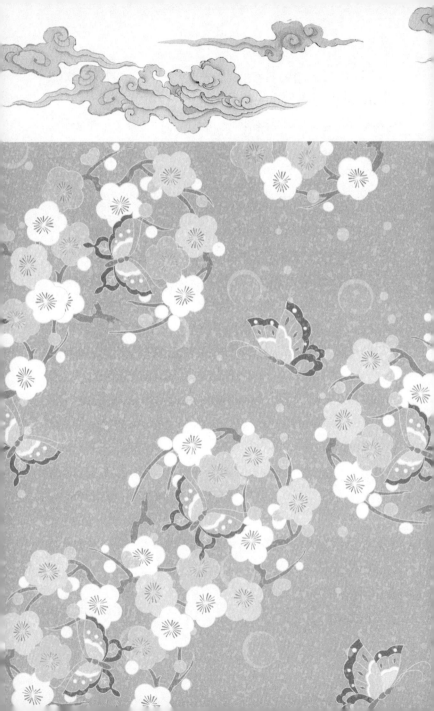

2장

여자의 운명

● 맞바람

서문경이 계저의 집에서 세월 가는 줄 모르는 동안, 그의 집은 수심과 한숨으로 가득 차 있었다. 집주인이 열흘이 넘도록 집을 비워 두고 있으니, 집안일은 물론이고 약방의 일도 제대로 돌아가는 게 없었기 때문이다.

오월랑은 몇 번이나 대안을 보내어 하루 빨리 돌아오시도록 말을 전하게 했지만, 그 때마다 돌아오는 건 타박뿐이었다. 당사자인 서문경도 집으로 돌아올 마음이 없었거니와, 계경과 계저가 짜고서 사내의 옷과 신발을 감추는 등 별별 짓으로 서문경의 발목을 잡고 있었던 것이다.

하지만 오월랑과는 달리 둘째인 이교아는 서문경이 계저에게 푹 빠져 있는 것이 은근히 기뻤다. 아무래도 계저가 서문경의 마음을 단단히 사로잡은 게 틀림없다고 생각하니, 그 동안 아니꼽기만 했던 반금련의 꼴도 이젠 보기가 좋았다. 셋째인 맹옥루와 넷째인 손설아는 서문경이 집에 들어오거나 말거나 별로 관심이 없었다. 어차피 서문경이 집에 있다고 해도 자신들의 처지는 그다지 달라질 것이 없으니 말이다.

그러나 반금련은 달랐다. 서문경을 안타깝게 기다리며 애를 태우느라 밤잠을 이룰 수 없을 지경이었다. 거의 매일 밤 서문경의 품을 독차지해 왔을 뿐만 아니라, 이제는 때때로 춘매까지 한데 어울려 색다른 재미를 즐기던 터였는데, 난데없이 생과부가 되어 독수공방을 하자니 견딜 수가 없었던 것이다.

　매일 짙은 화장을 하고 맹옥루와 함께 문간에 기대어 서서 땅거미
가 질 때까지 서문경이 돌아오기만을 애타게 기다리고 있었다. 그리
고 번번이 허탕을 치고 방으로 돌아와 의자에 털썩 주저앉으면 절간
처럼 스산한 방안의 탁자 위에는 두 개의 빈 술잔이 덩그러니 놓여 있
을 뿐이었다.

　"급살을 맞을 연놈들!"

　반금련은 서문경과 계저를 저주하며 땅이 꺼지도록 한숨을 쉬었다.

　이 무렵 맹옥루가 데리고 온 소동 중에 금동琴童이라는 아이가 있었
다. 나이는 열여섯으로, 누가 보더라도 마음에 썩 들 만큼 이목구비가
수려한 소년이었다. 게다가 생긴 것만큼이나 몹시 영리했으므로, 서
문경은 특별히 이 아이를 귀엽게 여겨 열쇠까지 맡기고 집안의 뜰이
나 쓸면서 힘든 일을 하지 않도록 마음을 써 주었다.

　잠은 정원 구석에 있는 문간방에서 혼자 자는데, 가끔 반금련과 맹
옥루가 정원 가운데 있는 정자에서 바둑을 두고 놀 때, 서문경이 돌아
오기라도 하면 재빨리 달려와 알려주곤 했다. 그래서 여자들도 금동
을 귀엽게 생각해 저희들의 방에 불러들여 과자를 주기도 하고 또 때
때로 장난삼아 술까지 먹이던 터였다.

　서문경을 기다리다 못한 오월랑은 금동을 계저의 집으로 보내기로
마음먹었다. 서문경의 생일인 칠월 스무여드레를 며칠 앞둔 날로, 서
문경은 그 때까지 코빼기도 보이지 않고 있었던 것이다.

　"영감님의 성격은 너도 잘 알고 있을 테니, 가거든 좋은 말로 잘 여
쭈어라. 또 무슨 역정을 부리실지 모르니…… 그리고 집안에는 아무

일 없다고 말씀 올리고."

"예, 염려 마십시오, 큰마님."

금동이 안채에서 물러나오자, 길목을 지키고 있던 반금련이 금동을 불러 세우더니 편지 한 통을 내밀었다.

"이걸 아무도 안 보는 데서 살짝 드리는 거야, 알겠지? 내가 속히 집으로 돌아와 주십사 하더라고 전하고."

금동이 계저의 집을 도착해 보니, 서문경이 친구들과 계집을 하나씩 꿰어 차고 앉아 부어라 마셔라 하느라 옆에 사람이 와 있는 것도 모르고 있었다.

한참 후에야 서문경이 너털웃음을 웃으며 문간 쪽으로 고개를 돌리다가 금동이 거기 서있는 것을 보고는 금세 시큰둥한 얼굴로 물었다.

"네가 여긴 웬일이냐? 집에 무슨 일이라도 생겼느냐?"

"아닙니다. 집에는 아무 일도 없습니다."

"그럼 여긴 뭣 하러 왔어? 가게의 일이라면 부이숙한테 물으면 될 게 아니냐."

"예, 요즘 돈이 많이 들어와서 그런지 부이숙도 쩔쩔 매고 있습니다."

"가게 일을 본 게 몇 해나 되는데 그것도 하나 처리 못한다고 하느냐? 대충 알아서 하라고 해!"

"예. 그리고……, 며칠 후면 영감님의 생신이라고 큰마님께서 어서 집으로 돌아오시라고……."

"이 녀석아, 생일은 여기서도 얼마든지 먹을 수 있다고 전해라. 그보다도 이 집 아씨가 입을 옷은 가지고 왔느냐?"

"여기 가지고 왔습니다."

금동이는 가지고 온 보자기에서 옷을 꺼내어 옆에 있는 계저에게 공손히 건넸다. 붉은색 웃옷에 진한 남색의 화려한 치마였다.

"어머나! 옷이 정말 예뻐요."

계저가 감탄을 연발하자 계경도 호들갑을 떨었다.

"우리 계저가 영감님 덕분에 아주 호사를 하는군요."

"아니, 뭐 그런 걸 가지고……."

계저와 계경이 옷에 정신을 팔고 있자, 금동이 때를 놓치지 않고 서문경 옆으로 다가가 반금련의 편지를 건넸다.

"다섯째 마님께서 이 편지를 주셨어요. 영감님께서 어서 돌아와 주십사 하면서요."

그러나 사람의 눈을 피해 조심스럽게 한다는 것이 오히려 상대방의 의심을 샀다. 금동의 수상한 행동에 의심의 눈초리를 보내고 있던 계저가 쪼르르 달려오더니 서문경의 손에 든 편지를 낚아챘다.

"흥! 이건 또 어떤 계집이 보낸 거야?"

계저는 아마도 다른 집 기생이 몰래 보낸 편지일 것이라고 지레 짐작하고는 그것을 축일념에게 건네며 말했다.

"이것 좀 읽어 봐 줘요."

하도 순식간에 일어난 일이라, 서문경과 금동은 어안이 벙벙하여 얼굴만 마주보고 있었다. 계저가 넘겨주는 대로 축일념이 받아 보니 '낙매풍落梅風'이란 노래 한 수가 적혀 있었다. 축일념은 목청을 빼어 큰 소리로 읽어 내려갔다.

낮이면 낮이 원수,
님 생각에 내 못살겠네.
밤이면 밤이 원수,
님 생각에 내 못살겠네.
연지곤지 단장해 본들
님 없는데 누가 보며,
비단요에 누워 본들
님 없는데 잠이 오리.
한번 떠난 우리 님
어느 덫에 걸렸기에
저 달이 저리 밝아도
돌아올 줄 모르실까.

그리고 편지의 맨 끝엔 '애첩 반금련'이란 다섯 글자가 애처롭도록 조그맣게 쓰여 있었다.

"와하하, 그 가사 하난 기가 막히는구나."

사내들이 손뼉을 치며 큰 소리로 웃어대자, 계저는 낯빛을 굳힌 채 자기 방으로 뛰어 들어가 버리고 말았다. 서문경은 계저가 토라져서 제 방으로 가는 것을 보고는 편지를 찢어 버리며 금동을 발길로 걷어 찼다.

"이놈아! 누가 이런 걸 보내라든? 지금 당장 돌아가서 똑똑히 전해라. 두 번 다시 너를 이 집으로 심부름 보냈다간 그 때는 내가 요절을 내고 말 거라고!"

금동이 한 마디도 못하고 눈물만 글썽이다가 돌아가고 나자, 서문경은 서둘러 계저의 방으로 가서 그녀의 어깨를 어루만지며 은근히 달랬다.

"화낼 거 없어. 그 편지는 다른 기생이 보낸 게 아니고 내 다섯째 사람이 보내온 거야. 내가 집으로 돌아가지 않으니 조바심을 내는 모양이지만, 계저를 두고 내가 어디를 가겠어? 그러니 화를 풀라고."

서문경이 이렇게 나오는 데다 그 친구들까지 나서서 계저를 달래자, 계저는 못 이기는 척 배시시 웃으며 술자리로 돌아왔다. 그 모습을 본 계경이 만족스런 미소를 지으며 밖으로 나가더니 다시 한 상을 푸짐하게 차려 내놓았다. 다시 술판이 벌어지고 왁자하게 떠드는 소리와 노래 소리가 밤이 깊도록 그칠 줄을 몰랐다.

한편 서문경에게 된통 야단만 맞고 나온 금동은 홧김에 계저의 집 석등 앞에 똥을 한 무더기 싸놓고 터덜터덜 집으로 돌아왔다. 오월랑이 맹옥루, 반금련과 함께 기다리고 있다가 금동이 퉁퉁 부은 얼굴로 들어오는 것을 보고 깜짝 놀라 물었다.

"아니, 영감님은 어찌 하고 너 혼자 오는 게냐?"

"말씀도 마세요. 소인을 발길로 냅다 차시면서, 앞으로 이런 심부름을 또 시켰다가는 모두 요절을 내고 말겠다고 하시더라고요."

"원, 저런 양반을 보았나! 안 돌아왔으면 그만이지, 어린 것을 발로 찰 건 뭐람."

맹옥루가 혀를 차며 투덜거렸다.

"아니, 생신을 앞두고 모시러 간 게 뭐가 잘못됐다고 그렇게 화를 내시는 건지……. 틀림없어요. 그 기생년이 발목을 붙잡고 안 놓아주는 거라고요."

반금련도 가만히 있지 않았다.

"사람이 왜 갑자기 저렇게 변했는지 정말 알다가도 모를 일이네."

오월랑이 한숨을 쉬며 말하자, 반금련은 한술 더 떴다.

"옛말에도 있잖아요. 큰 배에 가득 실은 금은보화로도 기생의 아랫구멍 하나 막아낼 수 없다고요. 이러다간 이 집안도 얼마 못 가 거덜이 나고 말지요."

"다섯째는 무슨 말을 그리 심하게 하는가? 억울하고 분한 건 자네뿐만이 아닐세. 이제 그만 돌아들 가게."

오월랑이 정색을 하고 말하자, 반금련과 맹옥루는 마지못한 듯 불만스런 얼굴로 물러나왔다.

그런데 이때, 금동의 뒤를 따라온 이교아가 문밖에서 방안의 소리를 낱낱이 엿듣고 있었다. 처음에는 그저 금동이 전하는 소식이 궁금해 뒤를 따라온 것인데, 반금련이 말끝마다 기생년이 어떻고 하는 소리가 몹시 귀에 거슬렸다. 그러다보니 이교아의 온 신경은 반금련의 혀끝에 집중되었고, 저 말버릇 하나만 보더라도 평소에 기생 출신인 자기를 얼마나 멸시해 왔겠는가 생각하니, 머리끝까지 화가 치밀었다.

그러나 이런 사실을 전혀 모르는 반금련은 오월랑의 방을 물러나와 힘없이 자기의 방으로 돌아갔다. 썰렁한 빈 방에 멍하니 앉아 있자니 나오는 건 한숨뿐이었다. 어느새 밖은 짙은 어둠이 깔려 있었고, 담 밑에 핀 하얀 꽃들이 오늘따라 더욱 처량하게 보였다. 갑갑한 마음에 방을 나와 정원을 거닐던 반금련의 눈에 문득 금동이 기거하는 문간방에서 새어 나오는 불빛이 들어왔다. 반금련은 계저의 집으로 심부름 갔던 애기나 들어볼까 하는 마음으로 금동의 방으로 다가갔다.

금동은 문을 활짝 열어 놓은 채 잠이 들어 있었다. 서문경에게 맞았던 것이 억울했던지 미간을 잔뜩 찌푸린 채 가볍게 코를 골고 있었다. 다가가 깨우려던 반금련은, 잠들어 있는 열여섯 살짜리 사내아이의 모습을 가만히 내려다 봤다.

여드름이 돋기 시작한 하얀 이마 아래로 짙은 눈썹과 반듯한 콧날이 꽤나 인상적이었다. 평소에도 미소년이라는 생각은 갖고 있었지만, 이렇게 가까이서 한참을 들여다보기는 처음이었다. 반금련은 자신도 모르게 침 한 덩어리를 가만히 삼켰다. 그러자 인기척을 느꼈는지, 금동이 기지개를 켜면서 돌아누웠다. 당황한 반금련은 얼른 입을 열었다.

"금동아, 벌써 자니? 일어나 보거라."

부스스 눈을 뜬 금동은 반금련이 문 앞에 와 있는 것을 보고는 화들짝 놀라 벌떡 일어났다.

"어! 마님……. 무슨 일이라도?"

"일은 무슨 일. 그냥 적적해서 술이라도 한 잔 하려고. 가서 특상주 한 병만 사주겠니?"

"예, 얼른 다녀오겠습니다."

금동을 내보낸 반금련은 얼른 자기 방으로 돌아와 거실의 탁자 위에 술 마실 준비를 했다. 찬장에서 술잔 두 개와 작은 접시 두 개, 젓가락 두 개를 꺼내 놓고, 마른안주도 두어 가지 접시에 담아 내놨다. 그리고 부엌으로 나가 낮에 먹다 남은 거위 찜까지 들고 나왔다.

물론 금동과 단둘이 한잔하기 위해서였다.

얼마 지나지 않아 금동이 특상주를 사들고 돌아왔다. 금동은 탁자 위에 차려진 것들을 힐끔 보고는 의아한 표정으로 반금련을 쳐다보았다.

"뭘 그러고 섰느냐? 그쪽에 앉아서 술이나 좀 따라줘."

반금련이 맞은편 의자를 턱으로 가리키며 말하자, 금동은 조금 멋쩍은 듯이 궁둥이를 의자에 반만 걸친 채 앉았다. 그리고는 반금련이 내민 술잔에 공손히 술을 따랐다.

"금동이가 따라줘서 그런지 오늘따라 술이 달구나."

맛을 보듯 한 모금을 마신 반금련은 그 술잔을 그대로 금동에게 내밀었다.

"너도 한번 마셔봐. 향이 아주 그만이야."

"제가 어떻게 감히 마님과 술을 마십니까? 주인어른께서 아시면 큰일납니다."

"있지도 않은 사람이 뭐가 무서우냐? 어서 받으라니까!"

금동은 주저주저 술잔을 받더니 눈을 질끈 감고 단숨에 비워 버렸다. 그 모습을 본 반금련의 입가에 만족스런 미소가 떠올랐다.

"녀석, 잘만 마시면서 괜히 빼고 있어. 한 잔 더 해라."

"이러다간 정말 취하겠어요. 마님 앞에서 실수라도 하면 어떡해요?"

"그래 얼마나 큰 실수를 하는지 네 양껏 마셔봐라. 정 뭐하면 내 방에서 자면 될 것 아니냐."

"어이구, 마님! 큰일날 말씀 마세요. 주인어른 귀에라도 들어가면

전 죽은 목숨입니다."

금동은 손사래를 치면서도 눈을 반짝였다. 그 속을 모를 리 없는 반금련은 더욱 재미있다는 듯이 깔깔거리며 앞에 있는 두 개의 술잔에 넘치도록 술을 따랐다.

"남들이 뭐라던 오늘은 마시고 봐야겠다. 너도 어서 들어."

그렇게 주거니 받거니 술잔을 기울이다 보니, 어느덧 반금련은 취기가 오르기 시작했다. 온몸에 야릇한 미열이 느껴지는가 싶더니 아랫도리가 얄궂게 근질거리는 것이 아닌가. 반면에 금동은 몇 잔을 받아 마시고도 얼굴빛 하나 변하지 않았다.

"마님, 취하신 것 같아요. 이젠 그만 드시죠."

하지만 금동의 말에 오히려 오기가 발동한 반금련은 빈 술잔으로 탁자를 내리치며 울먹이듯 소리쳤다.

"그만 마시라니, 그게 무슨 소리냐! 오늘 밤엔 너랑 나랑 죽도록 마셔 보자."

그리고는 벌떡 일어나 방문을 걸어 잠근 후 자기의 의자를 끌어다 금동의 옆에 바짝 다가앉았다.

"금동아, 네가 내 마음을 알겠느냐? 내 이 터질 듯한 마음을 네가 알겠느냔 말이야."

반금련은 갑자기 금동의 귀를 잡고 자기 쪽으로 와락 끌어당기더니, 거칠게 금동의 입술을 훔쳤다.

"너 이 녀석! 이래도 내 마음을 모르겠니?"

"예, 알 것도 같아요, 마님."

금동이 역시 처음부터 이런 일이 벌어질 것을 내심 바라고 있던 터라, 못이기는 척 반금련에게 몸을 맡겼다.

"이제부터 우린 진짜 연애를 하는 거야. 알겠니?"

반금련은 뜨거운 숨을 내쉬며 금동을 이끌어 침상 위에 눕히고는 자신의 옷을 훌훌 벗어 던졌다. 풍만한 가슴에 잘록한 허리, 그리고 그 밑의 은밀한 숲을 본 금동은 눈앞에 아찔해지는 것을 느꼈다.

"마님!"

금동은 자기도 모르게 부르르 몸을 떨었다. 그것은 앞으로 벌어질 일에 대한 흥분과 함께, 나중에 탄로라도 나면 죽음을 면치 못하게 될 것이라는 공포심 때문이었다.

"마님, 아무래도 안 되겠어요. 무서워요."

"다 큰 사내놈이 뭐가 무섭다고 난리야!"

반금련은 이제 더 들을 필요도 없다는 듯이 한 손으로는 금동의 목을 끌어안고 다른 한 손으로는 금동의 옷을 벗기기 시작했다. 그리고는 마치 바람둥이 사내놈이 어린 숫처녀를 다루듯 금동의 배 위로 냉큼 올라갔다. 마음이 급해진 반금련은 금동의 양물을 손아귀에 쥐고 잠시 눈부신 듯 바라보더니, 그대로 자신의 몸속에 깊이 찔러 넣었다.

"윽, 마님!"

"그래, 내 오늘 네게 극락을 구경시켜 주마!"

환하게 밝혀진 촛불 아래서 반금련의 탐스런 엉덩이가 요동을 치기 시작했다. 금동은 벌어진 입을 다물지 못하고 헉헉 신음 소리만 연발했다. 그렇게 음탕한 계집년과 엉큼한 아이놈이 한 이불 속에서 오로지 절정을 향해 질주해 나가는가 싶더니, 어느덧 금동이 꺽꺽 숨넘어가는 소리를 내뱉고는 나가떨어졌다.

반금련은 어이가 없어 피식 웃음이 나왔다. 숫총각이니 그럴 수밖
에 없다고는 해도 아쉽고 허망했다. 잠시 말없이 축 늘어져 있던 금동
이 일어나 주섬주섬 옷을 입으려 하자, 반금련이 두 팔을 벌려 보이며
말했다.

"옷은 왜 벌써 입는 것이냐? 연애라는 건 그렇게 한 번에 끝나는 게
아니란다. 자, 이리 와봐."

아쉽기는 금동도 매한가지였는지 두 말 않고 반금련의 품안으로
다시 기어들어갔다. 그리고는 아무 망설임 없이 반금련의 봉긋한 가
슴에 얼굴을 파묻은 채 엄마 젖을 찾는 아이처럼 이곳저곳을 입술로
더듬었고, 손은 손대로 구석구석을 헤집고 다녔다. 반금련은 그런 금
동이 대견한 듯 머리를 쓰다듬으며 두 눈을 감은 채 그 입술과 손길을
맘껏 음미했다. 차츰 그녀의 몸에 다시금 불길이 지펴지기 시작했고,
금동 역시 아랫도리가 서서히 묵직해져 옴을 느꼈다.

아래쪽으로 손을 뻗은 반금련은 금동의 양물을 두어 번 세게 쥐어
보더니 자신의 옥문으로 이끌었다. 이윽고 금동이 자신의 몸속으로
들어오자 반금련은 나지막한 신음을 내뱉었다. 그녀는 금동을 자신
의 몸속에 붙잡아 두기라도 할 것처럼 그의 엉덩이를 강하게 끌어당
겼고, 금동은 그런 반금련에게서 떨어지려는 듯이 허리를 더욱 격렬
하게 들썩였다. 그렇게 또 한 번 격정적인 태풍이 휘몰아쳤다.

금동은 그 후로도 두 번의 나락을 더 경험하고 나서야 반금련의 몸
에서 떨어져 나왔다. 반금련은 두 눈을 감은 채 아직도 자신의 몸에
남아있는 달콤한 쾌락의 흔적들을 더듬으며 행복한 잠 속으로 빠져
들어갔고, 금동은 그런 그녀를 두고 가기가 아쉽다는 듯이 한참을 지

켜보다가 도둑고양이처럼 조용히 방을 나섰다. 어느덧 반금련의 방문 밖으로는 뿌옇게 새벽이 깔리고 있었다.

한번 색정에 빠지면 세상에 두려울 것이 없는 법이다. 어린 금동을 제 것으로 만든 반금련은 이튿날 밤도, 그 다음날 밤도 그와 밀회를 즐겼다. 처음으로 여자의 살맛을 안 금동이 역시 이제는 혼자서 잠들 수 없는 지경이 되고 말았다.

여자란 남자와는 달라서 자기가 사랑하는 사내한테는 모든 것을 주어도 아까울 게 없는 법이다. 반금련은 금동에게 수시로 용돈을 넉넉히 주었을 뿐만 아니라, 사랑의 증표로 금 장식이 달린 은비녀와 비단으로 만든 향낭香囊까지 주었다. 그런데 그것이 화근이 될 줄을 누가 알았겠는가.

몇 번이나 주의를 주었지만, 금동은 상전이 자주 용돈을 주는 게 자랑스러워 밖으로 나가기만 하면 또래의 친구들을 불러내어 술과 음식을 사주며 호기를 부렸다. 하인 주제에 돈을 물 쓰듯 하자, 이를 수상쩍게 여기는 사람들이 늘어났고, 소문에 소문이 꼬리를 물어 마침내 이교아의 귀에까지 들어가게 되었다.

'여기에는 분명 그 여우 같은 계집애의 농간이 있을 게 분명해.'

반금련과 금동의 수상한 관계를 육감으로 느낀 이교아는 반금련의 몸종인 추국에게 돈 닷 냥을 쥐어 주면서 은밀히 부탁했다.

"오늘부터 네 마님의 거동을 잘 살펴보되, 특히 밤에는 잠시도 한눈을 팔아서는 안 된다. 알겠지?"

원래 추국은 오월랑의 몸종이었으나 반금련에게로 옮겨온 후로는 내내 부엌일만 도맡아 온 터라 불만이 이만저만이 아니었다. 그런데

다 닷 냥이라는 큰 돈까지 받게 되자, 눈에 불을 켜고 반금련을 감시하기 시작했다.

그날 마침 서문경이 집으로 돌아왔다. 계저에게 푹 빠져 약속보다 이틀이나 더 있다가 열이레만에 돌아온 것이었다. 생일 하루 전날에야 초췌한 얼굴로 집에 온 서문경은 그 사이 주색으로 몸을 몹시 상했는지, 방에 들어서자마자 그대로 뻗은 채 계속 잠만 잤다.

그전 같으면 서문경이 왔다는 소식만 듣고도 쪼르르 달려갔을 반금련이었지만, 이제는 사뭇 달라져 있었다.

"흥! 진국은 다 빠지고 껍데기만 남았을 텐데, 그까짓 걸 뭣에 쓰려고……."

반금련은 얼굴 한 번 내비치지 않은 채 코웃음만 쳤다. 그리고는 입가에 야릇한 미소를 떠올리며 어서 밤이 오기만을 기다렸다. 마침내 밤이 되자, 반금련은 언제나처럼 금동을 자기 방으로 불러들였다.

하지만 꼬리가 길면 밟히는 법. 추국이 정원의 나무 그늘 뒤에 숨어서 감시의 눈을 번뜩이고 있는 것을 반금련이 알 턱이 없었다.

다음날 날이 밝자, 추국은 간밤에 있었던 일을 오월랑의 몸종인 소옥에게 이야기하고, 소옥은 반금련과 사이가 좋지 않은 손설아에게, 손설아는 이교아에게 이야기를 전했다. 이렇듯 여러 입을 거치게 한 것은, 손설아를 부추겨 놓고 자신은 뒤로 빠지려는 이교아의 속셈 때문이었다. 아니나 다를까, 오월랑의 방을 찾은 손설아는 입에 거품을 물고 흥분했다.

"형님, 이런 일은 절대 덮어 두어서는 안 돼요. 우리들 모두의 수치라고요."

평소 반금련에 대한 미운 감정과 시샘하는 마음이 동시에 폭발한 것이었다. 여기에 마지못해 따라온 듯 머뭇거리고 있던 이교아가 은근히 부채질을 했다.

"제 생각에도 영감님께 말씀을 드리고 처분을 기다리는 수밖에 없을 것 같네요."

그러나 신중한 오월랑은 정실다운 아량으로 사태를 진정시키려고 했다.

"영감님이 집에 돌아오신 지 하루도 안 됐고, 게다가 오늘은 영감님의 생일날이 아니냐. 괜히 어린 계집종의 말만 듣고 수선을 떨다가 잘못되면, 그 뒷감당을 어찌할 텐가?"

"아니, 그럼 그 화냥년을 저대로 두고 보겠단 말씀이세요?"

손설아는 눈에 핏발을 세우며 대들 듯이 말했다.

"추국이 두 눈으로 똑똑히 보았대요. 그저 손목이나 한 번 잡았다면 모르되, 밤새도록 서로 껴안고 그 짓을 했다던데요."

이교아가 또 한 번 슬쩍 거들자 손설아가 기겁을 하며 말했다.

"에그, 망측해라. 그 어린 것을 꾀어 먹다니, 그런 잡년이 어디 있어요. 만약 큰 마님께서 말씀을 못 하시겠다면, 저희들이 직접 영감님께 말씀드리겠어요. 그런 화냥년을 이대로 두고 볼 수는 없잖아요."

오월랑이 한사코 말리는 것도 듣지 않은 채, 손설아는 기어코 서문경에게 달려가 모든 것을 일러바치고 말았다.

마침내 분노에 찬 서문경의 고함 소리가 대들보를 울리는 가운데 집안이 발칵 뒤집혔다.

"금동이 놈을 당장 잡아오너라!"

천만 다행으로, 손설아가 서문경에 고자질을 하러 갔다는 사실이 한 발 앞서 반금련에게 알려졌다. 그녀는 정신없어 춘매를 시켜 금동을 불러오게 했다.

"헤헤, 마님. 무슨 일로 부르셨어요?"

아무 것도 모르는 금동은 상전이 제 친구인 양 히죽거리며 물었다.

"이놈아, 큰일 났다. 우리 관계가 탄로 나고 말았어. 영감님이 뭐라고 하시던 무조건 모른다고 잡아떼야 한다!"

그 말을 금동은 낯빛이 새파랗게 질리면서 말을 잇지 못했다. 그러는 동안 바깥 동정을 살피고 있던 춘매가 달려와 서문경이 금동을 찾고 있다고 전했다.

"영감님이 찾고 계시나 보다. 얼른 나가 봐!"

반금련은 얼른 금동의 머리에 꽂혀 있던 은비녀를 뽑아냈지만, 경황이 없었는지 허리에 차고 있는 향낭을 떼어내는 것은 깜빡 잊고 말았다.

서문경의 앞으로 불려간 금동은 뜰 아래에 꿇어 앉혀졌고, 그의 옆에는 서너 명의 하인들이 굵은 몽둥이를 들고 서 있었다. 대청 위 의자에 앉아 한동안 매서운 눈빛으로 노려보고만 있던 서문경이 발을 구르며 소리쳤다.

"이 목을 비틀어 죽여도 시원치 않을 놈아, 네가 지은 죄를 알고 있느냐?"

금동은 현기증이 일어날 정도로 잔뜩 겁을 집어먹었지만 필사적으로 영문을 모르겠다는 표정을 지으며 눈을 껌뻑였다.

"죄라니요? 제가 무슨 죄를 지었다고······."

"저놈이 그래도 정신을 못 차리는구나. 당장 저놈의 옷을 모두 벗기고 매를 쳐라."

서문경의 말이 떨어지기가 무섭게 하인들이 달려들어 금동이의 옷을 벗기는데, 허리춤에 향낭 하나가 매달려 있는 게 아닌가.

"그 향낭을 이리 가져와 봐라."

하인들이 떼다 주는 것을 살펴보니, 그것은 자기가 반금련에게 주었던 향낭이 분명했다. 서문경은 순간 피가 거꾸로 치솟는 것만 같았다.

"네 이놈! 이건 어디서 난 거냐? 누구한테서 받은 건지 바른 대로 대라. 조금이라도 거짓을 말했다간 살아남지 못할 것이다."

금동은 애써 태연한 말투로 말했다.

"누구한테 받은 게 아니라 정원을 쓸다가 주웠을 뿐입니다."

"네가 감히 누구를 속이려 드느냐. 저놈을 꽁꽁 묶고 바른 말이 나올 때까지 쳐라!"

"거짓이 아닙니다. 제발 제 말을 믿어 주십시오."

금동은 서문경을 똑바로 바라보며 결연히 말했다. 어차피 맞아 죽을 바에는 마님이라도 구해야겠다는 비장한 각오가 솟구쳤다. 그것이 한낱 종에 불과한 자기를 그처럼 사랑해 준 마님에 대한 보은이라고 생각했던 것이다.

서문경은 그런 금동을 외면하며 하인들에게 눈짓을 보냈다. 하인들은 금동에게 달려들어 겹겹이 밧줄로 단단히 묶은 다음, 개 패듯 몽둥이로 내려치기 시작했다. 사정없이 내려치는 모진 매에 금동의 온몸에선 살이 터지고 피가 흘러내렸다. 서문경은 그래도 화가 풀리지 않았는지 하인들의 우두머리인 내보來保를 불러 말했다.

"당장 저놈의 머리털을 잘라 내쫓고, 다시는 이 집에 얼씬도 못하게 해라."

"나리, 한 번만 용서해 주세요. 나리……."

금동이 울며불며 애원을 했지만 서문경은 뒤도 돌아보지 않은 채 반금련의 거처로 발걸음을 옮겼다. 불과 어제까지만 해도 반금련의 귀여움을 받으며 꿈같은 나날을 보내던 금동에게는 마른 하늘에 날벼락이 따로 없었다.

바깥의 일을 춘매에게 전해들은 반금련은 그저 와들와들 몸만 떨고 있었다. 잠시 후 서문경이 쾅 하고 문을 박차고 들어오더니, 대뜸 반금련의 귀싸대기부터 올려붙였다. 반금련은 소리도 지르지 못한 채 침상 위로 픽 하고 쓰러졌다.

"이 화냥년! 어서 옷을 모두 벗고 거기에 꿇어앉아!"

"아니, 여보! 왜 이러세요?"

두 눈에 가득히 눈물을 글썽이며 쳐다보는 반금련을 외면한 채 서문경은 말채찍을 휘둘러 보이며 더 크게 소리를 질렀다.

"네년이 아주 죽으려고 작정을 한 모양이구나."

그 서슬에 질린 반금련은 서둘러 옷을 홀홀 벗고는 바닥에 꿇어앉았다. 그러면서도 어떻게 하면 이 상황에서 빠져나갈 수 있을까 궁리에 궁리를 거듭했다.

"네년이 아무리 잡아떼려고 해도 소용없어! 금동이 놈이 이미 다 불었으니까. 그래, 나 없는 동안 그놈하고 몇 번이나 붙어먹었냐?"

"무슨 그런 당치도 않은 말씀을 하세요? 도대체 어디서 무슨 말을 듣고 이러시는지 모르지만, 전 잘못한 거 하나도 없어요."

죽을 때 죽더라도 우선 잡아떼고 보자는 심산이었다.

"이런 앙큼한 년을 보았나! 네년이 머리에 꽂고 있던 은비녀를 그 놈에게 줬다는 것도 알고 있는데, 그래도 앙탈이냐?"

"여보, 너무 억울해요. 도대체 누가 그런 말도 안 되는 소리를 한 거 죠? 미천한 제가 당신한테서 남다른 사랑을 받다보니, 모두가 저를 시기해서 그러는 거라고요. 당신이 준 은비녀는 지금도 제가 고이 간 직하고 있단 말이에요."

반금련은 금동에게 돌려받은 은비녀를 머리에서 뽑아 보이며 어깨를 들썩이기 시작했다.

"자, 이걸 보세요. 고스란히 제가 갖고 있잖아요? 전 당신이 없는 동안 낮이면 옥루 형님과 바느질을 하고 밤이면 방문을 걸어 잠그고 일찍 잠자리에 든 일밖에 없어요. 못 미더우시면 옥루 형님과 춘매에 게 물어 보시면 될 것 아니에요? 나이라도 찬 남자라면 또 모르지만, 아직 머리에 쇠똥도 벗어지지 않은 어린 하인 놈과 저를 붙여서 말하 다니, 정말 분하고 원통해요."

반금련의 말을 들은 서문경은 차츰 그 기세가 누그러들기 시작했다. 게다가 고자질을 한 것이 바로 반금련과 앙숙인 손설아가 아니던 가. 한쪽의 말만 듣고 너무 성급했던 것은 아닌가 하는 생각까지 들었다. 그래도 따질 것은 끝까지 따져봐야겠다는 듯이 차분하게 입을 열었다.

"이게 누구 것인지 알겠느냐?"

반금련은 순간 흠칫했지만 이미 예상했던 일이기에 정색을 하고 대답했다.

"어머, 그걸 어디서 찾으셨나요? 정원에서 잃어버리고 한참을 찾았었는데…….

"금동이 이걸 가지고 있더구먼. 당신이 준 거 아니야?"

"아, 그것 때문에 이런 일이 생긴 거군요. 제발 제 말을 들어 보세요. 열흘 쯤 전에 오루 형님과 뜰을 거닐다가, 그 향낭을 잃어버리고 말았지요. 어떻게 잃어버렸는지 몰라 한참을 찾다가 결국 못 찾았는데, 그걸 금동이 놈이 주워 가지고 있을 줄이야. 정신이 나간 놈이지. 지가 무엇에 쓴다고 향낭을 가지고 있다가 일을 이 지경으로 만든담. 당신도 그렇지요. 내가 어떻게 영감이 준 향낭을 어린 하인 따위에게 주었을 거라고 생각하신 거지요?"

서문경은 말문이 막혔다. 반금련의 말이 금동의 말과 앞뒤가 꼭 맞았기 때문이다. 하지만 짚고 넘어갈 것이 한 가지 더 있었다.

"당신이 금동이 방에서 나오는 것을 본 사람이 있는데도?"

이 말에는 반금련도 당황하지 않을 수 없었다. 그러나 그녀는 눈꺼풀을 바르르 떨며 정말로 화가 솟구쳐 못 견디겠다는 듯이 따지고 들었다.

"대체 누가 그 따위 소리를 내뱉고 다니는 거지요? 생사람을 잡아도 유분수지……, 내가 금동이 방에서 자고 나왔다고요? 그게 말이나 된다고 생각하세요? 누군지 어서 말해 보시라니까요. 나를 어떻게 보고 종놈이랑 붙어먹은 년으로 몰아붙이다니……, 억울하고 분해서 가슴이 터질 것 같아요. 왜 말씀을 못 하세요? 누가 그 따위 헛소리를 지껄이고 다니는지 몰라도, 내 가만히 두지 않겠어요. 어서 말해 보세요!"

정신없이 쏟아지는 반금련의 추궁에 서문경은 더욱 궁지에 몰렸다.

"소옥이가 보았다더군……."

막상 보았다는 사람의 이름까지 나오자, 반금련은 순간 망치로 얻어맞은 듯 현기증이 일었다. 하지만 그녀는 같잖다는 듯이 피식 웃어 보이며 말했다.

"제가 새벽이면 잠을 이루지 못하고 정원을 거닐곤 했는데, 그걸 본 모양이네요. 아니, 정원을 거닐고 있으면, 다 금동이 방에서 나온 게 되나요? 그런가요? 이게 모두 당신 때문이라고요. 제가 왜 잠을 이루지 못하는지 알기나 하냔 말이에요."

반금련은 두 손으로 얼굴을 감싸고는 그대로 울음을 터뜨렸다. 그 모습을 본 서문경은 마음이 흔들리지 않을 수 없었다. 자기 때문에 새벽마다 잠을 이루지 못하고 정원을 헤매기까지 했다니, 반금련이 새삼 안쓰럽게 보였다. 소옥이를 불러 대질할 필요도 없었다. 모두가 자기 때문이 아니던가. 전후 사정을 다 들어보기도 전에 성급하게 뺨까지 때렸으니, 생각할수록 후회막심이었다.

서문경은 엎드린 채 서럽게 흐느끼고 있는 반금련에게로 연민의 시선을 보냈다. 발가벗은 채 울고 있는 반금련의 모습이 새삼스럽게 보였다. 백설같이 흰 살결에, 어깨에서부터 엉덩이까지 이어진 부드러운 능선은 말로 표현할 수 없을 만큼 고혹적이었다.

잠시 생각에 잠겼던 서문경은 문 밖에 있던 춘매를 불렀다.

"얘, 춘매야. 네 마님이 정말 금동이 놈하고 아무 일도 없었니?"

춘매는 눈을 깜빡이며 어깨 너머로 벌거벗은 반금련을 흘끗 한 번

보고는 말했다.

"주인어른께서 한쪽 말만 들으시니까 그렇죠. 전 한시도 저 마님 곁을 떠나 있어 본 적이 없어요. 그런데 어린 하인하고 무슨 일이 있었다니……, 천부당한 소리지 뭐예요. 모두 다 마님을 시샘을 해서 그러는 것인데, 이런 근거도 없는 뜬소문이 밖으로 새어 나가기라도 한다면, 그보다 더한 망신이 어디 있어요."

나이는 어리지만 하는 말이 맹랑했다. 하기야 춘매 입장에서도 반금련이 쫓겨나가기라도 한다면 자기 역시 줄 끊어진 연 신세가 될 것이라는 것쯤은 잘 알고 있었다. 반금련이야말로 자기의 든든한 방패막이가 아니던가.

서문경은 그런 대답을 기다리기라도 했다는 듯이 너털웃음을 지으며 말했다.

"그래, 네 말이 옳다. 내가 너무 지나쳤구나. 가서 술상 좀 차려오려무나. 내 오늘은 여기서 자야겠다."

이리하여 떠들썩했던 소동은 금동이 쫓겨나간 것으로 끝을 맺었고, 집안은 언제 그런 일이 있었냐는 듯이 조용해졌다. 다만 두 사람, 이교아와 손설아는 실망과 분노로 치를 떨어야 했다.

● 친구의 아내, 이병아

어느 날 오후, 서문경이 약방 일을 둘러보고 집으로 돌아오니, 오월랑이 소옥을 시켜 편지 한 통을 전해 주었다. 뜯어 보니, 화자허의 초청장이었다.

오늘은 오은아吳銀兒의 생일입니다. 은아의 집으로 형을 모시고 가서 축하연을 베풀까 하니, 그 전에 저희 집으로 와 주십시오.

편지를 읽고 난 서문경의 얼굴엔 자기도 모르게 음흉한 미소가 떠올랐다. 오은아는 화자허가 좋아하는 기녀로, 제법 귀여운 데가 있는 계집애였다. 하지만 정작 그를 들뜨게 한 것은 오은아 때문이 아니라 화자허의 처인 이병아李甁兒를 만나볼 수 있다는 기대 때문이었다.

서문경은 대안과 평안에게 말을 끌게 하여 화자허의 집으로 갔다. 마침 화자허는 집에 없었고, 대신 그의 부인 이병아가 중문 섬돌 위에서 서문경을 맞았다. 언제고 한 번 만나봤으면 하고 바라던 차에, 막상 얼굴을 가까이 대하고 보니 저도 모르게 가슴이 두근거림을 느꼈다. 지금에 와서 다시 보니 자그마한 체구지만 살빛이 희고 이목구비가 또렷한 게 첫눈에 정이 끌리는 여자였다.

"부인, 안녕하셨습니까?"

"네, 어서 오세요."

서문경이 나아가 정중하게 인사를 건네자, 이병아 역시 공손하게 대답했다.

"죄송하지만 잠시만 기다려 주세요. 바깥양반은 갑자기 급한 일이 생겨서 금방 돌아오겠다며 나갔어요."

이병아는 서문경을 응접실로 안내하고는 안으로 들어가 버렸다. 조금 있으려니 여종 수춘이 차를 내왔다. 서문경이 차를 마시고 있는데, 어느새 왔는지 이병아가 문 밖에서 얼굴을 반쯤 내민 채 공손히 입을 열었다.

"바깥양반이 오늘 대관인을 모시고 술을 마시러 간다고 했는데, 염치없지만 대관인께서 그이에게 일찍 돌아오도록 권고해 주시면 고맙겠습니다. 두 소동까지도 데리고 나가는 터라 몸종 둘만 데리고 있으려니 두렵고 겁이 나 견딜 수가 없을 것 같습니다."

"이르다 뿐이겠습니까. 이렇게 부인의 부탁까지 받았으니, 어떤 일이 있더라도 일찍 오도록 하겠습니다."

"감사합니다."

두 사람의 시선이 마주치자, 이병아는 얼른 고개를 숙였다. 하지만 이내 다시 고개를 들어 서문경을 바라보던 이병아의 얼굴에 수줍은 듯한 미소가 살짝 떠올랐다.

그 때 마침 화자허가 돌아오고, 이병아는 그 자리를 피하듯 서둘러 안쪽으로 사라져 버렸다.

"아이고, 이런 실례가 어디 있습니까. 일부러 오시게 해 놓고는 집을 비웠으니……."

"괜찮아. 나도 이제 막 왔는걸."

화자허는 자리에 앉으면서 소동 천복天福을 불렀다.

"마님께 여쭈어 얼른 술상을 내오도록 해라. 여기서 형님과 가볍게 한 잔하고 가야겠다."

잠시 후 천복이 술상을 들고 들어왔다. 서둘러 보아 온 술상이지만, 정성이 담겨진 안주가 맛깔스럽게 놓여 있고, 술 또한 진귀한 것이었다.

"형님, 우리 한 잔씩만 하고 일어서도록 하지요."

"그거 좋지."

간단하게 한 잔씩 마신 두 사람이 각각 말을 타고 오은아의 집으로 향하는데, 서문경에게는 대안과 평안이 따르고, 화자허에게는 천복과 천희天喜가 말고삐를 잡고 앞장섰다.

오은아의 집에서는 벌써부터 많은 기생들이 한 방에 모여 노래를 부르고 춤을 추면서 그녀의 생일을 축하해 주고 있었다.

"아이고, 영감들께서 저를 다 찾아주시니, 이런 영광이 또 어디 있겠습니까."

오은아가 서문경 일행을 반기며 새로이 큰 술상을 내왔다. 서문경은 생일을 축하한다는 뜻으로 미리 준비해 온 은화 다섯 냥을 오은아에게 건넸다.

"어머나, 이렇게 큰 돈을……."

오은아가 좋아 어쩔 줄을 몰라 하자, 그 모습을 본 화자허도 무척 고마운 듯 흐뭇한 표정을 지으며 서문경에게 술잔을 권했다. 주거니 받거니 술잔이 오가고, 노래와 춤이 어우러지며 축하연이 무르익었다.

여느 술자리와는 달리 서문경은 술잔을 조심스레 비우면서 되도록 적게 마시려고 애를 썼다. 그 대신 화자허에게는 쉴 틈도 없이 연거푸 술을 권했다.

"오늘은 자네가 가장 귀여워하는 오은아의 생일이니, 자네에게도 기쁜 날이 아닌가. 어서 쭉 들이키게. 너희들도 이 영감을 잘 모셔야 한다."

서문경의 말에 기생들도 앞을 다투어 화자허에게 술을 권하니, 화자허는 마냥 기분이 좋아서 권하는 술잔들을 모조리 받아 벌컥벌컥 마셔댔다. 그러다 보니 밤이 꽤 깊어 파장에 이르렀을 때에는 완전히 취해 몸도 제대로 가누질 못했다.

"이 사람, 벌써 취했군. 이보게, 정신 차리고 집에 가야지."

서문경이 짐짓 근심스러운 얼굴로 말하자 화저허가 혀 꼬부라진 목소리로 대꾸했다.

"형님, 너무 재촉하지 마시고 우리 한 잔씩만 더 합시다."

그러나 말뿐이지 화자허는 고개도 못 가누고 술상 위로 푹 엎어졌다. 서문경은 거기 모인 기생들에게 각각 섭섭지 않을 만큼의 돈을 집어주고는, 녹초가 된 화자허를 간신히 말 위에 태워 집까지 데리고 갔다.

서문경은 수춘이 나와 대문 여는 것을 기다렸다가 화자허를 부축해 응접실 안까지 들어갔다. 오랫동안 기다렸던 모양인지 이병아가 수춘과 함께 촛불을 들고 서 있다가 그에게 공손히 절을 했다.

"송구스럽게 이런 수고를 다 하시고…"

"아닙니다. 부인께서 그토록 부탁을 하셨는데, 이렇게 늦고 말았습니다. 용서하십시오."

"용서라니요, 제가 오히려 부끄럽습니다. 이 양반은 약주만 드시면 저렇게 남의 수고를 끼치고 만답니다. 그게 다 몸이 허약하고 원기가 부실한 탓이겠지요."

이병아가 의자 위에 널브러져 있는 남편을 원망스럽다는 듯이 흘 끗 한 번 쳐다보는데, 눈치 빠르기로 소문난 서문경이 그것을 놓칠 리 가 없었다.

'아하, 화자허 녀석이 부인을 소홀히 했구나!'

그러나 서문경은 시치미를 뚝 떼고 호기 있게 웃어 넘겼다.

"남자가 술에 취하면 다 그런 거죠, 뭐. 하하하…."

"저 양반이 밤에 집을 비우면 무서워서 견딜 수가 있어야지요. 하 인들이라고는 모두 아이들뿐이니……."

"그렇겠군요."

"바깥양반이 매일 저 모양이니, 정말 속병이라도 날 것 같아요. 이 후에라도 술자리에서 저 양반을 만나시거든 저를 생각하셔서라도 꼭 좀 집으로 데려다 주세요."

"여부가 있겠습니까. 그렇게 하고말고요."

"정말이지, 제 팔자가 왜 이렇게 기구한지 모르겠어요."

이병아는 눈물까지 글썽이며 푸념하듯 말했다. 여자가 빈틈을 보이 자, 서문경은 속으로 쾌재를 부르면서도 겉으로는 짐짓 모른 척했다.

"부인이 그렇게까지 힘들어하시는 줄은 몰랐군요. 앞으로도 제가 특별히 신경을 써서 일찍 들어오도록 할 테니, 부인께서도 너무 염려 하지 마세요."

"정말 감사합니다. 이 은혜는 잊지 않겠습니다."

그날 이병아로부터 차까지 한 잔 얻어 마시고 나온 서문경은 콧노래가 절로 나왔다. 집에 돌아와서도, 앉으나 서나 그의 머릿속은 온통 이병아의 생각으로 가득 차 있었다.

이튿날부터 서문경은 매일같이 응백작이나 사희대 같은 친구들과 얽혀 놀면서 화자허를 꾀어내 기방에서 밤샘을 치르도록 만들어 놓고는, 자기는 살짝 빠져나와 화저허의 집 앞을 얼씬거렸다. 그럴 때면 이병아도 어김없이 두 여종을 데리고 문간에 나와 서 있다가 서문경이 지나간다 싶으면 얼른 안으로 들어가 버렸다.

그렇게 여러 날이 지난 어느 날, 이병아가 화자허를 붙잡아 놓고 말했다.

"당신이 이렇게 계집년들 품속에서 몇날 며칠을 허우적거리고 있을 때, 이웃에 계시는 대관인께서 틈틈이 들여다보고 가시더라고요. 아무리 당신을 보아서 하신 일이라지만, 이렇게 고마운 일이 또 어디 있겠어요? 언제고 한 번 우리 집에 모시고 답례라도 해야겠어요."

이병아는 이런 말을 하면서도 스스로 양심의 가책을 느꼈다. 남편을 위해서라기보다는 자기가 가까이 해 보고 싶은 마음에 권고를 한 것이기 때문이었다. 그 마음을 알 리 없는 화자허는 아내가 술자리를 만들어 준다는 말에 손뼉을 치며 기뻐했다.

"참으로 좋은 생각이오. 이제 곧 중양절이니, 그 때 친구들을 모두 초대해서 잔치를 벌이도록 합시다. 당신의 음식 솜씨도 자랑하고 말이야."

이병아는 서문경만 초대했으면 했는데, 눈치 없는 화자허가 친구들을 모두 초대한다고 하니 적잖이 실망스러웠다. 하지만 싫은 내색

하나 없이 맞장구를 쳐 주었다.

"그러세요. 기왕에 한턱내는 건데 서문십걸을 모두 초대하세요."

그 말에 어린애처럼 들뜬 화자허는 당장 서문십걸 모두에게 초대장을 보냈다.

이윽고 중양절이 돌아왔다. 해가 저물기 시작하자 서문십걸이 하나둘씩 화자허의 집으로 찾아들었는데, 당연히 가장 먼저 온 것은 서문경이었다. 서문경은 상석에 일찌감치 앉아, 국화가 만발한 화단을 둘러보며 감탄을 연발했다.

"참으로 국화 일색이로군. 보통 정성으로 가꾼 게 아닌데……."

"제 안사람 솜씨입니다. 워낙 국화를 좋아하는지라 화단이 온통 국화뿐이지요."

"자네 부인은 참으로 고상한 취미를 가졌네 그려. 하하하……."

화자허는 마냥 기분이 좋은 모양인지 아내를 한껏 추켜세웠고, 서문경은 그런 그를 보며 재미있다는 듯이 콧잔등에 묘한 웃음을 흘렸다. 짐작했던 대로 이 술자리는 이병아가 꾸민 게 틀림없다고 생각하니, 모든 일이 잘 풀리는 것 같아 춤이라도 추고 싶은 심정이었다.

게다가 가만히 살펴보니, 이병아가 손수 음식을 나르는 게 아닌가. 요리사를 비롯해 일하는 아낙네를 둘씩이나 불렀으면서도, 이병아는 팔을 걷어붙이고 주연 준비를 서두르고 있었다.

"아이고 부인, 수고가 많으십니다."

서문경은 시치미를 떼고 인사말을 건넸다. 그녀가 손수 음식을 나르는 게 대견하기도 하고 남달라 보이기도 했던 것이다.

"차린 게 별로 없습니다만 재미있게 즐기세요."

이병아 역시 수줍은 듯한 미소가 담긴 눈으로 서문경을 한 번 힐끗 바라봤을 뿐, 조금도 어색한 기색 없이 자연스레 받아 넘겼다. 아무 것도 모르는 화자허는 자기 아내와 서문경이 스스럼없이 주고받는 대화가 듣기 좋은 듯 시종 흐뭇한 표정을 짓고 있었다.

이윽고 서문십걸이 모두 모여들고, 기녀 세 사람과 악사 두 사람도 불려와 성대한 주연이 벌어졌다. 모두들 처음에는 국화를 기른 솜씨 며 운치 있는 술자리를 마련한 이병아에 대한 칭찬들을 아끼지 않더 니, 차츰 시간이 지날수록 본색을 드러내기 시작했다. 악사들의 연주 에 맞춰 기녀들과 춤을 추는 인물이 있는가 하면, 흥에 겨운 나머지 고래고래 노래를 부르는 인물까지 생겨났다.

그 와중에도 서문경은 술을 자제하며 힐끗힐끗 이병아를 신경 쓰 고 있었다. 그녀로부터 은밀한 신호가 올 것이라고 믿고 있었기 때 문이었다. 아니나 다를까, 술판이 한창 시끌벅적해지자 이병아가 슬 그머니 자리에서 일어나며 서문경에게 눈짓을 하는 게 아닌가. 그리 고는 주위를 한 번 더 둘러보고는 정원 구석으로 사라져 버리는 것 이었다.

서문경은 서두르지 않고 먼저 화자허의 반응부터 살펴보았다. 그 는 춤판에 어울려 정신없이 흥청거리느라 자기 아내가 자리를 비운 지도 모르고 있었다.

"이거 술만 들이켰더니 벌써부터 신호가 오네. 정원에 거름 좀 줘 야겠구나."

서문경은 일부러 큰 소리로 지껄이고는 취기가 심한 듯 비틀거리 며 일어나더니 자연스럽게 정원 구석으로 발걸음을 옮겼다. 모두들

술에 취해 정신이 없던 터라 그런 그의 행동에 관심을 갖는 이는 아무도 없었다.

정원은 그다지 크지 않았지만, 안쪽으로 들어가면 커다란 호두나무 주위로 수풀이 제법 울창했다. 서문경이 그 안쪽으로 걸어 들어가니, 이병아가 등을 돌린 채 서 있었다. 달빛이 나뭇가지 사이로 흘러내리고 있는 수풀 속에 희끗하게 서 있는 이병아의 모습은 처연하도록 아름다웠다. 서문경은 마른 침을 한 번 삼키고는 그녀에게 다가서며 은근한 목소리로 불렀다.

"부인!"

이병아는 서문경을 향해 가만히 돌아서며 수줍은 미소를 지었다. 그 모양은 이미 마음의 준비를 한 여인의 모습이었고, 사내에게 확신을 주기에 충분한 모습이었다. 서문경은 자기도 모르게 왈칵 달려들어 그대로 이병아를 품에 안아 버렸다.

"어머, 이러시면 안 돼요."

하지만 말과는 달리 이병아의 목소리는 속삭이듯 달콤했고, 그 손은 어느새 서문경의 가슴팍 위에 있었다. 서문경은 그녀를 안은 팔에 더욱 힘을 주며 온몸을 부르르 떨었다. 서문경이 이처럼 열을 올리기는 참으로 오랜만이었다. 그는 뜨거운 입술을 천천히 이병아의 입술로 가져갔다.

"누가 보면 어쩌시려고요?"

"여기엔 우리밖에 없는데 누가 본다고 그러오."

그녀는 마지못한 듯 스르르 눈을 감고 그의 입술을 받아들였다. 서문경의 한 손이 슬금슬금 내려가 엉덩이를 쓰다듬는가 싶더니, 어느새 그의 입술이 그녀의 앞가슴으로 내려가 옷섶을 헤치고 있었다.

"안 돼요. 이러지 마세요. 여기가 어디라고……."

"괜찮으니, 가만히 있어 보구려."

"안 된다니까요. 이러면 정말 싫어요."

이병아의 목소리는 비록 낮기는 했지만 단호했다. 다른 여자 같았으면 싫다거나 말거나 기어이 치마를 걷어붙이고 일을 치르고 말았을 테지만, 이병아에게 그렇게 할 수는 없었다. 서문경은 '끙' 하는 신음소리와 함께 달아오른 몸뚱어리를 식히며, 그녀를 안고 있던 팔에서 스르르 힘을 빼 버렸다. 서문경의 품에서 벗어난 이병아는 부드러운 미소로 그를 바라보며 말했다.

"미안해요. 우리 나중에……."

이병아의 입에서 '나중에'라는 말이 나오자, 서문경은 귀가 번쩍 뜨이는 듯 이내 번질거리는 웃음을 흘렸다.

"괜찮소. 내가 너무 성급하게 굴어서 부끄럽구려. 그럼……, 이제 다음엔 어떻게 하는 게 좋겠소?"

이병아는 걱정 말라는 듯이 살짝 눈웃음을 지으며 말했다.

"그이가 집에 돌아오지 않는 날 밤 삼경쯤에……, 저 호두나무 가지에 등을 하나 달아 놓을게요. 그리고 담벼락에 사다리를 세워 놓을 테니, 담을 타고 넘어 오세요. 남의 눈에 띄지 않으려면 그 수밖에 없겠어요. 수춘이랑 영춘이는 걱정 마시고요."

"그럼 난 매일 밤 호두나무에 등불이 켜지기만을 기다려야겠군요. 하하하……."

"이제 술자리로 돌아가세요. 저는 조금 있다가 가겠어요."

"알았소."

서문경은 다시 한 번 이병아의 입술에 입을 맞추고는 성큼 돌아서 걸음을 떼어 놓았다. 잠시 후 이병아도 살금살금 수풀을 빠져나가 얼른 안채로 들어가 버렸다.

그 날 집으로 돌아온 서문경은 다시 예전처럼 화자허를 집밖으로 꾀어낼 궁리에 여념이 없었다. 호두나무에 등불이 매달리려면 아무래도 화자허가 집을 비워야 했기 때문이다.

다음 날, 서문경은 저녁상을 물리자마자 대안을 시켜 응백작과 사회대를 오은아의 기방으로 불러들였다. 응백작은 시키지 않았는데도 화자허와 함께 왔고, 초저녁부터 진탕한 술판이 벌어졌다. 서문경의 계획대로였다. 주사가 심한 응백작과 사회대가 있고, 게다가 화자허가 아끼는 오은아까지 있는 이상, 그가 그날 밤 집으로 돌아갈 일은 결코 없을 것이었다.

서문경은 술자리의 분위기를 한껏 띄워 놓고는, 속이 안 좋다는 핑계를 대고 슬그머니 자리를 빠져나왔다. 그리고는 집으로 돌아와 느긋한 마음으로 호두나무에 등이 걸리기를 기다렸다.

잠시 후 멀리서 삼경을 알리는 북소리가 들려왔고, 서문경은 슬그머니 방문을 열고 바깥을 내다보았다. 과연 화자허의 집 호두나무에 등이 하나 걸려 있었다. 그것을 본 그의 얼굴에 절로 미소가 떠올랐다.

서문경은 간편한 옷으로 갈아입고 어둠 속을 더듬어 호두나무 가지가 넘어와 있는 담장 밑으로 갔다. 두 손으로 나뭇가지를 잡고 훌쩍 뛰어올라 잽싸게 담 위로 기어오르자, 누군가 건너편 담 밑에서 속삭이듯 말했다.

"대관인 어른, 여기 사다리가 있어요."

수춘이었다.

"음, 알았다."

서문경은 담 위에서도 위신을 차리듯 제법 점잖게 대답하고는 사다리를 타고 내려갔다. 그 모습을 묵묵히 지켜보고 있던 수춘은 쪼르르 사다리를 타고 올라가더니 호두나무 가지에 걸어두었던 등을 떼어 들고 내려왔다.

"수춘이 수고가 많구나. 내 이 고마움은 잊지 않으마."

수춘은 살짝 미소를 지으며 고개를 숙여보이곤 그대로 앞장을 서 길을 안내했다. 과연 이병아의 말대로 믿음이 가는 아이라고 생각하며, 서문경은 조심스런 걸음으로 그 뒤를 따랐다.

서문경이 수춘의 안내로 내실에 들어서니, 이병아가 속살이 다 내비치는 얇은 분홍색 잠옷 차림으로 의자에 앉아 있다가 가만히 일어섰다. 탁자 위에는 정갈하게 술상이 차려져 있었다.

"이거 한밤중에 실례가 많습니다."

서문경이 농담조로 인사를 건네자, 이병아가 얼굴을 붉히며 수줍은 듯한 미소를 띠었다.

"자, 앉으세요. 바깥양반은 지금 기방에 가고 없으니 편하게 생각하시고요."

"감사합니다, 부인."

서문경은 벌어진 입을 다물지 못하고 연신 싱글벙글했다. 그토록 고대하던 순간이 바로 코앞에 와 있으니 말이다.

"바깥양반은 오늘 밤 안으론 오지 않을 거예요. 두 소동까지 딸려 보냈으니, 이 집에 남아 있는 사람이라곤 수춘이랑 영춘이, 그리고 저뿐인 걸요."

그거야 서문경이 더 잘 알고 있는 일이었다. 그보다도 이병아의 말은 서문경에게 몸을 맡긴다는 뜻이 아니던가. 서문경은 벌써부터 아랫도리가 뻐근해져 왔다.

"제가 드리는 술입니다. 박주나마 맛있게 드세요."

이병아가 술잔에 술이 찰랑찰랑 넘치게 따라 주었다.

"부인도 한 잔 하시지요."

그렇게 서문경과 이병아가 어깨를 맞댄 채 무릎을 비비고 앉아 술잔을 주고받는 사이 두 사람의 몸은 달아오를 대로 달아올랐다. 휘장 속의 침상 위에서는 향이 타오르고 있었고, 비단 금침에 산호 베개가 나란히 짝지어 놓여 있었다.

서문경이 한 팔을 들어 이병아의 어깨를 어루만지자, 그녀는 활짝 열려 있는 서문경의 가슴으로 무너지듯 안겼다. 두 사람은 누가 먼저랄 것도 없이 서로의 입술을 애무하기 시작했다. 서문경의 손이 이병아의 등과 허리를 지나 엉덩이로 서서히 미끄러져 내려가 엷은 잠옷자락을 말아 올렸다. 허벅지까지 맨살이 드러나자 슬슬 엉덩이를 어루만지다가 이번에는 아랫도리의 속곳 사이를 비집고 들어갔다. 그의 손끝이 기어이 깊은 곳에 가 닿으려 하자, 이병아는 그 손을 뿌리치듯 엉덩이를 뒤로 빼며 말했다.

"잠깐만요. 여기서 이러지 말고 침상으로 가요."

"그럴까요."

손을 거둔 서문경은 이병아를 번쩍 안아 침상에 눕혔다. 그가 막 이

병아의 엷은 잠옷을 벗겨내려 하자, 또 다시 그녀가 그의 손을 잡고
말했다.

"부끄러워요. 제가 벗을게요."

이병아는 가만히 일어나 앉아 등을 돌리고는 옷을 벗기 시작했다.
잠자리 날개 같은 엷은 잠옷이 스르르 벗겨져 나가면서 하얀 속살이
드러났다. 조그만 체형이지만 알맞게 살집이 오른 그녀의 나신은 한
떨기 백합과도 같았다.

서문경은 이병아의 뒤로 다가가 덥석 안아 버렸다. 두 손 가득 그녀
의 풍만한 가슴을 움켜쥐고는 유난히 하얀 목덜미를 앞니로 지그시
깨물었다. 이병아의 입에서 나지막한 탄성이 흘러나왔다. 그녀도 자
신의 가슴을 거머쥐고 있는 서문경의 한쪽 손등으로 입술을 가져가
살짝 깨물어 주었다. 남자의 욕정에 대한 여자의 화답인 셈이다.

마음이 급해진 서문경은 서둘러 옷을 벗어 던지고 그녀의 알몸을
본격적으로 애무하기 시작했다. 그러자 이병아도 다소곳이 몸을 내맡
기면서도 어떻게든 남자의 몸뚱어리를 기분 좋게 해 주려고 애를 써
댔다.

한동안의 엎치락뒤치락 거리는 애무가 끝난 후, 서문경이 서서히
허리를 움직이기 시작했을 때는 그녀도 화답하듯 잔물결을 일으켰
고, 그의 움직임이 거세어지자 그녀도 역시 감미로우면서도 고통스
러운 듯한 신음소리를 내뱉었다. 마침내 절정을 향해 치닫게 된 그녀
는 서문경의 허리를 안은 열 개의 손톱을 모두 곤두세워 그의 살을 사
정없이 찍어 눌렀다. 침실은 두 몸뚱어리가 토해내는 야릇한 신음소
리와 뜨거운 열기로 가득 메워졌다.

이때 침실에 웅크리고 앉아 창틈으로 두 사람의 정사를 엿보고 있는 사람이 있었으니, 바로 수춘이었다. 아직 귀밑에 솜털도 가시지 않았지만 알 것은 다 알고 있는 나이였다. 수춘은 침대 위에서 벌어지고 있는 광경에 벌린 입을 다물 줄 몰랐다. 실오라기 하나 걸치지 않은 채 뒤엉켜 있는 두 몸뚱어리는 어린 소녀에게 있어 커다란 충격이 아닐 수 없었다.

수춘은 마른 침을 꿀꺽 삼켜가며 자기의 아랫배를 지그시 눌렀다. 때론 간질거리는가 싶더니 이내 뻐근해지는 아랫배를 이리저리 주물러대던 수춘의 얼굴이 불덩이처럼 확 달아올랐다. 그러다 결국 온몸을 부르르 떨며 짧은 신음을 내뱉은 수춘은, 마치 누군가 보고만 있는 것 같아 주위를 한 번 둘러보고는 도망치듯 자기 방으로 돌아갔다.

한 차례의 폭풍이 지나가고, 서문경이 가쁜 숨을 몰아쉬며 말했다.

"당신, 아주 그만이야. 정말 좋았어."

"그래요? 당신도 정말 대단했어요. 당신같이 멋있는 남자는 처음이에요. 이젠 당신 없이는 못살 것 같아요."

"나도 당신 없인 못살 것 같아."

"정말이에요? 나 너무 좋아서 못 견딜 것 같아요."

두 사람은 다시 뒤엉겼고, 그렇게 날이 새도록 쾌락의 늪에서 헤어날 줄 몰랐다.

그 후로도 사내와 계집은 담 하나를 사이에 두고 은밀한 밀회를 계속해 나갔다. 그럼에도 불구하고 문 밖을 나선 일이 없었기에 이웃 사람들의 눈에 띄는 일은 한 번도 없었다.

하지만 반금련의 눈을 피하기는 어려운 일이었다. 다른 네 부인들은 서문경이 으레 반금련의 방에서 자려니 하고 관심을 갖지 않았지만, 반금련은 거의 매일 밤 자기 방에 와서 자던 남편이 언제부턴가 왕래가 뜸해진 것을 이상하게 생각하고 있었다. 그나마 가끔 오는 것도 삼경이 한참 지나고 나서야 어슬렁어슬렁 나타나니 말이다.

그러던 어느 날, 마침내 그 비밀이 밝혀지고 말았다. 그 날도 멀리서 삼경을 알리는 북소리가 들려오자, 반금련은 서문경이 무얼 하나 보려고 그의 거처 쪽으로 발걸음을 옮겼다. 하품을 하며 천천히 정원을 가로지르던 반금련은 문득 걸음을 멈췄다. 담 너머 화자허네 집 호두나무에 웬 등불이 하나 걸려 있는 것이 아닌가.

이상한 생각이 들어 그쪽으로 다가가려는데, 갑자기 검은 그림자 하나가 나뭇가지를 잡고 담벼락을 재빨리 기어오르는 것이 보였다. 도둑인 줄로 알고 소리를 지르려던 반금련은 순간 등불에 비친 서문경의 얼굴을 보고는 말문이 막히고 말았다.

그제야 반금련은 서문경의 수상쩍은 행동들이 모두 이해가 되었다. 착잡한 마음을 안고 방으로 돌아온 반금련은 날이 밝을 때까지 잠을 이루지 못했다. 감쪽같이 속은 것이 억울했고 사랑하는 남편을 빼앗긴 것이 분했다.

반금련은 방문을 걸어 잠근 채 하루 종일 꼼짝도 하지 않았다. 그렇게 저녁때가 되도록 반금련이 보이지 않자, 그래도 걱정이 되었는지 서문경이 그녀의 거처로 찾아왔다.

"이봐! 어디 아픈 거야? 어서 문 좀 열어봐."

반금련은 귀찮다는 듯이 문만 열어 주고는 도로 자리에 누웠다. 서문경은 찔리는 구석이 있는지라 그녀의 옆으로 가 앉더니 괜히 한숨을 내쉬기도 하고 일부러 헛기침 소리를 내기도 했다. 정말 눈치를 챈 게 아닌가 싶어 슬그머니 긴장이 됐던 것이다. 다른 여자를 건드렸다면 눈치를 채건 말건 상관이 없지만, 화자허의 아내와 내통을 했으니 소문이 나서 좋을 건 없었다. 그런 서문경의 마음을 아는지 모르는지 반금련은 돌아누운 채 꿈쩍도 하지 않았다.

"하루 종일 밥도 안 먹고……, 무슨 일이라도 있어? 말을 좀 해봐."

그제야 자리에서 벌떡 일어난 반금련은 찢어져라 하고 사내의 귀를 잡아당겼다.

"세상에 할 짓이 없어서 친구의 여편네와 그 짓을 해? 그것도 월담까지 해 가면서……?"

"이건 놓고 말해."

"흥! 아픈 줄은 아나 보지. 그 동안 화가네 잡년하고 몇 번이나 잤어? 바른 대로 대지 않으면 온 동네에 소문을 내고 말 테니까 알아서해! 아예 화가를 불러 줄까?"

난처해진 서문경은 얼굴이 화끈 달아오르는 와중에도 반금련의 비위를 맞추기 위해 안간힘을 썼다.

"어쩌다가 보니 그렇게 되긴 했지만, 그 여자나 나나 처음부터 그럴 생각이 있어서 그런 건 아니야."

"이젠 내 앞에서까지 그 잡년을 두둔해?"

"여보, 너무 그러지 마. 화자허네 부인은 절대로 당신한테 해를 끼칠 사람이 아니야. 월랑이랑 당신을 언니로 모시겠다고 하더니, 특별히 당신한테는 이 화잠 한 쌍까지 전해주라고 하던데……."

모자를 벗어 머리에 꽂혀 있는 화잠을 뽑아 주는데, 푸른 옥돌에 금

으로 '수壽' 자를 새겨 넣은 것이었다. 얼른 보기에도 궁중이 아니고
서는 구할 수 없는 진귀한 장신구였다. 홀린 듯이 한참 동안 그것을
들여다보고 있던 반금련은 갑자기 실성한 듯 웃음을 터뜨렸다.

"호호호……."

"아니, 갑자기 왜 그래?"

놀란 서문경이 멀뚱해서 쳐다보고 있는데도 반금련은 웃음을 그치
지 못했다. 그러더니 이내 정색을 하곤 서문경의 얼굴을 똑바로 바라
보며 말했다.

"미안해요. 지금까지 화가 난 것처럼 행동한 건 모두 장난이었어
요."

"그건 또 무슨 소리야?"

"이 반금련이 그렇게 미련한 여자인 줄 아셨어요? 어차피 당신은
열 여자 마다하지 않을 분이란 거 잘 알고 있고, 이런 일이 있을 거란
건 당신의 여자가 되었을 때 이미 각오했던 일이라고요. 괜히 입을 함
부로 놀렸다가 당신이 곤경에 처하면 제게 무슨 이득이 있겠어요. 전
눈 감아 드릴 테니, 당신이나 조심하세요. 호호호……."

"그게 정말이야?"

"그럼요, 정말이고말고요. 그 대신 조건이 하나 있어요."

"조건?"

"네, 앞으로 화태감네 부인과 있었던 일은 모두 제게 말씀해 주셔
야 해요."

"알았어. 그 약속은 꼭 들어 줄게. 그나저나 역시 당신은 현명한 여
자야. 이러니 내가 당신 품에서 헤어날 수가 없지."

참으로 영악한 여자였다. 어차피 벌어진 일이라면 이해하는 척이라도 하자, 자고로 바람둥이 치고 시샘하는 여자를 좋아하는 법은 없다는 게 반금련의 생각이었다. 게다가 앞으로 약점이 잡힌 화자허의 아내를 잘만 이용하면 이보다 몇 배 더 귀한 물건을 얼마든지 얻을 수 있지 않은가. 반금련 스스로 생각해도 자신이 대견스럽기까지 했다.

서문경은 서문경대로 골치 아픈 일에서 벗어났다는 것만으로도 여간 다행이 아닐 수 없었다. 사랑스러워 견딜 수가 없다는 듯이 반금련을 지그시 끌어안더니, 문득 가슴에서 얇은 책 한 권을 꺼냈다.

"이건 말이야……, 화잠 따위하고는 비교도 할 수 없을 만큼 귀한 거야."

반금련은 그것을 받아 서너 장 넘겨보다 말고, 탄성인지 비명인지 알지 못할 소리를 내질렀다.

"에구머니, 이게 다 뭐람!"

비단에 금실로 수를 놓아 만든 표지 안에는 궁중의 문양이 박힌 종이에 그림들이 그려져 있었는데, 말로만 들어봤지 이렇게 망측한 그림을 보기는 처음이었다.

그림은 모두 스물네 폭으로, 실오라기 하나 걸치지 않은 사내와 계집이 온갖 체위로 붙어 노는 기괴한 그림들이었다. 반듯하게 드러누운 것을 기본으로 하여 엉거주춤 서 있는 것도 있고, 쪼그리고 앉은 것이 있는가 하면 개처럼 구부린 것도 있었다.

"원 세상에, 이런 걸 다 그림으로 그리다니……. 그런데 이 책은 어디서 났어요?"

"화자허의 부인이 가지고 있더라고. 그래서 당신 보여주려고 빌려

왔지."

"이런 걸 가지고 있다니, 그 여자도 보통내기는 아닌가 보네요. 그건 그렇고 그 여자랑 이 책을 보면서 이대로 다 놀아 봤겠군요."

"말도 안 되는 소리……, 스물네 가지나 되는 걸 언제 다해 봤겠어?"

반금련은 두 눈에 야릇한 윤기를 반들거리며 한 장씩 찬찬히 넘겨 보았다. 한편으로는 망측하기 짝이 없는 그림이었으나, 또 한편으로는 눈길을 떼지 못할 정도로 끌리는 맛도 있었다.

"그림이 어때? 천하의 명화도 이보단 못할걸."

서문경이 음흉스런 어조로 물었다.

"호호호……, 그러게요."

두 사람은 마주보며 의미 있는 눈길을 주고받았다. 이심전심以心傳心이라고나 할까, 서로가 말은 꺼내지 않았지만, 그러는 가운데서도 서로 같은 생각을 하고 있었던 것이었다. 그 동안 두 사람이 밤새도록 고안해낸 자신들만의 방중술이겠거니 하고 생각했던 것이 책 속의 장면과 똑같을 줄이야. 아니 그보다 한술 더 떠서 사람의 팔다리가 어쩌면 저렇게도 절묘하게 꼬이고 얽힐 수 있을까 싶으리만큼 기상천외한 것도 많았던 것이다.

"우리 떡 본 김에 제사부터 지낼까."

"별안간에 제사는 무슨 제사예요? 호호호……."

말은 그렇게 했지만, 앞으로의 일에 대한 기대감에 들뜬 반금련은 발갛게 달아오른 얼굴을 순순히 서문경의 가슴에 묻었다. 그러자 마음이 급해진 서문경이 반금련의 옷을 거칠게 벗겨냈고, 반금련도 질수 없다는 듯이 서문경을 순식간에 알몸으로 만들어 놓았다. 그날 밤,

반금련의 방에선 두 사람의 낄낄대는 웃음소리와 교성이 번갈아 새어 나왔고, 그 소리는 날이 샐 때까지 그칠 줄을 몰랐다.

● 화자허의 불행

서문경을 비롯한 서문십결들의 월례 모임이 있던 어느 날이었다.
그 달 모임은 원래 상시절常時節의 집에서 열기로 되어 있었지만, 마
침 그의 아내가 몸져 눕는 바람에 애향의 기방에서 주연을 베풀게 되
었다. 애향은 상시절이 좋아하는 기녀였다.

그런데 평소와 다름없이 질펀한 술판이 한창 무르익을 무렵, 갑작
스런 일이 벌어지고 말았다. 난데없이 방문이 벌컥 열리면서 네 명의
관원이 들이닥치더니 다짜고짜 화자허를 끌어내는 것이 아닌가.

"아니, 왜 이러십니까? 내가 뭘 잘못했다고…?"

영문도 모른 채 끌려 나가는 화자허는 놀라서 어쩔 줄을 몰라 했다.

"가 보면 아니까, 잔말 말고 따라와!"

관원들은 화자허의 온몸을 포승으로 칭칭 동인 다음, 등을 떠밀며
끌고 가 버렸다. 마치 독수리가 노루 새끼를 낚아채듯 순식간에 벌어
진 일이었다. 술판은 여지없이 깨지고, 평소 의리를 부르짖던 놀량패
들은 혹시 자기들한테도 불똥이 떨어질까 두려워 약속이나 한 듯 슬
금슬금 자리를 뜨고 말았다.

서문경 역시 여러 가지로 구린 데가 많은 인물이다. 아무리 돈이 많
고 현청의 지사까지 잘 안다고는 하지만, 일단 좋지 못한 일에 연루가
되면 골치가 아플 수밖에 없는 것이다. 그는 잠시 현청 주변을 기웃거
리다가 일찌감치 집으로 돌아와 버렸다.

"내일은 해가 서쪽에서 뜨겠네요. 웬일로 이렇게 일찍 돌아오셨대

요?"

오월랑이 반색을 하며 남편을 맞으려다 보니, 그 분위기가 사뭇 심각해 보였다.

"무슨 걱정되는 일이라도 있으세요?"

소옥이 차를 갖다놓았는데도, 서문경은 마실 생각도 하지 않고 있더니 무겁게 입을 열었다.

"원래는 상시절의 집에서 주연을 열기로 했는데, 그의 처가 몸져 눕는 바람에 애향이의 기방에서 술판을 벌였단 말이야. 그런데 막 술을 들기 시작하려는데 난데없이 관원들이 들이닥치더니 다짜고짜 화자허를 붙잡아가지 않겠어? 모두들 너무 갑작스럽게 당한 일이라 마음이 불안해져서 그대로 뿔뿔이 헤어지고 말았어."

"대체 무슨 일로 화태감댁 영감을 잡아갔을까요?"

"나도 사람을 풀어 수소문을 해 보았더니, 그만한 까닭이 있긴 하더군."

"그게 뭔데요?"

"그 집안에 화대花大·화삼花三·화사花四 삼형제가 있는데, 화자허가 화태감의 유산을 혼자 독차지했다고 동경 개봉부開封府에 청원서를 낸 모양이야."

"그것 봐요. 집안일은 나 몰라라 한 채 밤낮 술타령이나 하고 돌아다니니 그 꼴이 되는 게 아녜요. 당신도 남의 일같이 생각마시고 이런 때 정신을 좀 차리세요."

오월랑은 그래도 내 집 일이 아닌 게 다행이었던지 안도의 한숨을 쉬었다.

"그런 걱정은 하지도 마. 누가 감히 내게 손을 대!"

"그래도 막상 당해 보세요. 그 때도 큰소리가 나오는가."

그러고 있을 때 대안이 와서 아뢰었다.

"옆집 화태감댁 마님께서 천복을 보내왔어요. 주인어른께 상의드릴 일이 있으니 잠시 와 주십사 하고요."

그러지 않아도 가고 싶어 안달이 나 있던 서문경은 벌떡 자리에서 일어나며 그럴 듯하게 변명을 늘어놓았다.

"화자허의 일 때문에 그러는 모양이군. 친구의 일인데 모르는 척할 수도 없지."

"공연히 남의 송사에 끌려들어가 우리 집까지 시끄럽게 하진 마세요."

"걱정 붙들어 매라고. 내 잘 알아서 할 테니……."

서문경은 서둘러 화자허의 집으로 갔다. 이병아가 수춘을 시켜 응접실로 안내를 하더니, 조금 후에 아주 초췌한 얼굴로 들어왔다.

"바쁘실 텐데, 이렇게 갑자기 오시라고 해서 죄송해요."

"죄송하긴! 무슨 그런 말을…."

"이제 어떻게 하면 좋아요? 그 양반이 집안 살림엔 관심이 없고 노상 친구들과 어울려 기방에나 돌아다니더니, 결국 저 꼴이 되고 말았어요. 일이 다급해지니까 제게 사람을 보내어 화의를 해 보라고는 하는데, 제가 아는 게 있어야 말이지요. 그러니 당신이 힘을 좀 써 주세요. 저러다 동경으로 끌려가면 목숨도 부지하기 어려울 거예요."

간간이 흐느끼며 말을 잇던 이병아는 마침내 탁자 위에 엎어지며 울음을 터뜨렸다.

"그렇게 울지만 말고 자세한 내막부터 좀 들려주구려."

서문경이 이병아의 어깨를 어루만지며 달래자, 그녀는 재산 문제의 내막을 아는 대로 늘어놓았다.

화자허에게는 화대·화삼·화사라는 형제가 있는데, 화자허가 둘째고, 화삼·화사는 이복동생이었다. 어전의 관원이며 환관인 화태감은 네 조카들 중에 화자허를 가장 총애해 그를 수양아들처럼 생각했으며, 죽기 전에는 꽤 많은 유산을 화자허에게 물려주었다. 이후 다른 세 형제가 재산을 나누어 달라고 했으나, 화자허는 가재도구만 조금 나누어 주었을 뿐 돈과 전답은 독차지해 버렸다. 그 뒤로도 재산 문제로 다툼이 끊이질 않더니, 마침내 세 형제가 동경 개봉부에 화태감의 재산을 횡령했다는 죄목으로 화자허를 고소하고 말았던 것이다.

"형제들에게 다만 얼마씩이라도 나눠 주라고 수차례 말해 보았지만, 이 미련하고 욕심 많은 사람이 제 말은 듣지 않고 흥청망청 돈을 써대니, 그들인들 가만있겠어요. 필경에는 이 지경을 당하고 만 거예요."

"음…… 듣고 보니, 자허 이 친구가 너무 심했군."

"그러니 어떡하면 좋아요?"

이병아는 다시 울상이 되었다.

"내가 손을 좀 써 볼 테니, 너무 걱정하지 마."

"고마워요. 당신이 힘을 써 주신다면 무엇이 더 걱정이겠어요. 그나저나 돈은 얼마나 들까요?"

이병아가 궁금한 듯이 물었다.

"뭐, 그렇게 큰 돈이 들지는 않을 거야. 동경에 계시는 양제독楊提督이 내 먼 친척인데, 그분을 통하면 될 것 같아. 그분은 대신인 채태사蔡太師와 각별한 사이이고, 또 채태사는 개봉부 왕지사王知事의 스승이거든. 채태사에게는 선물을 좀 보내야 하겠지만, 양제독은 나와의 친분도 있고 하니 준대도 받지 않으려 할 거야."

"어쨌거나 전 당신이 하자는 대로 따르겠어요."

이병아는 잠시 안으로 들어가는가 싶더니 큼지막한 가죽 주머니를 가지고 나왔다.

"삼천 냥이에요. 이거면 될는지 모르겠지만 당신이 알아서 써 주세요."

"아니, 이렇게 많은 돈을…?"

"남거든 당신이 가지세요. 그리고 제가 은밀히 보관하고 있던 패물 상자 네 개도 이번 기회에 아예 당신이 맡아 주세요. 나중에 관원의 눈에 띄었다간 빼앗길 게 틀림없을 테니까요."

"그랬다가 나중에 화자허가 돌아와서 뭐라고 하면 어떡하려고?"

"태감 어른께서 살아 계실 때 제게 몰래 주신 것이기 때문에 그이는 전혀 모르고 있어요. 그러니 그 점은 염려 마세요."

"형편이 그렇다면, 나중에 우리 집 하인들을 시켜서 옮겨 오도록하지. 아무튼 자허의 일에 대해선 아무 걱정도 말라고."

서문경의 말에 한시름 놓은 이병아는 말없이 일어나 주방으로 가더니 술과 함께 간단한 안주를 마련해 왔다. 서문경은 은근히 기대하는 마음으로 그녀가 하는 짓을 가만히 지켜보는데, 술잔이 달랑 하나뿐이었다.

"아니, 당신 잔은 왜 안 가져오고?"

"남편은 옥에 갇혀서 고생하고 있는데, 나만 한가롭게 술을 마실 수는 없는 일이잖아요. 날도 저물었으니 조금만 마시고 그만 댁으로 돌아가세요."

서문경은 그만 헛웃음을 치고 말았지만 슬그머니 기분이 언짢아졌다. 보통 여자가 아닌 줄은 알았지만 도무지 이해할 수가 없는 심리였다. 그는 눈앞에 놓인 술잔을 단숨에 비우고는 돈주머니를 들고 성큼성큼 방을 나섰다.

집에 돌아간 서문경은 돈주머니를 든 채 오월랑의 방으로 갔다. 처음에는 반금련한테 갈까 하다가 아무래도 삼천 냥이나 되는 큰 돈이 걸린 문제는 정실인 오월랑에게 알리는 게 옳겠다 싶었다. 물론 패물상자 이야기는 당분간 아무에게도 말하지 않기로 했다. 그랬다가는 이병아와의 관계도 의심을 받을 게 뻔했기 때문이다.

서문경에게 자초지종을 들은 오월랑은 손뼉을 치며 좋아했다.

"호박이 넝쿨째 굴러온다더니, 이런 횡재가 또 있을까."

"모두 뇌물로 갖다 바칠 돈인데, 뭐가 그리 좋아?"

서문경이 짐짓 엄살을 떨자, 오월랑은 의미 있는 눈웃음을 지으며 말했다.

"제가 그것도 모를까……. 당신 친구분이 죽을 죄를 진 것도 아니고 단지 재산문제로 고소를 당했을 뿐인데, 이 많은 돈을 모두 뇌물로 쓸 필요는 없잖아요. 천 냥만 써도 충분할 걸요."

"역시 당신이야. 나도 대충 그쯤이면 되겠다고 생각하고 있었거든. 이거 우리 마누라도 보통이 아닌걸. 하하하……."

서문경과 오월랑은 돈을 앞에 놓은 채 오랫동안 웃음꽃을 피웠다. 악착스럽게 벌려고 해도 모으기 어려운 게 재물인데, 운이 트이려고 하면 이처럼 생각지도 않았던 재물이 제 발로 걸어 들어오는 것이다. 서문경으로서는 그야말로 꿩 먹고 알 먹는 셈이었다.

그날 밤 하인을 시켜 패물 상자를 집으로 옮겨 온 서문경은 삼천 냥 중에서 이천 냥은 뚝 떼어 챙긴 다음, 하인 내왕을 시켜 천 냥과 함께 부탁하는 편지를 동경에 있는 양제독에게 보냈다.

양제독은 그것을 적당히 나누어 채태사의 집으로 보냈고, 그것을 받은 채태사는 또 개봉부의 양지사에게 부탁하는 글을 보냈다. 서문경은 또한 옥에 갇혀 있는 화자허에게도 내왕을 보내 안심을 시키는 한편, 만일에 관원이 재산의 행방을 묻거든 돈은 다 써버려 없고 약간의 전답과 집만 남아 있을 뿐이라고 대답하도록 귀띔해 주었다.

양지사의 이름은 양시楊時로, 섬서陝西 홍농현弘農縣 태생의 청렴 강직한 관리였다. 매사에 공명정대하기로 유명한 그였지만, 과거 은사로 모셨던 채태사의 청을 거절하기는 어려웠다. 마침내 화자허가 재판을 받는 날이 되자, 육방 관속이 대기하고 있는 가운데 등청한 양지사는 화자허를 불러오게 했다.

"재산은 얼마나 남아 있는가?"

오직 직무에만 충실할 뿐, 아직 한 번도 부정한 일을 저질러 본 적이 없는 양지사의 얼굴에 고뇌하는 빛이 역력했다.

"예, 저의 어른께서 돌아가시고 난 뒤 장례비와 불공비 등으로 가지고 있던 돈을 다 써버리고, 지금 남아 있는 것이라고는 집 두 채와 전답 한 뙈기가 있을 뿐입니다. 그 밖의 가장집물은 그 당시에 모두 친척들에게 나누어 주었습니다."

"그러면 집과 전답 약간만 남아 있단 그 말인가?"

"예."

양지사는 더 이상 꼬치꼬치 묻지 않고 소관 관속을 돌아보며 판결을 내렸다.

"화태감의 재산을 이제 와 조사한다는 것은 소용없는 일일 것이다. 손에 들어오기도 쉽지만, 손에서 나가는 것도 쉬웠을 테니 말이다. 이미 다 써버리고 없는 것은 어쩔 도리가 없으니, 청하현의 관원에게 영을 내려 화태감의 집 두 채와 전답 한 뙈기를 경매에 붙인 후 그 돈을 화대 등 세 사람에게 나누어 주도록 하라."

이때 화대가 앞으로 걸어 나오면서 지사의 판결에 불복했다.

"안 됩니다, 지사님. 자허의 진술은 거짓투성이입니다. 무엇보다도 돈의 행방에 대해 좀더 세세하게 조사해 주시기 바랍니다."

"네 이놈, 네놈이 감히 여기가 어디라고 소란을 피우는 게냐. 그렇다면 왜 화태감이 돌아가시던 그 즉시에 청원서를 내지 않고 지금에 와서야 옛일을 들추어 시끄럽게 하느냐?"

화대의 말이 지극히 맞는 말이었지만, 양지사 또한 물러설 수 없는 처지였다.

"저놈을 당장 끌어내라."

이리하여 재판은 간단하게 끝나고, 양지사는 재판 결과를 청하현으로 보내어 이를 집행하게 하는 한편, 화자허를 곧 석방해 주었다.

이런 결말을 모두 지켜본 서문경의 하인 내왕은 밤낮을 가리지 않고 달려와 주인에게 알렸다. 나중에 이 소식을 전해들은 이병아는 한편으로는 다행이다 싶으면서도 이제 거리로 나앉게 된 것을 생각하니 가슴이 답답하기만 했다. 그녀는 곧 서문경을 집으로 불렀다.

"그 양반이 무사히 돌아오는 건 다행이지만 앞일이 막막하네요. 부탁이에요. 이제 곧 경매를 하게 되면 당신이 이 집을 사 주세요."

"그게 뭐 어려운 일이라고……. 내 그렇게 하리다."

그렇게 큰 소리를 치고 집으로 돌아온 서문경은 이번에도 오월랑과 상의했다.

"화자허의 부인은 집을 우리가 사 주었으면 하던데, 어떻게 하는 게 좋겠어?"

"안 돼요. 우선은 현청에서 하는 대로 가만히 보고만 계세요. 다른 사람도 아닌 당신이 그 집을 차지하게 되면, 그 집 양반이 당신을 어떻게 생각하겠어요? 그리고 그렇게 복잡하게 얽힌 집은 나중에 골치 아픈 일만 끌어들인다고요. 나중에 사게 되더라도 그 집 주인의 간청을 듣는 게 먼저예요."

그 말을 들은 서문경은 가만히 고개를 끄덕이며 말했다.

"역시 당신은 생각하는 게 나보다 나아. 당신 말대로 하리다."

화자허가 석방이 되어 동경에서 돌아온 것은 어느덧 겨울이 다 지나고 봄이 시작될 무렵이었다. 개봉부의 명령을 받은 현청에서는 즉시 화태감의 재산을 감정하여 경매에 붙였다. 그 결과 대로상의 있는 큰 저택과 전답은 금세 낙찰되어 다른 사람의 손에 넘어갔으나, 서문경의 대 저택 옆에 있는 집은 사려는 사람이 나타나질 않았다.

화자허로 보아서는 하루라도 빨리 결말을 지어 주어야 하는 형편이었기 때문에, 몇 번이나 사람을 보내어 서문경이 그 집을 사주기를 간청했다. 그러나 서문경은 번번이 돈이 없다는 핑계로 화자허의 청을 거절했다. 현청의 독촉이 심한데다 하루 빨리 모든 일을 청산하고 싶었던 화자허는 긴 한숨만 내쉴 뿐이었다.

추운 겨울을 내내 옥에 갇혀 있었던 화자허는 몸이 크게 상했을 뿐만 아니라 얼굴도 보기 딱할 정도로 수척해져 있었다. 그런 그가 내쉬는 긴 한숨은 이병아의 가슴을 아프게 하고도 남았다. 보다 못한 이병아는 남편 몰래 서문경에게 편지를 보냈다.

편지에는 자기가 맡긴 패물상자의 금붙이를 처분해 대금을 청산할 터이니, 우선은 서문경의 돈으로 집을 매입해 주었으면 좋겠다는 부탁의 말이 적혀 있었다. 편지를 본 서문경은 코언저리에 웃음을 떠올리며 때가 되었다는 표정을 지었다. 결국 화자허의 집을 이병아 자신이 차지하겠다는 뜻임을 간파했던 것이다. 어쨌든 이병아를 장차 자기의 것으로 만들기 위해서라도 그 부탁을 들어주기로 했다.

이리하여 집 두 채와 전답까지 처분되자, 화대 등 세 형제에게 분배되고 남은 십분의 일가량의 돈을 받게 된 화자허는 사자가에 있는 조그만 집 한 채를 사서 이사를 했다. 화자허는 기왕에 닥친 액운이니 하루 속히 툭툭 털고 일어나 새 출발을 하려고 마음먹었지만, 막상 집과 전답을 모두 빼앗기고 보니 도무지 살 의욕이 일어나지 않았다. 그렇게 옥살이를 하느라 쇠약해진 몸은 한층 더 기력을 잃고 날로 시들시들해져 갔다.

친구라는 것도 수중에 돈이 있을 때나 친구지, 화자허가 그렇게 몰락해 버리자, 서문경을 비롯한 몇몇 친구들이 위로 차 술병을 사들고 두어 번 방문을 하더니, 그나마 걸음을 끊고 말았다. 서문십걸의 모임에서도 자연히 소외되는 가 싶더니 어느새 십 걸이 줄어들어 구걸이 되어 버리고 말았다.

날로 병색이 짙어져 가던 화자허는 마침내 자리에 누워 꼼짝을 못하더니, 감옥에서 나온 지 두어 달 만에 숨을 거두고 말았다. 평생을 어려움 모르고 살아 온 그가 이렇게 허무하게 갈지 누가 알았으랴.

● 동상이몽同床異夢

화자허가 덧없이 죽고 나자, 이제 이병아가 믿고 의지할 데라고는 서문경밖에 없었다. 겨우 이십대 중반의 나이에 벌써 세 번째 남자에게 몸을 맡긴다고 생각하니, 팔자도 참 기구하다 싶었다. 그러나 한편으로는 이번에야말로 괜찮은 남자를 남편으로 맞이하게 된 것 같아 설레기도 했다.

화자허에 비하면 서문경은 어느 모로 보나 월등했다. 청하현에서 둘째가라면 서러울 재력가일 뿐만 아니라, 남자 구실에 있어서도 누구에게도 지지 않을 정도로 뛰어나니 말이다. 그 역시 주색을 즐기는 것이 흠이라면 흠이지만, 사업 수완도 남다르고 관원들과의 교제도 뛰어나니, 그만하면 가히 장부라 할 수 있었다.

게다가 화자허의 장례 일체를 마치 제 집 일처럼 나서서 처리해 준 것도 고맙거니와 장례를 치른 후 한동안 발걸음을 하지 않는 것도 필경 자신의 착잡한 심정이 정리되기를 기다리는 것 같아, 오히려 고맙기까지 했다.

그런 서문경이 다시 이병아를 찾아온 것은 화자허의 장례를 치르고 열흘이 지난 후의 일이었다. 그것도 기방에 들렀다가 돌아오는 길에 발걸음을 돌려 이병아와 수춘이 단둘이 살고 있는 사자가의 집으로 온 것이었다.

"그 동안 어떻게 지냈어?"

서문경이 술기운에 붉어진 얼굴로 물었다.

"그럭저럭 지냈어요."

약간 초췌한 모습의 이병아가 힘없이 대답하는데, 하얀 상복을 입은 모습이 애처롭도록 아름다웠다. 그 모습을 본 서문경은 하루 빨리 이병아를 자기 집으로 데리고 가야겠다고 생각했다.

"보자……, 우리가 함께 한 지가 벌써 몇 달째지?"

이병아는 몇 달 만이냐는 서문경의 말에 수줍은 듯 곱게 웃어 보일 뿐이었다. 사실 그녀도 서문경과 호젓이 마주앉아 있자니 절로 가슴이 두근거렸던 것이다.

"서너 달 된 것 같은데……, 아닌가?"

"맞아요."

"오랜만에 만났는데 술이라도 한 잔 해야 하지 않겠어?"

"별로 좋은 술은 아니지만, 제가 마신 던 게 조금 있으니, 그거라도 가지고 올게요."

슬그머니 자리에서 일어나 주방으로 향하는 이병아의 엉덩이가 살랑살랑 흔들렸다.

잠시 후, 서문경과 이병아는 주거니 받거니 사이좋게 술잔을 기울였다. 어느새 이병아의 눈언저리가 발그레 피어오르는 것을 보면서 서문경은 기분이 좋은 듯 환한 웃음을 떠올렸다. 그리고는 문득 생각났다는 듯이 물었다.

"탈상은 언제쯤 할 생각이지?"

아직 거기까지는 생각을 하지 못하고 있었던 그녀는 잠시 망설였다. 탈상은 사십구재四十九齊나 백일재百日齋를 지내고 할 수도 있고, 때에 따라서는 일 년이나 삼 년을 지나서 할 수도 있다. 하지만 일 년이나 삼 년씩 기다리는 것은 이병아 자신은 물론이고 서문경에게도 너무 길었다.

"사십구재를 지내고 나면 탈상을 할까 해요."

이병아가 고개를 숙인 채 한참을 생각한 끝에 말했다.

"그것도 좋겠지만, 내 생각에는 백일재를 지내고 하는 게 어떨까 싶은데……."

뜻밖의 말에 당황한 이병아의 표정이 순간 굳어졌다. 당연히 빠를수록 좋을 것이라는 대답을 기대했었는데, 서문경의 대답은 너무도 의외였던 것이다.

"왜냐면……, 당신을 맞아들이기 전에 먼저 옛날에 살던 집부터 다시 지을 생각이었거든. 화태감이 젊을 때 지은 집이라 낡고 좀 좁은 것 같아서 아예 이층으로 올릴까 해. 그리고 우리 집과 그 집 사이의 담도 아예 헐어내고, 새로 정자도 짓고, 연못도 만들고 하려면 줄잡아 서너 달은 걸릴 것 같거든."

"어머, 그래요?"

이병아의 표정이 금세 환하게 밝아졌다. 그렇다면 백일 뒤의 탈상을 마다할 이유가 조금도 없었다. 수리가 다 끝나면, 여섯 명의 아내들 중에서 자기가 가장 호화로운 저택에 살게 될 것이 아닌가.

"그렇게 큰 공사를 하려면 비용이 꽤 많이 들 텐데요?"

이병아가 서문경에게 술을 따르면서 나긋한 시선으로 바라보았다.

"뭐……, 좀 들긴 하겠지."

"그 비용을 제가 부담할 테니까, 우선 당신 돈으로 공사를 시작하세요. 그게 여의치 않으시면 보물을 일부 처분해서라도……."

서문경은 잠시 생각해 보는 듯 하더니 술잔을 쭉 기울이고 나서는 농담처럼 내뱉었다.

"어차피 당신 돈이 내 돈이고, 내 돈이 당신 돈 아니겠어. 안 그래?"

"호호호……, 그렇지요."

그렇다면 구태여 집값이랑 공사비를 따로 계산해서 지불할 필요가 없는 것이다. 이병아는 소녀처럼 기뻐했다.

"공사비 정도는 내 능력으로도 충분하니까 당신은 아무 걱정하지 마."

사실 서문경의 음험한 속셈은 따로 있었다. 지금 그는 그 무엇보다도 패물 상자 속의 금붙이와 보석들이 몹시 탐이 났던 것이다. 그래서 오히려 집값이나 공사비를 따로 받지 않는 것이 천만 다행이었다. 뇌물로 받았던 삼천 냥 중에서 남은 이천 냥으로 공사를 하고, 집값과 공사비를 패물 상자로 상쇄해 버리면, 서문경은 돈 한 푼 안 들이고 패물 상자를 차지할 수 있기 때문이다.

집과 패물 상자뿐만 아니라, 이병아라는 더할 나위 없이 멋진 여자까지 자기 것이 되니, 그야말로 일석삼조가 따로 없는 것이다. 좋아하는 여자를 눈앞에 두고도, 서문경의 뱃속에선 이렇게 시커먼 욕심이 꿈틀거리고 있었다.

"이제 술도 떨어졌으니 슬슬 시작해 볼까."

서너 달 만에 잠자리를 같이 하게 된 서문경과 이병아는 마치 옛 애인을 다시 만난 듯한 간절함으로 서로를 애무했다. 그날 밤 서문경은 여느 때와는 달리 이병아의 몸뚱어리를 조심스럽게 다루었고, 감미로운 속삭임과 부드러운 포옹이 그녀의 온몸에 잔잔하고 은은한 쾌감을 불러일으켜 주었다.

다음 날 해가 중천에 떠서야 집으로 돌아온 서문경은 이제 오월랑에게 이병아 이야기를 꺼낼 때가 됐다는 생각을 했다. 오후쯤 그녀의 방으로 갈까 하다가 밤에 느지막이 찾아갔다. 아무리 뻔뻔한 서문경이라 할지라도 정실인 오월랑에게 친구의 아내였던 이병아를 집에 들이겠다는 말을 꺼내기가 쉽지 않았던 것이다. 그런 이야기는 이부자리 속에서 하는 게 가장 좋은 법이다.

서문경의 갑작스런 방문에 오월랑의 얼굴엔 절로 화색이 돌았다. 가져오라는 말도 없었는데 소옥이를 불러 술과 안주를 내오도록 하더니, 서문경의 잔에 넘치도록 술을 따라 주고 자기 잔도 손수 채웠다.

"이 늦은 밤에 웬일로 저를 찾아주셨어요? 내일은 해가 서쪽에서 뜨겠네."

"내가 내 마누라 찾아오는 게 뭐가 이상하다고?"

"흥, 그런 입에 발린 소리 하지 마시고, 하고 싶은 말 있으면 어서 하세요."

서문경은 한동안 아무 말 없이 술잔만 입에 가져가더니 넌지시 말을 꺼낸다.

"우리가 산 화자허의 집 말이야, 그 집을 다시 지을까 하는데……."

"그 집을요?"

"응, 집이 너무 오래 돼서 낡은데다가 좀 좁기도 해서 말이야. 이참에 아예 이층으로 올리려고. 정원에 연못도 만들고, 정자도 하나 짓고, 담도 헐어 버리고……."

오월랑은 물끄러미 서문경을 바라보기만 할 뿐 아무 말이 없다. 서문경이 과연 무슨 말을 하려고 이렇게 뜸을 들이는지 궁금했던 것이다. 하지만 서문경은 얼른 말이 나오지 않는지 앞에 놓인 술잔을 단숨에 비웠다.

"자, 어서 마시고 침상으로 가자고."

침상으로 가자는 말이 나오자, 오월랑은 얼른 남은 술을 홀짝 마셔 버렸다. 그날 밤 서문경은 여느 때와는 달리 오월랑의 몸뚱어리를 제대로 다루어 나갔다. 머리에서 발끝까지 입술로 애무한 후에는 뜨거운 쾌감을 그녀의 온몸에 불러일으켜 주었다. 오월랑에게는 신혼 초에나 느껴 보았을 법한 황홀한 밤이었다.

한 차례 격랑이 지나고, 서문경은 옆에 누운 오월랑의 귀에 입술을 바싹 갖다대고 속삭이듯 말했다.

"여보, 나 이병아를 좋아하게 됐어."

"네?"

오월랑은 깜짝 놀라 벌떡 일어나 앉았다. 서문경은 따라서 일어나더니 오월랑의 손을 잡고 사뭇 진지하게 말했다.

"도리가 없었어. 화자허가 죽고 난 후 어쩌다 보니 그렇게 되더라고."

"그래도 친구의 아내를……."

"친구가 죽었으니 누군가는 돌봐줘야 할 거 아니겠어? 그게 친구에 대한 우정인지도 모른다고."

오월랑은 서문경이 꺼내려던 말이 결국 이거였구나 하고 생각했다. 하지만 놀라운 일은 이것으로 끝이 아니었다.

"사실은 화자허의 집도 이병아의 돈으로 샀어."

"아니, 그 여자는 무슨 돈이 그렇게 많데요?"

"화태감이 화자허 몰래 패물 상자를 남겨 줬다더군. 이번에 집이 경매에 붙여지자, 그 보물 중 일부를 처분해 집을 사달라고 부탁하더라고. 내가 사는 것처럼 보이도록 말이야."

"그럼 집을 다시 짓는 것도 이병아의 돈으로 하겠군요."

"그렇지."

오월랑은 머릿속이 하얘져 무슨 말을 꺼내야 할지 몰랐다. 이병아가 자기 돈으로 집까지 사서 여섯 번째 마누라로 들어온다고 하니 기분이 묘하게 무거워졌다.

"화자허의 탈상이 끝나면 집으로 데려올까 하는데, 당신 생각은 어때?"

"제가 반대한다고 당신이 안 데려올 건가요? 당신 뜻대로 하세요."

오월랑은 그렇게 한 마디 내뱉고는 슬그머니 돌아누워 버렸다. 가슴속에서 알 수 없는 서러움이 복받치더니 그녀의 두 눈을 타고 흘러내렸다.

마침내 대대적인 개축 공사가 시작되었다. 서문경은 먼저 자기 집과 경계를 이루고 있는 담부터 헐어냈다. 지붕을 뜯어내고 이층을 올리는 일도 함께 진행되었다.

공사가 시작되고 이병아가 여섯째 부인으로 들어온다는 소식이 전해지자, 집안의 모든 사람들이 수군거렸다. 아무리 천하의 바람둥이라고는 하지만 친구의 아내까지 자기 마누라로 삼다니, 이건 해도 너무한다고 고개를 절레절레 흔들었다.

특히 다섯 부인들의 마음은 몹시 편치가 않았다. 게다가 그 집을 서문경이 산 게 아니라 이병아가 샀고, 개축 공사도 그녀의 돈으로 하며, 패물 상자에는 금은보화가 가득 들어 있다는 말에는 주눅까지 드는 것이었다.

반금련 역시 못마땅하기는 매한가지였지만, 다른 여자들보다는 한결 심사가 편했다. 이병아를 대면한 일은 아직 없었지만, 서문경을 통해 그녀에 대한 이야기를 많이 들었던 터였다. 그래서 그녀가 자기 다음의 소실로 들어온다는 말에 질투와 함께 한 가닥 친근감도 없지 않았다.

한편 개축 공사가 진행 중이라는 말을 전해들은 이병아는 직접 한 번 가서 집을 어떻게 고치는지 보고 싶었다.

"제가 가서 구경 좀 하면 안 되나요?"

서문경은 잠시 망설이는 듯하더니 대수롭지 않다는 듯이 말했다.

"모레가 반금련의 생일이니, 그 때 가서 보면 되겠네."

"마침 잘 됐네요. 금련 형님의 생일도 축하할 겸……."

"그날 와서 내 안식구들한테 인사도 하고……, 이 기회에 낯을 익혀 두라고."

"네, 그렇게 하겠어요."

이병아는 다소 긴장하는 듯하면서도 몹시 기뻐했다.

이틀 후 이병아는 반금련의 생일 선물을 마련해 가지고 서문경의 집을 찾아갔다. 서문경은 나이가 지긋한 하녀를 시켜 대문에서 그녀를 맞아 곧바로 오월랑의 거처로 안내하도록 했다. 정실에게 먼저 인사를 올리면, 정실이 네 소실을 불러 차례로 인사를 시키는 것이 자연스러울 거라 생각했던 것이다.

"잘 오셨어요. 그러잖아도 한 번 뵙고 싶었는데…."

이병아를 맞이한 오월랑은 살짝 미소를 지으며 인사를 받았지만, 그 뒤로는 쌀쌀한 기운이 감도는 표정을 애써 감추려 하지 않았다. 차례차례 이병아와 서로 맞절을 하며 인사를 나누는 다른 네 부인들 역시 하나같이 표정이 굳어져 있었다. 그 중에서도 손설아는 못마땅한 심사를 노골적으로 드러내 보였다. 다만 맨 나중에 인사를 나눈 반금련만이 굳은 표정 속에서도 엷은 친근감을 보여주었을 뿐이었다.

"오늘이 생일이시라지요? 축하드립니다."

이병아가 준비해 온 선물을 건네주자, 반금련의 굳어졌던 표정이 활짝 밝아졌다.

"어머, 이런 것까지 다 챙겨 주시고……, 정말 고마워요."

곧이어 점심을 겸한 생일 축하연이 반금련의 거처에서 벌어졌다. 서문경과 다섯 부인, 그리고 반금련의 친정 식구들 몇 사람이 참석한 조촐한 자리였다. 이병아는 반금련의 옆자리에 앉아 줄곧 얼굴에 잔잔한 미소를 띠고 있었지만, 꽤나 어색하고 거북한 자리여서인지 가시방석이 따로 없었다. 그러나 그녀는 꾹 참고 즐거운 듯이 웃기도 하면서 오늘의 주인공인 반금련에게는 말할 것도 없고, 오월랑을 비롯한 다른 부인들에게도 잔을 권하며 술을 따라 주기도 했다.

점심이 끝나고 본격적인 술자리가 시작되자, 반금련의 친정 식구들은 눈치껏 먼저 일어났고, 서문경도 슬그머니 자취를 감추었다. 이렇게 여자들만의 자리가 되니, 분위기가 한결 부드러워지면서 웃음소리도 터지고 더러는 진한 농담까지 주고받게 되었다. 한참 후 눈언저리가 발갛게 취한 반금련이 이병아에게 잔을 권하면서 문득 생각난 듯이 말했다.

"참, 전에 빌려줬던 그림책 말이에요. 그것 참 희한하던데요."

"어머, 그런 얘길 왜 여기서…?"

순간 이병아는 당황하여 어쩔 줄을 몰랐다.

"그림책이라니, 대체 그게 어떤 책이기에?"

오월랑은 처음 듣는 말이어서 궁금한 듯 물었다.

그러자 반금련은 얼른 대답을 하지 못한 채 히죽히죽 웃기만 했고, 대충 감을 잡은 다른 세 여자들도 일순 야릇한 미소를 지을 뿐 아무도 대답을 해 주지 않았다. 이상한 분위기를 알아챈 오월랑이 더욱 궁금해 하면서 반금련에게 대답을 재촉했다.

"아니, 왜들 그래? 나도 좀 알자고."

"형님, 그게 뭔가 하면 말이죠. 히히히…."

반금련이 마지못해 입을 열었다.

"뜸은 그만 들이고 어서 말을 해 봐."

"남자랑 여자랑……, 그런 그림이 그려진 책이에요."

그제야 눈치를 차린 오월랑은 얼굴을 붉힌 채 말문을 잇지 못했다. 잠시 묘한 적막이 흐르는 가운데 몇몇 여자들의 키득거리는 소리가 이따금씩 터져 나왔다. 결국 부끄러움을 참지 못한 이병아는 얼굴을 가리고는 도망치듯 밖으로 나와 버렸다.

그러자 방안에 있는 여자들이 모두 약속이나 한 듯 까르르 웃음을 터뜨렸다. 이병아는 마치 뜨거운 물을 뒤집어쓴 듯 난간을 짚고 선 채 가까스로 숨을 가다듬었다. 수치심과 모욕감으로 온몸이 부들부들 떨려왔다. 그녀는 자기를 비웃는 웃음소리로부터 도망치듯 정원으로 내려와, 한창 개축 공사가 진행 중인 호두나무 쪽으로 발걸음을 옮겼다.

"벌써 술자리가 끝난 거야?"

호두나무 그늘에 앉아 있던 서문경이 웃는 얼굴로 일어서며 물었다.

"…?"

"왜? 무슨 안 좋은 일이라도 있었어?"

"아녜요. 취기가 올라서……"

이병아는 얘기하기도 창피해서 잡아뗐지만, 그만한 사정을 모를 서문경이 아니었다.

"불쾌한 기분은 얼른 바꾸는 게 상책이지. 다 잊어버리고 공사하는 거나 둘러보자고."

서문경이 앞장을 서서 걸어가자 이병아도 뒤를 따랐다. 집을 개축하고 있는 현장을 둘러보며, 서문경은 그녀의 기분을 풀어 주려는 듯 세세한 것까지 열심히 설명해 주었다. 처음에는 말없이 듣고만 있던 이병아도 어느새 기분이 풀어졌는지 나중에는 자기가 먼저 이것저것 물어 보기도 했다.

"연못은 어디에 만들 생각이세요?"

"이 호두나무 근처가 어떨까? 정자는 그 옆에 세우고…"

"정말 멋질 것 같아요."

"공사가 다 끝나면 큰 별장 같을 거야. 당신 거처가 여섯 여자들 가운데 제일이라니까. 안 그래? 하하하…"

서문경은 이병아의 비위를 맞추기 위해 무던히도 애를 썼지만, 이병아는 그저 말없이 웃기만 할 뿐이었다. 앞으로 여섯 여자 중의 하나로 살아갈 일이 차츰 두렵게 느껴졌기 때문이었다.

그날 밤 서문경은 이병아의 집에서 잤다. 밤이 깊어갈수록 두 사람의 몸뚱어리는 더욱 뜨겁게 달아오르고, 바야흐로 정상을 향해 숨 가쁘게 질주하고 있을 때였다.

어디선가 와르르 하고 무엇이 무너지는 듯한 소리가 나더니, 뒤이어 우당퉁탕 하고 무엇을 마구 집어던지는 것 같은 소리가 들렸다.

"이게 무슨 소리지?"

깜짝 놀란 서문경은 하던 일을 멈추고 벌떡 몸을 일으켰다.

"여우예요. 이따금씩 여우가 지붕 위에서 저 지랄을 떤다니까요."

휘둥그레진 눈으로 천장을 바라보던 서문경은 순간 등줄기로 싸늘한 기운을 느꼈다. 문득 죽은 화자허의 넋이 여우가 되어 나타난 게 아닌가 하는 생각이 들었던 것이다. 그는 자기도 모르게 얼른 이병아에게 달려들어 얼굴을 그녀의 젖무덤 사이에 묻었다.

잠시 후 여우가 난동을 마치고 돌아갔는지 지붕 위가 잠잠해졌다. 이병아는 자기 앞가슴에 파묻혀 있는 서문경의 얼굴을 떼어내며 말했다.

"괜한 여우 때문에……, 한참 좋았는데 다 식어 버렸지 뭐예요. 우리 다시 시작해요."

서문경은 잠시 마음을 가다듬는 듯하더니 슬그머니 그녀의 알몸 위로 다시 올라갔다. 그리고는 서서히 허리를 놀려가며 여자의 몸에만 열중하려고 노력했다. 그런데 또 다시 지붕 위가 시끄러워지는 게 아닌가. 아까보다 한층 더 요란해진 것이, 마치 지붕 밑에 있는 두 연놈의 동정에 귀를 기울이고 있던 여우가 화를 못 참고 설쳐대는 것만 같았다.

"안 되겠어. 그만두자고."

"당신도 참……, 겨우 요만한 일 가지고 뭘 그래요?"

한참 몸이 달아오른 이병아는 안타깝고 허전했다. 물개와도 같았던 서문경의 욕망이 이처럼 시들어 버리기는 처음이었다.

"아무래도 이 집이 흉가 같아."

"여우가 좀 나타난 것을 가지고……, 흉가라니요? 귀신이 나타나는 것도 아닌데."

"화자허가 저 여우 때문에 병이 악화되어 죽었는지도 모르잖아. 아무튼 기분 나쁜 집이야."

바로 그 때였다. 이번에는 바깥에서 쾅쾅쾅 하고 대문 두드리는 소리가 요란하게 들렸다. 서문경은 휘둥그레진 눈으로 대문 쪽과 천장을 번갈아 가며 쳐다보았다. 무언가 불길한 생각이 온몸을 썰렁하게 휘감아 왔다.

"누구세요?"

대문 두드리는 소리에 수춘이 뛰어나가는 소리가 들렸다. 그리고는 곧이어 되돌아 뛰어온 수춘이 방문 밖에서 말했다.

"나리, 댁에 무슨 급한 일이 생겼다는군요."

"뭐, 급한 일?"

"예, 대안이가 말을 몰고 모시러 왔어요."

"아니, 이 밤중에 무슨 일이지?"

서문경은 침상에서 내려와 서둘러 옷을 주워 입고는 밖으로 뛰쳐나갔다. 하지만 이병아는 기분 잡쳤다는 듯이 이불을 머리 위까지 뒤집어쓰고는 꼼짝도 하지 않았다.

"나리, 급히 집으로 가셔야겠습니다."

"무슨 일인데 그러느냐?"

"동경에서 누가 오신 모양입니다."

"동경에서? 그게 누군데?"

"양제독님의 따님이라 그러는 것 같아요. 내외분이 같이 오셨던데 요."

"양제독의 딸과 사위가⋯?"

"예, 무슨 좋지 않은 일이 생겼는지, 큰마님께서 몹시 걱정을 하시 면서 나리를 빨리 모셔오라고 하셨어요."

"오냐, 알았다. 여기서 잠시 기다려라."

뜻밖의 소식에 크게 당황한 서문경은 다시 방으로 들어갔다. 침상 에 그대로 누워 있던 이병아가 그제야 힘없이 일어나 이불로 몸을 감 고 앉아서 물었다.

"무슨 일이예요?"

"동경에서 손님이 왔다는군. 아무래도 심상치가 않아. 곧 가봐야 할 것 같으니, 나오지 말고 있어."

서문경은 말을 타고 집으로 가면서도 도대체 무슨 일로 양제독의 딸, 그러니까 자기의 이종 생질녀인 양교랑楊巧娘이 남편인 진경제陳 經濟와 함께 이 밤중에 왔는지 알 수가 없었다. 대안이 한 말로 미루어 보아도 결코 좋은 일은 아닌 듯싶었다.

아니나 다를까, 집에 도착하자마자 오월랑이 신도 제대로 신지 못 한 채 뛰어나오며 말했다.

"영감, 큰일났어요. 양제독이 옥에 갇혔다지 뭐예요."

"아니, 뭐라고?"

서문경은 너무나 갑작스러운 일이라 잠시 멍해져 있었다,

"교랑이 내외가 왔는데, 글쎄 그러잖아요. 양제독이 탄핵을 받아 하옥되었다고……."

"탄핵을?"

"자세한 얘기는 교랑이 내외한테 직접 들어 보세요. 지금 응접실에서 당신만 기다리고 있어요."

서문경이 응접실로 들어가자, 먼 길에 몹시 지친 듯 의자에 축 늘어져 있던 양교랑과 진경제가 얼른 일어나 인사를 했다. 응접실 한쪽에는 그들이 가지고 온 커다란 보따리 두 개가 놓여 있었다.

"아니, 어떻게 된 일이야?"

서문경이 근심스런 얼굴로 묻자, 양교랑이 눈물을 글썽이며 대답했다.

"아버지께서 과도관科道官의 감사에 걸리신 모양이에요."

"뭐, 과도관의 감사에? 이거 야단났군."

서문경은 잠시 안절부절 못했다. 과도관이란 육군과 수군을 감찰하는 황제의 직속 기관이다. 그 과도관의 감사에 걸려 하옥이 되었다면, 그것은 예삿일이 아닌 생사가 걸린 문제였다.

서문경은 침착해지려고 애를 썼으나, 자기도 모르게 얼굴빛이 백짓장처럼 하얘졌다. 그도 그럴 것이, 만일 조사 과정에서 화자허의 석방을 위해 뇌물을 제공했던 사실까지 밝혀지는 날에는 자기 머리 위에도 날벼락이 떨어질 게 뻔했기 때문이었다.

"양제독께서 무슨 잘못으로 그리 되었는지, 어디 자세히 좀 얘기해 보게."

그러자 진경제가 품속에서 서찰 한 통을 꺼내어 서문경에게 건넸다.

"장모님께서 이 서찰을 전해 드리라고 했습니다. 읽어 보시면 자세한 내막을 아시게 될 것입니다."

서찰을 받아든 서문경은 마른 침을 꿀꺽 삼키며 천천히 읽기 시작했다.

얼마 전 북방 오랑캐들의 침범으로 웅주雄州가 저들의 손아귀에 떨어지고 말았다네. 이는 병부兵部의 왕상서王尙書가 병마兵馬를 제때에 보내지 않은 탓이었지만, 이 일로 자네 자형까지 과도관에게 엄한 문책을 받게 되었네. 앞으로 삼법사三法司에서 심리를 하게 되겠지만, 일이 잘못 되는 날에는 당사자와 일가는 말할 것도 없고, 외족과 처족까지도 모조리 처벌을 받게 될지도 모르겠네.

이런 청천벽력 같은 재앙을 당해, 급한 대로 딸과 사위를 자네에게 보내어 피신해 있도록 하려는 것이네. 그러니 아무쪼록 자네가 교랑이 내외를 잘 좀 데리고 있어 주기 바라네. 그리고 이 서찰과 함께 은전 오백 냥을 보내니, 폐를 끼치는 대로 우선 받아두게.

나중에 다시 좋은 시절이 돌아오면 그땐 이 은혜를 잊지 않음세. 자네 자형이 그렇게 호락호락한 분이 아니니, 반드시 재기에 성공하시고 말 걸세. 그러니 이 누이의 말을 믿고, 교랑이 내외를 잘 부탁하네.

서찰을 다 읽은 서문경은 고개를 천천히 끄덕였다. 사건의 진상을 알게 되자, 불안과 긴장이 조금은 가시는 듯했다. 패전으로 인한 권력 암투의 결과라면 뇌물과는 직접 관련이 없는 듯하니 말이다. 그리고 이종사촌 누님인 고진화高珍華가 딸 내외를 자기에게 피신시켰을 때 는, 화가 자기에게까지 미치지 않을 것임을 알고 있기 때문이 아니겠 는가.

"먼 길을 오느라 고생이 많았을 텐데 어서들 푹 쉬도록 하게. 그리 고 불편한 것이라도 있으면 언제든 서슴지 말고 말해 주게."

서문경이 교량이 내외를 위로하자, 진경제가 보따리 한 개를 끌러 은전 오백 냥이 든 가죽 주머니를 건네더니 절을 올리며 말했다.

"저희 내외를 받아주셔서 감사합니다."

교량이 내외의 거처를 정해준 후, 자기 거처로 돌아온 서문경은 여 느 때와는 달리 혼자 침실에 들었다. 그가 자기 방에서 혼자 침상에 눕기는 근래에 없던 일이었다. 자기 방에서 잘 때는 반금련 모르게 춘 매를 불러서 즐기는 것이 보통이었다. 그런데 오늘 밤은 마음이 불안 해서인지 도무지 여자 생각이 나지 않았다.

밤이 깊어졌지만 서문경은 도무지 잠을 이룰 수가 없었다. 다른 한 편으로 생각해 보니, 비록 웅주를 빼앗겼기 때문에 문책을 당한 것이 라고는 하지만, 조사 과정에서 자기가 뇌물을 바친 일이 탄로 나지 않 는다는 보장도 없다. 더구나 이면에 권력 암투가 얽혀 있다면 그럴 가 능성은 더욱 커진다. 뿐만 아니라 당사자의 딸 내외를 숨겨 주었으니, 이 일이 드러날 경우에는 중죄를 면할 수 없을 것이다. 생각은 꼬리에 꼬리를 물고 이어졌다. 서문경은 밤새 뒤척이면서 생각을 거듭했으나, 뾰족한 수가 있을 리 없었다.

밤을 꼬박 뜬 눈으로 새운 서문경은 날이 밝자마자 하인 내왕을 동경으로 올려 보냈다. 전번에 채태사와 양제독에게 화자허의 석방을 위한 뇌물을 가지고 갔던 바로 그 하인으로, 동경에 머물면서 이번 사건의 정황을 알아보라고 시킨 것이었다.

그리고 약방을 비롯해서 집의 모든 출입문을 모두 굳게 닫아 버리고, 외부와의 접촉을 일체 금했다. 부득이 바깥 출입을 해야 할 일이 생기면, 자기에게 직접 허락을 받고 쪽문만 사용하도록 했다. 물론 개축 공사도 중단되었다.

양교랑과 진경제 내외에게는 집안에서 가장 깊숙하고 은밀한 별채를 내주어 그곳에서 기거하도록 했다. 그리고 집안사람들에게는 그들 내외가 머물고 있다는 사실을 절대로 입 밖에 내지 못하도록 엄명을 내렸다.

이렇게 되니, 집안에서는 웃음이 사라지고 사람들의 표정도 어둡게 굳어져, 마치 무덤 속 같은 무거운 분위기가 감돌았다. 그리고 이렇게 모든 조치를 취한 서문경은 자기 방에 처박혀 노상 술만 마셔댔다. 술을 안 마시면 공연히 이런저런 생각이 떠올라 견딜 수 없었던 것이다. 매사에 뻔뻔스럽고 콧대가 높던 서문경이었지만 혹시 처벌을 받지나 않을까 하는 두려움 때문에 조그만 일에도 깜짝 깜짝 놀라는 일이 잦아졌다.

그 모습을 걱정스럽게 지켜보던 오월랑은 마침내 그가 혼자서 술을 마시고 있는 방으로 찾아갔다. 서문경의 몰골은 초췌하다 못해 중병을 앓고 있는 환자처럼 보였다.

"이렇게 계속 술만 마시다가 정말 병이라도 나면 어쩌려고 이러세요. 당신 심정은 충분히 이해하지만, 이럴수록 더 정신을 차려야지요."

"내 일은 내가 알아서 다 하고 있으니, 참견하지 마."

서문경은 핏발이 선 게슴츠레한 눈으로 쏘아보며 벌컥 고함을 내질렀다. 하지만 이미 단단히 마음을 먹고 온 오월랑은 자리에서 일어나지 않고 더욱 부드러운 얼굴로 말했다.

"그래도 이렇게 계속 술만 드시다간 몸만 망칠 뿐이에요."

"답답하고 울화통이 터져서 그래."

"당신 여자 좋아하시잖아요. 이럴 때는 술보다 여자를 끼고 노는 게 훨씬 마음이 풀릴 거예요."

"호호호……, 그러고 보니 여자가 있었군."

서문경은 그제야 코를 쳐들고 유쾌한 듯이 웃었다.

"자, 이제 술은 그만 드시고 제 방으로 가자고요. 나도 좀 놀아 봅시다. 호호호……."

오월랑은 서문경의 팔을 잡아 일으켰다. 서문경은 마지못해 따라 일어서려다 말고 눈웃음을 흘리며 말했다.

"당신 방까지 갈 게 뭐 있어. 바로 저기가 내 침실인데……."

"여기도 좋지요."

오월랑이 앞장서서 거실 바로 옆에 붙어 있는 서문경의 침실로 향하자, 서문경이 비틀거리면서 뒤를 따랐다.

연일 술만 마셔대는 바람에 망가질 대로 망가진 남편이 제대로 남자 구실이나 할 수 있을지 오월랑은 은근히 걱정이 되었다. 그러나 뜻밖에도 오히려 놀랄 만큼 싱싱하고 끈기까지 있는 게 아닌가. 술기운이 온통 그곳으로 집중된 듯 도무지 지칠 줄을 모르는 것이었다. 오월랑은 새삼스럽게 남편의 진가를 안 듯 혀를 내둘렀다.

결국 지칠 대로 지친 오월랑이 자기 방으로 돌아가자, 서문경은 마치 암컷에 굶주린 야수처럼 이어서 반금련을 불러들여 초죽음이 되도록 짓이겼다. 그리고 그녀 역시 견디다 못해 제 방으로 돌아가자, 이번에는 춘매를 불러서 녹초를 만들었다. 그런 식으로 서문경은 술대신 집안의 여자들을 차례차례로 탐닉해 나갔고, 그의 음욕은 여러 날이 지나도록 그칠 줄을 몰랐다.

● 이병아의 재가

이처럼 서문경이 집안에 틀어박힌 채 술과 여자로 나날을 보내고 있는 줄은 꿈에도 모르고 있는 이병아는 답답해 미칠 노릇이었다. 서문경이 다녀간 지 닷새가 지나고, 이레가 지나도록 아무런 소식도 없자, 도저히 가만히 앉아서 기다릴 수가 없었다.

견디다 못한 이병아는 수춘을 시켜, 오늘 밤에는 꼭 와 달라는 사연을 적은 서찰을 서문경에게 전하게 했다. 그러나 수춘은 한참이 지나서야 헛걸음을 하고 돌아왔다.

"왜 이렇게 늦었느냐? 그래, 편지는 전했느냐?"

"전하기는요. 그 집 사람들은 만나 보지도 못했는데……."

"아니, 왜?"

"그 집의 대문이 굳게 닫혀 있지 뭐예요. 아무리 두들기고 불러도 누구 하나 나와 보지도 않더라고요."

"그게 정말이냐?"

"정말이고말고요. 꼭 사람이 살지 않는 빈 집 같더라니까요."

"그럼 약방의 문도 안 열었더란 말이냐?"

이병아는 마치 수춘이 잘못이라도 한 것처럼 윽박지르듯 물었다.

"거기도 마찬가지였어요. 혹시나 해서 뒷문으로 가 봤는데, 뒷문도 굳게 닫혀 있던걸요."

"도대체 무슨 일이지? 동경에서 누가 왔다며 황급히 가더니……, 무슨 일이 일어나긴 일어난 모양인데……. 안 되겠다, 내가 한번 가

봐야겠구나."

이병아는 서둘러 집을 나섰다. 사람이 살지 않는 빈 집 같다니, 도무지 믿어지지 않을 뿐 아니라, 자기가 직접 가면 무슨 수가 있을 것도 같았다.

그러나 수춘의 말대로, 대낮인데도 대문은 굳게 닫혀 있었고, 약방도 장사를 그만둔 것처럼 문이 걸려 있었다. 그리고 개축 공사도 중단된 듯 담 너머는 조용하기 그지없었다. 이병아는 가슴이 철렁 내려앉는 것만 같았다.

"여보세요, 아무도 안 계세요."

이병아는 대문을 가만가만 흔들며 불러 보았다. 그러나 아무런 반응도 없었다. 안 되겠다 싶어 이번에는 냅다 주먹으로 쾅쾅 두드리며 고함을 질렀다. 그래도 안에서는 아무런 대꾸조차 없었다.

한동안 망연자실하여 멍하니 서 있던 이병아는 비틀거리며 발길을 돌렸다. 혼자서 타박타박 사자의 집으로 돌아가는 발걸음은 무겁기만 했고, 그냥 주저앉아 울고 싶은 심정이었다.

집으로 돌아온 이병아는 마치 실성한 사람처럼 안절부절 못하다가 혼자서 술을 몇 잔 마시고는 자리에 드러누워 버렸다. 별안간 눈앞이 콱 막혀 버린 듯 암담하기만 했고, 낭떠러지에서 떨어지는 듯 아찔한 현기증까지 느껴졌다. 도무지 무슨 변고인지 그 까닭을 알 수가 없어 더 답답하고 뒤숭숭했다.

이튿날도 마찬가지였다. 서문경의 신상에 무슨 일이 일어난 것만은 틀림없는데, 영문을 알지 못하니 미칠 것만 같았다. 반금련의 생일에 갔다 온 뒤로는 그 여섯 번째 아내가 되어 살아갈 일이 걱정되기도 했지만, 이제 와서 생각해 보면 그것은 오히려 행복한 고민이었다. 지금 그녀의 마음속엔 오로지 서문경을 향한 그리움뿐이었다.

사흘째 되는 날이었다. 그날도 저녁은 먹는 둥 마는 둥 하고 독한 술만 몇 잔 마시고는 언뜻 잠이 들었다. 얼마나 잤을까, 잠결에 어렴풋이 대문 두드리는 소리가 났다.

"이 밤에 누구지?"

이병아는 부스스 침상에서 일어나 헝클어진 머리부터 매만졌다.

"여보, 여보. 나야 나."

그러고 보니 무척 귀에 익은 목소리다.

"벌써 잠들었어? 문 열어. 나야 나."

그것은 서문경이 목소리가 틀림없었다. 이병아는 너무나 반가운 나머지 맨발로 뛰어나갔다. 대문을 열고 보니, 과연 서문경이었다. 이병아는 울먹이며 그의 팔에 매달렸다.

"얼마나 기다렸다고요, 왜 이제야 오세요? 집에 무슨 일이 있었나요?"

그런데 서문경은 아무 대답도 하지 않고 성큼성큼 앞장서서 집안으로 들어갔다. 어둠 속이어서 자세히 보이지는 않았지만, 이상하게도 그는 맨발이었다.

'이 밤중에 맨발로 찾아오다니…….'

서문경은 방에 들어서자마자 뒤따라온 이병아를 으스러지게 껴안으며 미친 듯이 입술을 덮쳤다. 그리고는 번쩍 들어 침상에 눕히고는 마구 옷을 벗겨낸 다음 정신없이 달려들었다. 마치 무엇엔가 쫓기는 사람 같았다. 그리고는 어느 때와는 달리 눈 깜짝할 사이에 일을 끝내고 후다닥 일어나더니 도망치듯 밖으로 뛰쳐나가는 것이 아닌가.

"아니, 여보!"

그의 갑작스런 행동에 당황한 이병아는 자리에서 벌떡 일어났다.

"이 밤중에 어딜 가세요? 가지 말아요, 여보."

이병아는 미처 옷을 입을 겨를도 없이 알몸으로 뒤쫓아 나갔다. 그러나 순식간에 어디로 사라졌는지 서문경의 모습은 보이지 않았다.

"아이고, 여보! 그렇게 가 버리는 법이 어디 있어요. 어찌된 영문인지 얘기라도 해 줘야지요."

이병아는 혼자서 넋두리를 하듯 중얼거리며 대문간으로 뛰어갔다. 그런데 대문은 안으로 굳게 잠겨져 있는 게 아닌가. 서문경이 대문을 열고 나갔다면, 문이 안으로 잠겨 있을 리가 없는데 말이다.

"이게 어찌된 일이지?"

가까스로 정신을 가다듬은 이병아는 또 한 번 놀랐다. 분명히 침상에서 일어나 알몸으로 허둥지둥 나왔는데, 이제 보니 잠들 때 입은 잠옷을 그대로 입고 있지 않은가. 마치 무엇에 홀린 것만 같더니 갑자기 온몸에 소름이 돋았다.

"아니, 마님! 주무시다 말고 무슨 일이세요?"

수춘이 눈을 비비며 자기 방에서 나와 이상하다는 듯 이병아를 멀뚱히 바라보았다.

"수춘아, 지금 대관인 어른 다녀가신 거 못 봤니?"

"오긴 누가 왔다고 그러세요? 아무도 안 왔어요."

"아니, 지금 막 나갔는데도?"

"마님도 참, 누가 왔다면 제가 대문을 열어 줬을 것 아니에요. 한밤중에 오줌이 마려워서 잠을 깬 뒤로 영 잠이 안 와서 지금까지 뒤척이고 있었는데, 그 동안 아무 기척도 듣지 못했어요. 그런데 별안간 마님이 소리를 지르며 뛰어나오시기에, 놀라서 나와 본 거예요."

"그게 꿈이었다고……? 그렇다면 내가 여기엔 왜 나와 있지?"

"글쎄요."

"참 별일도 다 있네. 틀림없이 그분이 다녀가신 것 같았는데……."

순간 이병아는 아찔한 현기증을 느끼며 비틀거렸다. 수춘이 얼른 다가가서 부축을 했으나, 이병아의 몸은 무너지듯 그 자리에 주저앉고 말았다.

"마님, 정신 차리세요."

수춘은 어쩔 줄을 모르고 쩔쩔 맸다. 바로 그 때였다. '와르르 우당탕' 하고 지붕 위에서 요란한 소리가 나더니, 또 다시 여우가 설쳐대는 게 아닌가.

"아이고, 깜짝이야. 저놈의 여우새끼, 썩 꺼지지 못해!"

이병아는 지붕을 향해 냅다 고함을 지르며 삿대질을 해댔다.

"마님, 어서 일어나세요. 어서요……."

슬그머니 겁이 난 수춘은 이병아를 안아 일으켜 허둥지둥 집안으로 뛰어 들어갔다. 방으로 돌아온 이병아는 마치 큰 죄라도 지은 사람처럼 조그맣게 웅크리고 앉아 벌벌 떨기만 했다. 수춘이 옆에서 아무리 안심을 시키고 위로를 해도 소용이 없었다.

다음 날 밤에도 서문경은 어김없이 찾아왔다. 이번에는 대문을 두들기는 것이 아니라, 이병아가 잠들어 있는 방의 창문으로 얼굴을 내밀고는 히죽 웃고 있는 게 아닌가.

"여보, 나야."

"아니, 당신! 왜 창문에서 그래요. 어서 방으로 들어오세요."

그러자 서문경은 아무런 말도 없이 조그만 창문으로 훌쩍 뛰어 들어왔다.

"어머나, 어떻게……?"

이병아는 있을 수 없는 일을 대하고는 잠시 어리둥절했다. 하지만 서문경은 대수롭지 않다는 얼굴로 그녀에게 다가오더니, 다짜고짜 달려들어 그녀의 잠옷을 벗겨내고는 어제와 마찬가지로 순식간에 일을 끝냈다. 그리고는 이번에도 역시 말 한 마디 없이 후다닥 방문을 열고 나가 버렸다.

이병아도 뛰어 일어나 주섬주섬 잠옷을 걸치고 뒤쫓아 나갔다. 그렇게 막 마당에 내려선 순간, 이병아는 입이 딱 벌어지고 말았다. 하얀 여우 한 마리가 담을 훌쩍 뛰어 넘어가는 게 아닌가. 대문은 여전히 안으로 굳게 잠겨져 있었다.

그 날 이후 이병아의 얼굴은 갈수록 초췌해져 갔고, 공포심 또한 점점 커져 갔다. 어떤 때는 실성한 사람처럼 알지 못할 소리를 혼자 중얼거리며 히죽히죽 웃어대기도 했다.

"백여우가 서문경으로 둔갑한 거야. 아니야, 그게 아니고 죽은 그이가 여우로 변해서 내게 복수를 하고 있는 거야. 무서워……, 무서워……!"

수춘은 말도 안 되는 헛소리라고 생각하면서도 한편으로는 그 말이 맞는 것도 같았다. 덜컥 겁이 난 수춘은 보다 못해 옆집에 사는 풍할멈을 찾아갔다. 풍할멈은 환갑이 지난 할머니로, 마음씨가 무척 고운 사람이었다. 평소에도 곧잘 이병아를 찾아와서 이것저것 일도 거들어 주며 가까이 지내곤 했던 것이다.

"내가 요 며칠 찾아가지 못한 동안에 그런 일이 있었구나. 아무래도 죽산 선생을 모셔와야겠다."

풍할멈은 마치 자기 일인 양 서둘러 의원을 찾아 나섰다. 죽산 선생이란 의원인 장죽산蔣竹山을 말하는 것이다. 채 서른도 안 된 홀아비인데, 부인을 잃은 뒤로는 마음을 잡지 못하고 매일같이 술독에 빠져 이곳저곳을 떠돌았다.

풍할멈이 장죽산의 집으로 달려가니, 마침 집에 있긴 있었다. 하지만 바깥에서 사람이 불러도 모를 정도로 술에 잔뜩 취한 채 자고 있었다. 결국 풍할멈의 성화를 못 이겨 끌려가다시피 이병아의 집에 당도한 장죽산은 침상에 누워 있는 환자의 얼굴을 보는 순간 가볍게 놀라며 주춤했다.

"아!"

"아니, 왜 그러시는 거요?"

그 모습이 예사롭지 않았던지 풍할멈이 물었다.

"아, 아닙니다. 아무 일도 아니에요."

장죽산은 멋쩍은 듯이 고개를 내젓고는 환자 곁으로 가까이 다가갔다. 눈치 빠른 수춘이 얼른 의자를 가져다 놓아주었다. 장죽산은 의자에 앉아서도 잠들어 있는 환자를 한동안 말없이 지켜보기만 하다, 깊은 한숨을 한번 내쉬고 나서야 비로소 진맥을 시작했다.

"열이 대단하군요."

장죽산은 병세가 생각보다 심각하다는 듯 고개를 살짝 기울였다.

이병아는 의원이 와서 진맥을 하는 것도 모른 채 신열로 벌겋게 달아오른 얼굴로 숨을 헐떡거리고 있었다. 지난 며칠 동안 제대로 먹지도 못하고 술만 마신 데다, 또 밤에는 여우의 괴상망측한 짓거리에 시달려 온 터라, 광대뼈가 불거지고 콧대가 날카롭게 솟아 있었다. 그러면서도 묘하게 섬뜩한 아름다움을 내비치고 있었다.

이윽고 진맥을 끝낸 장죽산이 풍할멈을 돌아보며 물었다.

"환자의 남편은 어디 있나요?"

"지난달에 죽었다오."

"아, 그래요. 그래서 생긴 병이구먼."

장죽산은 고개를 끄덕이더니 빙그레 웃으며 말했다.

"그게 무슨 병인데요?"

"쉽게 말해서, 과부병이라는 거예요."

"뭐라고요? 그것도 병인가요?"

"병이지요. 분명히 병이에요. 심하면 열이 나고, 열이 심하면 헛소리도 하게 되지요."

그러자 장죽산과 풍할멈이 주고받는 말을 유심히 듣고 있던 수춘이 끼어들었다.

"의원님, 우리 마님이 말예요, 돌아가신 영감님이 서문경으로 둔갑하기도 하고, 여우로 변해서 나타나기도 한다고 자꾸만 헛소리를 해요. 그 소리를 들으면 공연히 으스스해진다니까요."

"서문경이라면……, 약방을 하는 그 부자 말인가?"

장죽산이 수춘을 돌아보며 물었다.

"네, 바로 그분이에요."

"그럼 혹시 이 환자가 그 서문경을 속으로 좋아하는 건지도 모르겠

군?'

"호호호……, 속으로 좋아하는 게 아니라 서로 좋아하는 사이예요."

"흠, 그래?"

그러자 이번에는 풍할멈이 끼어들었다.

"이제 곧 서문경에게 개가를 하기로 돼 있었다오. 그런데도 과부병이 걸리다니……."

"서문경이 자주 안 오면 그럴 수도 있죠."

"에고, 망측해라."

풍할멈이 코를 쳐들고 얼굴을 찡그리자, 수춘이 웃음을 참지 못하고 킬킬댔다.

"자, 이제 환자를 치료해야겠으니 조용히들 해요."

장죽산은 들고 온 보자기를 끌러 침통을 꺼냈다. 몸에 한 개 두 개 침이 꽂히기 시작하자, 잠결에 깜짝깜짝 놀라는 듯하던 이병아가 마침내 놀라 눈을 떴다. 초점이 흐릿한 눈으로 멀뚱히 장죽산을 바라보더니 생글생글 미소를 지으며 말했다.

"당신 오셨어요? 얼마나 기다렸다고요."

장죽산은 이병아의 잠꼬대 같은 헛소리가 싫지 않은 듯 마주 바라보며 싱긋 웃어주었다.

"가만히 있어요. 침을 놓아야 하니까 움직이면 안 돼요."

장죽산은 양쪽 팔에 여러 개의 침을 꽂은 다음, 이번에는 이마에 침을 놓기 시작했다. 이마에 침을 놓고 얼마간 시간이 지나자, 그제야 정신이 드는 듯 이병아의 얼굴에 수줍은 듯한 기색이 떠올랐다. 비로

소 의원이 와서 침을 놓고 있다는 것을 알았는지, 이병아는 살짝 미간을 찌푸리며 가만히 두 눈을 감았다.

이마에 침을 꽂고 난 장죽산은 이번에는 환자의 옷을 헤쳐 가슴과 배를 드러나게 했다. 살결은 눈이 부시도록 하얗고 봉긋하게 솟은 가슴은 커다란 꽃송이와도 같았다. 그 꽃송이를 내려다보며 장죽산은 자기도 모르게 침 한 덩어리를 꿀꺽 삼켰다. 풍할멈과 수춘이도 이병아의 유방이 너무도 아름다운 데 놀란 듯 숨을 죽이고 바라보고 있었다.

침을 그 두 봉우리 사이에 몇 개 꽂고 나서, 이번에는 왼손으로 환자의 배를 여기저기 눌러 보았다. 그리고 보조개처럼 예쁘게 파여 있는 배꼽 언저리에도 침을 몇 개 꽂은 장죽산은 환자의 발쪽으로 의자를 옮겨 앉았다. 두 발 역시 하얗고 조그만 것이 가지고 놀고 싶도록 예쁘장했다. 장죽산은 그 두 발에도 몇 개의 침을 놓았다.

치료를 다 끝낸 장죽산은 피곤한 듯 의자를 조금 뒤로 물려서 편안히 기대고 앉았다. 이병아는 다시 잠이 들었는지 숨소리가 고르고 얼굴에 화색이 돌았다.

"이제 괜찮을까요?"

풍할멈이 근심스러운 얼굴로 물었다.

"예, 너무 걱정하지 마세요."

"그럼 계속 수고해 주어요. 난 이만 집에 가 봐야겠어요."

풍할멈이 나가자, 수춘도 배웅하겠다며 뒤따라 나갔다. 방안에 환자와 단둘만이 남은 장죽산은 자세를 고쳐 앉아 새삼스럽게 환자를 가만히 내려다보았다.

'어쩌면 저렇게 꼭 닮았을까? 저 이마랑 눈썹, 콧대는 영락없이 그 사람인데……'

장죽산은 죽은 아내의 모습을 떠올리고 있었다. 죽은 아내와 지금 눈앞에 누워 있는 환자의 얼굴이 너무도 닮아 보였던 것이다. 처음 방으로 들어섰을 때 그가 가벼운 신음을 내뱉은 것도 바로 그 때문이었다. 물론 죽은 아내보다 눈앞의 이 여자가 살결도 더 희고 가슴도 풍만한 게 훨씬 더 아름답지만 말이다.

어찌 보면 오늘의 만남이 결코 우연이 아니라는 생각까지 들었다. 죽은 아내와 너무도 닮은 이 여자는 아직 혼자 사는 과부이다. 비록 서문경과 좋아하는 사이라고는 하지만, 지금 서문경의 처지를 어렴풋이나마 알고 있는 그는, 이 여자의 개가 문제가 반드시 성사되리라는 보장도 없다고 생각했다.

이윽고 장죽산은 환자의 몸에 꽂았던 침을 하나하나 뽑았다. 그리고 수춘에게 헤쳤던 옷을 도로 여미도록 했다. 맥을 다시 짚어보니, 맥박이 비교적 고르고 열도 많이 내렸다.

"약을 지어 올 테니, 내가 돌아올 동안 환자 곁을 떠나지 말거라."

수춘에게 이르고 간 지 얼마 안 되어, 장죽산은 우선 첩약 네 봉지를 지어 가지고 왔다. 그는 손수 약을 약탕관에 안쳐 그것을 달였다. 그 때까지 그녀는 참으로 오랜만에 깊은 잠에 빠져 있었다.

세 차례의 탕약을 마시고 미음까지 먹은 이병아는, 저녁 무렵에야 신열도 거의 가시고 정신도 좀 맑아지는 듯했다. 그러나 워낙 기력이 쇠잔해진 탓에 자리에서 일어나는 것은 무리였다.

밤이 되자, 장죽산은 수춘에게 환자 간호에 대한 이런저런 설명을 해 주고 집으로 돌아가려고 했다. 그러자 이병아는 자리에서 가만히 몸을 일으켜 앉더니, 헝클어진 머리를 손으로 가다듬으며 말했다.

"의원님, 지금 꼭 가셔야 하나요?"

"예? 그럼 여기 있어 달라는 말입니까?"

"네, 꼭 안 가셔도 된다면 같이 계셔 주었으면 좋겠어요. 여우가 또 나타날까 봐 무서워요."

"그래요? 허허허……, 이것 참!"

여우가 나타날까 무섭다니, 장죽산은 절로 웃음이 나왔다. 옛날이야기에나 나올 법한 일이라고 생각했던 것이다.

"네, 정말이에요. 돌아가신 남편이 나타나 서문경으로 둔갑하기도 하고 여우로 변하기도 해요. 한 번도 아니고, 사흘 밤이나 연달아 타나났다니까요. 오늘 밤에도 틀림없이 나타날 거예요."

"그게 다 부인의 기가 너무 허해졌기 때문입니다. 그래서 헛것도 보이는 거고요."

"저도 처음에는 꿈인지 생시인지 분간을 할 수 없었지만, 날이 갈수록 그게 사실인 것 같아요. 제 말이 거짓말인지 참말인지 오늘 밤 같이 계셔 보면 아시게 될 거예요."

"좋습니다. 오늘 밤 여기서 지켜보기로 하지요."

"정말 고맙습니다, 의원님."

"하긴 집에 가봤자 마누라도 없으니 별 상관은 없겠네요."

"아니, 부인이 어디 가셨나 보군요. 혹시 친정에라도 가셨나 보죠?"

"친정에 다니러 간 게 아니라……, 작년에 죽었어요."

장죽산은 다시 한 번 죽은 아내의 모습을 떠올리며 이병아의 두 눈을 똑바로 바라보았다. 무언가 심상치 않은 눈치를 챈 이병아가 슬며시 시선을 피하며 고개를 돌렸다.

"좀 어지럽네요. 자리에 눕겠어요."

그날 밤 환자인 이병아는 침상에 누워 자고, 장죽산은 방바닥에 이부자리를 깔고 거기서 자기로 했다.

장죽산은 도무지 잠을 이룰 수가 없었다. 죽은 아내와 너무도 닮은 여자, 게다가 보기 드물게 아름다운 여자와 한방에 있으니 말이다. 비록 환자이기는 하지만 과부병에 걸린 것이니 범하려고 마음만 먹는다면 그렇게 어려운 일은 아닐 것 같았다. 또 그렇게 해 주는 것이 오히려 침을 놓고 약을 달여 먹이는 것보다 훨씬 효험이 있을지도 몰랐다.

그러나 장죽산은 이내 그런 생각을 떨쳐버렸다. 그는 이 여자와의 만남을 운명적인 것으로 생각하고, 어떻게 해서든지 그녀를 자기의 아내로 삼고 싶었던 것이다. 그러나 다른 한편으로는, 지금 여자 쪽에서도 잠을 이루지 못하고, 남자가 다가오기를 속으로 고대하고 있을지도 모른다는 생각이 들었다. 비록 환자와 의원 사이라고는 하지만, 여자 쪽에서 먼저 밤을 같이 지내 달라고 했을 땐, 은근히 그것을 기대하고 그랬는지도 모를 일이 아닌가.

'그렇다면 지금이야말로 절호의 기회다. 이 때를 놓치면 또 언제 이런 기회가 온단 말인가.'

마침내 마음을 굳힌 장죽산은 침상 쪽으로 고개를 돌려 가만히 불러 보았다.

"주무십니까?"

그러나 아무 대답이 없었다.

"정말 잠들었소?"

여전히 대답이 없더니 잠시 후, 그녀가 작은 신음소리와 함께 부스스 돌아눕는 것이었다.

이것이 잠들어 있지 않다는 표시인지, 아니면 자다가 그냥 몸부림을 치는 것인지, 장죽산은 얼른 분간을 할 수 없었다. 한참 숨을 죽이고 있던 그는 자기도 모르게 꿀꺽 마른 침을 삼켰다. 공연히 가슴이 두근거리고 숨이 가빠져 왔다.

마침내 그는 몸을 일으켜 여자가 누워 있는 침상으로 다가갔다. 그리고는 천천히 손을 내밀어 그녀의 맥을 짚어 보았다. 만약 잠들어 있지 않다면 무슨 반응을 보일 것이 틀림없었다.

그러나 아무런 반응도 없었다. 맥박은 고르게 뛰고 있었고, 잠들어 있는 게 분명했다. 장죽산은 여자를 흔들어 깨워 볼까도 생각해 보았지만, 만약 깨어나서 싫다고 뿌리친다면 그런 낭패가 또 어디 있겠는가.

그렇다고 이대로 물러날 수도 없었다. 이미 그의 아랫도리는 크게 부풀어 올랐고, 욕망은 불처럼 뜨겁게 타오르고 있었다. 결국 장죽산은 진맥하던 손을 옮겨 여자의 앞가슴 속으로 들이밀었다. 봉긋한 가슴이 손아귀에서 뿌듯하게 쥐어졌다.

"으응……."

여자는 몸부림치듯 반대편으로 돌아누우려고 했다. 그는 무의식중에 그만 여자의 몸이 돌아눕지 못하도록 두 손으로 불끈 누르고 말았다. 순간 여자는 화들짝 놀라 일어나며 냅다 소리를 질렀다.

"사람 살려요! 여우가 나타났어요!"

장죽산은 당황하여 어찌 할 바를 몰랐다. 그는 마구 휘저어 대는 여자의 두 팔을 한데 모아 쥐며 큰 소리로 말했다.

"부인, 정신 차려요. 나요, 의원이라고요."

"예? 누구라고요?"

"의원이라니까요. 여우가 아니에요……. 가만히 있어 봐요. 불을 켤 테니까."

방이 환하게 밝혀지자, 이병아는 잠시 멀뚱한 얼굴로 방안을 두리번거렸다.

"많이 놀라신 모양이군요. 부인이 자다가 숨을 가쁘게 쉬기에 잠시 맥을 짚어 본 거예요."

장죽산이 변명삼아 말했다.

"아, 그랬었군요. 난 또 그 여우가 나타나 제 가슴을 더듬는 줄 알았지 뭐예요."

그러면서 이병아는 얼굴에 야릇한 웃음을 떠올렸다. 찔끔한 장죽산은, 그 웃음이 어쩐지 모든 것을 다 알고서 은근히 비꼬는 것만 같아, 저도 모르게 귀밑이 뜨거워졌다.

이병아는 다시 잠자리에 들었지만, 낯가죽이 두껍지 못한 장죽산은 왠지 멋쩍고 불편해져 슬그머니 방문을 열고 밖으로 나왔다. 초승달이 구름 속에서 이따금씩 얼굴을 내밀고 있는 고요한 밤이었다.

마당으로 나간 장죽산은 한쪽 담벼락에 아무렇게나 오줌을 갈기기 시작했다. 볼일을 거의 마칠 무렵, 문득 묘한 한기가 느껴져 고개를 들어 주위를 둘러보는데, 지붕 위에서 무언가 희끗한 게 뛰어다니는 게 눈에 들어왔다. 순간 장죽산은 머리카락이 곤두서는 것 같았다.

뒤이어 집안에서 이병아의 비명소리가 들려왔다.

"으아악! 여우가 또 나타났다!"

장죽산은 후다닥 집안으로 뛰어 들어가다가, 방문 앞에서 주춤 멈춰 섰다. 여우는커녕 쥐새끼 한 마리 보이지 않는데, 이병아가 누운 채로 팔다리를 버둥거리며 악을 쓰듯 비명을 내지르고 있는 게 아닌가. 얼른 방으로 뛰어 들어간 장죽산은 이병아의 어깨를 흔들어 깨웠다.

"부인! 부인! 정신 차려요! 도대체 여우가 어디 있단 말이오. 아무것도 없으니, 어서 정신 차려요!"

이병아는 가까스로 정신을 차리는가 싶더니, 이내 두 눈에 초점을 잃고 입에 거품을 물었다. 버둥거리던 몸뚱어리도 맥이 풀리는 듯 축 늘어져 버렸다. 다급해진 장죽산이 서둘러 침을 놓으려 할 때였다. 무엇인가 그의 목덜미를 훑고 지나가는 듯 오싹한 한기가 느껴졌다. 그는 자기도 모르게 으스스 몸을 떨고는, 정신을 바짝 가다듬어 여자의 팔과 이마에 먼저 침을 꽂고 나서 웃옷을 풀어헤쳤다. 여자의 풍만한 가슴이 드러났으나, 이젠 조금의 색정도 느낄 수 없었다.

이튿날 이병아로부터 여우에 관한 그 동안의 자세한 얘기를 들은 장죽산은 아무래도 그녀의 거처를 옮기는 것이 좋겠다고 생각했다. 불가사의한 현상을 직접 겪은 터라, 이병아의 말을 더는 무시할 수 없었던 것이다.

"부인의 병이 여우 때문인 것만은 틀림없는 것 같군요. 여우란 놈이 밤마다 나타나 소란을 피워대니, 그렇지 않아도 착잡한 마음에 혼란이 일어나 이런저런 헛것이 보이게 되는 겁니다. 그러니 집을 옮기도록 하세요. 이 집에서는 병을 치료하기 어려워요."

그 말을 들은 이병아는 한참을 생각에 잠기더니 조심스레 입을 열었다.

"의원님의 말씀이 옳기는 하나, 별안간 집을 어떻게 옮기죠? 이 집을 팔아야 할 텐데, 집이 그렇게 쉽게 팔릴 것 같지도 않고……."

"그렇다면……, 집이 팔릴 때까지 저희 집으로 가서 치료를 받으면 어떨까요? 좁고 누추하지만 이곳에서 고통을 받는 것보단 나을 것입니다."

뜻밖의 말에 이병아는 얼른 대답을 하지 못하고 장죽산을 물끄러미 쳐다보았다.

"이런 병은 하루라도 빨리 치료를 해야지, 매일 밤 그렇게 시달림을 당하다가는 자칫 큰일이 날 수도 있어요."

"그런 폐를 끼쳐도 괜찮으시겠어요? 너무 죄송해서……."

"폐라니요. 건강을 되찾는 게 먼저 아니겠습니까."

"정말 감사합니다. 의원님 말씀대로 하겠어요."

그날로 이병아는 수춘에게 집을 지키게 하고, 자기는 간단한 일상용품들만 꾸려 장죽산을 따라 그의 집으로 갔다.

장죽산의 집은 작고 초라하기 짝이 없는 누옥陋屋이었다. 방이 두 개인데, 하나는 약장이 놓여 있는 약방이었고, 다른 하나는 거실 겸 침실로 쓰고 있는 안방이었다. 홀아비가 사는 집이라 정돈도 청소도 제대로 되어 있지 않아 너저분하기 이를 데 없었다. 장죽산은 서둘러 안방을 청소해서 이병아가 혼자 쓰도록 하고, 자기는 약방에서 기거하기로 했다.

이병아를 자기 집으로 데리고 온 장죽산은 마치 새 장가라도 든 것처럼 얼굴에 화색이 돌고 연신 싱글벙글했다. 그녀를 치료하는 것이 마냥 즐겁기만 했다. 손수 약을 달이고 침을 놓고 해서 정성껏 치료를 하는 동안 이병아의 병은 하루가 다르게 호전되어 닷새가 지나자 거의 다 나은 것이나 다름없었다.

건강을 되찾은 이병아는 장죽산의 노고에 보답이라도 하려는 듯이 자기가 손수 식사를 마련했고, 집안 청소는 물론 빨래까지 도맡아 했다. 겉으로 보기에는 마치 장죽산의 안사람이라고 해도 이상할 게 없었다. 하지만 그녀는 사자가의 집이 빨리 팔리지 않는 것이 마음에 걸려 무척 초조해 하고 있었다.

장죽산의 집으로 옮겨온 지 이레째 되는 날, 이병아는 수춘이 혼자 지키고 있는 집을 찾아가 보았다. 어쩌다 집을 보러 오는 사람이 없지는 않으나 선뜻 사려고 나서는 사람은 없다고 했다. 하는 수 없이 그녀는 집값을 크게 낮추어 다시 내놓고 돌아왔다. 하루 속히 집을 팔아서 다른 곳으로 옮기고 싶었기 때문이었다.

이병아가 집을 팔려고 사자가에 다녀왔다는 것을 안 장죽산은 이제 중대한 결단을 내리지 않으면 안 되겠다고 생각했다. 그날 저녁 장죽산은 마음을 단단히 먹고 안방을 찾았다. 방으로 들어서는 장죽산의 표정이 심상치 않음을 느낀 이병아도 긴장이 되는 듯 꼿꼿하게 앉아서 그를 바라보다가 먼저 입을 열었다.

"너무 오래 폐를 끼치고 있는 것 같아 죄송해요. 집이 빨리 팔려야 딴 데로 옮길 텐데, 걱정이에요."

"폐라니요, 무슨 그런 말씀을……. 저는 그저 부인의 병이 나아가고 있는 게 기쁠 따름입니다."

"다 의원님 덕분이죠. 정말 고맙게 생각하고 있습니다. 그래서 말씀드리는 것인데, 염치없지만 집이 팔려 딴 데로 이사 갈 때까지 이곳에 좀 더 머물게 해 주실 수 있는지요? 그 집으로 다시 들어갔다간 또다시 병이 도질 것 같거든요."

"그건 제가 부인께 드리고 싶었던 말입니다. 앞으로도 계속 제 집에 계셔 주세요."

"네에?"

뜻밖의 말에 이병아의 눈이 동그래졌다.

"정말입니다. 어디로 옮길 생각 마시고, 계속 여기 있어 주세요. 언제까지나 말입니다."

"어머……, 전 의원님이 무슨 뜻으로 그런 말씀을 하시는 건지 모르겠네요. 전 단지 집이 팔릴 때까지만……"

장죽산은 이병아의 두 눈을 똑바로 바라보며 진지한 표정으로 말했다.

"저는 부인을 처음 보았을 때 깜짝 놀랐습니다."

"아니, 왜요?"

"부인의 모습이 죽은 제 아내와 너무도 닮았기 때문이었습니다. 그 순간 저는 속으로 오늘이 바로 내 운명의 날이 아닐까 하고 생각했었습니다."

"운명의 날이라니요?"

이병아는 그 말의 의미를 짐작은 하면서도 짐짓 모르는 척하고 물었다. 장죽산은 마치 첫사랑을 고백하는 소년처럼 진지하고 열정적인 어조로 말했다.

"저는 아내가 죽은 뒤로 마음을 걷잡지 못하고 늘 술에 취해 이곳 저곳을 떠돌아다녔습니다. 도저히 죽은 아내를 잊을 수가 없어서였습니다. 그런데 죽은 제 아내와 너무도 닮은 부인을 보는 순간 가슴이 멎는 듯했습니다. 이게 바로 운명적인 만남이고, 그날이야말로 제게는 운명의 날이 되었던 것입니다."

"호호호……, 재미있네요."

"부인, 농담이 아닙니다. 진심으로 하는 말입니다. 전 그 때 이미 마음속으로 부인을 기어이 내 사람으로 만들어야겠다고 굳게 결심을 했습니다."

"어머!"

이병아는 당황하는 기색을 감추지 못했다.

"정말입니다, 부인. 저는 이제 부인 없이는 한시도 살 수가 없습니다. 부디 저와 혼인을 해 주십시오. 간절한 소원입니다, 부인."

장죽산은 이병아 앞에 털썩 무릎을 꿇고 말했다.

"의원님, 이러시면 안 됩니다."

"안 될 이유가 뭐 있겠습니까? 저도 혼자이고 부인도 혼자 몸이 아닙니까?"

"안 돼요. 전 이미 혼인을 약속한 사람이 있어요."

"서문경 말입니까?"

"네, 그래요."

"안 됩니다. 다른 사람이라면 몰라도, 서문경만은 안 됩니다."

"아니, 그 사람이 어때서요?"

이병아는 의아한 듯이 장죽산을 바라보았다.

"그는 마누라가 다섯이나 되지 않습니까. 어디 그뿐입니까. 여기저기 집적거리고 머리를 얹혀 준 여자만도 손가락으로 헤아릴 수 없을 정도입니다. 그리고 아직 모르시나 본데, 다섯 번째 여자를 들어앉힐 때는 참으로 몹쓸 짓을 했지요. 반금련 말입니다. 그 여자를 자기 것으로 만들려고 그 남편인 무대를 무참히 독살했다니까요."

"어머, 그런 일이 있었어요?"

"그러한 사실을 알게 된 무대의 동생, 그 왜 맨손으로 호랑이를 때려잡았다는 무송 말입니다. 그가 형의 원수를 갚으려고 하다가 뜻을 이루기 전에 붙잡혀서 지금 맹주로 귀양을 가 있는데, 그가 돌아오면 아마도 서문경의 집안은 박살이 나고 말 겁니다."

가만히 듣고 있던 이병아는 자기도 모르게 목을 움츠리며 치를 떨었다. 장죽산은 기왕에 얘기를 꺼냈으니 내친 김에 모조리 쏟아놓고 말겠다는 생각으로 하던 말을 계속했다.

"서문경은 무서운 사람일 뿐만 아니라, 비열하고 간악한 사람이기도 해요. 현청의 고위 관원들과 연관을 맺어 자기 사업에 방해가 되거나 거슬리는 사람은 가차 없이 파멸시키고, 송사에도 곧잘 끼어들어 멀쩡한 사람을 죄인으로 만들곤 해요. 그리고 고리채로 돈을 빌려 주고는 교묘한 방법으로 그 사람을 알거지로 만들지요. 이런 얘기들은 알 만한 사람은 다 알아요."

"이제 그만하세요."

이병아는 듣고 있기가 몹시 괴로운 듯 손을 저으며 말렸다.

"예, 그만하지요. 하지만 이거 한 가지는 분명히 말씀드려야겠습니다. 부인께서는 남편의 탈상 후 서문경에게 개가할 것으로 생각하시는 모양인데, 지금 서문경이 어떤 처지에 있는지 알기나 하십니까?"

"아니, 그럼 그분에게 무슨 일이……?"

"서문경의 친척 중에 양제독이란 사람이 있는데, 그 양제독이 얼마 전에 문책을 받아 옥에 갇혔다고 합니다. 양제독은 국사범으로 하옥된 것이니, 삼법사三法司의 심리가 끝나는 대로 일가친척들도 모조리 잡혀가게 될 것입니다. 물론 서문경도 무사하기 어렵겠죠."

"어머나, 그게 정말인가요?"

"정말이고말고요. 현청에 친한 관원이 하나 있는데, 그 친구한테서 들은 얘기예요."

"아니, 마른 하늘에 날벼락도 유분수지……."

이병아의 얼굴이 창백하게 변했다.

"그래서 서문경은 집과 약방의 문을 모두 걸어 잠그고 두문불출하고 있는 거예요. 집을 새로 짓던 것도 중단하고서 말입니다. 하기야 집을 다시 지으면 뭐하겠습니까? 어차피 모두 몰수당하고 말 텐데요. 이런 판국에 부인 혼자서 꿈을 꾸고 있으니, 그게 답답하다는 겁니다. 만일 그에게 개가를 하게 되면, 필경 함께 붙들려가 곤욕을 치르게 되고 말 것입니다. 불을 보고 뛰어드는 부나비와 무엇이 다릅니까. 안 그렇습니까, 부인? 잘 생각해 보세요."

이병아는 두려움과 절망감으로 눈앞이 아찔해졌다. 그녀의 거의 모든 재산이 서문경에게 가 있지 않은가. 만일에 관에서 그의 재산을 몰수해 간다면, 그녀의 재산까지 송두리째 빼앗기고 마는 것이다. 이병아는 너무나 기가 막혀 한숨조차 나오지 않았다.

이병아의 그런 마음을 알 리 없는 장죽산은 무릎을 꿇은 채 그녀의 손을 덥석 잡고 간절한 목소리로 애원하듯 말했다.

"저는 여러 모로 서문경보다 못한 사람입니다. 아직 뒤주에 쌀 한 번 채워본 적 없는 가난뱅이에다 세상 살아가는 수완도 없는 일개 의생에 불과합니다. 하지만 남을 해코지하거나 괴롭히지 않고 살아왔고 또 앞으로도 그렇게 살 것입니다. 무엇보다 저는 한 여자만을 아끼고 사랑하며 평생을 해로하는 것이 소원입니다. 그러니 부디 서문경을 단념하시고, 저와 결혼해 주십시오."

어느새 이병아의 마음이 조금씩 흔들리기 시작했다. 장죽산의 말에 믿음이 가고 너무도 간절하게 다가오기 때문이었다. 특히 한 여자만을 아끼고 사랑하겠다는 그의 말은 그녀의 마음속에 아리게 와 닿았다.

"말씀 잘 들었습니다. 하지만 지금은 모든 게 너무 갑작스러워 아무런 확답도 드릴 수가 없네요. 아무래도 좀 더 생각을 해 봐야겠어요."

이병아는 마침내 반승낙을 하고 말았다.

"그러세요. 잘 생각해 보시고 부디 저의 소원을 깨뜨리지 말아 주십시오."

"그러지요. 이제 건너가서 주무세요."

"예. 오늘은 이만 물러가겠습니다."

장죽산은 멋쩍은 듯한 표정을 지으며 자리에서 일어섰다. 오늘 밤 그녀를 꼭 자기의 여자로 만들어 버릴 작정이었던 그로서는 여간 아쉬운 게 아니었다.

그날 밤 이병아는 깊은 생각에 잠겼다. 장죽산의 말을 듣고 보니, 서문경은 지금까지 자기가 알고 있던 것과는 너무도 다른 사람이었다. 여자를 얻기 위해 그 남편을 무참히 독살할 정도로 야비한 인간인 줄은 꿈에도 몰랐었다.

더구나 그 일로 원한을 사 호랑이를 맨손으로 때려잡았다는 무송이 복수를 노리고 있고, 비록 자기가 관련된 일이긴 하지만 국사범으로 몰린 양제독과 함께 언제 나락의 구렁텅이로 빠질지 모르는 신세가 아닌가. 또 설령 그의 여섯 번째 여자가 되어 개가를 한다고 해도, 소실로서의 한계와 구박이 심할 것은 불을 보듯 뻔한 일이었다. 특히나 반금련의 생일날에 당한 수모와 창피는 생각만 해도 치가 떨렸다.

이병아의 마음은 이미 결정이 내려진 것이나 다름이 없었다. 기왕에 서문경과의 인연이 끝났다면 이제 남은 길은 두 가지뿐이었다. 하나는 장죽산의 청혼을 받아들여 그의 아내가 되는 것이고, 다른 하나는 개가를 단념하고 혼자 사는 것이었다. 그러나 아직 서른도 안 된 새파란 나이에 혼자 살아간다는 것은 생각도 하기 싫었고, 그렇다면 결국 장죽산의 아내가 되는 길밖에 선택의 여지가 없었다.

문제는 서문경에게 맡겨 놓은 패물 상자였다. 가난한 장죽산과의 앞날을 위해서는 그 패물 상자를 꼭 찾아와야 할 것 같았다. 물론 순리대로라면, 임시로 보관을 부탁했던 것이니 돌려받는 것이 당연한 일이겠지만, 서문경에게 그런 순리가 통할지 의문이었다. 이런저런 생각 끝에 이병아는 패물 상자를 되돌려 받는 일은 일단 보류하기로 했다. 어쨌든 서문경의 처지가 어떻게 되는지 두고 볼 수밖에 다른 도리가 없었던 것이다.

우선은 사자가에 있는 집부터 서둘러 팔기로 했다. 그리고 이왕 장죽산과의 재혼을 마음먹은 이상 화자허의 탈상도 사십구일제로 바꾸어야겠다고 생각했다. 사십구일이 언젠가 헤아려 보니 바로 내일이었다. 좋은 일은 서두를수록 좋다고 하지만, 막상 코앞에 닥치고 보니 조금은 당황스러웠다.

이튿날 아침, 이병아는 여느 때보다 일찍 잠에서 깨어났다. 간밤에 이것저것 생각하느라 제대로 못 잤는데도 마음은 한결 가뿐했다. 그녀는 아침상을 물리자마자 바로 사자가의 집으로 찾아가 간단히 제사를 지낸 다음, 죽은 남편의 위패를 불살라 버렸다. 개가를 하기 위해 앞당겨 탈상을 하는 터라, 다른 사람들에게 알리고 어쩌고 할 염치도 없어서 그 일을 수춘과 단둘이 해치웠다.

"그래, 집을 보러 온 사람은 좀 있었니?"

"한 사람 있긴 한데, 집값을 낮추려고 뜸을 들이는 것 같아요. 벌써 세 번이나 왔다가 갔는걸요."

이병아는 곧 풍할멈을 찾아가 사정을 물어 보았다.

"아! 그 사람은 내가 잘 아는 사람이라오."

마음이 급한 이병아는 풍할멈을 앞세우고 그 사람의 집을 직접 찾아갔다. 다행히 풍할멈이 중간에서 흥정을 잘 붙이는 바람에 의외로 쉽게 매매가 성립되었다. 시가의 삼분의 이 정도 밖에 받지 못했지만, 이병아는 그거나마 감지덕지했다.

집으로 돌아온 이병아는 곧바로 약방 문을 가만히 열어 보았다. 장죽산이 혼자 넋을 놓고 앉아 있다가 이병아를 보고는 벌떡 일어났다. 이병아가 방으로 들어서며 말했다.

"사자가의 집이 팔렸어요. 너무 싸게 팔려서 속상하지만 어쩔 수 없지요."

"아, 그래요?"

장죽산은 조심스레 이병아의 눈치를 살폈다. 집이 팔렸다면 그 다음엔 어떻게 할 작정인지, 슬그머니 긴장이 되는 모양이었다. 그런데 이병아는 불쑥 엉뚱한 말을 꺼냈다.

"먼저 한 가지 물어 보겠는데……, 의원님은 저를 좋아하는 게 아니죠? 그렇죠?"

"그게 무슨 말입니까?"

"내가 좋아서 혼인을 하자는 게 아니라, 죽은 아내 생각 때문에 그러는 거 아닌가요? 그렇다면 난 뭐예요? 이미 죽은 사람의 그림자밖에 안 되는 건가요?"

아픈 데를 찔린 장죽산은 할 말을 잃고 말았다.

"왜 대답이 없죠? 내 말이 틀렸나요?"

거듭 독촉을 받고서야 장죽산은 더듬거리며 변명하듯 말했다.

"그게 아니라……, 죽은 아내와 닮았기 때문에 좋아진 건 사실이지만……, 그렇게 첫눈에 반해 버린 것도 인연이라면 인연 아니겠습니까? 결코 죽은 아내가 그리워서 부인과 결혼하겠다는 것은 아니니, 부디 믿어 주십시오."

"호호호…, 잘도 둘러대시는군요."

"예?"

"좋아요. 죽은 아내를 못 잊어하는 그 마음이 오히려 제 마음을 끄네요. 바람둥이보다야 백 배 낫지요."

"그럼, 제 청혼을 받아 주시는 겁니까?"

그러자 이병아는 가벼운 웃음을 흘리며 투정이라도 하듯 말했다.

"하지만 전 이런 좁은 집에서는 살고 싶지 않아요. 제 집이 팔렸으니, 이 집도 팔아서 좀 괜찮은 집을 사도록 하지요. 약방도 넓히고 해야 돈도 벌릴 것 아니에요."

"그게 정말입니까? 고맙습니다. 정말 고맙습니다."

장죽산은 감격해 어쩔 줄을 몰랐다. 이병아를 아내로 맞는 것만도 감지덕지인데, 게다가 그녀의 집을 판 돈까지 합해서 넓은 집을 마련하겠다니, 이야말로 하늘이 준 복이 아니고 무엇이겠는가.

과부와 홀아비 사이에 서로 뜻만 맞으면 그날부터 바로 부부가 될 수도 있는 것이지만, 장죽산과 이병아는 그 나름대로 격식을 갖추기로 했다.

"혼례는 간소하게나마 정성껏 치르기로 하고, 날짜는 멀리 잡을 것 없이 내일로 하지요. 그러니까 가까운 친구분이나 몇 분 부르세요. 전 우리 수춘이하고 풍할멈한테만 알릴 거예요."

장죽산은 벌어진 입을 다물지 못하고 마냥 좋은 듯 실실댔다.

"좋아요. 그렇게 하지요."

다음날 아침, 장죽산과 이병아의 혼례는 몇몇 하객이 지켜보는 가운데 조촐하게 거행됐다. 비록 하객은 몇 사람 안 되었지만, 이병아의 눈부시도록 아름다운 외모에 대한 칭찬이 연발했고, 장죽산은 그런 칭찬들이 기분 좋은 듯 연신 벌어진 입을 다물지 못했다.

무사히 혼례식을 마친 장죽산과 이병아는 그날 밤 부부로서의 첫 인연을 맺었다. 장죽산은 실로 오랜 만에 홀아비 신세를 기분 좋게 면

했고, 이병아는 또 한번 다른 남자의 뜨거운 살맛을 마음껏 즐겼다.

　장죽산은 이병아가 죽은 아내에 비해 훨씬 나긋나긋하고 감칠맛이 나는 여자라고 만족해 했고, 이병아는 또 이병아대로 장죽산이 비록 서문경에 비해 기교도 부족하고 강하지는 못했지만 편안하고 은근한 황홀감에 젖을 수가 있어서 좋았다. 오히려 이게 진짜 부부 사이의 사랑이라는 생각까지 들기도 했다.

　이리하여 어엿한 부부가 된 그들은 장죽산의 집까지 팔아서 합친 돈으로 좀더 넓고 깨끗한 집을 마련해 옮겨갔다. 그리고 대문에 '장죽산 의원'이라는 간판도 큼지막하게 내다 걸었고, 왕진을 위한 나귀도 한 마리 사들였다. 지금까지는 봇짐을 메고 떠돌아다니기 일쑤였던 장죽산이 이제는 제법 의원답게 나귀에 몸을 싣고 왕진을 다니게 된 것이었다.

　하지만 인간사 새옹지마塞翁之馬라고, 불과 며칠만에 팔자가 바뀐 두 사람의 앞길엔 또 다른 먹구름이 짙게 드리워지고 있었다.

● 비열한 앙갚음

몇 달이 지나고 가을이 제법 영글어가던 어느 날, 서문경의 집 대문
이 다시금 활짝 열리면서 집안을 드나드는 사람들로 북적이기 시작
했다. 약방도 쌓인 먼지를 털어내는 등 다시 장사를 하기 위한 준비에
여념이 없었다. 동경으로부터 좋은 소식이 날아들었던 것이다.

서문경이 동경으로 보냈던 하인 내왕이 돌아왔는데, 그의 말에 따
르면, 양제독이 곧 무죄로 풀려나리라는 것이었다. 중신들의 권력 다
툼에서 왕상서와 양제독의 세력이 의외의 저력을 발휘한 끝에 결국
황제의 마음을 돌아서게 했다는 것이다.

큰 시름을 덜게 된 서문경은 곧 온 집안사람들을 한자리에 모이게
해서 그 사실을 알리고, 즉시 대문을 활짝 열게 했던 것이다. 동경에
서의 소식을 듣고 누구보다도 기뻐한 것은 양교랑 내외였다. 죽음을
면치 못할 줄 알았던 아버지가 풀려나게 되었다니, 생각만 해도 가슴
이 벅차 감격의 눈물을 흘리기까지 했다.

서문경의 다섯 부인들도 안도의 숨을 내쉬며 기뻐했고, 하인들 역
시 얼굴에 생기가 돌았다. 지금까지 죽음의 집과도 같았던 분위기는
온데간데없이 사라지고 순식간에 잔칫집 같은 활기가 가득해졌다.

서문경은 참으로 오랜만에 의관을 갖추고 집을 나섰다. 우선 계저
의 기방으로 가서 술부터 실컷 마신 다음, 저녁엔 이병아한테 갈 생각
이었다. 옥에 갇혔다가 풀려난 듯 홀가분한 기분으로 건들건들 계저
의 기방을 찾아가고 있는데, 마침 저만치서 응백작과 사희대가 이쪽

여자의 운명   227

으로 걸어오고 있는 게 보였다.

"여, 오래간만일세."

서문경이 한쪽 손을 흔들며 반갑게 아는 체를 했다.

"아니, 이게 누구요? 서문 형님 아니오."

응백작과 사희대도 몇 달만의 해후에 무척 반가워했다.

"도대체 이게 얼마 만이요? 동경의 일이 잘 풀린 모양이지?"

"응, 소문이 났던가?"

"그럼, 알 만한 사람은 다 알고 있다오. 우리들이 그 동안 형님 걱정을 얼마나 했다고."

"고마워, 이제 다 잘 풀릴 거야. 양제독이 곧 무죄로 풀려난다고 하더군."

"그거 정말 잘 됐네. 오늘같이 기쁜 날 어찌 술이 빠질 수 있겠소."

그러자 서문경이 싱글벙글 웃으며 말했다.

"안 그래도 한 잔 하러 가는 길일세. 같이 가세나."

계저와 그 언니 계경은 여러 달 만에 찾아온 서문경을 호들갑스럽게 반겼다. 특히 계저는 눈에 눈물까지 보이면서도 끊임없이 재잘거리며 서문경의 곁을 떠날 줄 몰랐다. 서문경은 모처럼 제 집 같은 편안한 분위기 속에서 마음 놓고 술자리를 즐겼다.

잠시 후 어디서 듣고 달려왔는지, 상시절과 축일념까지 들이닥치니 술자리는 더욱 시끌벅적해졌다. 서문경은 술과 안주를 더욱 푸짐하게 내오게 하고, 기녀도 두어 명 더 불러오게 해 흥을 돋우었다. 한창 술잔이 오고가며 환담이 무르익을 때였다. 술기가 오르면 앞뒤 가리지 않고 아무 말이나 내뱉기 잘하는 축일념이 문득 혀 꼬부라진 소리로 서문경을 향해 말했다.

"형은 좋으면서도 한편으로는 섭섭하겠어. 양제독이 풀려난 것은 잘된 일이지만, 그 대신 소중한 걸 하나 잃었으니 말이야."

서문경은 무슨 소린가 싶어 술기운으로 번들거리는 두 눈을 똑바로 뜨고 축일념을 바라보았다.

"그게 무슨 소리야? 소중한 걸 잃다니……?"

"아직 모르고 있군 그래. 이병아를 잃었지 않소."

"뭐라고?"

뜻밖의 말에 서문경은 입이 딱 벌어지고 말았다. 축일념은 그제야 공연히 쓸데없는 말을 했구나 하고 후회했지만, 이미 때는 늦었다.

"똑바로 얘길 해봐. 이병아가 어찌 되었다는 거야? 죽기라도 했단 말이야?"

술자리는 물을 뿌린 듯 갑자기 조용해졌다. 서문경의 친구들은 말할 것도 없고, 계저와 계경까지도 이병아가 장죽산에게 개가한 것을 알고 있었던 것이다. 아무도 섣불리 입을 여는 사람이 없자, 마지못해 계저가 먼저 입을 열었다.

"다른 남자에게 시집을 갔다고 하더군요."

"뭐, 시집을 갔다고? 그게 정말이야?"

"확실히는 모르지만, 그런 소문이 나돈 지는 꽤 오래되었어요."

"축일념, 그게 사실이야? 어디 자네가 한번 말해 보라고."

서문경은 축일념에게 대들듯이 물었다.

"정말이오."

서문경의 낯빛이 갑자기 험악하게 변하자, 축일념은 취중에도 조심스럽게 대답했다.

"그래, 누구한테 시집을 갔는데?"

"왜 장죽산이라는 의생 있잖소. 그자한테……."

"뭐라고? 그 팔푼이한테!"

서문경의 얼굴이 벌겋게 달아오르며 보기 흉하게 일그러졌다. 이병아가 다른 사내한테 시집을 갔다는 것도 충격이었지만, 그 상대가 장죽산이라고 하니 더욱 분통이 터졌던 것이다. 장죽산은 비록 조그만 약방을 차려놓고 환자를 치료하는 보잘 것 없는 의생에 불과했지만, 서문경으로서는 못마땅한 존재가 아닐 수 없었다. 그런데 하필이면 그런 녀석이 이병아를 낚아채 갔다니, 더욱 자존심이 상하고 분통이 터졌다.

서문경이 분을 참지 못하고 씨근거리자, 술판은 대번에 흥이 깨지고 말았다. 결국 그는 해가 떨어지지도 않았는데 파장을 선언하고 기방을 나섰다. 계저가 오래간만에 와서 주무시지 않고 그냥 가느냐고 안타깝게 매달렸지만, 제정신이 아닌 서문경을 잡아둘 수는 없었다.

서문경은 그 길로 사자가에 있는 이병아의 집을 찾아갔다. 그녀가 장죽산과 혼인을 했다는 말만 들었을 뿐, 집을 팔고 딴 데로 이사를 간 사실은 몰랐던 것이다. 하지만 역시 헛걸음이었다. 그는 지그시 이를 악물고는 이웃집 풍할멈을 찾아갔다. 풍할멈이라면 이병아가 이사 간 집을 알고 있을 게 분명했다.

마침 풍할멈은 집에 있었는데, 서문경이 찾아온 것을 보고는 공연히 주눅이 들어 어찌할 바를 몰라 했다.

"할멈, 그 사람이 장죽산에게 개가를 했다던데, 지금 장죽산의 집에 들어가 사는가?"

"아닙니다. 혼례는 그 집에서 치렀지만, 곧 그 집도 팔고 다른 집을 새로 사서 들어갔습니다."

"그래? 음, 둘이서 혼례까지 치렀구먼."

서문경은 이병아에 대한 배신감, 그리고 장죽산에 대한 증오감으로 가슴이 터질 듯했다. 그렇게 끓어오르는 분노를 삼키며 터덜터덜 집에 돌아가니, 때마침 오월랑과 맹옥루, 반금련, 그리고 양교랑이 줄 넘기를 하며 놀고 있었다. 오래간만에 찾아온 행복을 맘껏 누리려는 듯 즐거운 시간을 보내고 있던 참인데, 서문경이 험상궂은 얼굴로 들어서니 분위기는 순식간에 가라앉고 말았다.

오월랑과 맹옥루가 심상치 않은 낌새를 알아차리고 재빨리 각자의 거처로 돌아가자, 양교랑도 머뭇거리며 자리를 떴다. 하지만 반금련은 서문경에게 애교를 부린답시고 엉덩이까지 살랑살랑 흔들며 줄넘기를 계속했다. 서문경은 무표정한 얼굴로 반금련에게 다가가더니 그녀의 엉덩이를 냅다 발길로 걷어찼다.

"꼴사납게 이게 무슨 짓이야!"

그제야 사태를 파악한 반금련은 비명을 내지르며 정신없이 도망을 쳤다. 서문경은 그래도 화가 가시지 않았는지, 성난 맹수처럼 오월랑과 맹옥루의 방을 찾아가 집기를 집어던지고 욕설을 퍼부으며 한바탕 난동을 부렸다. 그리고는 다시 반금련을 두들겨 패주려고 그녀의 방을 찾아 갔으나, 어디로 숨었는지 보이지 않자 애꿎은 춘매를 잡아다가 사정없이 발로 차고 주먹으로 쥐어박았다.

그렇게 집안사람들에게 한바탕 화풀이를 하고 난 서문경은 자기

방으로 가서 쓰러지듯 침상에 드러누웠다. 그리고는 실성한 사람처럼 입에 거품을 물고 뇌까렸다.

"이 연놈들을 내 가만히 두나 봐라, 씹어 먹어도 시원치 않을 연놈들!"

그날 밤을 뜬눈으로 꼬박 새운 서문경은 날이 밝기가 무섭게 다시 풍할멈을 찾아갔다. 분하고 자존심이 상해서 도저히 견딜 수가 없었던 것이다. 기어이 이병아를 다시 뺏어 와야겠다고 마음을 굳힌 그는, 우선 수춘을 불러내어, 이병아와 장죽산이 결혼까지 하게 된 경위를 자세히 알아본 후에 다음 계략을 강구하기로 했다.

사자가로 가던 도중에 문득 그의 뇌리에 왕파가 떠올랐다. 그는 수춘을 왕파의 찻집으로 불러내면 되겠구나 싶었다. 또 가능하면 이번 일에도 그 늙은 너구리를 끌어들이는 게 좋을 것 같았다.

다시 서문경이 찾자오자, 풍할멈은 어제보다 한결 더 굳어져서 안절부절못했다. 필시 무슨 일이 벌어지고 말겠구나 싶었던 것이다. 그런데 그가 부드러운 말로 수춘을 왕파의 찻집으로 불러내 달라며 돈까지 몇 푼 쥐어 주는 게 아닌가. 풍할멈은 제 머리 위에 벼락이 떨어지지 않은 것만을 다행으로 여기며 서둘러 이병아의 집으로 종종 걸음을 쳤다.

서문경은 실로 오래간만에 왕파의 찻집을 찾았다. 사실 무대를 독살하고 반금련을 자기 소실로 들여앉힌 뒤로는 꺼림칙한 기분 때문에 아예 발길을 끊었던 곳이다. 그러나 이제 세월도 꽤 흘렀고, 또 무엇보다도 분통이 터지는 일 때문에 싫고 좋고를 따질 겨를이 없었다. 서문경은 크게 헛기침을 하며 성큼 가게 안으로 발을 들여놓았다.

"아니, 이게 누구십니까? 대관인 어른 아니십니까? 원 그렇게 발걸음을 안 하시니, 얼굴 잊어버리겠습니다."

손님이 없어서 파리를 날리고 있던 왕파는, 불쑥 들어서는 서문경
을 보고는 놀라서 가슴이 철렁했으나 늙은 너구리답게 얼굴에 미소
까지 띠우며 반기는 척했다.

"할멈, 오래간만이구려. 하하하……."

서문경도 반가운 듯이 크게 웃었다.

"일이 잘 해결된 모양이죠?"

찻집을 하고 있는 터라, 왕파도 손님들로부터 얘기를 들어 서문경
이 곤경에 처했었다는 것을 알고 있었다.

"음, 그 일은 잘 풀렸는데, 또 엉뚱한 일이 터져 속을 썩이지 뭔가."

"대체 무슨 일이 우리 대관인 어른의 속을 상하게 했을까?"

왕파는 시치미를 떼고 물었다. 서문경의 여섯 번째 마누라로 들어
가려던 이병아가 난데없이 장죽산에게 개가를 한 것까지 이미 알고
있었고, 서문경이 지금 그 일을 두고 하는 말이라는 것도 잘 알고 있
으면서 말이다.

"글쎄 어떤 놈이 내가 점찍은 여자를 중간에서 가로채 갔다니까."

"어머, 그래요?"

늙은 너구리는 짐짓 놀라는 시늉까지 했다.

"그 일 때문에 이렇게 찾아온 거라고."

왕파는 또 한번 가슴이 철렁했다. 이 양반이 또 무슨 수작을 꾸며
날 끌어들이려는가 싶어 두려운 생각이 들었던 것이다. 그러나 한편
으로는 약간의 호기심과 함께 서문경이 적잖게 집어주는 용돈이 아
쉬웠다.

"할멈, 내실을 좀 빌려줘야겠어."

"내실을요? 그러죠, 뭐."

"조금 있으면 어떤 노파가 계집애 하나를 데리고 올 텐데, 오거든 계집애만 내실로 들여보내 줘."

"예, 잘 알겠습니다."

서문경은 왕파의 안내를 받아 내실로 들어갔다. 의자에 비스듬히 앉은 서문경은 왕파가 갖다 준 차를 마시며 지난해 봄의 일을 떠올리고 있었다. 바로 이 방에서 반금련을 자기 것으로 만들었고, 아울러 무대의 습격까지 받은, 자기로서는 달콤한 추억과 꺼림직한 기억이 함께 깃들어 있는 곳이었다. 그런데 다시 이 방에서 이병아를 되찾을 궁리를 하고 있으니, 나름대로 인연이 깊은 방이었다.

서문경이 생각에 잠겨 있을 때, 왕파의 안내를 받은 수춘이 들어왔다. 방안으로 들어선 수춘은 무슨 큰 잘못이라도 저지른 것처럼 잔뜩 긴장된 얼굴로 인사를 했다.

"부르셨습니까?"

"그래, 오래간만이구나. 거기 좀 앉아라."

수춘은 서문경이 술을 마시고 있는 탁자의 맞은편 의자로 가서 조심스럽게 앉았다. 서문경은 술잔을 들어 쭉 한 모금 들이키고는 부드러운 어조로 물었다.

"너희 마님이 아팠을 때 장죽산이라는 의원이 와서 치료를 했다고?"

"네. 뭣에 홀린 사람처럼 밤마다 비명을 지르다가는 기절을 하시곤 했어요. 그럴 때마다 여우가 나타났고요……."

"그래? 하기야 여우가 날뛰는 소리는 나도 들었었지."

서문경은 고개를 끄덕였다. 그제야 수춘은 한결 두려움이 가셨는지, 서문경이 묻기도 전에 자기가 아는 대로 그 동안에 있었던 일들을 줄줄이 늘어놓았다. 한참 동안 묵묵히 듣고 있던 서문경이 불쑥 물었다.

"두 사람 사이는 어떤 것 같니? 네가 보기엔 서로 사랑하고 있는 것 같더냐?"

"네, 그런 것 같아요."

"그래? 음……."

서문경은 깊은 신음 소리를 내더니 아무 말 없이 연거푸 술잔만 비워댔다. 이병아의 마음은 이미 장죽산에게 기운 게 틀림없었고, 그렇다면 그녀의 성격으로 보아 도로 빼앗아 오는 일은 결코 쉽지가 않을 것이었다. 한참 후에야 서문경은 번들거리는 눈으로 수춘을 바라보더니 팔을 뻗어 빈 술잔을 내밀었다.

"그건 그렇고……. 수춘아, 오래간만에 만났는데 술이나 한 잔 따라다오."

"제가 어떻게……."

뜻밖의 일에 당황한 수춘은 잠시 망설였다.

"진작부터 수춘이가 따라 주는 술을 한 번 마시고 싶었다고. 정말이야."

"어머."

수춘은 자기도 모르게 얼굴이 왈칵 붉어졌다. 그 말이 어쩐지 야릇한 뜻으로 들렸기 때문이었다. 결국 수춘은 입술을 꼭 다물고서 두 손으로 공손히 술을 따랐다. 서문경은 잔을 받아 단숨에 쭉 비우고는 그 잔을 수춘이 앞으로 내밀었다.

"자, 받아. 이번에는 내가 한 잔 따라 줄 테니."

"전 아직 술을 못 마셔요."

"뭐야, 술을 아직까지 한 번도 안 마셔 봤어?"

"네."

"그렇다면 이제라도 배워야지. 수춘이도 벌써 열여섯이나 됐잖아."

수춘은 서문경이 제 나이까지 아는 것에 약간 놀라면서 가만히 두 손을 내밀어 잔을 받았다.

"처음 술을 배울 때는 맛을 보지 말고 단숨에 쭉 들이키는 거야. 알았지?"

수춘은 술잔을 입에 가져가더니, 맛을 보듯 한 모금을 찔끔 마시고는 콧잔등을 잔뜩 찡그렸다. 서문경은 그런 수춘의 모습이 귀여워 죽겠다는 듯이 빙그레 미소를 지으며 물었다.

"맛이 어때?"

"새콤한 맛뿐이에요."

"뭐, 새콤하다고? 첫 술맛이 새콤하다면 소질이 다분한걸. 자, 어서 쭉 들이키고 잔을 나한테 줘."

결국 수춘은 두 눈을 질끈 감고는 단숨에 술잔을 비워 버렸다. 그리고는 목구멍이 얼얼한 듯 입을 약간 벌리고서 혀를 내둘렀다.

"잘 마시는데……, 소질이 있다니까."

"제 잔 받으세요."

수춘은 서문경에게 잔을 권하고 넘치도록 술을 따랐다. 그 잔을 비운 서문경이 다시 수춘에게 잔을 내밀었다. 그리고 손수 마른안주를 집어주며 잔에다 술을 따랐다. 수춘은 이번에도 단숨에 쭉 들이켰다. 서문경은 무엇이 그렇게 즐거운지 연신 너털웃음을 웃었다.

　그렇게 두 번째 잔을 비우고 나자, 수춘은 갑자기 온몸의 힘이 쭉 빠져나가는 듯하고 얼굴이 화끈화끈 달아오름을 느꼈다. 숨결마저 점점 가빠져 왔다.

　"어머, 별안간 왜 이러죠?"

　"왜? 어때서 그러느냐?"

　"어지러워요. 천장이 빙글빙글 돌고 붕 뜨는 것 같아요."

　"술을 마시면 다 그런 거야. 그 맛에 술을 마시는 거지."

　서문경은 새삼스럽게 수춘의 아래위를 훑어보았다. 취기로 발갛게 물든 수춘의 눈언저리가 아름답게까지 느껴졌고, 풋풋한 처녀티를 풍기는 것이 묘하게도 그의 아랫도리를 자극했다.

　"어지러우면 저기 침상에 가서 누워."

　"괜찮아요. 눕지 않아도……."

　수춘이 뭔가 이상한 낌새를 눈치 채고 바짝 긴장하자, 서문경이 자못 엄숙한 어조로 말했다.

　"허허, 어른이 시키면 시키는 대로 해야지."

　서문경은 자리에서 일어나 수춘을 번쩍 들어다가 침상에 눕혔다. 그리고는 난폭하게 그녀의 옷을 벗기기 시작했다. 천하의 난봉꾼이라 여자의 옷 벗기는 솜씨가 아주 능숙했다.

　"어머, 왜 이러세요?"

"가만있어. 수춘이 좋아서 그러잖아."

"싫어요. 이거 놓으세요."

그러나 역부족이었다. 연약하고 어린 수춘이 서문경의 억센 힘을 당해낼 수는 없었다. 옷은 순식간에 벗겨지고 알몸이 되고 말았다. 그 위를 서문경의 육중한 체구가 덮쳤다.

수춘의 찢어지는 듯한 비명 소리, 그 뒤로 이어지는 고통스런 신음 소리, 서문경의 씩씩거리는 숨소리……. 방안은 온통 고통과 쾌락이 엇갈리는 기괴한 괴성으로 가득 찼다.

이윽고 서문경이 저만큼 떨어져 뒹굴자, 수춘은 이불을 끌어당겨 몸을 가린 채 훌쩍훌쩍 울기 시작했다. 비 맞은 참새마냥 애처로운 모습에 서문경도 측은한 생각이 들었던지 달래기 시작했다.

"울 것 없어. 여자란 다 한 번씩 이런 일을 겪게 되는 거야. 난 마음속으로 너희 마님보다 너를 더 좋아하고 있었다고. 정말이야."

"몰라요. 난 이제 어떡하면 좋아요?"

"조금만 기다려. 절대로 널 버리진 않을 테니까……. 자, 그리고 이거 받아. 용돈으로 쓰고, 더 필요하면 언제든지 말해."

서문경은 주머니에서 은전 다섯 닢을 꺼내어 수춘의 손에 쥐어 주었다. 용돈이라 하기에는 너무도 엄청난 거액이었지만, 수춘은 서문경의 손을 뿌리치며 더욱 서럽게 울었다.

"싫어요."

"주인이 주면 받아야지 웬 앙탈이 그리 심해! 그리고 이제 그만 울음을 그쳐. 남의 집에서 창피하게스리……."

참으로 적반하장이 따로 없었지만, 보잘것없는 일개 하녀가 어찌

하겠는가. 결국 그녀는 돈을 손바닥 위에 올려놓고 잠시 들여다보다
가 슬그머니 주머니에 넣어 버렸다.

"그리고 수춘아⋯⋯."

수춘이 조금 고분고분해지자, 서문경이 한결 부드러운 어조로 말
했다.

"네게 한 가지 부탁이 있는데, 꼭 들어줘야 해."

"말씀하세요."

수춘이 눈물 자국을 닦으며 말했다.

"집에 돌아가거든 말이야, 네 마님에게 오늘 일을 죄다 얘기해 줘."

"오늘 일이라면⋯⋯."

"나하고 사랑을 나눴다는 얘기 말이야."

"네? 정말이세요?"

수춘은 서문경의 말이 농담인지 진담인지 구분이 가지 않았다.

"정말이고말고. 오늘 있었던 일을 모두 얘기해 주라고. 알았지?"

"그걸 어떻게 얘기해요? 안 하면 안 돼요?"

"다 이유가 있어서 그러는 거야. 내가 시키는 대로만 해 주면, 돈을
더 줄게. 그리고 사랑도 더 해 주고⋯⋯."

"네, 알았어요."

여자의 심리란 참 묘한 것이었다. 조금 전까지만 해도 무섭고 원망
스럽기만 한 서문경이었건만, 비록 강제적이기는 하지만 한번 몸을
섞고 나자, 이상하게도 그에게 정이 느껴지고 또 의지하고 싶어지는
것이었다.

"그럼 이제 집으로 가 봐. 오늘 정말 수고가 많았어. 그리고

참……, 집에 가거든 너희 마님에게 내가 한번 만나자고 하더라는 말도 꼭 전해 줘."

수춘은 서문경이 왜 오늘 일을 마님에게 얘기하라고 하고 또 새삼스럽게 만나려고 하는지 까닭을 알 수 없었으나, 일일이 캐물어 볼 엄두가 나지 않아 그만 자리에서 일어났다.

물론 서문경이 그렇게 시킨 것은 이병아로 하여금 질투심이 끓어오르게 하고, 또 그녀와 만나서 마지막 담판을 짓기 위해서였다.

한편 이병아는 눈이 빠지게 수춘을 기다리고 있었다. 아침에 서문경의 심부름이라면서 풍할멈과 함께 나간 후 벌써 한나절이 다 되도록 돌아오지 않는 것이었다. 설마하니 수춘에게까지 해코지를 하지는 않겠지만, 너무 오랫동안 돌아오지 않으니 별의별 생각이 다 들었다. 이럴 줄 알았으면 아예 보내지 말걸 하는 후회도 했지만, 그랬다간 당장 집으로 찾아올지도 모르는 일이었다.

이병아가 한창 애를 태우고 있을 때, 마침 수춘이 들어오는 소리가 들렸다.

"마님, 늦어서 죄송해요."

"오냐, 방으로 좀 들어오너라."

수춘은 방으로 들어오자마자, 이병아가 미처 뭐라고 묻기도 전에 서문경과 만난 얘기를 줄줄이 늘어놓았다. 이런 것도 물어 보고 저런 말도 하더라고 아주 자세히 얘기한 다음, 자기를 한번 만나고 싶어 하더라는 말까지 덧붙였다.

묵묵히 듣고만 있던 이병아는 찬찬히 수춘을 훑어보았다. 뭔가 모르게 옷매무새가 흐트러져 있고, 입에서 술냄새까지 풍겼다. 평소엔 말수도 적던 것이 갑자기 수다쟁이라도 된 듯 쓸데없는 말까지 조잘 조잘 잘도 지껄여댔다. 불과 반나절 사이에 아이가 사뭇 달라진 것 같았다.

"너 아무래도 무슨 일이 있었구나."

별안간 수춘의 입이 벙어리가 된 것처럼 꼭 다물어졌다.

"말해 봐. 너를 야단치려는 게 아니니까."

수춘은 찔끔했다. 비록 서문경의 신신당부가 있었지만, 차마 그 일을 다른 사람도 아닌 마님에게는 할 수가 없어 망설이고 있던 중이었다. 그런데 그 마님이 마치 모든 것을 다 알고 있는 것처럼 물으니, 이제는 말을 안 할 수도 없게 되었다.

"실은 대관인 어른에게……."

"당하고 말았다는 얘기구나."

"아무리 발버둥쳤지만 기어이……."

"알았다. 그만 물러가 쉬어라. 옷도 갈아입고……."

측은한 눈길로 수춘을 바라보던 이병아는 가만히 고개를 끄덕였다. 서문경이라면 능히 그러고도 남을 인간이라는 걸 잘 알고 있던 터였다. 하지만 자기에게 수치심과 모욕감을 주기 위해 아직 피지도 않은 어린 것을 그렇듯 무참하게 짓밟아 버리다니, 정말 무섭고 잔인하기 짝이 없는 사람이라는 생각에 몸서리가 쳐졌다.

그런 그가 자기를 만나자고 한다니……, 마음 같아서는 한 마디로 거절해 버리고 싶지만, 그렇게 간단한 문제가 아니었다. 한때나마 뜨겁게 좋아했던 그를 하루아침에 싹 외면한다는 것도 도리가 아닐 것 같았고, 무엇보다도 패물 상자 때문에라도 어차피 한 번은 만나야만 했다.

이튿날, 결국 마음을 단단히 먹은 이병아는 서문경에게 만나자는 편지를 썼다. 시각은 다음날 사시巳時로 하고, 장소는 풍할멈의 집으로 하는 것이 좋겠다고 했다. 마침 집에 있던 서문경은 그 서찰을 받아 보고는, 심부름 온 수춘에게, 시각은 사시라도 상관없으나 장소는 꼭 왕파의 찻집이라야 한다고 전했다.

서문경이 장소를 꼭 그곳으로 해야 한다는 얘기를 전해들은 이병아는 몹시 꺼림칙했다. 그 찻집 내실에서 수춘이 겁탈을 당했고, 또 반금련을 자기 것으로 만드는 일도 모두 그곳에서 시작됐다는 것을 알고 있기 때문이었다. 그렇다고 장소 때문에 만남을 피할 수도 없는 일이었다. 이병아는 마음을 더욱 굳게 다져 먹었다.

이튿날 아침을 먹고 나자, 이병아는 가볍게 화장을 하고 나들이옷으로 갈아입은 다음 서둘러 집을 나섰다. 만날 시각을 아침나절로 하자고 한 것도 그녀의 경계심에서였다. 오후보다는 아무래도 안심이 될 것 같았다. 오후에 만나면 서문경이 혹시 술을 마시려 할지 모르고, 그렇게 되면 어떤 일이 벌어질지 모르기 때문이었다.

이병아가 왕파의 찻집에 도착해 보니, 서문경은 아직 오지 않았다. 자기가 먼저 나온 것이 좀 쑥스럽긴 했으나, 조용히 한쪽 구석으로 가 자리를 잡고 앉았다.

왕파는 뛰어난 미모와 우아한 몸매로 보아 한눈에 그녀가 이병아임을 알아보았다. 그러나 모르는 척 능청스럽게 물었다.

"차는 무엇으로 드릴까?"

"호두차로 주세요."

호두와 잣을 넣어 끓인 차는 맛이 썩 괜찮았다. 이병아가 음미하듯 홀짝홀짝 차를 마시고 있을 때 서문경이 불쑥 들어섰다. 이병아는 별안간 얼굴이 굳어지며 찻잔을 탁자에 내려놓았다.

"왜 그런 구석 자리에 앉았어?"

서문경은 아직도 이병아가 자기의 여자인 것처럼 불쑥 반말부터 내놓았다. 이병아는 그렇게도 마음을 단단히 먹고 왔는데도, 막상 서문경을 대하니 자기도 모르게 미안하고 두려운 생각이 들었다. 서문경이 왕파를 돌아보며 말했다.

"할멈, 내실을 좀 빌릴까 하는데……."

"예, 그렇게 하시죠. 내 곧 가서 방을 좀 치워 놓겠습니다."

왕파는 어색한 자리를 피하려는 듯 서둘러 안으로 사라졌다. 서문경은 저만큼 떨어져서 의자에 털썩 걸터앉았다. 그리고는 차가운 눈초리로 이병아를 말없이 쏘아보았다.

"미안해요."

이병아는 들릴 듯 말 듯 한 마디 하고는 살짝 고개를 떨구었다.

"뭐, 미안하다고? 사람을 그렇게 망신을 시켜놓고서 미안하다고 하면 끝날 줄 알았어?"

"……."

이병아는 그만 입을 다물어 버렸다. 그 때 내실을 대충 정리한 왕파가 가게로 나왔다.

"이제 들어가서도 돼요."

서문경은 의자에서 벌떡 일어나며 이병아에게 사뭇 명령조로 말했다.

"방으로 가서 얘기하지."

"여기서 얘기해요. 손님도 없잖아요."

"따라오라면 따라와."

서문경은 마치 자기 마누라에게 역정을 내듯 언성을 높이더니, 성큼성큼 걸어와 이병아의 한쪽 팔을 덥석 잡았다. 더 이상 버텨봤자 소용이 없음을 깨달은 이병아는 하는 수 없이 의자에서 일어났다.

내실의 탁자를 사이에 두고 마주앉자, 잠시 무거운 침묵이 흘렀다. 서문경은 한 동안 증오가 가득 서린 시선으로 말없이 노려보더니 냅다 고함을 치듯 말했다.

"사람이 어떻게 그럴 수가 있어? 나하고 굳게 언약까지 해 놓고선 한때 곤경에 빠졌다고 그처럼 싹 돌아서다니, 말이나 돼!"

이병아는 두 눈을 감은 채 꼼짝도 하지 않았다. 그 모습에 더욱 감정이 격해진 서문경은 숨을 한번 크게 몰아쉬고는 다시 지껄이기 시작했다.

"더구나 다른 놈도 아닌 장죽산이란 녀석한테 개가를 했다는 게 더욱 참을 수가 없다고. 그 보잘것없는 가난뱅이 녀석도 결국은 내 사업에 방해가 되는 놈이 아니냔 말이야. 지금이라도 늦지 않았으니, 도로 나한테로 와. 비렁뱅이 놈을 버리고 나한테 돌아오란 말이야."

무슨 말을 해도 참고 견디리라 마음먹었던 이병아는 자기도 모르게 눈을 번쩍 뜨고 말았다. 도저히 듣고 넘길 수가 없었던 것이다.

"안 돼요. 혼례식까지 올리고 정식으로 부부가 됐는데, 어떻게 그럴 수가 있어요?"

"왜 못해? 이혼을 하면 될 거 아냐."

"난 이혼 같은 하지 않아요."

"흥, 좋아. 정 그렇다면 내 방식대로 두 연놈을 갈라놓을 수밖에……"

순간 이병아는 덜컥 두려운 생각이 들었다. 반금련을 자기 것으로 만들기 위해 무대를 독살한 사실을 떠올렸기 때문이었다. 그리고 그와 동시에 불덩이 같은 분노가 치밀어 올랐다.

"그게 무슨 말이에요? 아무리 내가 잘못했다 하더라도 어떻게 그런 소리를 할 수 있어요? 당신은 뭘 그렇게 잘했다고 큰소리냐고요!"

서문경이 순간 당황하자 이병아가 기회를 놓치지 않고 공세를 펼치기 시작했다.

"당신이 곤경에 빠진 건 어쩔 수 없다 하더라도 그 때 당신은 나한테 말 한 마디, 편지 한 통 보내 봤어요? 하도 궁금하고 답답해서 여러 번 집으로 찾아가 보았지만, 문은 모두 굳게 잠겨 있더군요. 그 후로 병을 얻어 몸져누워 생각해 보니, 당신이 그토록 야속할 수가 없었어요."

서문경은 여전히 굳은 얼굴을 풀지 않은 채 잠자코 듣고만 있었다.

"남몰래 얼마나 울었는지 몰라요. 내 팔자가 원래 이러려니 하고 체념도 해 보았지만, 언제나 나만 외톨이가 되고 마는 게 한편으론 분하고 원통했어요. 내가 외로움을 잘 타는 것도 그렇지만, 당신의 무관심에도 책임이 없다고는 할 수 없어요. 흑흑……"

이병아는 울컥 서러운 감정이 북받쳐 흐느끼기 시작했다. 자기의 신세 한탄이 절로 눈물이 되어 흘러내렸던 것이다. 그녀가 우는 동안 서문경은 착잡한 표정으로 말없이 허공을 바라보고 있었다. 그것은 금방이라도 다시 폭발할 활화산 같기도 했고, 어찌 보면 쉽게 사그라질 화롯불 같기도 했다.

이윽고 울음을 그친 이병아가 손수건을 꺼내어 눈물 범벅이 된 얼굴을 닦으며 옷매무새를 고치자, 서문경이 불쑥 물었다.

"그럼 이제 어떻게 했으면 좋겠다는 거야?"

잠시 생각하다가 이병아가 입을 열었다.

"나를 아직도 사랑하는 마음이 있다면 조용히 내 행복을 빌어줄 수는 없겠어요?"

"흥! 말은 잘하는군."

"내가 만약 당신이라면, 마음은 괴롭겠지만 그렇게 하겠어요. 세상에 여자가 얼마나 많아요. 나보다 더 좋은 여자를 얼마든지 찾을 수 있잖아요."

"듣기 싫어. 난 그렇게 못해."

그렇게 말하면서도 서문경의 언성은 한결 부드러워졌다.

"나를 조금이라도 불쌍하게 생각하신다면 제발 잊어 주세요. 예?"

이병아는 애원하듯 말했다.

"뭐하고? 허허허……, 내 말이 안 나와서……."

서문경의 입에서 웃음이 나오자, 이병아는 속으로 이제 됐구나 싶었다. 아무래도 지금 당장은 그의 이해와 용서를 받아내기는 어려울 테니, 그 일은 이쯤에서 끝내는 것이 좋을 듯싶었다. 같은 얘기를 자꾸 되풀이하다 보면 서로 감정만 상할 뿐이었다. 그녀는 슬그머니 말머리를 돌렸다.

"저……, 그리고 한 가지 상의할 일이 있어요."

"뭔데?"

"다름이 아니라……, 패물 상자 말이에요. 어떻게 했으면 좋겠어요?"

"뭐, 패물 상자?"

패물 상자란 말에 서문경의 안색이 대번에 달라졌다.

"어떻게 하긴 뭘 어떻게 해? 도로 달라는 거야, 뭐야?"

"이제 서로 남남이 된 마당이니, 어떻게든 정리를 해야 하지 않겠어요?"

"누구 맘대로 남남이래? 쓸데없는 소리 집어치워."

서문경은 버럭 언성을 높이며 또 억지를 부리기 시작했다. 사태는 다시 원점으로 돌아가 버렸고, 이병아는 가만히 한숨을 쉬며 말문을 닫았다.

"감히 나를 배신하고 돌아선 주제에……, 이제 와서 뻔뻔스럽게 패물 상자를 돌려달라고? 흥, 누구 마음대로! 그리고 그게 네 거야? 네 거냐고?"

"그럼 누구 건데요?"

이병아도 더 이상 가만히 있을 수가 없었다.

"건방진 것! 그 패물 상자는 네 시아버지 것 아냐? 네 두 번째 남자의 아비 말이야. 아무도 모르게 네게 맡긴 걸 시아버지가 죽고 나자 앙큼하게도 네가 가로챈 것이지 뭐야. 네가 네 입으로 한 말도 잊었어?"

아무리 살을 맞대고 사는 부부간이라도 비밀은 있어야 한다는 말은, 바로 이런 경우를 두고 하는 말이었다. 이병아는 뒤통수를 한 대

얻어맞은 듯 아찔한 현기증이 느껴졌다. 그녀는 그만 두 눈을 질끈 감은 채 고개를 떨구고 말았다. 이런 인간을 믿고 패물 상자를 맡겼으니, 입이 열 개라도 할 말이 없었다.

"쳇! 도둑 물건에 임자가 어디 있어? 가지는 놈이 임자지. 정 억울하거든 네 시아버지를 데리고 와. 그러면 내가 돌려주지."

억지도 이만저만이 아니었다. 이미 죽은 시아버지를 데리고 올 수 없을 뿐만 아니라, 설령 데리고 온다고 하더라도 순순히 내줄 서문경이 아니다. 이런 식으로 패물 상자를 꿀꺽 삼키는 것을 보면, 개축 공사를 하다가 중단된 집까지도 자기 것이라고 우길 게 뻔했다. 그야말로 고양이 아가리에다 생선을 물려 준 것이나 다름이 없게 되고 말았다.

이제 더 이상 이 자리에 있을 이유가 없다고 생각한 이병아는 자리를 박차고 일어났다.

"그래요. 패물 상자랑 집이랑 다 가지고, 잘 먹고 잘 살아 봐요."

그녀는 조용하지만 저주에 가득 찬 어조로 찌르듯이 한 마디 내던지고는 후다닥 도망치듯 방문 쪽으로 향했다.

"뭣이 어째?"

냅다 고함을 지르며 벌떡 일어난 서문경은 방문을 열고 나가려는 이병아의 옷깃을 덥석 움켜쥐고는 낚아채듯 사정없이 잡아당겼다. 이병아는 그만 몸의 중심을 잃고 방바닥에 벌렁 나가 떨어졌다. 그 바람에 치마가 홀렁 걷혀 올라가며 두 다리의 맨살이 허옇게 드러났다.

순간 서문경의 눈빛이 야릇하게 빛나는가 싶더니, 이병아가 미처 몸을 일으키기도 전에 그녀를 번쩍 안아들고는 팽개치듯 침상 위에 내려놓았다. 이병아는 서문경의 기분 나쁜 눈초리에 기가 질려 오들오들 떨고만 있을 뿐이었다.

"오냐, 잘 걸려들었다. 지금부터 내가 하라는 대로 해. 만약 앙탈을 부렸다가는 이 방에서 제 발로 못 걸어 나갈 줄 알아."

순간 이병아의 얼굴에서 핏기가 싹 가셨다.

"옷을 벗어!"

"……."

"내 말이 안 들려? 좋아, 그렇다면 내가 벗겨주지."

말이 떨어지기가 무섭게 서문경은 이병아에게로 달려들었다.

"어머, 왜 이래요!"

서문경이 달려들어 옷을 벗기려 하자, 이병아는 날카롭게 쏘아붙이며 기를 쓰고 일어나려고 했다. 그러나 꼼짝을 할 수가 없었다. 서문경이 육중한 몸으로 내리누르며 한쪽 팔로 그녀의 목을 휘감아 불끈 죄었던 것이다.

"이거…… 놓아요! 놓으란 말예요."

이병아가 목구멍이 메는 듯한 신음소리를 토하며 필사적으로 버둥거리는 사이에 서문경은 나머지 한 손으로 그녀의 치마를 걷어 올리고 속옷을 벗기기 시작했다.

"안 돼요. 안 돼!"

이병아가 자지러지듯 발악을 했다.

"살고 싶으면 가만있어!"

서문경이 이병아의 입을 틀어막자 잠시 조용해지는 듯하더니, 이번에는 서문경의 비명소리가 바깥까지 울려 퍼졌다.

"으악! 어이구……!"

이때 왕파는 가게에서 손님들에게 내줄 차를 끓이고 있었다. 내실에서 서문경과 이병아가 무슨 얘기를 하는지 엿듣고 싶었으나, 오늘따라 아직 아침나절인데도 손님이 끊이지 않았다. 그런데 여자의 발악하는 소리가 들리는 듯하더니, 곧이어 남자의 숨넘어가는 듯한 비명 소리가 가게 안에까지 크게 들렸다. 아무래도 서문경에게 무슨 일이 일어난 것 같아 손님에게 찻잔을 놓아주기가 바쁘게 헐레벌떡 내실로 달려갔다.

왕파가 방문을 열려고 하는데, 때마침 문이 벌컥 열리며 이병아가 정신없이 뛰어나왔다. 머리가 엉망으로 헝클어지고 옷매무새가 흐트러진 그녀는 신을 신기가 바쁘게 도망치듯 가게 쪽으로 달려 나갔다.

왕파가 방문을 열고 보니, 아랫도리를 벗은 서문경이 입에 거품을 문 채 방바닥에 뒹굴고 있었다.

"어이구, 으윽……."

왕파는 보기에 좀 민망했으나 얼른 방안으로 들어가 그를 붙잡고 흔들어댔다.

"나리, 왜 그래요? 정신 좀 차려세요, 정신……."

그러나 서문경은 사타구니를 움켜쥔 채 부들부들 떨면서 신음소리만 토해낼 뿐이었다.

'에고 그 망할 년이 불알을 걷어찬 모양이지. 연장을 함부로 놀려대더니 결국 뜨거운 맛을 봤군 그래, 쯧쯧쯧…….'

왕파는 혀를 차면서도 얼른 주방으로 달려가 물을 한 대야 떠 가지고 오더니, 수건을 물에 적셔서 서문경의 이마에 대 주기도 하고, 입에서 삐져나온 거품을 닦아 주기도 했다. 그리고는 방바닥에 아무렇게나 던져진 옷을 집어서 벌거숭이가 된 서문경의 아랫도리를 덮어 주었다.

　잠시 후 정신이 좀 들었는지 물을 청해 마신 서문경은 낮은 신음소리를 한 번 더 내뱉고는 그대로 까무러치듯 잠이 들고 말았다. 참으로 가관이 아닐 수 없었다.

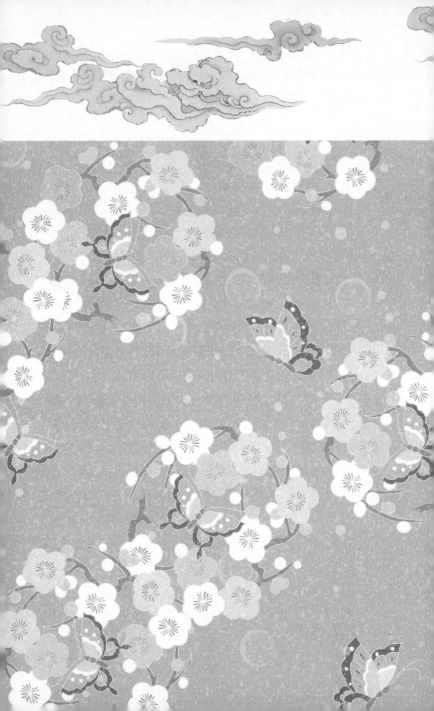

3장

끝없는 악행

◉ 살인청부

점심 때가 한참 지나서야 겨우 집으로 돌아온 서문경은 분노와 모욕감에 치를 떨었다. 난생 처음으로 그런 치욕적인 꼴을 당한 터라, 방문까지 걸어 잠그고는 침상에 쓰러지듯 누워 버렸다. 마음 같아서는 당장 이병아를 찾아가 요절을 내고 싶었지만, 그랬다가는 오히려 자기 얼굴에 먹칠이나 할 뿐이었다.

"지독한 년, 하마터면 큰일 날 뻔했네."

침상에 누워 다리를 쭉 뻗으니, 아직도 불알이 욱신거렸다. 만약 불알이 정말로 망가졌더라면 어떻게 됐을까 생각하니 몸서리가 쳐졌다. 아픈 사타구니를 어루만지며 한참 동안 복수에 대한 생각으로 여념이 없던 서문경은 마침내 무서운 생각을 하기에 이르렀다.

'그래, 그 녀석을 없애버리는 거야……'

장죽산을 없애버리면 꼴 보기 싫은 방해꾼이 제거될 뿐만 아니라 이병아까지 과부로 만드는 것이 되니, 이보다 더 깨끗한 복수가 어디 있겠는가.

마음을 굳힌 서문경은 날이 어둑해지기를 기다렸다가, 주머니에 돈을 넉넉히 넣어가지고 다시 왕파의 찻집을 찾아갔다. 이런 일에는 그 늙은 너구리의 꾀를 빌리는 것이 가장 낫다 싶었던 것이다.

"어험! 할멈, 이리 좀 나와 봐."

서문경이 큰기침을 하며 들어서자, 왕파는 속으로 짐작하는 바가 있었던지 꽤나 당황하는 눈치였다. 이렇게 늦은 시간에 자기를 찾을 이유가 또 무엇이 있겠는가. 더구나 낮에 그런 수모를 당하고서 말이다.

"아니, 이렇게 늦게 또 웬일이십니까? 몸은 좀 괜찮으시고요?"

"아직은 좀 욱신거린다네."

마침 가게에는 손님이 하나도 없었다. 서문경은 왕파를 가까이 오게 해 목소리를 낮추어 말했다.

"아무래도 할멈이 날 좀 도와줘야겠어. 우선 내실로 가서 얘기하자고……."

왕파는 서문경이 무슨 말을 하려는 것인지 뻔히 알면서도 짐짓 모르는 척하고 물었다.

"무슨 말씀이신데요?"

"내실로 가서 얘기하자니까. 가게 문부터 닫고……"

"예, 그럼 그렇게 하죠."

웃으며 대답하기는 했지만 왕파는 썩 좋은 기분이 아니었다. 돈도 좋지만, 그 돈의 대가가 뭐라는 것쯤은 훤히 알고 있기 때문이었다. 가게 문을 닫고, 내실의 탁자 앞에 서문경과 마주 앉은 왕파는 묘한 긴장감에 온몸이 굳어드는 듯했다. 서문경은 돈주머니부터 먼저 꺼내 놓더니, 손에 잡히는 대로 집어 탁자 위에 소리가 나도록 주르르 쏟아놓았다.

"오늘밤 장사를 못하게 됐으니, 이거라도 받아두게."

"어머, 이렇게나 많이……."

왕파는 눈이 휘둥그레졌다. 은화도 몇 닢 섞여 있는 것이 한 달 장사의 이문은 족히 될 것 같았다.

"왜, 모자라는가?"

"아닙니다. 천만의 말씀입니다."

속으로는 꺼림칙하면서도 당장 눈앞에 반짝거리는 돈을 보니 절로 군침이 돌았다. 왕파는 허둥지둥 쓸어 모아 허리춤에 차고 있던 돈주 머니에 넣어 버렸다. 왕파가 돈을 다 간수하고 나자, 서문경은 곧장 본론으로 들어갔다.

"내가 할멈에게 부탁하려는 게 뭔고 하니……."

서문경은 잠시 망설이는 듯하더니, 그동안 이병아와 있었던 모든 일들을 털어 놓았다. 물론 자기에게 유리하도록 새빨간 거짓말까지 섞어서 말이다. 서문경이 이야기를 늘어놓는 동안 왕파는 한 마디도 하지 않고 이따금씩 고개만 끄덕일 뿐이었다.

"그래서 말인데……, 내가 어떻게 하는 게 좋겠어? 할멈은 내 마음 잘 알잖아."

왕파는 한동안 굳게 입을 다문 채 아무 말이 없었다.

"무슨 말이라도 좀 해 봐. 그렇게 작대기에 맞은 조개처럼 입을 다물고 있으니까 답답해 미치겠단 말이야."

그제야 결심이 선 듯 왕파의 주름진 입술이 움직이기 시작했다.

"방법은 딱 한 가지뿐입니다."

"그게 뭔데? 뜸들이지 말고 어서 말해 봐."

"그들 부부 사이를 영원히 갈라놓는 겁니다. 그 여자에 대한 복수라면 그만한 게 없을 테니까요."

서문경은 자기도 모르게 마른 침을 꿀꺽 삼켰다. 과연 늙은 너구리는 서문경의 마음을 정확하게 읽고 있었던 것이다.

"그리고 그들 부부를 갈라놓는 방법으로 가장 좋은 건……, 역시 장죽산을 이 세상에서 깨끗이 없애 버리는 것이고요."

"맞았어! 바로 그거야!"

서문경은 마치 그 대답을 기다렸다는 듯이 탄성을 터뜨렸다. 왕파는 서문경의 반응이 만족스럽다는 듯이 싱긋 한 번 웃어 보이며 말했다.

"문제는 아무도 모르게 감쪽같이 일을 처리하는 건데……, 그 방법은 궁리를 좀 해 봐야겠습니다."

"그런데 말이야……. 죽여 없애더라도 그 시체를 이병아가 볼 수 있게 해 줘야 해. 그 여자는 제 남편의 시체를 보기 전까지는 절대로 단념을 안 할 테니까……."

서문경의 말에는 왕파도 동감했다. 아침나절의 일을 생각하면, 충분히 그러고도 남을 여자였다.

그 때, 갑자기 바깥에 누군가 가게 문을 거칠게 두들겨댔다.

"할멈! 문 열어, 문! 가게 문은 왜 닫고 난리야!"

그러자 왕파는 못마땅한 듯 콧잔등에 주름을 잡으며 투덜댔다.

"천하의 망나니 녀석들! 문이 닫혔으면 그냥 돌아갈 일이지……."

"누군데?"

"노화魯華하고 장승張勝이지 누구겠어요."

서문경은 잠시 생각하는 듯하더니, 눈에 묘한 빛을 띠며 말했다.

"가서 문을 열어줘. 이 일의 적임자를 찾은 것 같으니까."

노화와 장승은 청하현에서 모를 사람이 없을 정도로 이름난 날건달이었다. 노화는 풀숲 속의 뱀이라는 뜻의 '초리사草裏蛇'라는 별명을 가지고 있었고, 장승은 거리를 쏘다니는 쥐 같다고 해서 '과가서過

街鼠'라고 불렸다.

두 사내는 항상 단짝이 되어 기방이나 술집을 기웃거리며 흥정을 붙여 구전을 챙기기도 하고, 시비가 벌어지면 대신 맡아서 해결해 주는가 하면, 시장거리를 어슬렁거리면서 곧잘 주먹을 휘두르기도 하고, 때로는 남의 물건을 슬쩍하기도 했다. 그러면서도 관가에 붙잡혀 가면 얼마 안 있어 풀려나오곤 했는데, 그것은 그들이 관원의 끄나풀 노릇도 하고 있기 때문이었다.

이윽고 왕파의 안내를 받으며 안방으로 들어선 두 사내는, 서문경이 앉아 있는 것을 보고는 깜짝 놀라 허리를 굽실거렸다. 서문경이 이들 날건달을 모를 리 없고, 그들 또한 청하현 제일의 갑부인 서문경을 하늘처럼 우러러보고 있던 터였다.

"아이고, 대관인 나리가 아니십니까? 이렇게 뵙게 되다니 영광입니다."

"잘 왔네. 이리들 와서 앉게나."

서문경이 자못 여유 있는 미소를 지어 보이며 말했다. 노화와 장승이 탁자 쪽으로 다가와서 앉자, 서문경은 왕파에게 술을 가져오라고 시켰다. 얼마 후 술과 안주가 나오자, 노화가 술병을 들고 공손하게 서문경의 잔에 술을 따랐다. 단숨에 술잔을 비운 서문경이 이번에는 노화와 장승에게 차례로 술을 따라 주더니 왕파에게도 술잔을 권하며 말했다.

"자, 할멈도 이리 와서 한잔하지."

"늙은 할망구가 술자리에 끼면 오히려 술맛이 떨어질 텐데요."

"그래도 여자가 치는 술맛이 한결 낫지. 하하하……."

서문경은 유쾌하게 웃었다. 노화와 장승은 주는 대로 술을 받아 마시면서도, 무슨 영문인지 몰라서 서로 눈치만 살피고 있었다. 그것을 알아차린 듯 서문경이 술잔을 놓고 천천히 입을 열었다.

"내가 자네들을 불러들인 건……, 한 가지 부탁이 있어서야."

"예, 말씀만 하십시오. 나리의 분부신데 무슨 일인들 못 하겠습니까?"

"좀 어려운 부탁인데……."

서문경은 얼른 입이 떨어지지 않는다는 듯 술잔을 들어 천천히 비웠다.

"어려운 일일수록 더 좋습니다. 그래야 수고비도 더 두둑할 게 아닙니까."

"그야 당연하지. 일만 잘 해내면 듬뿍 챙겨주겠네. 무슨 일인가 하면 말이야……. 어떤 놈 하나가 내 얼굴에 먹칠을 했는데, 도저히 그냥 두고 볼 수가 없거든."

"그놈이 누군데요?"

노화가 자기가 무슨 일이라도 당한 것처럼 분해하면서 물었다.

"장죽산이란 놈이야."

"아, 더 말씀 안 하셔도 알겠습니다."

노화의 말을 받아 장승이 서슴없이 지껄였다.

"소문은 저희도 들었습니다. 그놈이 정말 간덩이가 부었지, 어디 여자가 없어서 나리께서 좋아하시는 여자를 낚아채 제 마누라고 삼다니……."

매일같이 저자거리를 헤집고 다니는 게 일인 녀석들인지라 이미 소문을 들어서 그 내막을 훤히 알고 있던 터였다.

"그럼, 내가 더 얘기하지 않아도 잘 알겠군."

"그놈의 다리를 하나 분질러 놓을까요?"

노화가 재빨리 선수를 치듯 물었다.

"그것도 좋겠지만 다리 하나가 병신이 됐다고 해서 의생 노릇을 못 하는 건 아니잖아. 이참에 아예 의생 노릇도 못하게 만들어 버리는 게 좋겠어."

그 말이 무엇을 뜻하는 것인지 제대로 헤아리지 못한 장승이 자못 호기롭게 말했다.

"그럼 두 팔도 분질러 놓으면 되겠군요. 그러면 침도 못 놓고 약도 못 지을 게 아니겠습니까?"

"허허허……, 그렇게 되면 물론 의생 노릇은 못하게 되겠지만 사내 구실은 얼마든지 할 수 있을 게 아닌가. 난 그게 더 싫은데……."

그러자 이번에는 노화가 야릇한 웃음을 흘리며 말했다.

"그러시다면 그놈의 물건도 잡아 뽑아 버리죠, 뭐."

"물건을? 허허허……, 그런데 그게 뽑히기나 할까?"

"글쎄요, 아직 남의 물건을 뽑아 본 일이 없어서……. 까짓것, 확 잡아당기는데 안 뽑히고 배기겠어요?"

그 말에 왕파가 웃음을 참지 못하고 키득키득 거리자, 좌중에 한바탕 웃음이 터졌다. 이윽고 웃음이 가라앉자, 서문경이 크게 헛기침을 한 번 하고는 입을 열었다.

"내가 자네들에게 바라는 것은 그놈을 병신으로 만들어 달라는 게 아니라……, 아예 깨끗이 없애달라는 거야."

서문경의 말이 떨어지자, 노화와 장승은 마치 약속이나 한 듯 두 눈을 크게 뜨고 서로를 마주보았다. 꽤나 당황했는지 눈에 띄게 표정이 굳어졌다. 설마 그렇게까지 하리라고는 생각지 못했던 것이다.

　"왜? 겁나는가?"

　"겁나긴요, 문제없습니다."

　장승이 제 가슴을 펴 보이며 대답했다. 하지만 노화는 쉽게 입을 열지 못했다. 그 모습을 본 서문경이 못마땅한 듯이 물었다.

　"자넨 두려운 모양이지?"

　"까짓것 그딴 놈 하나 없애버리는 건 일도 아니지만, 탄로라도 나면 어떻게 하죠?"

　"그러니까 더욱 감쪽같이 해치워야지. 그래서 이렇게 할멈의 지혜를 빌리려고 한자리에 모여 앉은 것 아닌가."

　노화와 장승은 거의 동시에 왕파를 흘끗 쳐다보았다. 벌써 서문경과 왕파 사이엔 이야기가 다 끝났다는 걸 깨닫자, 조금은 놀랐다는 듯이 고개를 끄덕였다. 잠시 후 신중한 노화가 조심스럽게 입을 열었다.

　"나리, 일을 시작하기 전에 먼저 수고비를 결정해 놓는 게 좋지 않겠습니까? 다른 일이라면 몰라도 워낙 엄청난 일이라……."

　"좋아, 미리 값을 정해놓는 것도 나쁘진 않겠지. 그래, 얼마면 되겠는가. 먼저 말을 해 보게."

　그러자 노화가 장승 사이에 눈빛이 몇 번 오고가더니, 노화가 어렵게 말을 꺼냈다.

　"백 냥만 주십시오."

　"좋아. 그렇게 하지."

서문경은 선선히 대답했다. 이삼백 냥은 달라고 할 줄 알았는데, 시중의 잡배들은 역시 어쩔 수가 없구나 싶었던 것이다. 그러자 지금까지 말 한 마디 없이 듣고만 있던 왕파가 끼어들었다.

　"나리, 그 백 냥 속에 제 몫도 포함되는 건가요?"

　"할멈 몫은 내 따로 챙겨 줄 테니 염려 말라고."

　"예, 예, 알겠습니다."

　왕파는 머리까지 조아리고는 조금 쑥스러운 듯 고개를 돌렸다. 잠시 한심하다는 듯 왕파를 보던 서문경은 이윽고 고개를 돌려 노화와 장승을 번갈아보며 말했다.

　"대신 나도 한 가지 조건이 있네."

　"말씀하십시오."

　"절대로 탄로가 나지 않도록 하되, 만약 탄로가 나더라도 내가 시켜서 했다는 말은 결코 입 밖에 내서는 안 되네."

　"예, 염려 놓으십시오. 절대로 나리께 폐가 가는 일은 없을 것입니다. 그래야 만약 일이 잘못되더라도 나리께서 저희들의 뒤를 봐주실 수 있지 않겠습니까."

　"암, 여부가 있겠나. 그리고 말이야, 장죽산의 시체는 이병아가 꼭 볼 수 있도록 해야 하네. 아무도 모르게 없애버려서는 안 된다는 말일세. 그래야 이병아가 남편이 죽은 걸 알고 단념할 테니……. 그렇지 않으면 자기 남편이 혹시라도 살아 있지 않을까 하고 언제까지나 기다릴 여자거든."

　"예, 알겠습니다."

　노화가 무슨 뜻인지 알겠다는 듯 고개를 끄덕이자, 장승도 따라 끄덕였다.

"자, 그럼 어떤 방법이 가장 좋을지 한번 생각해 보기로 할까."

하지만 아무도 얼른 입을 떼는 사람이 없었다. 모두들 가장 완벽한 방법을 찾느라 꽤나 진지한 표정들이었다. 얼마 후 노화가 입을 열었다.

"나리, 지금 당장 방법까지 결정한다는 건 무리인 것 같습니다. 우리 세 사람이 머리를 짜내어 가장 안전하고 확실한 방법으로 일을 처리할 것이니, 나리께서는 모르는 체하고 계십시오. 그게 나리를 위해서도 좋을 것 같습니다."

"그게 좋겠군. 그렇게 하지."

서문경은 연신 고개를 끄덕이며 노화의 마음 씀씀이에 만족스러워했다.

"자, 그럼 오늘 밤엔 술이나 마시자고."

서문경이 먼저 술잔을 치켜들자, 다른 세 사람도 모두 잔을 들어 올렸다. 그렇게 왕파의 안방에서는 때 아닌 술판이 무르익어 가고 있었다.

그로부터 며칠이 지난 어느 날 오후였다. 웬 젊은 여자가 다급하게 장죽산의 의원을 찾아왔다.

"의원님, 제 남편이 다 죽게 생겼습니다. 제발 저희 집까지 왕진을 좀 가 주세요."

한동안 환자가 없던 터라 장죽산은 반색을 하며 물었다.

"집이 어디입니까?"

"강하촌岡下村입니다. 성밖이기는 하지만 별로 멀지는 않습니다."

"강하촌이라? 처음 들어 보는 곳인데……."

"경양강景陽岡 기슭에 있는 마을입니다."

"그래요? 그럼 꽤 먼 곳인데요."

"의원님, 부탁드립니다. 지금 제 남편이 사경을 헤매고 있어요. 꼭 좀 살려주세요. 사례는 넉넉히 해 드리겠습니다."

"좋습니다. 여기서 잠시만 기다리시오."

장죽산은 왕진 떠날 채비를 하고 안방으로 가 아내에게 말했다.

"나 왕진 좀 다녀오리다."

"예, 어디로 가는데요?"

이병아가 나긋한 시선으로 바라보며 물었다.

"강하촌이라고……, 경양강 기슭에 있다는데, 좀 늦을지도 모르겠소."

"조심해서 다녀오세요."

장죽산은 나귀를 끌어내어 올라타고 건들건들 여자의 뒤를 따라갔다. 멀리 경양강 산등성이 위로 구름이 한가로이 떠가고 있었고 산은 이제 단풍이 한창이었다.

한참을 가다 보니 들길이 끝나고 산기슭으로 접어드는데, 오솔길이 두 갈래로 갈라져 있었다. 한쪽은 사람의 통행이 잦은 듯 꽤 넓은 길이었지만, 다른 쪽은 사람 하나가 겨우 다닐 수 있는 좁은 길이었다. 앞장선 여자는 서슴없이 좁은 길로 들어섰다.

"이 길로 가야 빨라요. 지름길이거든요."

장죽산은 내키진 않았지만 나귀의 고삐를 당겨 그 뒤를 따라갔다. 간간히 불어오는 바람에 낙엽이 나부껴 떨어질 뿐, 숲속은 적막하기

이를 데 없었다. 게다가 길은 갈수록 더욱 좁아지고 덤불이 우거져 앞으로 나아가는 것도 힘들 지경이었다.

"여보시오, 혹시 길을 잘못 든 거 아니오?"

"이제 거의 다 왔어요. 조금만 더 가면 돼요."

여자가 흘끗 그를 돌아보고는 묘한 웃음을 흘리며 말했다. 장죽산은 슬슬 짜증이 나기 시작했지만 꾹꾹 눌러 참았다. 조금 더 가자 낡은 비각碑閣이 하나 나타났다. 아낙네의 뒤를 따라 무심코 비각 앞을 지나려 하는데, 웬 사내 둘이 비각 안에서 뛰쳐나왔다.

"허허, 의원님의 나귀 행차시군. 어서 오시오. 한참 기다렸소이다."

"아니, 당신들은 대체 누구요?"

장죽산이 깜짝 놀라 물었다.

"그건 알 필요 없고, 어서 나귀에서 내리기나 해."

둘 중에 털벙거지를 눈 위에까지 푹 눌러쓴 사내가 말했다. 장죽산은 의아하다는 듯이 여자를 돌아보며 물었다.

"아니, 여기가 강하촌이란 말이오?"

"예, 이제 다 왔어요. 호호호……."

그제야 장죽산은 속았다는 생각과 함께 불길한 예감으로 가슴이 철렁했다.

"이봐, 내리라면 어서 내릴 것이지, 웬 잔소리가 그리 많아! 빨리 내리지 못해!"

이번에는 수건으로 얼굴을 감싸고 눈만 빠끔히 드러낸 사내가 벌컥 화를 내며 다그쳤다. 장죽산은 부들부들 떨며 나귀에서 내렸다.

"장죽산 선생, 날 알아보시겠소? 똑바로 한번 보시오."

털벙거지를 쓴 사내가 다가와 빈정거리는 투로 말했다. 장죽산은 겁을 잔뜩 집어먹은 표정으로 털벙거지를 쓴 사내를 바라보았지만 전혀 누군지 알 수가 없었다.

"나요, 노화. 이렇게 사람이 깜깜해서야⋯⋯."

노화가 털벙거지를 천천히 벗겨내며 배시시 웃어보이자, 장죽산은 깜짝 놀라 뒷걸음질을 쳤다. 청하현에서는 모르는 이가 없는 날건달 노화가 아닌가. 그제야 옆에 서 있던 장승도 동였던 수건을 풀며 천천히 다가왔다.

"형님을 알아봤으면, 나도 알아보겠지?"

"아니, 이게 도대체 어떻게 된 영문입니까? 두 분께서 이곳엔 웬일로⋯⋯?"

장죽산은 떨리는 목소리로 공손히 말하며 허리까지 숙여 보였다. 하지만 노화는 여전히 빈정거리더니 차츰 언성을 높였다.

"허허, 이 양반, 정말 꽉 막힌 사람이네. 야, 이놈아! 네가 근래에 무얼 잘못했는지 가만히 생각해 보란 말이다."

노화가 냅다 고함을 지르자, 비각 안에서 난데없이 개가 짖는 소리가 울려 퍼졌다. 그 짖는 소리가 굵고 사나운 것으로 보아 송아지만한 사냥개가 분명했다. 장죽산은 눈이 휘둥그레지며 얼굴빛이 사색이 되었다. 개 짖는 소리가 얼마나 우렁찼던지 나귀도 허둥거리며 발버둥을 쳤다. 장승은 재빨리 나귀의 고삐를 잡아 비각 옆에 있는 커다란 소나무에 매어 놓았다.

"무슨 말씀인지 잘 알겠습니다. 하지만 제 잘못이 아니라, 이병아가 제 발로 걸어 들어온 것을 어떡하겠습니까. 그러니 제발 목숨만은 살려 주십시오."

그 말을 가만히 듣고 있던 여자가 냅다 장죽산을 쏘아붙였다.

"야, 이놈아, 명색이 사내라는 놈이 계집을 팔아서 목숨을 구걸해? 그렇게 이병아에게 다 떠넘긴다고 해서 네놈이 살아날 수 있을 것 같으냐? 여보, 이런 놈의 말은 더 들어봐서 뭐해요. 어서 해치우고 돌아가자고요."

여자가 노화에게 '여보'라고 부르는 걸 보니, 아마도 그의 마누라인 듯했다.

"그럴까……. 이놈아, 마지막으로 한 마디 하겠는데, 우리는 네게 아무런 감정도 없다. 그러니 원망을 하려거든 서문경이나 원망하거라."

노화의 말에 장죽산은 얼굴이 새하얗게 질리며 온몸을 사시나무 떨듯 떨었다. 그는 땅에 무릎을 꿇고 두 손을 비비며 애원했다.

"아이고, 제발 살려주십시오. 목숨만 살려주신다면 그 은혜는 절대 잊지 않겠습니다."

"닥치고 빨리 일어나! 네놈을 살려주었다간 우리가 죽게 될 판이라고."

장승이 성큼성큼 다가와 장죽산의 머리끄덩이를 잡아 일으키더니 비각 쪽으로 질질 끌고 갔다.

"제발 한 번만 살려주십시오. 사람 살려! 사람 살려!"

장죽산이 비명을 질러대자, 비각 안의 개 짖는 소리가 더욱 커졌다. 노화는 허리춤에 차고 있던 수건을 풀어 장죽산의 입에 재갈을 물리듯 질끈 동여맸다. 비명도 못 지르게 된 장죽산은 두 눈알이 튀어나오도록 끌려가지 않으려고 발버둥을 쳤다. 하지만 노화까지 달려들어 두 사람이 우악스럽게 끌어대는 데엔 당할 도리가 없었다.

두 사람은 사나운 개가 으르렁대고 있는 비각 안으로 장죽산을 거칠게 끌고 들어갔다. 그리고 노화가 장죽산의 아랫배를 발길로 내질러 힘을 못 쓰게 하는 사이, 장승은 비각 안에 매어두었던 개를 풀어주었다. 덩치가 산만한 개는 당장에라도 장죽산을 물어뜯을 기세로 길길이 날뛰며 짖어댔다.

"물어! 이놈을 물어뜯어!"

장승이 개에게 소리치자, 개는 눈 깜짝할 사이에 장죽산을 덮쳤다. 그 사이에 두 사람은 비각에서 나와 밖에서 빗장을 걸어 버렸다.

"으악! 사람 살려……."

입을 틀어막았던 수건을 풀어 버린 모양인지 장죽산의 처절한 비명 소리가 터져 나왔다. 개가 마구 물어뜯으며 으르렁거리는 소리와 필사적으로 저항하며 내지르는 장죽산의 비명 소리가 한데 뒤섞여 비각이 터져나갈 듯했다.

노화와 장승은 아직도 살기를 머금은 눈빛으로 싸늘한 미소를 지으며 비각을 지켜보고 있었다. 하지만 여자는 두 귀를 막은 채 창백해진 얼굴로 땅바닥에 주저앉아 있었다. 막상 사람이 죽어가며 내지르는 처절한 단말마를 듣고 보니, 저도 모르게 온몸이 떨려 왔던 것이다.

얼마 후 장죽산의 비명 소리도 멎고, 개의 으르렁거리는 소리도 잦아들었다. 어디선가 산새 소리가 한가하게 들려왔다.

"다 끝난 모양이군."

노화가 중얼거리듯 말했다. 노화와 장승이 비각 안으로 들어가 보니, 장죽산은 갈기갈기 뜯기고 찢겨져 선혈이 낭자한 시체로 변해 있었다. 차마 눈뜨고 볼 수 없는 처참한 광경이었다. 구석에서 제 몸에 묻은 피를 핥고 있던 개는, 장승을 보자 마치 칭찬이라도 바라듯 꼬리를 흔들어댔다.

그들은 시체를 나귀의 등에 싣고 숲속 오솔길을 되돌아 내려갔다. 노화가 나귀를 몰았고, 장승은 개를 끌고 뒤를 따랐다. 이윽고 진짜 강하촌으로 가는 갈림길에 이르자, 둘은 시체를 길 위에 내려놓고 데굴데굴 굴렸다. 피가 길바닥에 묻게 하기 위해서였다. 그렇게 나귀를 놓아 주고 난 다음, 세 사람은 발걸음을 돌려 산 속으로 몸을 숨겼다.

이렇게 해서 장죽산은 나귀를 타고 강하촌으로 왕진을 나갔다가 숲속 오솔길에서 호랑이를 만나 물려 죽은 것이 되고 말았다. 누가 보아도 그렇게 생각하도록 일을 꾸몄던 것이다.

한편, 이병아는 날이 저물도록 남편이 돌아오지 않자 슬그머니 걱정이 되었다. 좀 늦을지도 모른다고는 했지만, 늦어도 너무 늦었다. 밤이 깊어지자 불안감은 더욱 더 커져 가슴을 짓누르기 시작했다. 누워도 잠은 오지 않고 입이 바싹바싹 말랐다.

그날 밤을 뜬눈으로 꼬박 새운 이병아는 아침밥을 지어 놓은 채 장죽산이 오기만을 기다리며 멍하니 앉아 있었다. 그 때 이웃집 여자가 찾아왔다.

"새댁, 혹시 그 소문 들었어요?"

"무슨 소문이요?"

"경양강에 또 호랑이가 나타나서 사람을 물어죽였대요."

"그래요? 경양강의 호랑이는 무송이란 장사가 때려죽였다고 들었는데…….”

“새끼 호랑이인지도 모르죠. 지금 난리도 아니에요. 시장에 찬거리를 사러 나갔는데 다들 그 호랑이 얘기뿐이더라고요.”

이웃집 여자는 이병아의 눈치를 살피는 듯 망설이다가 조심스럽게 물었다.

“의원님은 댁에 계시나요?”

“아니요, 왕진 가셨는데요.”

“어디로 가셨는지 아세요?”

“뭐라더라, 마을 이름이……., 듣긴 들었는데 얼른 생각이 안 나네요.”

“혹시 강하촌이라고 하시지 않았어요?”

“맞아요. 강하촌이라고 했어요.”

“아이고, 이를 어쩌나…….”

이웃집 여자는 안색이 변하더니 얼른 말을 잇지 못했다.

“왜 그러세요? 무슨 일인지 똑바로 말해 주세요.”

“확실하진 않지만 시장 사람들이 그러는데, 호랑이에게 물려죽은 사람이…….”

“아니, 그럼 우리 집 양반이란 말이에요?”

“그런 것 같다는 소문이…….”

“에구머니, 이게 웬 일이야. 아이고, 아이고…….”

이병아는 어찌할 바를 몰라 덜덜 떨기만 했다. 입장이 난처해진 이웃집 여자가 슬그머니 돌아가자, 곁에서 듣고 있던 수춘이 말했다.

“마님, 제가 시장에 한번 가보고 올까요?”

"아니, 내가 직접 가 봐야겠다. 도대체 왜 이런 일이……."

이병아는 옷도 갈아입지 않은 채 허둥지둥 집을 나섰다.

시장거리에 그런 소문을 퍼뜨린 것은 노화와 장승이었다. 장죽산을 감쪽같이 해치운 후, 사람들의 눈을 피하기 위해 뿔뿔이 흩어졌던 그들은 곧바로 시장거리로 나가 소문을 퍼뜨렸다. 뒤이어 노화는 검시관 하구를 찾아가 그 소문을 전해 주었다. 호랑이에게 물려 사람이 죽었다면 검시관이 시체의 신원을 확인하고 정해진 법에 따라 처리를 해야 하기 때문이었다. 노화의 속셈은, 장죽산의 시체가 그의 집으로 운반되어 이병아가 직접 확인하도록 하는 것이었다.

시장거리에 나가 소문을 확인하고 돌아온 이병아는 곧장 방 안에 틀어박혀 자신의 기구한 운명을 한탄하며 서럽게 울어댔다. 화자허가 죽었을 때도 이렇게 암담하진 않았다. 맨바닥에 퍼질러 앉아 방바닥을 쳐대며 대성통곡을 하는 그녀의 입에선 끊임없이 하늘에 대한 원망의 소리가 터져 나왔다.

하구를 비롯한 몇몇 관원과 인부들이 장죽산의 시체를 말 등에 싣고 그녀의 집으로 온 것은 날이 저문 후였다. 이병아는 이제 울음도 안 나오는 듯 넋이 나간 얼굴로 마당에 내려놓은 시체 곁으로 다가갔다. 관원이 횃불을 밝혀 들고 있는 가운데 하구가 이병아에게 물었다.

"확인해 보시오. 당신 남편이 맞소?"

말없이 시체를 덮어놓은 거적을 들쳐본 이병아는 자기도 모르게 비명을 질렀다.

"으악!"

틀림없는 장죽산의 시체였다. 너무도 처참한 광경에 그녀는 몸서리를 치면서 잠시 비틀거리더니 그대로 주저앉아 기절하고 말았다. 몰려든 구경꾼들 사이로 노화와 장승이 천연덕스런 얼굴로 이 모든 것을 지켜보고 있었다. 한편 서문경도 소문을 통해 장죽산의 죽음을 알고 있었다. 그런데 장죽산이 왕진을 갔다가 호랑이에게 물려죽었다니, 실제로 그렇게 된 것인지 아니면 노화와 장승의 짓인지 알 수가 없었다. 궁금해 하고 있던 차에 마침 그들이 찾아왔다. 두 사람에게 자세한 얘기를 듣고 난 서문경은 그제야 고개를 끄덕였다.

"그것 참 감쪽같이 잘 해치웠군 그래. 대단들 하이……."

유쾌하게 웃던 서문경은 문득 음성을 낮추고 물었다.

"그런데 누가 이런 기막힌 일을 해냈지?"

"물론 저희 둘이 생각해냈죠."

장승이 의기양양하게 대답했다.

"그렇다면 이번 일에 왕파는 뒷짐만 지고 있었단 말인가?"

"그렇지는 않습니다. 사냥개가 물어죽이도록 한 것과 처치 장소로 비각을 생각해 낸 사람은 왕파였습니다. 호랑이가 물어죽인 것처럼 꾸미라면서요."

노화가 정직하게 대답했다.

"역시 그 늙은 너구리의 잔꾀 하나는 알아줘야 한다니까. 이 일에 호랑이까지 꾀어 들이다니……, 하하하!"

서문경은 몇 번이고 고개를 끄덕이며 감탄해 마지않았다. 그리고 약속한 대로 두 사람에게 백 냥을 건네주고는, 곧 술상을 내오게 해 성공을 자축하며 두 사람의 노고를 치하해 주었다.

● 기구한 운명

장죽산의 장례를 치르고 나서도 여러 날이 지났건만, 이병아는 크나큰 슬픔과 실의에 빠져 헤어나질 못했다. 이제야 지아비다운 지아비를 만났나 했는데, 불과 몇 달도 안 되어 또 다시 사별하고 말았으니, 어쩌면 팔자가 이리도 기구할까 싶어 눈물로 하루하루를 보냈다.

어느덧 가을도 다 지나가고 아침저녁으로 쌀쌀해지는가 싶더니, 어느 날 오후 바람결에 희끗희끗 첫눈이 묻어 내리기 시작했다. 멍하니 창밖으로 나부끼는 첫눈을 바라보는 이병아의 얼굴은 더욱 어두워졌다.

"이 긴긴 겨울을 또 어떻게 살아가나……."

그녀는 나직이 중얼거리고는 길게 한숨을 내뱉었다. 이제 수춘과 달랑 두 식구뿐이긴 하지만, 뭘 먹고 어떻게 겨울을 날까 생각하면 암담하다 못해 한심하기까지 했다. 그리고 그럴수록 그녀의 머릿속을 떠나지 않는 것이 있었으니, 바로 패물 상자였다. 그 패물 상자만 있다면 무엇이 걱정이겠는가. 경솔히 서문경에게 패물 상자를 맡긴 게 후회막급이었다.

이럴 줄 알았다면 왕파네 찻집 안방에서 서문경이 달려들었을 때 못 이기는 척 넘어가 줄 걸 하는 생각까지 들었다. 이제 무슨 염치로 그를 만날 수 있겠는가. 하지만 수중에 남아있는 돈마저 다 떨어지고 나면 도리 없이 그를 만나 사정을 하는 길밖에 없음을 잘 알고 있었다. 추운 겨울에 냉방에 앉아 굶어 죽을 수도 없는 노릇 아닌가.

"마님, 마님 계세요?"

그 때 바깥에서 부르는 소리가 들렸다. 사람의 발걸음이 뚝 끊어진 지도 오래된 집에 누가 찾아왔나 하고, 이병아는 얼른 방문을 열고 나가 보았다. 뜻밖에도 대안이었다.

"마님, 그 동안 안녕하셨어요?"

이병아는 순간 자기도 모르게 가슴이 두근거렸다. 혹시 서문경이 심부름이라도 보낸 게 아닌가 싶었던 것이다.

"아니, 대안이 웬일이야? 추운데 어서 들어와."

창가에 놓인 탁자를 사이에 두고 이병아와 마주 앉은 대안은 방안을 두리번거리며 물었다.

"혼자서 고생이 많으시죠?"

"아직은 괜찮다만, 앞으로 살아갈 일이 걱정이지. 외롭기도 하고……."

"죄송해요. 진작 찾아뵈려고 했는데……."

"아니다. 이렇게 찾아와 준 것만 해도 어딘데……."

이병아는 대안의 말이 고맙고 대견해서 저도 모르게 눈물이 핑 돌았다. 그녀는 애써 미소를 지어 보이며 말했다.

"이런, 손님이 왔는데 차라도 한 잔 대접해야지."

잠시 후 이병아는 손수 차를 끓여 가지고 와서 대안에게 권했다. 대안은 한동안 차만 홀짝거리더니, 문득 생각났다는 듯이 물었다.

"이제 어떻게 하실 작정이세요?"

"어떻게 하다니?"

"개가를 하실 건지, 아니면 혼자 사실 생각이신지……."

"호호호, 대안이가 그걸 왜 묻지?"

"그냥…… 궁금해서요."

"글쎄, 아직 그런 건 생각해 보지 않았는데."

그러자 대안은 찻잔에 남아 있는 차를 다 비운 다음, 눈을 반짝이며 물었다.

"마님께서는 저희 주인어른을 어떻게 생각하고 계세요?"

이병아는 가만히 대안의 표정을 살펴보았다. 질문의 의도가 아무래도 예사롭지 않게 느껴졌기 때문이었다. 그녀는 잠시 망설이다가 입을 열었다.

"다 지나간 일인데 뭐……, 후회를 한들 무슨 소용이 있겠어. 그나저나 왜 그런 것까지 물어 보는 거야? 아무래도 이상한데."

대안은 얼굴에 가득히 웃음을 지으며 대답했다.

"사실은……, 저희 주인어른께서 한번 가 보라고 해서 왔어요. 마님이 어떻게 지내시는지 한번 보고 오라고 하시더라고요."

"뭐라고? 그게 정말이야?"

사실이었다. 대안에게 말고삐를 맡긴 채 계저의 집을 찾던 서문경은 때마침 내리는 첫눈을 보고는 문득 이병아를 떠올렸던 것이다. 약간은 감성적인 기분에 젖은 그는, 대안에게 이병아를 한번 만나보고 오게 했던 것이다. 어떻게 사는지, 앞으로 어떻게 살 것인지, 자신에 대해선 어떻게 생각하고 있는지 넌지시 떠보라고 말이다.

이병아의 눈매에 기뻐하는 빛이 반짝 떠올랐다. 지금까지 그녀는 지푸라기라도 붙잡고 싶은 절박한 심정이었다. 그런데 서문경이 아직도 자기를 잊지 않고 있구나 하고 생각하니, 한 가닥 희망과 함께 그에 대한 그리움이 왈칵 치밀어 오르는 것이었다.

"대안아, 그이한테 가거든 내가 몹시 후회를 하고 있더라고 꼭 좀 전해 줘. 그리고……, 그리고 말이야, 겨울은 닥쳤는데 앞으로 어떻게 살아갈지 걱정을 많이 하고 있더라는 말도 잊지 말고……."

"예, 그렇게 하죠."

"정말 고마워. 그럼 대안이만 믿고 있을 테니까, 어떻게든 그이를 한 번 만날 수 있도록 해 줘. 내 그 은혜는 평생 잊지 않을게."

이병아는 눈물까지 글썽이며 대안의 두 손을 잡고 애원하듯 말했다.

"예, 알았어요. 염려 마세요."

이병아의 집을 나선 대안은 곧바로 서문경이 있는 계저의 기방으로 갔다. 그리고는 주연이 끝날 때까지 기다렸다가 술에 취한 서문경을 말에 태워 집으로 향했다. 그런데 서문경은 대안을 이병아의 집에 보냈던 일을 까맣게 잊었는지 아무 말이 없었다. 기다리다 못한 대안이 먼저 입을 열었다.

"나리, 이병아 마님께 가 봤더니 생활이 말이 아니던데요."

"뭐, 어디를 갔다 왔다고?"

"이병아 마님께 가 보라고 하셨잖아요."

"그래……, 그랬었지. 가 봤더니 뭐가 어떻다고?"

"겨울은 닥쳐왔는데 살아갈 일이 막막한 것 같더라고요. 저를 붙들고 서럽게 울기까지 하셨어요."

"서럽게 울어? 누가?"

"이병아 마님이 말이에요."

"그 여자가 너를 붙들고 서럽게 울더란 말이지?"

"예."

"하하하……. 흥, 그래도 싸지. 그게 바로 인과응보라는 거야."

뭐가 그리 우스운지 서문경은 코를 쳐들고 한참 동안 껄껄거리고 나서 물었다.

"그런데 왜 너를 붙들고 울지?"

"후회도 되고, 살아갈 일도 막막하니까 울겠죠."

"그렇다면 나를 붙들고 울어야지, 너를 붙들고 울면 뭐가 나오나. 안 그래? 하하하……."

"그렇지 않아도 나리를 한번 만났으면 하시던데요."

"참 염치도 없는 여자로군. 나를 만나서 뭘 어떡하겠다는 건지……."

서문경은 혼자 중얼거리듯 말했다.

어느덧 집에 도착해, 무언가 대답을 기다리고 있던 대안이 머쓱한 표정으로 서 있으려니, 서문경이 퉁명스럽게 내뱉었다.

"이제 됐으니, 가서 쉬어."

자기 방으로 돌아온 대안은 썩 기분이 좋지 않았다. 가서 은밀히 알아보라고 해 놓고선 이제 와서 별안간 차갑게 나오니, 그 속마음을 알수가 없었던 것이다.

알 수가 없기로는 서문경도 마찬가지였다. 그녀의 배신을 생각하면 이가 갈리면서도 문득문득 그리움이 치솟는 것은 무슨 까닭인지알 수가 없었다.

그날 밤 서문경은 제대로 잠을 이룰 수가 없었다. 갖가지 생각들이 그의 머릿속을 어지럽게 만들었다. 그깟 여자 하나 때문에 이렇게 밤

잠을 설쳐 보기는 처음이었다. 이리저리 뒤척이다 보니 어느덧 희뿌 옇게 창문이 밝아왔다.

한편, 이병아 역시 앞으로의 일을 생각하느라 긴 겨울밤을 꼬박 새 웠다. 대안에게 부탁하긴 했지만, 아무래도 자기가 직접 나서는 게 더 확실할 것 같았다. 그녀는 아침상을 물리기가 바쁘게 붓을 들어 서문 경에게 용서를 비는 편지를 썼다. 그리고 그것을 수춘에게 주어, 서문 경에게 직접 전하고 반드시 답장을 받아오라고 일렀다.

수춘으로부터 이병아의 서찰을 받아 읽어 내려가던 서문경은 몇 번이나 비웃듯 콧방귀를 뀌었으나, 얼굴에는 저절로 미소가 번졌다. 이윽고 서찰을 다 읽고 나자 서문경은 혼자 중얼거리듯 말했다.

"그렇게 도도하게 굴더니 어지간히 급했나 보군."

그리고는 한참 동안 아무 말도 없이 창밖만 물끄러미 바라보고 있 었다. 수춘이 기다리다 못해 먼저 입을 열었다.

"마님께서 답장을 받아 오라고 하셨어요."

그러자 서문경은 귀찮다는 듯이 내뱉었다.

"답장은 무슨 놈의 답장! 정 답답하면 제 발로 오면 되는 거지. 이 집에 들어올 생각이 있거든 짐부터 옮겨 놓으라고 그래."

"예? 그게 정말이세요?"

수춘은 너무도 뜻밖의 말에 깜짝 놀랐다.

"뭘 그것 가지고 놀라느냐? 내 곧 짐꾼을 보내겠다고 전해라."

"잘 알았습니다, 나리. 마님께 꼭 그렇게 전하겠습니다."

수춘은 허리를 깊게 숙여 절을 하고는 날듯이 달려 나갔다. 수춘이 나가고 나자, 서문경은 뭔가 모르게 가슴이 후련해짐을 느꼈다. 어찌 생각하면 이 말을 할 기회와 명분을 찾느라 간밤을 뜬 눈으로 새웠는 지도 모를 일이었다.

한달음에 집으로 돌아간 수춘은 헐떡거리며 이병아를 불러댔다.

"마님! 마님!"

초조하게 기다리고 있던 이병아는 수춘이 호들갑스럽게 부르는 소리에 방문을 열고 뛰어나왔다.

"수춘이냐? 그래 갔던 일은 어찌되었느냐?"

"마님, 잘 됐어요. 대관인께서 당장 이사를 오라고 말씀하셨어요."

"아니 뭐라고? 이사를……?"

이병아는 입이 함지박처럼 벌어졌다. 수춘이로부터 자세한 이야기를 들은 그녀는 이제 살았구나 싶어 안도의 한숨을 내쉬었다. 짐을 옮겨 놓으라는 말은 곧 여섯 번째 아내로 맞아들이겠다는 뜻이 아니고 무엇이겠는가. 이병아는 당장 짐을 꾸리기로 마음먹었다.

문제는 장죽산의 위패였다. 하지만 그것 때문에 주저할 입장이 아니었다. 또 사십구재를 고집했다가는 서문경이 노발대발할 게 틀림없었다. 비록 망부에게는 죄스럽기 짝이 없는 일이었지만, 이병아는 약식으로 탈상의 예를 올린 다음 위패를 불살라 버렸다.

다음 날 아침까지 수춘이와 둘이서 대충 짐을 꾸려 놓으니, 대안과 천복이 수레를 끌고 이삿짐을 옮기려고 찾아왔다. 이병아가 그들을 반갑게 맞으니, 누구보다 기뻐하는 것은 천복이었다. 그 동안 주인 집이 경매에 붙여진 후 혼자 남아서 그 집을 지켜온 터인데, 다시 그 집에서 옛 주인을 모시게 되었으니 감회가 남달랐던 것이다.

약장을 비롯한 장죽산이 쓰던 물건은 그대로 놓아두고, 이병아의 짐들만 두 번에 나누어 수레에 실려 보내고 나니, 짧은 겨울 해가 서산으로 기울어지고 있었다. 들뜬 기분으로 대충 집안을 정리하고 있는데, 다시 대안이 서문경의 편지를 들고 찾아 왔다.

"어머 이삿날이 내일 모레로구나. 날짜가 빨라서 다행이네."

편지를 펼쳐본 이병아는 기쁨에 절로 입이 벌어졌다. 비록 날짜만 적어 보낸 편지였지만, 서문경의 친필을 받고 보니 새색시처럼 가슴이 두근거리기까지 했다.

이틀 뒤, 이른 아침을 먹은 후 몸치장을 막 끝냈을 무렵, 서문경이 보낸 가마가 도착했다. 이병아는 미리 기별을 받고 온 풍할멈과 함께 수춘이 뒤를 따르는 가운데 가마를 타고 서문경의 집으로 향했다.

그런데 이병아가 탄 가마가 서문경의 집 대문 앞에 당도했는데도 어찌된 영문인지 문은 굳게 닫혀 있었다. 가마를 문 앞에 내려놓고, 가마꾼 하나가 나서서 대문을 쾅쾅 두드리며 가마가 당도했음을 알렸다. 그제야 문지기가 대문을 열어 주고는 기별을 하러 안으로 뛰어들어갔다. 이병아는 왠지 떨떠름한 느낌이 들었지만, 하는 수 없이 마당 한구석에서 기다릴 수밖에 없었다.

그 시각, 서문경은 의관을 정제한 채 자기 거실에 앉아 있었고, 대문으로 나가 가마를 맞아들여야 할 오월랑은 잔뜩 화가 난 채 침실에 드러누워 있었다. 문지기로부터 가마가 도착했다는 기별을 들은 맹옥루는 급히 오월랑의 방으로 찾아갔다.

"형님, 가마가 도착했다는데 왜 이러고 계세요? 얼른 나가서 맞아들여야지요. 형님이 안 나가시면 가마가 집안으로 들어올 수 없잖아요."

"자네가 웬 호들갑이야? 다른 사람들은 가만히 있는데……."

오월랑은 그대로 침상에 누운 채 들은 척도 하지 않았다.

"제가 왜 형님 심정을 모르겠어요. 하지만 집안을 위해서 참아야지요. 자, 어서 일어나세요."

그 말에 오월랑은 마지못한 듯 부스스 몸을 일으켰다. 그리고는 한동안 입술을 깨물며 멍하니 방바닥만 내려다보고 있었다. 그래도 명색이 정실인데 한 마디 상의도 없었던 것도 그렇지만, 바로 어젯밤에야 이병아가 집으로 들어올 수 있도록 준비를 해 놓으라는 통보가 다였으니, 무시도 이런 무시가 없었다. 속에서 두드러기가 일어나는 것 같았지만, 마중을 안 나갈 수도 없는 일이었다.

마침내 오월랑은 맹옥루의 부축을 받으면서 대문간으로 나가 이병아의 가마를 맞아들였다.

가마 속의 이병아는 몹시 기분이 상했다. 다섯 부인들이 모두 나와서 자기를 환영해 주리라고는 기대도 하지 않았다. 하지만 가마가 도착했는데도 대문이 굳게 닫혀 있을 뿐만 아니라, 문지기가 안으로 기별을 하러 들어간 뒤에도 한참을 기다려서야 겨우 오월랑이 맹옥루의 부축을 받으며 나와 마지못한 듯 맞아들이다니, 이만저만한 수모가 아니었다. 이병아는 입술을 깨물며 쏟아지려는 눈물을 가까스로 참았다.

서문경은 집안의 정해진 격식에 따라 이병아를 다섯 부인들에게 인사를 시켰다. 하지만 역시나 손위 부인들의 얼굴은 한결같이 어색하게 굳어 있었다.

상견례에 이어 곧 축하연이 베풀어졌다. 악사들의 연주에 맞춰 기녀들이 춤을 추고 노래를 부르며 흥을 돋우었으나, 분위기는 마냥 서먹하게 겉도는 것만 같았다. 주인공인 이병아의 얼굴은 어딘지 모르게 그늘이 서린 듯 어두워 보였고, 서문경 역시 말없이 술잔만 기울일 뿐 도무지 웃음을 내비치지 않았다. 오월랑을 비롯한 다섯 부인들도 흥이 나지 않는 듯 잠시 후 슬금슬금 자리를 뜨고 말았다.

이렇듯 지루하고 어색한 축하연이 끝나자, 이병아는 마치 해방된 기분으로 자기의 거처인 새 집으로 돌아왔다. 이층으로 올라서 겉모습은 많이 달라졌지만, 옛날의 추억과 체취가 밴 집으로 다시 오게 되니, 이병아는 착잡한 감회를 누를 수가 없었다. 지난봄에 나갔다가 겨울에 돌아왔으니 일 년도 채 못 된 셈인데 무척 오랜 세월이 흐른 것 같았다.

남편의 장례를 두 번씩이나 치르는 우여곡절 끝에 다시 개가를 해 왔건만, 위로와 환영은커녕 냉대와 멸시를 참아내야 했으니, 생각할수록 가슴이 메어졌다. 그녀는 새로 꾸며진 화려한 내실의 의자에 앉아 소리 없이 눈물만 삼켰다. 하지만 이내 마음을 다잡은 이병아는 수춘과 함께 짐을 풀고 집안을 정리하기 시작했다. 지금껏 그 큰 시련도 견뎌온 마당에 소소한 수모 따위에 흔들릴 수 없었던 것이다.

그날 밤 이병아는 침실에 홍촉을 밝히고 주안상도 조촐하게 차려 놓은 다음, 다소곳이 앉아서 서문경이 찾아오기만을 기다렸다. 그것은 마치 초야初夜에 신랑을 기다리는 신부와도 같은 마음이었다.

그러나 웬일인지 서문경은 나타나지 않았다. 삼경을 알리는 북소리가 울릴 때까지도 이병아는 꼿꼿이 앉아 기다렸지만, 서문경은 끝내 오지 않았다. 홍촉이 불꽃을 너울거리며 외롭게 타고 있을 뿐이었다.

이튿날도 서문경은 그림자조차 보이지 않았다. 자기를 여섯 번째 아내로 맞아들여 놓고서 이렇게 얼굴도 내밀지 않다니, 도대체 그 까닭을 알 수 없었다.

셋째 날 밤이 되었다. 설마 오늘 밤에는 찾아오겠지 하고 지난밤과 마찬가지로 홍촉에 주안상을 마련해 놓고 있는데, 밤이 이슥해서 수춘이 조심스럽게 들어왔다.

"너도 아직 안 자고 있었구나."

그녀는 혼자 외롭던 터라 밤이 깊어 찾아온 수춘이 반갑기까지 했다.

"예……"

그런데 수춘은 뭔가 할 말이 있는 듯 우물쭈물했다.

"왜, 무슨 일이냐?"

"마님, 저……, 말씀드리기 죄송해서……."

"어서 말해 봐."

"저……, 지금 나리께서 저를 부르세요."

"뭐라고?"

너무도 뜻밖의 말에 이병아는 그만 입이 딱 벌어지고 말았다.

"어떻게 할까요?"

수춘은 어찌할 바를 모르고 이병아의 눈치만 살폈다.

"어떡하긴 뭘 어떡하니? 나리께서 오라시는데 가 봐야지."

이병아는 곧 마음을 가라앉히고 차분히 말했다.

"마님, 정말 죄송해요."

참으로 기막힌 주종 관계가 아닐 수 없었다. 한 남자 밑에 마누라와 여종이 삼각관계를 이루다니, 세상에 이런 일이 또 있을 수 있겠는가. 이병아는 생각할수록 분하고 창피스러웠다. 이 모든 게 그 동안에 자신에게 쌓인 분풀이를 하려는 게 분명하지만, 이건 좀 너무하다 싶었다. 이래저래 이병아는 무겁고 착잡한 마음으로 그날 밤을 꼬박 뜬눈으로 지새웠다.

한편, 서문경은 수춘이 방으로 들어오자, 천천히 그녀의 윗도리부터 벗기기 시작했다. 수춘은 그전처럼 반항을 하지 않고 오들오들 떨기만 했다. 하나씩 여자의 옷을 벗기는 것만큼 짜릿한 흥분을 주는 것도 없는 법이다. 열여섯 살짜리 계집애의 풋풋하고 싱그러운 하체가 드러나자, 서문경은 다리부터 천천히 쓰다듬기 시작했다.

수춘은 왕파네 내실에서 처음 접했을 때보다 한결 예민한 반응을 보였다. 가볍게 다리를 만지는데도 벌써 온몸을 가늘게 떨었다. 마치 소중한 보물이라도 다루듯 서문경은 조금도 서두르지 않았다. 그는 갓 건져 올린 물고기같이 싱싱하고 파득파득한 수춘의 몸뚱어리를 이리저리 굴려가며 잡가지 자세로 마음껏 귀여워해 주었다.

얼마 후 침상으로 나가떨어진 서문경은 가쁜 숨을 진정시키며 물끄러미 천장을 올려다보고 있었다. 점점 몸의 열기가 식자, 다시 머릿속에 이런저런 생각이 떠올랐다. 자기가 그처럼 이틀 밤이나 이병아를 찾아가지 않고, 오히려 수춘을 자기 침실로 불러들이기까지 한 것은 그녀를 괴롭혀 주기 위해서였다. 공연히 심술이 난다고 할까, 비위가 상한다고 할까, 아무튼 새삼스럽게 그녀가 못마땅하기만 했다.

장죽산을 깨끗이 없앤 후, 그녀가 과부가 되어 혼자 살고 있을 때는 때때로 측은한 생각도 들고 더러는 그리워지기도 했지만, 막상 자기의 여섯 번째 아내로 맞아들여 놓고 보니 이상하게도 다시 심사가 뒤틀리는 것이었다. 서문경은 이제 이병아가 자기의 새장 안에 든 새나 마찬가지니, 한동안 혼자 내버려둬 보기로 마음먹었다. 그래야 자기의 분도 풀리고 다른 마누라들에게도 조금은 체통이 설 것 같았다.

새벽녘이 되어서야 서문경의 방에서 나온 수춘은 이병아가 있는 새 집으로 들어섰다. 서문경에게 다녀온 것을 어떻게 이야기해야 하나 망설이며 이병아의 방문 앞을 지날 때였다. 문득 안에서 무언가 쥐어짜는 듯한 낮은 신음소리가 새어 나오는 게 아닌가. 수춘은 왠지 모르게 온몸이 오싹해짐을 느끼며 방에서 뛰어 들어갔다. 그녀는 방안에 펼쳐진 광경에 그만 질겁을 하고 말았다.

"에구머니!"

이병아는 한쪽 기둥의 대못에 밧줄을 걸어 목을 매단 채 축 늘어져 있었다. 수춘은 잠시 어쩔 줄을 모르다가 얼른 주방으로 가서 식칼을 들고 와서는 목을 맨 밧줄부터 잘랐다. 이병아의 몸뚱어리가 커다란 고기 덩어리처럼 털썩 방바닥에 떨어졌다.

새벽부터 집안이 발칵 뒤집히고 말았다. 오월랑과 다른 부인들은 말할 것도 없고 하녀와 노복들도 모두 놀라 이병아의 침실로 모여들었다. 그러나 정작 서문경의 모습은 보이지 않았다. 그는 아침부터 술을 마시고는 잔뜩 취한 채 잠에 떨어져 있었던 것이다.

이병아는 정신을 잃고 있었으나 다행히 목숨은 붙어 있었다. 오월랑은 약방에서 일하는 의생 가운데 하나를 급히 불러다가 응급 처치를 하게 하고 약을 지어 먹였다. 한참 후에야 이병아는 정신을 차리고 겨우 눈을 떴다.

아침에 느지막이 일어난 서문경은 오월랑으로부터 간밤의 소동을 듣고 깜짝 놀랐다. 너무도 충격이 컸던지 입만 딱 벌린 채 잠시 말조차 하지 못했다.

"그래……, 죽지는 않았단 말이지?"

오월랑은 속으로, 이 양반이 이렇게 놀라는 걸 보니 그래도 이병아를 마음에 간직하고 있었구나 싶어 빈정거리는 투로 말했다.

"흥, 죽었다면 당신도 따라 죽으려고요?"

"왜, 내가 왜 따라 죽어? 허허허……."

서문경은 어깨를 흔들며 공허한 웃음을 흘렸다.

"여기 이거나 보시구려."

"그게 뭐야?"

"유서예요."

"뭐, 유서? 죽지 않았다면서……?"

"이런 걸 써놓고 목을 맸지 뭐요. 참 독한 년이지……."

오월랑은 손에 쥐고 있던 이병아의 유서를 서문경에게 내밀었다. 그것을 받아 천천히 펼치면서 서문경은 안도의 숨인지, 후회의 한숨인지 모를 큰 숨을 휴우 하고 내쉬었다.

죄 많은 인생, 이제 모든 굴레를 벗고 가렵니다. 부디 행복하세요.

유서를 읽고 난 서문경은 그것을 탁자 위에 놓고는 고개를 푹 떨어뜨렸다. 깊은 자책감에 빠진 듯 한동안 꼼짝도 하지 않았다. 한참 후에야 고개를 든 그는 천천히 일어나 이병아의 거처로 발걸음을 옮겼다.

이병아는 마치 죽은 듯 두 눈을 감은 채 침상 위에 똑바로 누워 있었고, 그녀의 머리맡에는 수춘이 착잡한 표정으로 간호를 하고 있었다. 서문경이 들어서자, 탕약이 식기를 기다리던 수춘이 벌떡 일어섰다. 서문경은 수춘이 앉았던 의자에 털썩 궁둥이를 내리며 가볍게 한숨을 내쉬었다.

"사람이 못나게…… 이게 무슨 짓이야?"

서문경의 말투에는 후회와 미안함이 짙게 배어 있었다. 그는 손을 뻗어 이병아의 어깨를 덮고 있는 이불 위에 갖다 얹으며 낮게 가라앉은 목소리로 말했다.

"내가 잘못했어. 그러니 어서 일어나."

서문경은 이병아를 안다시피 하여 일으키고는 옆에 놓인 약그릇을 들어 입에 가져다 대주었다. 그제야 이병아의 흐릿한 두 눈에 눈물이 어리더니 그만 주르르 흘러내렸다. 서문경은 묵묵히 이병아의 어깨를 끌어안은 채 가만히 그녀의 등을 토닥여 주었다.

● 하인의 처, 송혜련

이병아의 병세는 빠르게 호전되었다. 원체 마음의 병이 더 컸던 셈이니, 서문경과의 화해가 약이 되었던 것이다. 물론 목을 맸던 후유증이 없진 않았으나 아직 젊은 나이인지라 그 응어리도 빠르게 아물어 갔다.

서문경은 전에 이병아에게서 받았던 패물 상자를 처분해 전당포를 차렸다. 그는 특유의 사업수완을 발휘해, 다른 전당포보다 금리를 낮게 받았고, 저당을 잡고 꾸어 주는 돈도 후하게 쳐 주었다. 얼마 가지 않아 청하현에 있는 다른 전당포들이 하나둘씩 문을 닫게 되었고, 서문경의 전당포가 거의 독점하다시피 했다.

이병아의 집 넓은 이층은 온통 저당물로 가득 찼고, 아래층에 기거하는 이병아가 자연스레 그 저당물의 관리를 맡게 되었다. 그리고 전당포의 관리는 조카사위인 진경제가 맡았다. 전부터 서문경은 진경제의 사람됨을 지켜보고는 집안의 크고 작은 일들을 맡겨 왔던 터였다.

이병아의 생일이 다가오자, 서문경은 그녀의 생일잔치를 성대히 치러 주리라 마음먹고, 그 준비를 진경제에게 맡겼다. 눈치가 빠른 진경제는 서문경의 뜻을 알아차리고, 주연과 함께 갖가지 축하 행사를 준비했다.

흔히 축하연이라고 하면 기녀들과 악사들을 불러 기악을 연주하고 춤과 노래로 주흥을 돋우는 것이 보통이었지만, 진경제는 거기에다 서너 가지를 더 추가했다. 연회장의 맞은편에 가설무대를 마련해 여흥으로 만담과 곡예, 그리고 짤막한 소극笑劇까지 공연하도록 한 것이다. 그리고 다른 부인들의 생일 때는 집안사람들과 가까운 친척들만 초대되었는데, 이번에는 친척들은 물론이고 서문구걸을 비롯해서 현청의 고관들까지 초대되었다.

마침내 생일 축하연이 시작되자, 풍악이 울려 퍼지는 가운데 술잔이 오고가며 여기저기서 웃음이 터져 나왔다. 특히 이 날의 주인공인 이병아는 마냥 즐겁기만 했다. 그녀로서는 이렇게 성대한 생일 축하연이 처음이었기에 얼굴 가득 환한 미소가 떠날 줄을 몰랐다. 물론 처음에는 죽은 화자허의 친구들과 시선이 마주칠 때마다 민망함에 고개를 떨구기도 했지만, 차츰 주흥이 무르익어 가자 그런 기색은 싹 가시고 권하는 술잔도 사양하지 않고 받았다. 그런 이병아의 모습을 바라보는 서문경도 흡족한 얼굴로 벌컥벌컥 술을 마셔대며 더욱 분위기를 띄웠다.

하지만 오월랑을 비롯한 다섯 부인들의 표정은 그리 밝지 않았다. 이따금씩 얼굴에 미소를 비치기도 했지만 모두들 못마땅한 기색을 감추지 못했다. 그도 그럴 것이 그들의 생일 때와는 비교도 안 될 정도로 성대한 축하연에다 서문경의 사랑까지 독차지하고 있다시피 했기 때문이었다. 게다가 전당포를 차린 돈이 이병아의 보물을 처분한 돈이라는 것을 잘 알고 있었기에 공연히 주눅이 들기도 했다.

다섯 부인들 가운데서도 반금련의 불만이 가장 컸다. 이병아 따위에게 밀려날 것이라곤 꿈에도 생각지 못했으니 그럴 수밖에 없었다. 하지만 시종일관 시무룩한 얼굴로 술잔만 기울이면서 이병아와 서문경을 번갈아 흘겨보는 게 전부였다.

그런데 주연이 한창 무르익으면서부터 서문경의 눈길은 자꾸 한 여자만 좇기 시작했다.

'아니, 저게 누구지?'

처음 보는 여자였다. 술병을 나르고 음식 그릇을 들고 들락날락하는 것으로 보아 하객은 아니고 심부름하는 여자임에 틀림없었다. 그런데 아무리 보아도 자기 집 하녀는 아닌 것 같았다. 멀찌감치 떨어져 있어서 자세히 볼 수는 없었으나, 특별히 빼어난 미색은 아니었다. 그런데도 묘하게 매력이 느껴지는 용모에다 나긋나긋한 몸매가 몹시 고혹적이었다.

서문경은 그녀가 누구인지 물어 보고 싶었지만, 오월랑과 이병아가 양쪽으로 앉아 있어서 입을 뗄 수가 없었다. 결국 궁금함을 참지 못한 그는 가설무대에서 한창 만담이 펼쳐지고 있을 때 슬그머니 자리에서 일어났다.

때마침 방문 가에 옥소玉蕭가 서 있는 것을 발견하고는 그녀 곁으로 다가갔다. 옥소는 오월랑의 몸종으로, 전의 몸종인 소옥이 병을 얻어 고향 집으로 돌아간 후 대신 들어온 계집아이였다.

"옥소야, 저기 기둥 옆에 서 있는……, 저 여자가 누구지?"

서문경이 나직한 소리로 물었다.

"예, 얼마 전에 내왕 아저씨와 혼인한 저의 육촌 언니예요."

"뭐? 육촌 언니라고?"

"예."

"음, 그래?"

서문경은 가만가만 고개를 끄덕였다. 얼마 전에 내왕이 상처喪妻를 하고 후처를 얻었다는 말을 서문경도 들어서 알고 있었던 것이다.

"그래, 저 언니 이름이 뭐지?"

"송혜련宋惠蓮이에요."

"혜련이라……. 나이는?"

"저보다 다섯 살 위니까……, 스물두 살이에요."

"아, 그래."

서문경은 선 채로 잠시 만담에 귀를 기울이는 듯하더니 문득 궁금한 듯 물었다.

"저 언니가 내왕이한테 시집올 때 처녀였나?"

"아니에요. 시집오기 얼마 전에 남편이 죽어서 혼자 살고 있었어요."

"흠, 그럼 홀아비와 과부가 만난 게로군."

"그런 셈이죠. 히히히……."

옥소는 자기가 생각해도 우스운지 손으로 입을 가리며 킬킬댔다.

"그럼 지금 내왕이와 같이 살고 있겠군 그래."

"당연하죠. 혼인까지 했는데……. 그러니 일을 도우러 여기로 나온 거죠."

"알았어. 그럼 재미있게 구경해."

서문경은 제자리로 돌아와 마치 볼일을 보고 온 것처럼 시치미를 떼고 앉아 있었으나, 머릿속은 벌써 송혜련 생각으로 가득 찼다.

내왕은 하인들 가운데 서문경이 가장 신임하는 사람이었다. 사람됨이 거짓이 없고 성실하여 동경 같은 먼 곳으로 돈 심부름시킬 일이 있을 때는 꼭 그를 보내곤 했다. 화자허가 동경으로 붙잡혀 갔을 때도 서문경은 그에게 뇌물을 지워 보냈고, 양제독이 하옥되었을 때 역시 그를 보내어 형편을 알아 오게 했던 것이다. 내왕이 상처를 했다는 것을 알고는 후하게 부의금을 보냈고, 또 그 후에 후처를 얻었다는 말을 듣고는 비단 한 필까지 보내기도 했었다.

하지만 서문경은 내왕의 후처인 송혜련을 직접 보고는 한눈에 반해 버리고 말았다. 어떻게든 그녀를 손에 넣고 싶었지만, 바로 행동으로 옮길 수는 없었다. 유부녀이기도 하거니와 그녀의 남편이 다른 사람도 아닌 내왕이었기 때문이다. 더욱 신중을 기하지 않으면 안 되는 일이었다. 서문경은 어떻게 손을 쓰는 게 좋을까 궁리를 하면서 호시탐탐 기회를 엿보고 있었다.

겨울이 가고 따뜻한 봄빛이 들과 산을 물들일 무렵, 동경으로부터 반가운 소식이 왔다. 국사범으로 옥에 갇혀 있던 양제독이 마침내 풀려났다는 기별이 온 것이다. 진경제 내외는 곧 장인을 찾아뵙고, 그의 출옥을 축하하기 위해 동경으로 가게 되었다.

그런데 진경제는 동경에 있을 때도 처가살이를 하는 처지였기 때문에, 이제 와서 다시 그곳으로 옮겨가고 싶은 생각이 없었다. 그는 서문경에게 문안을 올리면서 다시 청하현으로 내려오고 싶다고 말했다. 서문경으로서도 마다할 이유가 없었다. 아니 오히려 기뻐서 손뼉이라도 치고 싶을 정도였다.

"정말 고맙네. 그렇지 않아도 자네를 내 오른팔로 생각하고 터이니, 아무쪼록 앞으로 계속 내 곁에 있어 주게."

서문경이 이처럼 기뻐하는 데에는 남들이 모르는 이유가 한 가지 더 있기 때문이었다. 그는 하늘이 내려준 이 기회를 놓치지 않았다.

"그리고 말일세, 자네들 내외가 동경까지 무사히 다녀올 수 있도록 하인을 하나 딸려 보내줄 테니, 꼭 함께 돌아오도록 하게."

"감사합니다. 이 은혜는 두고두고 잊지 않겠습니다."

진경제는 몇 번이나 머리를 숙여 거듭 감사해 했다. 서문경이 진경제 내외에게 딸려 보낼 하인으로 내왕을 지목한 것은 말할 것도 없는 일이었다.

내왕이 진경제 내외를 수행해서 동경으로 떠나고 나자, 서문경은 송혜련에게 손을 뻗칠 구체적인 궁리에 들어갔다. 우선 어렵지 않게 세 가지 방법이 머리에 떠올랐다.

첫째는 자기 거처로 불러들여 구슬려 보는 것인데, 이것은 집안 사람들의 눈에 띄기 쉽고, 둘째는 그녀의 집으로 찾아가서 수작을 벌이는 것인데, 이것은 아무래도 체신이 떨어지는 짓이었다. 세 번째는 밖으로 불러내어 유혹하는 것인데, 남의 눈에 띄기 쉽고 위험하기는 마찬가지지만, 그래도 이 방법이 가장 안전할 것 같았다.

일단 생각이 그렇게 정해지자, 대뜸 떠오는 것이 왕파네 찻집이었다. 그 집 내실이야말로 서문경으로서는 희비가 교차하는 추억의 장소가 아닐 수 없었다. 그러나 송혜련을 왕파네 찻집으로 불러내기 전에 먼저 그녀의 마음부터 떠볼 필요가 있었다. 무턱대고 불러냈다가 망신만 당할 수도 있기 때문이었다.

그렇다면 그녀의 마음을 흔들어 이쪽으로 끌리게 하는 것이 상책이었다. 눈이 번적 뜨일 미끼를 던지면, 그것을 안 물고 배기겠는가 말이다.

미끼를 던지되 자기가 직접 나서는 것은 아무래도 위험 부담이 있었다. 심부름꾼이 필요했고, 거기엔 송혜련과 육촌 자매간인 옥소가 적격이었다.

다른 사람을 시킬 경우에는 말이 새어나갈 염려가 있다. 아무리 다짐을 받는다 해도 사람의 혀란 요사스러운 것이어서 그런 비밀이 언제까지나 지켜지기란 어려운 것이다. 그러나 옥소의 경우는 자매간이니, 육촌 언니의 부정을 소문낼 턱이 없었다.

대강의 밑그림이 그려지고 치밀한 작전까지 거의 완성되었을 때였다. 마침 오월랑이 어머니 제사를 위해 친정에 다녀오겠다고 청했다. 서문경에게 절호의 기회가 찾아온 셈이었다. 물론 오월랑이 집에 있다고 해서 일에 착수하지 못할 건 없지만, 그녀가 없는 것이 한결 편할 뿐 아니라 또 옥소를 부리기도 쉬울 게 아닌가.

오월랑이 친정으로 떠난 이튿날 아침, 서문경은 그녀의 거처로 옥소를 찾아갔다. 갑작스런 서문경의 방문에 옥소가 깜짝 놀라 뛰어나왔다. 서문경이 아무 말 없이 오월랑의 거실로 들어가 자리를 잡고 앉자, 옥소는 두 손을 모아 쥔 채 무슨 일인가 하고 다음 말을 기다렸다.

"이리 와서 편하게 앉아."

옥소는 서문경의 눈치를 살피며 탁자의 건너편에 다소곳이 앉았다.

"다름이 아니고……, 내 너한테 한 가지 부탁이 있어서 이렇게 찾아왔단다. 너의 육촌 언니 말이야. 이름이 뭐라고 했지?"

"혜련이요. 송혜련."

"맞아, 송혜련. 그 언니한테 내 심부름을 좀 해줘야겠어."

옥소는 조금 의외라는 듯 서문경을 한 번 올려보더니 이내 고개를 숙이며 대답했다.

"해 드리고말고요. 주인어른의 분부신데……."

"그래, 고맙다. 내가 너한테만큼은 솔직하게 말하는데, 그 혜련이를 처음 보고는 그만 한눈에 반해 버리고 말았지 뭐냐."

"어머, 그래요?"

뜻밖의 말에 옥소는 두 눈을 동그랗게 떴다.

"그러니 옥소가 중간에서 내 마음을 혜련이한테 좀 전해줘. 부탁이야."

서문경의 말은 자못 애원에 가까웠다.

"……."

그러나 옥소는 곤혹스러운 듯 얼른 대답을 하지 못했다.

"왜? 못하겠어?"

서문경의 언성이 조금 높아지자, 옥소는 움찔 놀라며 떨리는 목소리로 겨우 대답했다.

"언니에겐 남편이 있잖아요?"

서문경은 속으로 꽤나 깜찍한 계집애라고 생각하며 다시 목소리를 부드럽게 했다.

"그러니까 내가 옥소한테 부탁하는 거잖아. 남편이 없는 여자라면 굳이 옥소한테 부탁할 필요가 있겠어? 남편이 있는 여자니까, 남들이 알면 곤란하니까, 내가 이렇게 옥소를 붙잡고 사정하는 거 아니야."

"하긴……."

"지금 마침 내왕이 동경에 가고 없는데다 아무리 빨리 돌아와도 넉달은 걸린다고. 좋은 기회잖아. 그러니까 다른 건 걱정 말고 옥소가 알아서 잘 되도록 해봐. 내 그 은혜는 절대 잊지 않을게."

"예."

마지못해 하는 대답이었지만, 서문경은 그것만으로도 충분하다는 듯이 옥소의 손을 잡고 말했다

"우선 비단을 한 필 줄 테니까, 그걸 혜련이한테 전해주면서 내 마음을 잘 이야기해 줘."

"예, 알았어요."

"그리고 내 말을 들어 주면 돈이랑 금은보화를 달라는 대로 줄 것이고, 만일 내왕이와 이혼을 하고 내 아내가 되고 싶다면 그렇게도 해 주겠다고 해."

"어머, 정말이세요?"

"그렇다니까. 그리고 이건 말이야……, 옥소한테 주는 거니까 또 필요하면 언제든 말해."

서문경은 품속에서 은전 한 닢을 꺼내어 옥소에게 주었다. 옥소는 눈을 동그랗게 뜨며 꽤나 호들갑스럽게 말했다.

"어머, 이렇게 큰돈을……."

"그게 문제가 아니야. 일만 잘 성사시켜 주면 옥소한테도 돈이랑 금은보화를 얼마든지 줄 테니까."

어차피 거절할 수 없는 일이라면 돈이라도 실컷 만져보자고 마음 먹은 옥소는, 그날 밤 비단 한 필을 받아 보자기에 싸고는 아무도 모르게 송혜련을 찾아갔다.

남편을 동경으로 떠나보낸 송혜련은 언제나 일찌감치 불을 끄고 잠자리에 들곤 했다. 빈 방을 홀로 지키고 있으려니 공연히 처량한 생각이나 들고 마음만 심란해졌기 때문이었다. 그날도 일찍 불을 끄고

막 잠자리에 들려는데, 누군가 문을 흔들며 부르는 소리가 들렸다.

"언니, 벌써 자는 거야? 나야, 옥소……."

"웬일이야? 이 밤중에……. 어서 들어와."

탁자를 사이에 두고 마주 앉자, 옥소는 들고 온 보자기를 말없이 송혜련 앞으로 밀어놓았다. 송혜련이 고개를 갸우뚱하며 물었다.

"이게 뭔데?"

"비단이야."

"이걸 왜 나한테 주는데……?"

"언니한테 주는 선물이래."

"아니, 누가?"

"놀라지 마. 주인어른이 보내신 거야. 호호호."

"그게 무슨 소리야? 주인어른이 왜 나한테 이런 선물을 보내는데?"

"그야 뻔하지 뭐. 남자가 여자한테 이런 값진 선물을 보낼 때는 다 꿍꿍이속이 있어서 그러는 게 아니겠어."

"그럼, 주인어른이 나를 좋아하기라도 한단 말이야?"

"그렇다니까. 언니를 처음 보고는 그만 한눈에 반했다는 거야. 그래서 요즘은 밤잠도 제대로 못 이룬대."

"설마 그렇게까지……. 그런데 날 언제 봤대?"

"여섯째 마님의 생일잔치 때였어. 그 때 주인어른이 나한테 언니의 이름을 물어 봤거든."

옥소는 서문경으로부터 들은 얘기는 말할 것도 없고, 거기에 살까지 붙여서 그럴듯하게 늘어놓았다. 다 듣고 나자, 송혜련이 히죽 웃으며 말했다.

"그래도 동생밖에 없구나. 이렇게 반가운 소식을 전해 주니 말이야. 게다가 이런 값진 선물까지……."

열심히 주워섬기던 옥소도 그 말을 듣고는 깜짝 놀란 표정으로 송혜련을 빤히 바라보았다. 언니가 이토록 쉽게 넘어올 줄은 짐작도 못했기 때문이었다.

"어머, 언니……."

옥소는 잠시 벌린 입을 다물지 못했다.

"왜? 내가 이상하니? 그렇게도 보이겠지만 넌 아직 세상을 잘 몰라. 너희 형부한테는 미안한 일이지만, 어쩔 수 없잖아? 처녀 총각이 만나 부부가 된 것도 아니고……, 언제 또 버림을 받게 될지도 모르는 일이야."

한동안 멍한 얼굴로 있던 옥소는 언니의 말에 고개를 끄덕였다.

"맞아, 언니. 이렇게 천한 하녀로 평생을 살아갈 바엔 한번 팔자를 바꿔 보는 것도 나쁠 건 없잖겠어?"

"물론 주인어른 같은 난봉꾼의 말을 곧이곧대로 들을 만큼 난 바보가 아냐. 금은보화를 주겠다느니 일곱 번째 아내로 삼겠다느니 하는 말은 다 나를 낚으려고 던지는 미끼에 불과해. 우선 낚아 올려놓고 보자는 심보라고. 처녀도 아닌, 남자를 둘씩이나 겪은 나를 뭐가 좋다고 아내로 삼겠어. 더구나 자기 집 하인의 여편네를……, 안 그래?"

송혜련이 말을 마치고 입을 다물자, 옥소는 그 말은 아니라는 듯 강한 어조로 말했다.

"언니, 그런 말 하지 마. 사랑에 귀천이 어디 있어?"

"어머, 그런 말도 할 줄 알고……, 우리 옥소도 이젠 어른이 다 됐네."

송혜련이 미소를 지어 보이자, 옥소는 더욱 정색을 하고 말했다.

"주인어른의 여섯 부인들 중에 첫 번째 정실만 빼놓고 모두 다 처녀로 들어온 게 아니었어. 얘기를 들으니까 그 중에는 기방에서 몸을 팔던 여자도 둘이나 있다고 그러던 걸. 비록 하인의 아내라고는 하지만, 술과 몸을 판 여자보다야 언니가 훨씬 깨끗하고 떳떳하잖아. 그리고 여섯 번째인 이병아는 남자를 셋씩이나 바꾼 여자야. 첫 남편과 사별하고 재혼을 했을 뿐인 언니가 어째서 안 된다는 거야? 나 같으면 이런 좋은 기회를 놓치지 않겠어. 까짓것 물고 늘어져서 팔자나 한번 고쳐 보지 뭐."

"호호호……."

그 말을 들은 송혜련은 속이 시원하다는 듯 기분 좋게 웃었다.

"그래, 네 말이 맞아. 한번 부닥쳐 보는 거야. 잘 되면 서문경의 일곱째 부인이 되어 호강하는 것이고, 그렇지 않으면 돈이나 뭉텅 뜯어내는 거지 뭐. 강물에 배 지나간 자국이 나는 것도 아니고……, 아무튼 밑지는 장사는 아니잖아?"

"맞아, 언니. 바로 그거야. 그럼 어떻게 할까? 내일이라도 당장 만나자 그럴까?"

옥소의 두 눈이 유난히 반짝였다. 일만 잘 성사된다면 자기에게도 사례를 하겠다고 했으니 기쁠 수밖에 없었다. 하지만 송혜련은 조금 생각하는 듯하더니, 고개를 내저었다.

"아니야, 너무 쉽게 승낙을 해 버리면 만만하게 본다니까. 애가 바짝 타도록 질질 끌어야지. 그냥 며칠 더 생각해 보겠다고 하더라고 전해."

"알았어. 역시 언니가 생각하는 게 한 수 위라니까."

그렇게 자매는 밤이 깊도록 이야기꽃을 피웠고, 조그만 방안에선 웃음소리가 끊이지 않았다.

이튿날부터 옥소는 서문경과 송혜련 사이를 오가며 흥정을 놓기 시작했다. 마음이 급한 서문경은 금목걸이며 패물 등을 선물로 내 놓았고, 두 자매는 일이 자신들의 뜻대로 돌아가는 게 마냥 즐겁기만 했다. 그렇게 일주일이 눈 깜짝할 사이에 지나갔다.

서문경의 저택 안에는 인공으로 만들어진 동산이 있는데, 그다지 높지는 않지만 꽤 넓은데다 숲이 무성하게 우거져 있었다. 연못 근처에 짜임새 있게 잘 가꾸어진 이 동산은 평소에는 사람들의 발길이 뜸한 곳이었다.

동산의 숲속에는 호젓한 오솔길이 나 있고, 그 길을 따라 조금 올라 가면 석실石室이 하나 있었다. 원래는 식품을 저장해 두기 위해 축조 되었지만 너무 외진 곳에 위치한 까닭에 지금은 거의 사용하지 않고 있었다.

그 석실 앞의 커다란 소나무 아래로 아까부터 웬 여자가 기대서서 누군가를 기다리는 듯 이리저리 살피고 있었다. 송혜련이었다. 얼마 쯤 지났을까, 휘영청 밝은 달빛을 받으며 한 사내가 천천히 오솔길을 걸어 올라오고 있었다.

"오는구나."

가만히 중얼거리는 그녀의 얼굴에 긴장한 빛이 역력했다.

"벌써 와 기다리고 있었구려. 난 내가 먼저 온 줄 알았는데……."

서문경이 미소를 지으며 다가왔다. 송혜련은 어찌할 바를 모르겠다는 듯한 몸짓으로 살짝 고개를 숙여 인사를 했다.

"저같이 보잘것없는 여자를 생각해 주시다니, 정말 뭐라고 감사를 드려야 할지 모르겠어요."

"무슨 그런 말을……. 여자가 매력이 있으면 그만이지, 다른 게 무슨 소용 있겠소. 하하하."

"정말 고마워요."

송혜련은 두 눈에 감사의 빛을 가득 담아 곱게 미소를 지었다. 그녀의 입술 사이로 하얀 덧니 하나가 귀엽게 내다보였다.

"고마운 건 오히려 내 쪽이오. 이렇게 내 마음을 받아주었으니 말이오."

서문경은 기분이 좋았다. 자기가 마음먹었던 일이 너무도 쉽게 이루어졌기 때문이었다. 옥소가 중간에서 다리를 놓고 몇 번 왕래한 지불과 일주일 만에 이렇게 동산에서 송혜련과 만나게 된 것이었다.

처음에 서문경은 왕파네 찻집에서 만나는 것이 좋겠다고 생각했다. 그러나 그곳은 아무래도 사람들의 출입이 잦은 곳이라 남의 눈에 띄기 쉬운데다 적잖은 비용이 드는 데 비해, 이곳 동산은 집 안에 있어서 편리함은 물론 남의 눈에 띌 염려가 전혀 없으니, 그야말로 안성맞춤이었다. 그리고 방안이 아닌 숲속에서 사랑을 나눈다는 것도 색다른 정취가 있어서 좋을 것 같았다. 게다가 이런 기막힌 생각을 한 게 바로 송혜련이었던 것이다.

이제 서문경에게 남은 일은 한시라도 빨리 그녀를 품에 안는 일뿐이었다. 그는 두 팔을 크게 벌렸다. 송혜련이 고개를 살짝 돌리며 그의 품속으로 다가왔다. 서문경이 그녀를 안은 팔에 뿌듯이 힘을 주었다.

잠시 뜨거운 입맞춤이 계속된 후 서문경의 입술의 그녀의 턱 밑으로 해서 앞가슴으로 옮겨갔다. 그녀가 스스로 옷섶을 헤쳐 주자, 그의 입은 큼지막한 가슴을 번갈아 빨아대기 시작했다. 그리고 동시에 서문경의 한 손이 그녀의 치마를 더듬었다. 그녀는 잠시 몸을 꼬다가 속삭이듯 말했다.

"아이, 여기서 어떻게……. 다른 데로 가요."

서문경과 처음으로 나누는 사랑을 숲속의 나무에 기대서서 하려니 어쩐지 쑥스럽고 부끄러웠던 것이다. 그러나 서문경은 그게 아니었다.

"난 여기가 훨씬 좋은걸. 이렇게 하는 것도 색다르고 재미있잖아? 안 그래?"

서문경은 능글능글하게 웃으며 기어이 그녀의 치마를 벗기려 들었다.

"어머나!"

어느새 그녀의 아랫도리가 홀랑 벗겨졌다. 하얀 아랫도리가 온통 달빛 아래 드러나자, 서문경은 방안의 침상에서 보아 온 여자들의 나체와는 또 다른 아름다움에 그만 넋을 잃고 바라보았다.

"당신의 몸은 정말 멋지군."

"어머, 칭찬해 주실 게 몸밖에 없어요?"

그녀는 애교를 섞어 곱게 눈을 흘겼다.

"흠, 여기 이 한가운데 있는 숲은 더욱 일품인데."

서문경은 그 숲을 한 손으로 쓰다듬으며 더욱 능글거렸다.

"아이, 몰라요."

송혜련은 마치 소녀처럼 부끄러워했고, 그 모습은 서문경의 아랫
도리를 더욱 자극했다. 서문경은 그녀의 알몸을 불끈 안으며 나무에
지그시 밀어붙였다. 벌겋게 열이 오른 아랫도리를 그녀의 하체에 바
짝 붙이더니, 마침내 그의 뜨거운 욕망이 그녀의 몸 한가운데를 깊숙
이 찌르고 들어갔다.

"아아……."

비록 봄이 한창이었지만 밤기운은 아직도 제법 쌀쌀했다. 그런데
호젓한 동산의 숲속에서는 때 아닌 열기가 가득 차고 감미로운 교성
이 파도처럼 물결쳤다. 서문경의 성난 양물이 힘차게 돌진하면, 송혜
련도 온 몸을 활짝 열어 주었다. 그럴수록 서문경의 몸놀림은 더욱 빨
라져갔다.

"으윽……."

한 차례의 태풍이 지나가자 송혜련이 말했다.

"우리 저 석실로 들어가요. 아직 밤바람이 찬데 감기 드시겠어요."

그녀의 나긋나긋한 음성이 서문경의 기분을 더욱 흐뭇하게 해 주
었다.

"우리가 왜 이제야 만났을까? 좀 더 일찍 만났더라면 좋았을 것
을……."

"지금이라도 늦지 않았어요."

서로 뱃속이 맞는다고나 할까, 아니면 천생 연분이라고 해야 할까,
오늘 처음 만난 두 사람은 마치 십여 년을 같이 산 부부처럼 다정하고
허물이 없었다.

그로부터 며칠이 지난 어느 따뜻한 날 오후였다. 반금련은 무료한

나머지 봄 경치나 즐길까 하고 혼자서 연못가의 정자에 나가 앉았다. 동산에는 철쭉이 무더기로 피어서 분홍빛의 눈부신 군무를 이루고 있었다.

"아, 곱기도 해라."

반금련의 입에서 절로 감탄사가 흘러나왔다. 바로 그 때, 그 철쭉 사이로 웬 여자가 동산을 오르고 있는 것이 눈에 띄었다. 꽤 멀리 떨어져 있어서 누군지 알 수 없었으나, 자기처럼 그저 꽃구경이나 하려고 오르는 것이려니 하고 예사로 생각했다.

여자의 모습은 곧 숲속으로 사라져 보이지 않았다. 그런데 얼마 지나지 않아, 여자가 올라간 바로 그 철쭉 길로 이번에는 웬 남자의 모습이 나타났다. 반금련이 눈을 크게 뜨고 바라보니, 한눈에 보아도 서문경이 틀림없었다.

"아니……, 저이가!"

반금련은 그대로 앉아 있을 수가 없었다. 아내들 중의 누군가와 바람을 쐬러 동산을 오르는 것이라면 나란히 같이 오르지, 여자가 올라간 다음에 슬금슬금 뒤따라 올라가는 것이 아무래도 수상했다.

반금련은 발자국 소리를 죽여 가며 서문경이 올라간 철쭉 길로 뒤를 밟아 갔다. 한참 올라가니 석실이 나왔다. 그 앞에서 잠시 걸음을 멈추고 사방을 두리번거리며 서문경의 행방을 찾고 있는데, 석실 안에서 여자의 간드러진 웃음소리가 새어 나왔다.

반금련은 살금살금 석실 문께로 다가갔다. 낡은 널빤지 문은 사람 하나가 겨우 드나들 수 있을 만큼 열려 있었다.

문짝으로 바짝 다가선 반금련은 숨을 죽이며 안을 들여다보았다.

처음엔 너무 어두워서 얼른 안을 분간할 수 없었지만 차츰 어둠이 눈에 익자, 어렴풋이 석실 안의 광경이 보이기 시작했다. 좀더 자세히 보니, 조금 전에 동산을 올라가던 바로 그 여자가 실오라기 하나 걸치지 않은 채로 서문경의 옷을 벗기고 있는 중이었다.

"어머나!"

반금련은 자기도 모르게 그만 소리를 지르고 말았다. 그 여자는 뜻밖에도 내왕의 처 송혜련이었기 때문이었다.

"누, 누구야?"

서문경이 힐끗 문 쪽을 돌아보며 소리를 질렀다. 그리고는 벌건 알몸으로 후다닥 뛰어나왔다. 그러자 서문경이 뛰어나오는 기척에 놀란 반금련은 뒤도 안 돌아보고 정신없이 내뺐다.

"아니, 저 년이……!"

서문경은 차마 문 밖까지 나가지는 못하고 씩씩거리며 두 눈을 부라렸다. 치마를 펄럭이며 저만치 도망가는 여자가 반금련인 것을 안 그는 적지 않게 당황했다. 입이 가볍고 속도 깊지 못한 반금련이 이 일을 알았으니, 서둘러 그녀의 입을 막지 않으면 낭패가 아닌가.

정신없이 도망을 친 반금련은 자기 방으로 돌아와 가쁜 숨을 몰아쉬었다. 만일 그 때 서문경이 옷을 벗고 있지 않았다면 붙잡혀서 어떤 일을 당했을까 생각하니, 자꾸만 가슴이 두근거렸다.

"앙큼한 것 같으니! 왜 남의 뒤를 밟고 그래!"

서문경이 벌컥 방문을 열고 들어서며 고함을 질렀다. 김이 샌 그가 바로 쫓아온 모양이었다.

"어머나, 화를 내시네."

반금련이 손으로 입을 가리며 놀리듯 말했다.

"화가 안 나게 됐어?"

"도둑질하다 들킨 사람이 되레 큰소리네. 호호호……."

"쓸개가 빠졌어? 웃긴 왜 자꾸 웃어?"

그래도 서문경은 막상 반금련의 웃는 얼굴을 대하고 보니 제풀에 화가 누그러지고 말았다.

"우습지 뭐예요. 미안하면 가만있기나 하시지……. 서방이 어디 가고 없는 여자 좀 데리고 논다고 누가 뭐라 그래요?"

"누구 다른 사람은 본 사람 없지?"

"없어요. 내가 처음 보았으니까요."

"이 얘기는 누구에게도 해서는 안 돼."

"내가 뭐 어린앤가요. 그런 말을 함부로 입 밖에 내게."

"정말이지?"

"호호호……, 이젠 다짐까지 받으려 하시네? 당신답지 않게 잔뜩 겁을 집어먹고……. 남이 알면 뭐 어때서요? 내왕이가 겁이 나나요?"

서문경은 조금 움찔하는가 싶더니 고개를 끄덕였다.

"사실 그 녀석은 좀 신경이 쓰여. 평소엔 얌전하다가도 한번 화가 났다하면 물불을 가리지 않는 놈이라고. 천한 상것이 앙심을 품으면 무슨 일을 저지를지 어떻게 알겠어?"

"그야 뭐 이쪽에서 먼저 선수를 치면 되잖아요."

"선수를 치다니? 그럼 내왕이를……?"

"그래요. 화근은 미리 도려내는 게 상책이죠."

반금련은 엄청난 말을 너무도 태연히 내뱉었다. 서문경은 다소 심

각한 표정으로 잠시 생각에 잠기더니,

"알았어. 그 일은 나중에 생각해 보자고. 아직 내왕이가 돌아오려면 멀었으니까."

"맞아요. 미리부터 걱정할 건 없죠. 그보다 앞으로 이틀에 한 번씩은 제 방에 와 주셔야 해요. 약속만 지켜 준다면 송혜련의 일은 아무 걱정 안 하셔도 돼요."

"고마워. 역시 당신이 최고야."

"그리고 말예요. 앞으로도 계속 송혜련이랑 동산의 그 석실 속에서 만날 거예요? 그러다가는 언제 또 누구의 눈에 띌지 모르잖아요?"

"사실 나도 그게 걱정이야."

"그럼, 만나는 장소를 내 침실로 바꿔요. 나도 그만한 정도의 아량은 있는 여자니까요. 나와 번갈아 가며 사랑을 나누면 그것도 재미있을 것 같고요."

"허허허……, 그것 참 좋은 생각이야. 그러면 말이야, 혜련을 아예 당신 곁에 두도록 하지. 주방 일을 그만두게 하고 말이야. 그러면 아무도 수상하게 여기지 않을 거 아냐."

"그것도 좋겠죠. 호호호……."

떡 주무르는 곁에서 콩고물 주워 먹는 격이었다. 그렇게라도 해야만 콩고물이라도 먹을 수 있고, 어쩌면 떡까지 얻어먹을 수도 있는 게 아닌가. 게다가 서문경의 마음속에서 이병아에 대한 생각을 어느 정도 지울 수 있을 것 같기도 했다. 그러면서도 꼭 이렇게까지 해야 하나 하고 반금련은 가만히 한숨을 쉬었다.

이튿날 아침 송혜련은 지금까지 모셔왔던 손설아에게 인사를 하고 반금련의 거처로 옮겨갔다. 그리고 그날 밤 반금련은 송혜련을 위해서 자기의 침실을 내주었다.

송혜련은 그저 얼떨떨하기만 한 것이, 도무지 반금련이라는 여자를 이해할 수가 없었다. 하지만 서문경과의 일이 들통이 난 마당에 군소리를 할 처지도 못 되었다.

한편 손설아는 기분이 이만저만 상한 게 아니었다. 이건 완전히 무시를 당한 것이나 마찬가지였다. 음식 솜씨가 좋다는 이유 하나로 주방 일을 맡아 매일같이 부엌에서 하인의 아낙들을 데리고 부엌데기 노릇이나 하는 것도 불만이었는데, 이번에는 난데없이 자기가 아끼는 송혜련을 한 마디 양해도 없이 낚아채듯 데려가 버리니, 괘씸하고 분하기 짝이 없었다.

손설아는 몸종인 월미月美를 불러 하소연하듯 말했다.

"내가 분해서 견딜 수가 없구나. 여기에는 반드시 무슨 내막이 있을 테니, 도대체 무엇 때문에 송혜련을 데려갔는지 네가 좀 알아봐. 그걸 알아야 분풀이를 할 수 있지 않겠어."

"예, 맞아요. 제가 꼭 알아내고야 말겠어요."

월미는 자기도 분하다는 듯이 씩씩거리며 대답했다.

월미는 그 이름과는 달리 살짝 곰보에다 한쪽 눈은 사팔뜨기였다. 그런 외모인지라 그녀는 열아홉 살인데도 아직 남자의 손길이 한 번도 닿지 않은 숫처녀였다. 그 나이면 당시로서는 노처녀에 속했다.

그녀는 손설아의 말이라면 팥으로 메주를 쑨다고 해도 곧이듣고 따랐다. 손설아의 먼 친척 조카뻘이기도 했지만, 팔려가는 그녀를 거두어서 자기 밑에 거두어 준 은혜를 생각하면 목숨도 아깝지 않다고 생각하고 있었던 것이다.

월미는 열두 살 때 아버지를 병으로 여의었다. 어머니는 아버지가 병상에 누워 있을 때부터 샛서방을 보아 아버지의 간병은커녕 어서 죽으라고 구박을 하기 일쑤였다. 급기야 아버지가 죽자 어머니는 장례도 치르는 둥 마는 둥 하고 어린 월미를 남겨둔 채 샛서방을 따라 어디론가 자취를 감추고 말았다.

열두 살에 고아가 된 월미는 친척집을 전전하다가 요릿집에 부엌데기로 팔려가는 신세가 되었다. 그 때 마침 친정에 다니러 갔던 손설아가 그 얘기를 듣고 불쌍하게 여겨 자기가 그 돈을 지불하고 데리고 와서 몸종으로 삼았던 것이다.

월미는 어머니에 대한 증오심과 손설아의 대한 고마움, 그리고 못생긴 용모에서 오는 열등감까지 겹쳐져 외통으로 치닫는 묘한 성격을 가지고 있었다.

손설아로부터 부탁을 받은 월미는 그날부터 사냥개처럼 반금련의 거처를 맴돌았다. 한 집안에서 일어나는 일이기에 마음만 먹으면 그런 일쯤 알아내는 것은 식은 죽 먹기였다. 며칠이 지나지 않아 월미는 모든 내막을 알아낼 수 있었다.

"마님, 송혜련이 주인어른과 수시로 잠자리를 함께 한다지 뭐예요. 그것도 다섯째 마님의 안방에서 말예요……."

"뭐, 그게 정말이냐?"

"그럼요. 제가 춘매한테까지 직접 확인까지 했다니까요."

"요년들, 어디 두고 보자."

손설아는 너무도 분한 나머지 온몸을 부들부들 떨었다. 여섯이나 되는 마누라들을 두고 또 다시 계집질에 빠진 서문경도 미웠지만, 그것을 뒤에서 부추긴 반금련이야말로 도저히 용서할 수가 없었던 것이다.

● 은밀한 복수들

진경제 내외를 수행해 동경으로 갔던 내왕은 넉 달이 지나서야 돌아왔다. 내왕은 진경제 내외가 먼저 서문경을 만나보고 나올 때까지 거실 밖에서 기다렸다.

그런데 집안사람들이 자기를 대하는 태도가 어딘지 모르게 부자연스러워 보이는 게 아닌가. 어찌된 일인가 싶기도 했지만, 먼 길에 지친 몸이라 별일도 아닌 것까지 이상하게 느껴지는구나 하고 예사로 넘겨 버렸다.

이윽고 진경제 내외가 물러나오자, 내왕은 거실로 들어가 서문경에게 문안 인사를 올렸다. 아직 해가 지려면 멀었건만, 서문경은 술에 취해 붉어진 얼굴로 의자에 비스듬히 기대앉아 있었다.

"오, 수고가 많았네. 이번에 자네가 정말 큰 일을 했어. 혼자 갔다 오기도 힘든 길을 우리 조카 내외까지 챙겨야 했으니 고생이 많았을 거야."

서문경이 전에 없이 과찬을 하자 내왕은 잠시 어리둥절했다.

"저야 주인어른께서 시키신 대로 했을 따름입니다."

"내 자네의 이번 공로를 치하하는 뜻에서 특별히 좋은 직책을 내릴 생각인데……."

서문경이 눈을 가늘게 뜨고 잠시 뜸을 들이자, 내왕은 무슨 직책인가 하고 숨을 죽였다.

"지금까지 내흥來興이 맡고 있던 식품창고를 자네가 맡도록 하게."

"식품창고를요? 정말 고맙습니다, 주인어른."

내왕은 자기도 모르게 넙죽 고개를 숙였다.

식품창고라면 쌀을 비롯한 온갖 부식거리를 구입해 들이는 일을 맡아 하는 직책이어서, 아무리 고지식하게 굴어도 적잖은 고물이 떨어지는 자리였다. 그런 자리를 서문경 자신의 먼 친척뻘 되는 내흥을 밀어내고 자기에게 넘겨주다니, 너무도 뜻밖의 일이었고 더없이 고마운 일이었다.

서문경의 거실을 물러나온 내왕은 곧바로 주방을 향해 달려갔다. 말할 것도 없이 아내를 만나보기 위해서였다. 그러나 주방에 아내가 있을 턱이 없었다.

"우리 집사람 어디 갔나요?"

"……."

아낙네들은 하던 일만 계속할 뿐, 아무도 대답해 주는 사람이 없었다. 모두들 어색한 표정으로 딱한 듯이 그를 힐끗 쳐다보는 것이 전부였다. 고개를 갸우뚱하며 나오려는데, 마침 주방으로 들어서던 손설아가 반가운 표정을 지었다.

"아니, 내왕이 아닌가. 언제 돌아왔어?"

"조금 전에 돌아왔습니다. 그간 무고하셨는지요?"

"나야 뭐, 늘 그렇지. 그래, 얼마나 고생이 많았어?"

"고생이라뇨. 그저 할 일을 했을 뿐인데요."

손설아는 부엌 아낙들에게 이것저것 저녁 준비를 지시한 후 내왕을 돌아보고 말했다.

"자네……, 잠깐 나하고 얘기 좀 하세. 따라오게."

내왕은 의아해 하면서도 군말 없이 손설아의 뒤를 따랐다. 내왕을 데리고 자신의 거실로 온 손설아는 잠시 뜸을 들이다가 입을 열었다.

"내가 말이야, 자네의 처를 오랫동안 데리고 있지 않았나. 사람이 참해서 무척 아껴 왔는데, 어느 날 갑자기 반금련이 한 마디 상의도 없이 그만 데리고 가 버렸지 뭔가."

"다섯째 마님이 저의 집사람을 데려다가 뭘 하려고요?"

"낸들 알겠나. 좌우간 내가 여러 가지로 속이 상해서 못 살겠다고."

내왕은 영문을 모르겠다는 듯 고개를 갸우뚱했다.

그 때 월미가 모락모락 김이 오르는 송실차 두 잔을 받쳐 들고 들어왔다. 뜨거운 차를 홀짝거리며 잠시 말이 없던 손설아는 무슨 말을 꺼내려다 말고 다시 입을 다물었다.

"먼 길 다녀오느라 피곤할 테니 오늘은 그만 가서 쉬게. 그 얘기는 나중에 자세히 해줄 테니……."

내왕은 궁금한 게 한두 가지가 아니었지만, 꼬치꼬치 캐묻는 것도 상전에 대한 예의가 아닌 듯싶어 갖다놓은 송실차만 단숨에 마시고는 손설아의 방을 물러나왔다.

집으로 돌아온 내왕은 봇짐을 한쪽에 던져놓은 채 침상에 벌렁 드러누웠다. 뭔가 이상하게 달라진 분위기와 손설아의 알쏭달쏭한 말이 그의 머리를 어지럽게 했다.

어느덧 해가 지고 어둑어둑해졌다. 부엌에서 딸그락거리는 소리가 들리는 것으로 보아 아내가 돌아온 모양이었다. 한 집안의 일이라 자기가 돌아온 걸 모를 리 없고, 자기의 신발이 놓여 있는 걸 보지 못했을 리가 없을 텐데, 아내는 아무런 인사도 없이 부엌에서 어물쩍거리고 있었다.

"여보, 나 왔어."

그러나 내왕은 모른 척하고 아내를 불렀다.

"알고 있어요."

아니나 다를까, 아내의 목소리는 심드렁하기만 했다.

"아니, 여보. 당신 어디 아픈 거야?"

"아뇨, 왜요?"

"어째 안색이 안 좋아 보여서……, 내가 돌아온 게 반갑지도 않아?"

"왜 안 반갑겠어요. 반갑죠."

말은 그렇게 하지만 반가워하는 기색은 조금도 보이지 않았다. 내왕은 기분이 팍 상했지만 꾹 눌러 참고 계속 말을 걸었다.

"여보, 잠깐 들어와 봐. 내가 당신에게 줄 선물을 사왔어."

"예, 알았어요."

대답을 하고도 아내는 한참 후에야 마지못한 듯 방으로 들어왔다.

"당신한테 주려고 동경에서 사온 거야. 이건 분이고 이건 연지, 그리고 이건 명주 수건이야. 이 수건 한 장이 얼만 줄 알아? 자그마치 다섯 냥이나 주었다니까."

"그래요?"

송혜련은 여전히 심드렁한 얼굴로 남편이 내민 선물 꾸러미를 보는 둥 마는 둥 하고는 한쪽으로 밀어 버렸다. 내왕은 그만 부아가 치밀었다. 비록 상등품은 아니라 할지라도 자기의 마음이 담긴 선물을 그렇듯 찬밥 취급을 하다니, 서운하고 불쾌하기 짝이 없었다.

"아니, 도대체 왜 그러는데? 나는 그래도 당신을 생각해서 없는 돈을 쪼개어 선물이라고 사왔는데, 뭐가 뒤틀어져서 처음부터 뽀로통해 가지고 지랄이야?"

내왕은 마침내 거친 말을 쏟아내자, 송혜련도 지지 않고 대들었다.

"흥, 지랄은 누가 하는지 모르겠네. 그것도 선물이라고 가지고 와서는 화를 내고 야단이야. 나 참 별꼴을 다 보겠네."

"뭐, 그것도 선물이냐고?"

"그래, 넉 달 동안이나 자기 여편네를 독수공방하게 만들어 놓고는 고작 선물이라고 내미는 게 그거냔 말이야."

"내가 그러고 싶어서 그랬던 건 아니잖아? 주인이 시키니까 하는 수 없어서 그랬던 거지."

내왕은 되도록 부아를 참고 아내를 위로해 주려고 애를 썼다.

"그러니까 싫단 말이야. 남이 집 종살이나 하는 남자의 마누라 노릇은 이제 진절머리가 난다고."

"아니, 뭐라고?"

내왕은 더 이상 참지 못하고 송혜련의 뺨을 올려붙였다.

"어이쿠, 이것이 사람을 때려! 내가 누군 줄 알고 함부로 때리는 거야?"

"누군 줄 알다니……, 이게 정말 미쳤나?"

"그래, 미쳤다. 그러니 다시는 날 만날 생각은 하지 마! 이제 끝장이니까."

말을 마치자 송혜련은 자리를 박차고 일어나 문을 열고 어둠 속으로 사라져 버렸다. 그녀는 곧바로 반금련을 찾아가서 억울해 죽겠다는 듯이 눈물까지 질질 짜면서 내왕에게 당한 일을 잔뜩 과장해서

말했다. 다 듣고 난 반금련은 코웃음을 치면서 딱하다는 듯이 혀를
찼다.

"쯧쯧쯧……. 그놈 참 앞뒤가 꽉 막힌 놈이네. 눈치가 그렇게 없어
가지고서야……. 그리고 제까짓 게 감히 누굴 때려, 함부로 까불다간
신세를 망친다는 걸 알아야지."

"이제 어떻게 하죠?"

송혜련이 미간을 좁히며 물었다.

"기왕에 헤어질 거라면 하루라도 빨리 갈라서는 게 상책이야. 오늘
부터 집에는 가지 말라고. 그까짓 놈 뒤치다꺼리를 언제까지 해 주려
고 그래?"

"그러잖아도 앞으로 다시는 날 만날 생각을 말라고, 이제 끝장이라
는 말을 해주고 왔어요."

"잘했어. 내가 다 속이 시원하네. 그럼 말이야, 내왕이 집에 없을
때 춘매랑 같이 가서 자네 짐을 몽땅 옮겨오라고."

"예, 그럴게요."

"그리고……, 내일부터 자네는 몸이 아프다고 드러누워 버리라고.
그이가 와서 어디가 아프냐고 묻거든 내왕이한테 얻어맞아서 그렇다
고 대답하는 거야. 그러면 그이가 무슨 방법을 강구해내지 않겠어?"

"고마워요, 마님."

"고맙긴……. 자네와 내가 뜻만 맞춘다면 그이는 우리 것이 되는
거야. 다른 여자들은 얼씬도 못하게 해야지. 안 그래?"

"예, 맞아요. 호호호……."

반금련과 송혜련이 얼굴을 맞대고 웃음꽃을 피우고 있는 그 시간,

내왕은 집에서 침상에 누워 있었다. 먼 길을 오느라고 생긴 노독도 노독이지만, 무엇보다 마음이 착잡하고 괴로웠다. 넉 달 만에 돌아온 남편에게 어찌 이럴 수가 있단 말인가. 생각하면 할수록 서운하고 괘씸하기도 하거니와, 아무래도 아내의 신상에 무슨 일이 일어난 게 틀림없는 것 같았다.

저녁때가 되자, 내왕은 생각 끝에 손설아를 만나보기로 마음먹었다. 나중에 자세한 얘기를 해 주겠다고 했으니, 그녀를 찾아가면 시원한 답을 들을 수 있을 것 같았다.

내왕이 손설아를 찾아가자, 그녀는 기다리고 있었다는 듯 반갑게 맞아 주었다.

"어서 와. 그러잖아도 올 때가 되었다고 생각하던 참이야."

"이렇게 밤늦게 찾아뵈서 죄송합니다."

"아니야, 내가 밤에 뭐 할 일이 있나. 혼자서 쓸데없는 공상이나 하는 것밖에……."

그 때 또 월미가 차를 날아왔다. 낮에 마셨던 송실차였다. 월미는 내왕이의 딱한 처지를 이미 다 알고 있는 터라, 무척 안쓰럽다는 듯이 찻잔을 내려놓으며 말했다.

"마음이 몹시 상했겠어요."

내왕은 뜬금없는 말에 흘끗 한 번 월미를 쳐다보고는 시선을 손설아에게로 돌렸다. 그러나 막상 말을 하려니 무엇부터 먼저 물어 봐야 할지 몰라 잠시 망설였다.

"이럴 게 아니라 술이나 한 잔 하지. 자네도 술 좀 마시지?"

"예, 조금 마십니다."

"월미야, 가서 술 한 병 가지고 오렴."

월미는 술 한 병과 함께 잔 두 개를 가지고 왔다. 월미가 제 방으로 물러가자, 손설아는 잔 하나를 손수 들고서 술을 따라 내왕에게 권했다.

"자, 한잔 해."

"마님께도 한 잔 따라 드릴까요?"

"물론이지. 혼자 마시는 술이 어디 있어."

손설아가 잔을 들자, 내왕은 술병을 두 손으로 들고 공손하게 술을 따랐다. 손설아는 잔을 살짝 쳐들어 보이며 건배를 청했다.

"자, 우리 같이 한 잔 하자고."

내왕은 황송하여 잠시 주저하다가 잔을 쳐들었다. 두 사람이 거의 동시에 잔을 비우고 나자 손설아가 자리에서 일어났다.

"아무래도 안주가 있어야겠는데……. 모처럼 특별한 손님이 왔으니, 내가 가서 안주를 만들어 올게."

내왕은 손설아가 주종의 관계를 떠나 이렇듯 친절하게 대해주는 것이 몹시 부담스럽기도 하고 또 이상하게 느껴지기도 했다.

얼마 후 손설아가 손수 만들어 온 안주를 놓고 두 사람은 대작을 하기 시작했다. 좋은 술에 맛깔스러운 안주는 금방금방 잔을 비우게 했다. 어느덧 술기운이 좀 오르자, 내왕이는 용기를 내어 찾아온 용건을 말했다.

"마님, 제 집사람이 도대체 어떻게 된 건지 말씀 좀 해 주세요. 아무래도 무슨 일이 있는 것 같습니다."

"응, 자네 집사람 말이지. 그 여자는 이제 끝난 사람이야."

손설아는 약간 취한 듯 혀 꼬인 목소리로 말했다.

"아니, 그게 무슨 말씀입니까?"

뜻밖의 말에 내왕은 눈이 휘둥그레졌다.

"자네가 없는 동안에 팔자를 바꿨다고. 아직도 그걸 모르겠나?"

"예? 그게 정말이에요?"

내왕의 얼굴이 일순 창백해졌다. 누구와 정을 통했는지까지 이미 짐작이 갔지만, 막상 그 말을 듣고 보니 눈앞이 아찔한 게 분노가 치밀어 오르기 시작했다.

"누구하고 붙었는지, 왜 안 묻지?"

"그야 들으나마나 뻔하잖아요."

"맞아, 뻔하지. 이 집안에 남의 여편네에게 함부로 손을 댈 사람이 누가 또 있겠어? 그나저나 자네 마누라도 보통이 아니더라고."

내왕이 자리에서 벌떡 일어서자 손설아는 그의 팔을 붙들어 앉히며 말했다.

"아서! 상대는 이 집 주인이야. 섣불리 날뛰다간 큰일 나네. 게다가 지금 자네 처는 반금련이 보물단지처럼 감싸 안고 지켜주고 있어."

"하지만……, 어떻게 주인어른께서 그럴 수가……."

내왕은 절망감과 함께 분노로 몸을 떨었다.

"자, 자……. 이럴 땐 술이 제일이야. 한 잔 쭉 들어."

"마님, 전 어떻게 하면 좋죠? 도저히 이대로는 견딜 수가 없어요."

손설아는 술잔을 들어 두어 모금 홀짝홀짝 마시고 나더니 태연하게 말했다.

"그렇다면 복수를 해야지."

"예? 복수를요?"

내왕의 눈이 또 한 번 휘둥그레졌다.

"왜 그렇게 놀라? 그럼 가만히 두고만 볼 생각이었어?"

"아니오, 복수를 하겠어요. 그런데 어떻게 복수를 하죠?"

"한 가지 기막힌 방법이 있지. 호호호······."

심각한 말이건만 손설아는 아무렇지 않은 듯 간드러지게 웃으며 내뱉었다. 내왕은 잠시 어리둥절하다가 물었다.

"그게 뭔데요?"

"어떤 방법인가 하면 말이야······."

손설아는 말을 멈추고 잔에 남은 술을 단숨에 훌쩍 들이켰다. 그리고는 술기운으로 약간 흐릿해진 눈으로 내왕을 똑바로 쳐다보며 말했다.

"자네도 똑같은 방법으로 복수를 하는 거야."

"똑같은 방법이라뇨?"

"우리 그이가 자네의 아내를 건드린 것처럼 자네도 그렇게 하는 게 똑같은 방법이지 뭐야."

"아니, 그럼······!"

내왕은 그만 술이 확 깨는 것 같았다.

"생각해 봐. 내가 뺨을 맞았으니 나도 뺨을 때려 주는 거지. 이보다 더 공평하고 멋진 복수가 어디 있겠어? 안 그래?"

"······."

당황한 내왕은 뭐라고 대답할 말을 찾지 못했다.

"왜, 내 말이 틀렸어?"

"그런 건 아닙니다만……."

"그럼, 그렇게 해. 내가 도와줄 테니까."

"하지만 전 자신이 없습니다. 어느 마님이 저 같은 걸 거들떠보기나 하겠어요? 건드리기는커녕 혼쭐이나 안 나면 다행이지요."

"원 이렇게 말귀가 어두워서야……. 내가 도와준다고 하잖나."

"전 도무지 무슨 말씀인지 알아들을 수가 없네요."

내왕은 더욱 갈피를 잡을 수 없어 쩔쩔 맸다.

"나를 건드리란 말이야, 이 맹추야. 호호호……."

"아니, 그럼 제가 마님을……."

"사실 난 서문경의 마누라도 아니야. 그는 날 쳐다보지도 않는다고. 난 그저 이 집의 부엌데기일 뿐이야. 난 그게 분해서 견딜 수가 없어. 그래서 나도 복수를 하려는 거야. 그이는 허구한 날 딴 여자하고만 자는데, 나라고 다른 남자와 못 잘 것도 없잖아?"

손설아의 목소리에는 깊은 슬픔이 배어 있었다.

"마님, 많이 취하셨어요. 이제 주무시는 게 좋겠습니다."

"뭐, 혼자 자라고? 싫어, 난 내왕이와 잘 거야. 정말이라니까. 내왕이는 내가 싫어? 솔직하게 말해 봐. 응?"

손설아는 거의 울먹이듯이 말했다.

"……."

내왕은 어찌할 바를 모른 채 멍하니 손설아를 쳐다보고만 있었다.

"말해 보라니까. 내가 싫어?"

"아니, 좋아해요."

내왕은 마지못해 그렇게 대답했다. 만일 싫다고 대답했다가는 손설아는 금방 울음이라도 터뜨릴 것만 같았다.

"그럼 됐어. 자, 우리 일어나자. 어서……."

손설아는 약간 비틀거리며 의자에서 일어났다. 하지만 내왕은 넋이 빠진 얼굴로 계속 멍하니 앉아 있기만 했다. 손설아는 거침없이 다가와 내왕의 한쪽 팔을 잡고 일으켰다.

"왜 그러고 앉았어? 일어나라니까……."

"예, 예."

내왕은 그녀가 일으키는 대로 엉거주춤 일어났다.

"저리로……, 침실로 가자고."

그녀는 막무가내로 내왕을 밀어붙이며 침실로 향했다. 내왕은 어찌할 바를 모르고 그저 그녀가 하는 대로 내맡기듯 밀려갔다. 정말 이래도 되는 것인지 그의 머릿속은 멍하기만 했다. 아무리 복수라고는 하지만, 이러다가 도리어 큰 변이라도 당하는 게 아닌가 싶어 슬그머니 두려운 생각까지 들었다.

침실로 들어서기가 무섭게, 손설아는 내왕을 껴안고 그의 가슴에 얼굴을 마구 비벼댔다. 그러는 동안 내왕도 아랫도리가 후끈 달아오름을 느꼈다. 그녀는 마침내 내왕을 침상 위로 떠밀었다. 내왕은 옷을 입은 채로 침상 위에 벌렁 드러누워서는 하고 싶은 대로 마음껏 하라는 듯 가만히 누워 있었다.

이윽고 그녀의 뜨거운 손길이 내왕의 옷을 벗기기 시작했다. 그 때까지도 내왕은 꼼짝도 하지 않고 그대로 누워 있었다. 하지만 내왕의 그것은 꼿꼿하게 고개를 쳐들고 있었다.

"호호호……, 힘차기도 해라."

그녀는 요염하게 웃으며 자기도 옷을 벗었다. 창문으로 비쳐드는 달빛 속에 드러난 그녀의 몸뚱어리는 아름답다 못해 괴기마저 서려 보였다. 옷을 다 벗고 난 그녀는 곧장 침상 위로 올라와 내왕이의 알몸 위에 무너지며 입술을 더듬었다. 그제야 내왕도 누운 채 그대로 그녀를 불끈 끌어안았다.

"오, 이렇게 억세고 멋진 포옹은 처음이야."

그녀는 꿈속으로 빠져들 듯 스르르 눈을 감았다. 감미롭고 황홀한 입맞춤에 이어 부드러운 애무가 몸의 구석구석을 뜨겁게 달구었다. 내왕은 가슴 위의 그녀를 옆으로 밀어 내려서 반듯하게 눕히고는 성난 맹수처럼 그녀를 덮쳤다.

넉 달 동안이나 꾹꾹 눌러 온 욕망이 한꺼번에 솟구쳐 오르는 듯 처음부터 그는 뜨겁고 거칠게 몰아붙였다. 그녀 또한 참으로 오래간만에 남자의 뜨거운 불덩어리가 자기의 살 속을 파고들자, 자지러지듯 교성을 질렀다.

"에구머니……."

굶주린 암컷과 수컷이 일으키는 격렬한 율동은 은은한 달빛을 받아 마치 방안에 은빛 파도가 치는 것 같았다.

어디선가 요란한 고양이의 울음소리가 들려왔다. 그 소리가 귓전에 가물거리다가 완전히 사라지는 순간, 내왕과 손설아는 거의 동시에 절정에서 미끄러져 내려왔다. 갑자기 방안에 무거운 정적이 감돌았다. 얼마 후 먼저 정적을 깬 것은 손설아였다.

"날 언제까지고 사랑해 줘야 해요. 응?"

"응, 그러지."

파도가 스치고 지나간 후에는 완전히 주종이 전도되어 있었다. 이제는 마님도 없고, 하인도 없었다. 남자와 여자가 있을 뿐이었다.

"난 이제 당신 없이는 못 살 것 같아요. 당신은 어때?"

"글쎄……."

"글쎄라니요? 당신은 내가 없어도 살 수 있다는 거예요?"

"그보다도 앞으로 어떻게 하면 좋을지 모르겠어."

"또 그런 소리예요? 이왕에 복수를 결심했으니, 계속 복수를 하면 되잖아요? 호호호……."

"탄로가 나면 복수고 뭐고 없잖아?"

"왜 탄로가 나요? 감쪽같이만 하면 그만이지."

"세상에 비밀이 어디 있어? 옆방의 월미가 눈치를 챘을지도 모르잖아?"

그의 말대로, 이미 월미는 그들이 하는 짓을 처음부터 끝까지 문틈으로 모두 지켜보고 있었다. 남녀간에 음심이 오가는 것은 그들의 눈빛 하나만 보아도 금방 알 수 있는 법이다. 나이가 열아홉 살이나 된 처녀가 그것을 놓칠 리가 없었다.

"월미 걱정은 안 해도 돼요. 그 애는 내 조카뻘인데, 또 내가 베풀어 준 은혜가 있기 때문에 나한테 해로운 일은 절대 안 할 거라고요."

내왕은 그제야 조금 안심이 되는 듯 고개를 끄덕이더니, 자리에서 벌떡 일어났다.

"난 이만 가 봐야겠어. 곧 날이 샐 텐데, 지금 잠이 들었다가는 큰일 나지."

"그렇겠네요. 그게 안전하긴 하지만, 이렇게 헤어지려니 너무 아쉬워요."

"그럼 난 가 볼게."

침상에서 내려선 내왕은 서둘러 주섬주섬 옷을 챙겨 입고는 그림자처럼 손설아의 침실을 빠져나갔다. 그보다 먼저 월미가 잽싸게 몸을 피한 것은 말할 것도 없는 일이다.

한편, 서문경은 반금련으로부터 송혜련에 관한 얘기를 듣고는 펄쩍 뛰었다.

"아니, 그놈이 감히 누구에게 손찌검을 해? 이건 분명히 나를 우습게 안 거야."

그러자 반금련이 답답하다는 듯이 말했다.

"여보, 그렇게 무턱대고 화만 낼 일이 아니에요. 세상에 어떤 남자가 그런 일에 가만있겠어요? 가만있는 게 되레 무섭고 위험한 거죠."

"하긴 그렇지."

서문경이 머쓱해서 한풀 누그러졌다.

"하지만 내왕이의 성격으로 봐서 아무래도 그냥 지나치지는 않을 것 같아요. 당신이 그랬잖아요. 평소엔 얌전하다가도 한번 화가 나면 물불을 가리지 않는다면서요?"

"그럼 어떻게 해야지?"

서문경은 갑자기 멍청해진 듯 입을 벌리고 물었다.

"일단은 두고 보는 수밖에 없겠지만……, 앞으로 그 녀석이 어떻게 나오느냐에 따라 우리도 대처를 해야겠죠. 그러니까 당장 내일부터 감시를 해야 한다고요."

"맞아, 그게 좋겠어. 그럼 그 일은 당신이 맡아서 잘해 줘. 필요한 돈은 약방에서 얼마든지 갖다 쓰고……."

돈을 마음껏 갖다 쓰라는 말이 떨어지자 반금련은 더욱 신명이 났다.

"예, 알았어요. 이제 그 일에 대해선 걱정 끊으세요. 호호호……."

이렇게 내왕에 대한 감시를 맡은 반금련은 궁리를 거듭한 끝에 내흥을 이용하기로 마음먹었다.

지금 집안사람들 중에 내왕이라는 존재를 가장 미워하는 사람은 내흥임에 틀림없을 것이었다. 비록 서문경의 지시에 의해 그렇게 되었다고는 하지만, 식품창고라는 황금 알을 낳는 직책을 내왕에게 빼앗기고 말았으니 말이다.

일단 마음을 정하자, 반금련은 조금도 지체하지 않았다. 즉시 춘매를 시켜 내흥을 자기의 거실로 불러들이고는, 미리 준비해 놓은 술과 안주를 대접하면서 얘기를 꺼냈다.

"자네……, 요즘 재미가 어때?"

"재미라뇨? 마님께서도 다 아시면서……."

"그럴 테지. 그 좋은 자리를 하루아침에 빼앗겼으니……. 실은 그래서 내가 자네를 부른 거라고."

"……?"

내흥은 반금련이 무슨 말을 하려고 자기를 불러 술까지 대접하는지 알 수가 없어 얼떨떨할 뿐이었다.

"자네는 왜 아무 잘못도 없이 그 자리에서 밀려났는지 알고 있어?"

"그야 내왕이 이번에 큰 일을 잘 수행해냈기 때문에 그 공로로 그자리를 맡은 게 아닙니까?"

"모르는 소리……, 자네는 보기보다 사람이 참 순진하구면."

"그게 무슨 말씀이세요, 마님?"

"사실은 말이야. 내왕이가 자네를 중상모략해서 그렇게 된 거라고."

"예?"

순간 내흥의 얼굴빛이 싹 달라졌다.

"내왕이가 주인어른께, 자네가 식품창고 일을 보면서 엄청난 부정을 저지르고 있다고 일러바쳤거든."

"아니, 그놈이……!"

"쉿! 아직은 나서지 마. 모른 척하고 있으란 말이야, 알았지? 설불리 나섰다가는 엉큼한 그 녀석에게 오히려 당하고 말아. 자네가 결백하다는 건 내가 잘 알고 있어. 그러니까 지금부터 내가 시키는 대로만 하라고. 그러면 자네에 대한 누명은 절로 풀리게 되고 복직도 되는 거지."

"그럼, 제가 어떻게 해야 하죠?"

반금련은 잠시 눈을 깜빡이더니 얼굴을 가까이 대고 말했다.

"뭐 별로 어려운 일도 아니야. 앞으로 내왕이의 동태를 살펴서 나에게 알려주면 되는 거야. 밤낮을 가리지 말고 샅샅이 말이야."

반금련은 잠시 말을 끊고 의자에서 일어나 장롱이 있는 쪽으로 갔다. 장롱 속에 무언가를 꺼내 가지고 자리로 돌아온 그녀는 그것을 내흥의 앞에 놓았다. 세 닢이나 되는 은전이 반질반질 햇빛에 반짝였다.

"우선 이것부터 받아 두라고. 그런 일에는 아무래도 돈이 좀 들 테니까."

"아니, 이렇게 많은 돈을 제게 주시는 거예요?"

"어서 넣어둬. 그리고 이 일은 아무도 모르게 처리해야 돼."

"예, 알겠습니다. 그럼 전 이만 물러가겠습니다."

그 뒤로 내홍은 곧잘 주방과 내왕의 주변을 맴돌면서 은밀히 그를 감시하기 시작했다. 주방은 식품창고와 직결되는 곳이기 때문이었다.

그런 사실을 모르는 내왕은 그를 만나게 될 때마다 미안하고, 또 한편으로는 몹시 창피했다. 그의 직책을 자기가 차지하게 되었으니 미안했고, 아내를 서문경에게 빼앗기고 그 대가로 그 자리를 얻게 된 것 같아서 창피하기도 했던 것이다.

내홍과의 관계도 그렇지만, 그보다도 요즘 내왕은 여러 가지로 마음이 몹시 착잡했다. 손설아와 관계를 맺기 전까지는 서문경과 아내에 대한 증오와 비탄에 휩싸여 있었는데, 어쩌다 그만 주인의 부인과 정분을 나눈 사이가 되고 보니 주인에게 미안하기도 하고, 또 혹시 탄로 나지나 않을까 두렵기도 했던 것이다.

그리고 또 한 사람, 남 모를 열병을 앓고 있는 이가 있었으니, 바로 월미였다. 숫처녀가 처음으로 남자를 경험하고 나면 세상이 달라져 보이는 법이다. 월미는 자기가 직접 몸으로 경험한 것도 아니고, 그저 남녀가 관계하는 것을 훔쳐보면서 엿들었을 뿐인데도 어쩐지 하룻밤 사이에 세상이 완전히 달라진 것만 같은 느낌이 들었다. 자기도 그런 황홀한 밤을 경험해 보고 싶은 생각이 갈증처럼 간절히 솟구치기도 했다.

그것뿐만이 아니었다. 지금까지 하늘처럼 우러러보던 손설아가 한낱 추악한 고깃덩어리로 보이기 시작했던 것이다. 남편이 있는 여자가, 그것도 하필이면 자기가 데리고 있던 하녀의 남자를 끌어들여 관

계를 맺다니……, 그것은 어머니가 병상의 아버지를 팽개치고 샛서
방을 얻은 것과 다를 바가 없었다. 아니, 그보다도 더 나쁘고 더럽게
느껴졌다.

'흥, 어디 두고 보라지.'

월미는 사팔뜨기 눈을 이리저리 굴리며 뭔가 깊은 생각에 잠기는
듯했다. 그녀의 얼굴에선 으스스한 광기까지 흐르고 있었다.

어느 날 오후였다. 주방에서 나오던 월미가 마침 그곳으로 들어서
는 내왕과 마주쳤다. 마침 주방 안에는 아무도 없었다.

"어머나, 내왕 아저씨."

월미는 자기도 모르게 큰 소리로 내왕을 불렀다.

"아니, 왜 그렇게 놀라는 거야?"

"히히히……."

"불러 놓고는 왜 실실 웃는 거지?"

"나도 다 안다고요."

"알다니, 뭘 안다는 거야?"

송설아와의 관계가 있던 터라 내왕은 내심 뜨끔했다.

"그렇게 시치미 떼지 마세요."

"얘가 점점……."

"내가 일러바칠 거예요."

"누구한테 일러바친다는 거야?"

내왕은 긴장하지 않을 수 없었다. 그럴수록 월미는 더욱 능글능글
한 웃음을 흘렸다.

"히히히……, 그걸 몰라서 물어요? 주인어른께죠."

"너 보았구나?"

"보다 뿐이겠어요? 숨넘어가는 소리가 아주 기가 막히던걸요."

내왕은 입을 다문 채 잠시 말을 잇지 못했다. 하늘이 무너지는 것 같았다. 그 일이 서문경에게 알려지는 날에는 자기는 꼼짝없이 죽은 목숨이었다.

"너 정말 일러바칠 거야?"

"안 일러바치는 대신 조건이 있어요."

월미의 사팔뜨기 눈에 미묘한 웃음이 떠올랐고, 그 웃음은 내왕에게 섬뜩한 느낌을 주기에 충분했다.

"그게 뭔지 말해 봐."

"마님만 좋아하지 말고 나도 좀 좋아해 달라는 거예요."

"……?"

너무도 엉뚱한 말에 내왕은 월미의 얼굴만 멀뚱히 쳐다보았다.

"그날 보니까 아저씬 마님의 말을 참 잘 듣던데요. 그러니 이제부터는 마님의 말만 듣지 말고 내 말도 들어 줘야 해요. 알겠어요?"

이게 장난인지 협박인지 도무지 알 수가 없었다. 그러나 월미의 진지한 태도로 보아 장난은 아닌 듯했다. 만약 그녀의 말을 안 들어주었다가는 무슨 일이라도 저지를 것만 같았다.

"허, 그래? 그렇다면 네 말을 들어 주지."

"그럼 오늘 밤에 내 방으로 오세요. 꼭요."

"그건 안 돼. 마님이 알면 큰일 난다고."

"그럼 내가 아저씨 집으로 갈게요. 오늘 밤에……."

"알았어. 그렇게 해."

이리하여 참으로 어이없고 희한한 흥정이 눈 깜짝할 사이에 이루어졌다.

그날 밤이 이슥해지자, 월미는 몰래 주방에서 가져다 놓은 술 한 병과 마른안주 몇 가지를 싸들고 내왕의 집으로 갔다.

"좀 늦었죠?"

"아니야, 되레 좀 이른 셈이지."

월미는 가지고 온 보자기를 풀며 얼굴을 살짝 붉혔다.

"술을 한 병 가지고 왔어요."

"그래? 마침 목이 컬컬하던 참인데 잘 됐군."

내왕은 월미의 비위를 맞추어 주려고 애를 쓰는 자신을 발견하고는 이내 쓴 입맛을 다셨다. 어린 계집에게 질질 끌려가고 있는 자신이 한심하기까지 했다. 그러나 기왕에 작정한 것이니, 다짐이나 받아둘 수밖에 없었다.

"월미야, 우리가 이렇게 몰래 만난 것을 마님이 알면 안 된다. 알겠지?"

"……."

월미는 심드렁하니 대답이 없었다.

"왜 대답이 없어?"

"내가 뭐 어린앤가요. 그런 말을 하게……."

"마님뿐 아니라 누구에게도 말해선 안 돼."

"아저씬 뭐가 겁난다고 그러세요? 아저씨가 마님하고 만나는 걸 다른 사람이 알면 큰일이겠지만, 나하고 만나는 게 뭐 큰일이라고요? 안 그래요?"

"……."

"우리 사이를 대놓고 욕할 사람은 혜련 아줌마뿐인데, 그 여자는 이미 주인어른의 여자가 됐잖아요. 자기가 뭐라고 말할 염치가 어디 있어요? 남편을 배반하고 딴 남자한테 간 여자가……. 난 그런 여자는 찢어죽이고 싶도록 미워요."

월미의 두 눈은 다시금 심한 증오심으로 번뜩였다. 내왕은 순간 움찔했다. 그 순박하던 월미가 별안간 이렇게 표독스럽게 변하는 걸 보니, 섬뜩하기까지 했던 것이다.

"월미와 내가 서로 좋아한다고 해서 트집 잡을 사람은 없겠지만, 한 집안에서 이러쿵저러쿵 남의 입에 오르내리는 것도 좋지는 않잖아?"

내왕은 우선 월미를 달래는 수밖에 없다고 생각했다.

"맞아요. 그 말은 맞네요. 그런데 히히히……."

월미는 또 무슨 생각을 했는지 별안간 킬킬대고 웃었다.

"아니, 왜 그렇게 웃어?"

"그날 밤 말예요. 아저씨와 마님이 복수를 한다면서 그 짓을 하던 일이 생각나서요."

"뭐라고?"

내왕은 그만 얼굴이 왈칵 붉어졌다.

"그래서 나도 복수를 하려고 마음먹은 거예요. 나도 혜련 아줌마와 마님이 정말 미워서 죽겠거든요. 호호호……."

내왕은 슬그머니 월미가 무서워졌다. 겉으로는 고지식하고 순박해 보이기만 했는데, 알고 보니 더없이 앙큼한데다가 음흉하기까지 했다.

"아저씨, 우리 이제 그만 자요. 이러다가 날 새겠어요."

월미가 이번에는 수줍은 듯 살짝 웃으며 말했다.

"그럴까……."

술기운이 적당히 오른 내왕은 서슴없이 한 손을 뒤로 돌려 월미의 엉덩이로 가져갔다. 이미 벌어질 대로 벌어진 월미의 엉덩이에선 탄탄한 탄력이 그대로 전해졌다. 내친 김에 다른 손을 뻗어 옷섶을 헤치고 들어가 맨살의 젖가슴까지 더듬었다. 아직 채 영글지 않은 두 봉우리 꼭지가 앵두알처럼 작고 단단했다. 아무래도 남자의 손길이 처음와 닿아선지, 월미의 온몸이 경련을 일으키듯 가늘게 떨리고 있었다.

"어머나!"

월미가 당황한 듯 짧은 비명을 내질렀다. 젖가슴을 애무하고 있던 내왕의 한 손이 이내 치마 속으로 미끄러져 들어갔던 것이다.

"다 안다면서 왜 그래? 내가 하는 대로 가만히 있어 보라고."

"이상해요. 간지러운 것도 같고……."

"이 바보야. 그게 기분 좋은 거지 뭐야. 사랑이란 건 다 그런 기분을 맛보려고 하는 거라고."

내왕은 기어이 그녀의 아랫도리를 실컷 애무한 다음, 옷가지를 하나하나 다 벗겨 버렸다. 그리고는 벌거숭이가 된 열아홉 살짜리 숫처녀의 몸뚱어리를 번쩍 안아 침상 위에 눕혔다. 내왕은 먼저 월미의 알몸을 입술로 골고루 핥아 나갔고, 그때마다 월미는 깜짝깜짝 놀라며 자지러졌다. 숫처녀의 입에서 흘러나오는 교성의 야릇함에 이끌린 내왕은 내왕은 마치 숫총각 때와 같은 흥분에 빠져들었다.

그날 밤 내왕은 복에 없는 숫처녀를 껴안아 보는 행운을 맛보기는 했으나, 아무도 모르게 하려던 그들의 밀회는 그만 온 동네가 다 알게 되고 말았다. 뜨거운 애무가 끝나고 드디어 본격적인 사랑으로 들어 갔을 때였다. 그녀의 숫처녀가 망가뜨려지는 순간, 월미가 느닷없이 비명을 질러댔던 것이다.

"에구머니! 에구, 엄마야!"

그 소리는 결코 교성이 아니라 찢어지는 듯한 비명이었다. 그리고 그 비명은 한 번으로 끝나지 않았다.

"아이고, 이제 그만, 그만……."

당황한 내왕은 하던 일을 멈추고 그녀의 입을 틀어막았다. 마치 겁 탈을 하는 꼴이 되고 만 내왕은 월미의 귀에 대고 조용히 속삭였다.

"조용히 좀 해. 남들이 들으면 어쩌려고 그래!"

그러나 이미 그 소리는 들을 사람은 다 듣고 난 뒤였고, 그 소리가 무슨 소리이며 누구의 소리인 것까지 다 알려지고 난 뒤였다.

이튿날 날이 밝자 소문은 삽시간에 온 집안에까지 퍼졌다. 그 소문을 듣고 맨 먼저 월미의 방으로 달려온 것은 손설아였다.

"너, 어떻게 그럴 수 있니?"

손설아는 분을 이기지 못하고 씨근거렸다.

"무슨 말이세요?"

"계집애가 능청스럽긴……. 다 알고 왔단 말이야."

"마님도 참……, 도대체 무슨 소릴 들으셨기에 이러세요?"

"너 어젯밤 내왕이와 같이 잤다며?"

"예, 같이 잤어요."

월미는 서슴지 않고 대답했다.

"뭐라고? 얘가 이제 보니까 큰일 낼 계집애네."

"전 어린애가 아니에요. 열아홉 살이라고요."

"이년아, 그렇다고 내왕이와 그 짓을 하다니 말이나 돼?"

"왜 말이 안 되나요? 그이는 홀아비고 저는 처년데 안 될 게 뭐 있어요?"

"내왕이 어째서 홀아비냐? 송혜련이 있잖아."

"그 아줌마는 이미 주인어른의 것이 됐잖아요."

"아직 어떻게 될지 결말이 안 났잖아."

"결말이고 뭐고 뻔한 거죠 뭐. 그러니까 전 그이하고 꼭 결혼할 거예요."

"뭐, 결혼을 해? 누구 맘대로."

"그야 제 맘대로죠."

"아니, 이년이!"

손설아는 분을 이기지 못하고 월미의 뺨을 갈겨 버렸다. 그러나 월미는 눈 하나 깜짝하지 않고 손설아를 빤히 올려다보았다.

"마님이 왜 이렇게 화를 내는지 제가 모를 줄 알아요? 다 안다고요."

"이년이 지금 뭐라고 주절대는 거야?"

"복수는 뭐 마님과 내왕이 아저씨만 할 줄 아는가 보죠? 저도 할 줄 안단 말예요. 그래서 저도 복수를 한 거라고요."

이쯤 되면 월미가 자기와 내왕의 관계를 알고 있음이 분명했다. 손설아는 그만 눈앞이 아찔해졌다. 그녀는 자기도 모르게 월미의 입을 틀어막으며 조그만 소리로 말했다.

"네가 정말 나를 죽이려고 그러느냐?"

입이 막힌 월미가 고개를 좌우로 저었다.

"옛정을 생각해서라도 제발 그 일만은 말하지 말아 다오."

어느새 손설아는 월미에게 애원하는 처지가 되고 말았다.

"응, 응."

월미는 크게 고개를 끄덕였다. 손설아가 그녀의 입을 틀어막은 손을 떼자 월미는 몇 번 숨을 고르더니, 의외로 차분한 소리로 말했다.

"마님이 저와 내왕이 아저씨의 결혼을 방해하지만 않는다면, 저도 절대 말하지 않겠어요."

손설아는 잠시 생각하다가 무겁게 입을 열었다.

"알았다. 방해는커녕 오히려 너희들 두 사람이 결혼하도록 도와주마."

손설아는 월미의 협박에 가까운 반항도 반항이지만, 이쯤에서 내왕과의 관계도 청산해야겠다고 마음을 바꾸었다. 겉으로는 자기를 좋아하는 척하면서 뒤로는 또 딴 여자를 건드리는 사내의 이중성에 치가 떨렸기 때문이었다.

이리하여 손설아와 내왕의 관계는 비밀로 묻혀지고 말았지만, 내왕과 월미와의 관계는 내홍이 곧 냄새를 맡게 되었고, 그것은 반금련을 통해 즉시 서문경에게 알려지게 되었다.

"허허허……, 그것 참 잘됐군 그래. 내왕이 그놈, 이제 혜련이는 포기한 모양이지?"

서문경이 유쾌하게 웃으며 말하자, 곁에 있던 반금련이 눈빛을 빛내며 말했다.

"이번 기회에 그 둘을 아주 결혼까지 시켜 버리죠?"

"뭐? 결혼을 시키자고? 그거 아주 좋은 생각인데."

"그러면 모든 일이 깨끗이 마무리되는 거잖아요. 호호호."

"그럼 말이야. 그 일도 당신이 맡아서 처리를 해 줘."

"염려 마세요."

"일이 어째 너무 싱겁게 끝나는 것 같은데. 허허허⋯⋯."

"그러게 말이에요. 은근히 신경이 쓰였는데, 앓던 이가 빠진 것처럼 속이 시원하네요."

새로운 임무를 부여받은 반금련은 먼저 월미의 마음부터 떠보아야 겠다는 생각으로 춘매를 시켜 그녀를 불러들였다. 예상했던 대로 월미는 결혼만 시켜 준다면 그 이상 고마울 데가 없다고 감지덕지했다. 그렇다면 다음은 내왕의 차례였다.

반금련은 생각 끝에 그 일에는 내홍을 끌어들여야겠다고 생각했다. 자기가 직접 나서는 것도 뭣하거니와, 마누라를 빼앗긴 남자의 심정이 그리 간단하지가 않을 것 같아서였다.

"여보게 내왕이, 우리 술이나 한 잔 하세."

내홍이 내왕을 부른 것은 바로 그날 해질 무렵이었다.

"응, 그러지."

평소 내홍에게 늘 미안한 생각을 가지고 있던 내왕은 그의 제의에 쾌히 응했다. 내홍이 앞장을 서 찾아간 곳은 꽤 괜찮은 고급 술집이었다. 두 사람이 탁자를 사이에 두고 마주 앉자, 내홍이 독한 고량주를 시켰다. 안주도 자기 분수로는 과하다 싶을 정도로 이것저것 좋은 것을 잔뜩 주문했다.

　얼마 동안 두 사람은 말없이 술잔만 기울였다. 아무래도 서로의 입장이 조금은 어색하고 부자연스러웠기 때문이었다. 그러나 독한 고량주가 몇 잔씩 들어가자, 분위기는 한결 부드러워졌다.

　"애길 들으니, 자네가 횡재를 했더구먼."

　내홍이 먼저 웃으면서 입을 열었다.

　"횡재라니, 무슨 소린가?"

　내왕은 다소 긴장했다. 혹시 내홍이 자기와 손설아가 관계를 맺어온 것을 알고 슬쩍 떠보는 게 아닌가 싶어서였다.

　"새 장가를 들게 됐다면서? 더구나 숫처녀한테······. 그보다 더 큰 횡재가 또 어디 있겠는가?"

　"아, 그거야 뭐······. 임자 없는 처녀가 제 발로 굴러들었는데 마다할 남자가 어디 있겠어?"

　내왕은 그제야 마음을 놓으며 따라 웃었다.

　"그래, 날짜는 정했는가?"

　"도대체 무슨 소리야? 장가라니?"

　"벌써 소문이 쫙 퍼졌던데 뭐."

　"글쎄, 그게 아니라니까······."

　내홍이 반금련의 밀명을 받고 자기의 속마음을 떠보기 위해 접근한 것을 알 리가 없는 내왕은 답답하다는 듯이 고개를 좌우로 흔들며 말했다.

　"어쩌다 보니 월미와 그렇게 된 것 뿐이라고. 정말이야. 하룻밤 같이 잤다고 해서 꼭 장가를 가야 하는 건 아니잖아."

"떡 본 김에 제사지낸다고, 기왕 소문까지 났으니 이 참에 장가를 들지 그래?"

내홍은 슬쩍 그의 마음을 떠 보았다.

"장가는 무슨……."

"왜? 싫은가?"

"그럴 형편도 못되고……, 불알 찬 사내놈이 제 마누라는 빼앗긴 채 그냥 딴 데로 장가를 든대서야 말이 돼?"

"듣자 하니 주인어른과 다섯째 마님이 주선을 하고 있는 모양이던데?"

"홍, 그거야 내 마누라를 빼앗아 가려고 수작을 부리는 것이겠지. 내가 그 얄팍한 수작에 넘어갈 줄 알고!"

내왕은 앞에 놓인 잔을 들어 독한 술을 단숨에 비워 버렸다. 그의 얼굴은 어느새 시뻘겋게 상기되어 있었다.

"지금 나한텐 주인이고 마님이고 없어. 아직도 그 일만 생각하면 울화가 치밀어 오르는데, 그까짓 게 뭐라고……."

내왕은 자기 손으로 잔에다 술을 가득 따르더니 또 한입에 털어 넣어 버렸다.

"그럼 어쩌겠다는 거야? 이미 주인어른의 여자가 되어 버린 마누라를 도로 찾겠다는 거야? 그럴 자신이나 있어?"

내홍은 드디어 결정적인 미끼를 던졌다.

"까짓것 못 찾으면 그 때는……."

"그 때는 뭘 어떻게 할 건데?"

"끝장인 거지 뭐. 저 죽고 나 죽으면 그만 아니겠어?"

"뭐라고? 그럼 자네 부인을 죽이겠다는 거야?"

"마누라뿐이겠어? 모조리 죽여 버려야지. 모조리……!"

"알았으니, 이제 그만하게. 많이 취했어."

"내가 가만히 보고만 있을 것 같아? 서문경이 그놈을 내가 죽이나 안 죽이나 보라고. 그리고 반금련 그년……, 제 서방을 독살한 그년도 꼭 내 손으로 처치해 버리겠어!"

어느새 내왕은 초점을 잃은 두 눈을 굴려가며 거침없이 욕설을 내뱉기 시작했다. 허공에 대고 주먹질까지 해대는 모습은 흡사 실성한 사람과 다름없었다.

"알았다니까 그러네. 이제 그만 집으로 가세."

내홍이는 내왕을 부축해 일으키면서 코언저리에 웃음을 떠올렸다.

역시 독한 고량주가 화근이었다. 내왕의 성격으로 보아 그런 엄청난 일을 저지를 인물이 아니었다. 단지 홧김에 술의 힘을 빌려 분통을 한번 터뜨린 것에 불과했지만, 이 한 마디가 그를 파멸로 몰아넣을 줄은 꿈에도 생각지 못했던 것이다.

그날 밤, 반금련의 거처로 찾아간 내홍은, 서문경과 반금련에게 내왕이 한 말을 그대로 고해 바쳤다. 이야기를 듣고 난 반금련은 대번에 온몸의 피가 거꾸로 치솟는 듯한 느낌이었다.

"그놈이 간덩이가 부어도 이만저만 부은 게 아니로구먼. 죽고 싶어서 환장을 한 게지."

아픈 데를 찔린 서문경 역시 입에 거품을 물고 소리쳤다.

"저런 때려죽일 놈이 있나. 내 이놈을 당장 요절을 내고 말 테다!"

세 사람은 곧 내왕을 어떻게 처리할 것인지에 대한 모의에 들어갔다. 내왕에게 죄를 씌워 현청에 넘기는 데까지는 쉽게 합의가 이루어졌는데, 그 방법에는 조금씩 차이가 있었다. 먼저 내홍은 내왕을 방화범으로 몰면 어떠냐는 의견이었고, 반금련은 살인미수범으로 조작하는 게 좋겠다고 말했다. 두 사람의 말을 들은 서문경은 고개를 끄덕이며 말했다.

"사실 나는 그 녀석을 도둑으로 몰 생각이었는데, 두 사람의 생각도 그럴 듯하군. 이왕 말이 나온 거 세 가지를 다 덮어씌우면 되겠네. 그래야 세 가지 중 한두 가지는 성공을 할 게 아닌가."

반금련과 내홍은 서문경의 말에 조금 놀란 듯하더니 이내 의미 있는 미소를 지었다. 이제는 구체적인 방법만 결정하면 되는 일이었고, 세 사람은 다시 머리를 맞대고 무서운 흉계를 꾸미기 시작했다.

● 누명

이튿날 내왕은 간밤의 과음 때문에 하루 종일 숙취로 고생을 했다. 뱃속은 금방이라도 넘어올 듯이 울렁거렸고 머리는 깨질 듯 아팠다. 그러면서도 어젯밤 내홍에게 무슨 큰 실언이라도 하지 않았는지 내심 불안하기 짝이 없었다. 잔뜩 흥분해서 무슨 말인가 마구 쏟아낸 것 같기는 한데, 무슨 말을 했는지는 도무지 기억이 나지 않았다.

가까스로 몸을 추슬러 당장 필요한 식품 몇 가지를 조달해 주는 것으로 창고 일을 끝마쳤다. 뒤숭숭한 가운데 지루한 하루해가 저물고 집으로 돌아온 내왕은 그대로 침상 위에 쓰러지듯 몸을 던졌다. 소태를 머금은 듯 입 안이 써서 밥 생각도 나지 않았다. 그저 멍한 정신으로 송장처럼 누워 있기만 했다.

벌써 삼경이 가까웠는데도 그날따라 아무리 잠을 청해도 잠이 오지 않았다. 어둠 속에서 멀뚱히 눈만 껌벅이고 있는데, 바깥이 갑자기 시끌벅적해지더니 다급한 고함 소리가 들려왔다.

"불이야! 불이야!"

내왕은 거의 반사적으로 벌떡 일어나 정신없이 밖으로 뛰어 나갔다. 바깥은 앞을 잘 분간할 수 없을 정도로 어두운데 마구간 쪽에서 시뻘건 불길이 치솟고 있었다. 내왕은 그쪽을 향해 허둥지둥 달려갔다.

하인들이 모여 사는 곳에서 마구간으로 가려면 중문을 지나 정원을 통과해야만 했다. 내왕이 어둠 속을 뛰어서 막 중문을 지날 때였다.

"도둑이야! 도둑놈 잡아라!"

멀지 않은 곳에서 누군가 외치는 소리가 들려왔다. 그 소리에 내왕은 뛰던 걸음을 멈추고 사방을 둘러보았다. 도무지 정신을 차릴 수가 없었다. 불이 난데다 또 도둑까지 들다니, 이게 도대체 무슨 변괴인가 싶었다.

그 때 또 다시 고함 소리가 들려왔다. 그것도 아주 가까운 곳이었다.

"도둑이 정원 쪽으로 도망친다. 어서 잡아라!"

정원 쪽이라면 바로 지금 자기가 서 있는 곳이 아닌가. 내왕은 먼저 도둑부터 잡아야겠다는 생각으로 어두운 정원 안을 두리번거리며 이리 뛰고 저리 뛰었다. 그 때 어둠 속에서 무엇인가가 쨍그랑 하고 자기 앞으로 날아와 떨어지는 게 아닌가.

"아니, 이게 뭐지?"

내왕은 깜짝 놀라며 그 자리에 멈추어 섰다. 그리고는 땅바닥에 떨어진 것을 주워 보니, 뜻밖에도 날이 퍼렇게 선 식칼이었다. 이게 어떻게 된 일인가 하고 얼떨떨해 하고 있는데, 또 저만치 앞에서 무엇인가가 철그렁 하고 떨어졌다.

한 손에 식칼을 든 채로 얼른 달려가 집어 드니, 제법 큼지막한 가죽 주머니였다.

"아니, 이건……!"

내왕은 자기도 모르게 가슴을 두근거리며 가죽 주머니를 열고 손을 넣어 보았다. 은화가 한가득 손에 잡혔다.

아닌 밤중에 불이 나더니, 도둑 들고, 또 식칼과 돈주머니가 떨어지다니……, 내왕은 마치 귀신에 홀린 기분이었다. 그는 돈주머니를 들고 선 채 어떻게 할까 하고 잠시 망설였다. 주인어른에게 갖다 주려

니 제 발로 굴러들어온 돈주머니가 아까웠고, 그렇다고 막상 가지려
니 겁이 났다.

　그 때였다. 어두운 정원 숲속에서 웬 검은 그림자 하나가 튀어나
왔다.

　"도둑놈이 여기 있다!"

　검은 그림자는 고함 소리와 함께 비호처럼 달려들어 다짜고짜 내
왕의 배를 걷어찼다. 그야말로 눈 깜짝할 사이의 일이었다.

　"으윽!"

　불의의 기습을 받은 내왕은 그대로 벌렁 나가떨어지고 말았다. 검
은 그림자는 때를 놓치지 않고 내왕을 덮치더니 머리고 가슴이고 가
리지 않고 마구 두들겨 팼다. 그러면서 사람들을 불러 모으려는 듯 큰
소리로 고함을 질러댔다.

　"도둑놈을 잡았다! 여기다, 여기!"

　그러자 곧 서너 명의 하인들이 우르르 몰려왔다.

　"도둑놈이 어디 있어? 어느 놈이야?"

　사정없이 발길에 차이고 얻어맞는 와중에도 내왕은 자기를 마구
두들겨 패고 있는 검은 그림자가 내홍이란 것을 알아차리고는 팔을
내저으며 소리를 질렀다.

　"내홍이, 나야 나. 나 내왕이야. 도둑이 아니라고."

　달려온 하인들이 그 소리를 듣고 내홍에게 깔려서 얻어맞고 있는
사람을 어둠 속에서 자세히 보니, 내왕이 틀림없었다.

　"맞아, 내왕이야. 내왕이가 맞아."

　"아니, 이게 어찌된 일이지?"

하인들이 어리둥절하여 웅성거리자, 그제야 내흥은 슬그머니 손을 멈추더니 내왕의 멱살을 잡아 일으켰다.

"뭐, 내왕이라고? 어디 이놈, 일어나 봐."

내왕은 그 때까지 자기도 모르게 한 손에 돈이 든 가죽 주머니를 불끈 거머쥐고 있었다.

"아니, 도둑놈이 누군가 했더니 바로 너로구나. 이것 좀 보라고. 손에 돈주머니를 들고 있잖아."

"내흥이, 그게 아니야. 실은⋯⋯."

내왕이 뭐라고 말을 하려 하자 내흥은 그의 입을 틀어막기라도 하듯 냅다 고함을 쳤다.

"닥쳐라, 이놈아!"

그는 돈주머니를 빼앗아 높이 치켜들더니, 주위의 하인들을 둘러보며 말했다.

"이놈이 일부러 불을 질러놓고서는 집안사람들이 놀라 모두 그쪽으로 뛰어가자, 그 틈을 노려 주인어른의 방에 몰래 들어가 돈주머니를 훔쳐 가지고 달아나려고 했던 게 틀림없어."

내흥은 마치 제 눈으로 보기라도 한 것처럼 지껄여대더니, 짐짓 놀라는 척하면서 땅바닥에 떨어져 있는 식칼을 주워 들었다.

"아니, 이건 식칼 아냐? 오호라, 네놈이 감히 이 식칼로 주인어른을 해치려 했다가, 주인어른이 마침 방에 안 계시니까 돈주머니만 훔쳐 가지고 나온 게 아니냐?"

내왕은 기가 막혔다. 내흥이 어찌 저런 말을 할 수 있단 말인가.

"내흥이, 난 절대 그런 짓 안 했어. 돈주머니는 여기서 주운 거고,

불도 내가 지르지 않았어. 그리고 주인어른을 해치려 했다니, 그건 말도 안 돼."

내왕은 팔을 내저으며 필사적으로 부인을 했다.

"뭐라고? 이놈아, 바로 어젯밤에 네 입으로 주인어른을 죽여 버리겠다고 하지 않았느냐?"

너무 취했던 나머지 어젯밤의 일을 기억하지 못하고 있던 내왕은 펄쩍 뛰며 대들었다.

"난 그런 소리 한 적이 없어. 내가 언제 그랬다고 그래?"

"뭐가 어째? 나하고 술을 마시면서 그랬잖아! 주인어른뿐만 아니라 다섯째 마님도 가만 두지 않겠다고 말이야. 술집이 떠나가도록 모조리 죽여 버리겠다고 악을 써놓고는 이제 와서 잡아떼는 것이냐?"

"이보게, 내홍이. 내가 그 때 술이 취해서 뭐라고 했는지 잘 모르겠지만, 그걸 가지고 나한테 이럴 수가 있는 거야?"

내왕은 절망적인 목소리로 남자들 사이의 마지막 의리에 매달렸다. 그럴 수밖에 없는 긴박한 상황이었다.

"이놈 봐라. 죄를 짓고서도 막상 붙잡히고 나니, 별소리를 다 하는구나. 에잇, 나쁜 놈!"

뒤가 켕기는 내홍은 내왕의 말은 무시한 채 다시 한 번 그의 아랫배를 힘껏 걷어찼다.

"어이쿠!"

내왕이 다시 비명을 질렀다. 하지만 내홍은 내왕의 비명 소리에는 눈 하나 깜짝하지 않고, 땅바닥에 쓰러져 뒹구는 그를 몇 차례 더 발로 차고는 다른 하인들에게 명령하듯 말했다.

"이놈을 어서 주인어른께 끌고 가자."

거기에 모여 섰던 하인들도 내홍의 말을 듣고 보니, 그 말이 옳을 듯도 했다. 내왕이 아내를 주인어른에게 빼앗긴 처지를 잘 알고 있는 그들은, 그가 앙심을 품고 능히 그런 일을 저지를 법하다고 고개를 끄덕이는 것이었다. 결국 그들은 땅바닥에 쓰러져 있는 내왕에게 달려들어 두 팔을 뒤로 꺾어 틀어쥐고 서문경한테로 데리고 갔다.

그때 서문경은 이병아의 거처에 술자리를 마련하고 제형소의 몇몇 관원들을 불러 술을 마시고 있었다. 제형소의 관원들을 초대한 것은 범인으로 붙잡힌 내왕을 곧바로 그들에게 넘기기 위함이었다.

서문경은 붙잡혀 온 내왕을 보고는 깜짝 놀라는 시늉을 했다.

"아니, 네가 어떻게 이럴 수가……!"

그러자 꿇어앉아 있던 내왕이 벌떡 일어서며 입을 열었다.

"아닙니다, 주인어른. 전 절대 범인이 아닙니다."

"뭣이 어째?"

내홍이 냅다 내왕의 무르팍을 차서 다시 꿇어앉히고는 서문경과 관원들에게 아뢰듯이 말했다.

"녀석이 이것들을 들고 정원 쪽으로 도망가는 것을 제가 붙잡았습니다."

그러면서 한 손에 하나씩 든 돈주머니와 식칼을 쳐들어 보였다. 그것을 본 서문경은 화가 나 못 참겠다는 듯이 발로 내왕의 얼굴을 걷어차며 말했다.

"네놈이 평소 나한테 감정을 가지고 있는 것 같더니, 기어이 일을 저지르고 말았구나. 지독한 놈 같으니……!"

곧 사태를 파악한 제형소 관원들이 달려들어 내왕을 꽁꽁 묶었고, 내왕은 변명 한 마디도 제대로 못한 채 관원들에게 끌려가 곧바로 제형소에 갇히는 신세가 되고 말았다.

　그러고 며칠이 지나서였다. 서문경은 평소에 친분이 두터운 제형소의 하전옥夏典獄으로부터 한 통의 서찰을 받았다. 내왕이가 마침내 모든 범행 사실을 자백했기에 엄히 처벌할 생각인데, 어떤 형벌을 내리기를 원하느냐고 묻는 내용이었다.

　서찰을 받아 읽은 서문경이 곧 반금련을 불렀다.

　"하전옥으로부터 서찰이 왔는데, 내왕이 마침내 모든 걸 자백했다는구먼. 허허허… 제깟 놈이 자백을 안 하고 견뎌낼 수가 있겠어. 그 모진 문초를 말이야."

　그 말을 들은 반금련은 얼굴 가득 회심의 미소를 지으며 말했다.

　"우리의 계략이 참으로 멋지게 들어맞았군요."

　"아무렴, 누구의 머리에서 나온 건데……."

　"호호호……, 내왕이가 좀 안됐긴 하지만, 뭐 어쩔 수 없는 일이죠. 제가 공연히 제 무덤을 판 거니까."

　"그놈이 자백을 했으니 엄하게 처벌을 할 생각인데, 어떤 형벌을 내리길 원하느냐고 하전옥이 물어 왔구먼."

　"참 돈이 좋긴 하군요. 법에 따라 형벌을 내리면 될 텐데 말예요."

　"흠, 내가 듬뿍 좀 집어줬지."

　"그럼 어떤 형벌을 내리도록 하죠? 사형이 좋겠죠?"

　"사형?"

　"그래야 후환이 없다고요. 살려두면 나중에 복수를 하려들지도 모르잖아요?"

서문경은 잠시 생각한 끝에 결심한 듯이 말했다.

"사형은 아무래도 심한 것 같아. 하전옥한테도 부담이 될 테고……, 사실 내왕이가 잘못한 건 없잖아. 그저 술에 취해서 망발을 한 것뿐인데, 사형까지 당한다면 너무 억울할 것 아니야."

"그럼 어떡하실 건데요?"

반금련이 시무룩한 표정을 지으며 서문경을 바라보았다.

"귀양을 보내도록 하는 게 좋겠어."

"귀양을요?"

"응, 맹주 땅으로 귀양을 보내 버리면 사형이나 다름없어. 목숨은 붙여 주지만, 살아서 돌아올 수 없으니 후환도 없을 테고……."

"무송이처럼 말이죠? 그 방법도 괜찮겠네요."

"그렇지. 무송이 그놈도 아마 지금쯤 고목처럼 바싹 말라가고 있을 걸. 벌써 죽었을지도 모르지. 그곳에선 죄수들에게 지독한 중노동을 시키니까 말이야."

"그래서 맹주 땅을 이승의 지옥이라고 하는군요?"

"맞아, 생지옥이지."

이리하여 내왕은 유배형을 받고, 이승의 지옥이라 불리는 먼 맹주 땅으로 압송되어 가고 말았다.

내왕이 귀양을 가고 나자, 가장 비통에 빠진 것은 월미였다. 멍하니 허공을 바라보며 한숨을 내쉬기도 하고 침상 위에 털썩 누워서 눈물을 흘리기도 했다. 마치 아픈 사람처럼 시들시들하며 갈수록 수척해져 갔다.

그러던 어느 날 밤이었다. 그날도 월미는 잠이 오지 않아 자기 방의 창가에 앉아 중천에 휘영청 떠 있는 달을 우러러보고 있었다. 맹주라는 땅이 얼마나 먼 곳인지, 그곳을 찾아가면 내왕이 아저씨를 만날 수 있을는지, 이런 생각 저런 생각에 잠겨 있을 때, 난데없이 춘매가 쟁반에 포도를 담아 들고 찾아왔다.

"네가 웬일이야? 이 밤중에……."

마침 적적했던 월미는 춘매가 반가웠다.

"우리 마님이 포도 한 송이를 나눠 주셨거든. 그래서 같이 먹자고."

"어머, 이 귀한 포도를……."

월미는 한편으로 춘매가 별안간 왜 이렇게 선심을 쓰는가 하고 의아해 하면서도 고맙고 기뻤다. 둘이 맛있게 포도를 먹으면서 이런저런 일상의 얘기를 나누다가 춘매가 갑자기 엉뚱한 말을 꺼냈다.

"네 마음이 괴로울까 봐, 이 얘긴 안 하려고 했는데 말이야……."

"아니, 무슨 얘긴데?"

월미가 눈을 동그랗게 뜨고 춘매를 바라보았다.

"지난번에 내왕이 아저씨가 정원에서 붙잡혔을 때 말이야……. 주인어른은 용서를 해 주려고 했는데 송혜련 아줌마가 괜히 트집을 잡는 바람에 귀양을 가게 된 거라고."

"아니, 그년이 왜 들어?"

월미의 입에서 대뜸 년자가 나왔다.

"그거야 뭐 내왕이 아저씨를 멀리 보내 버려야 제 마음이 편할 것 같아서 그랬겠지. 자기 남편이 귀양을 갔는데도 조금도 슬퍼하는 기색이 없더라니까. 오히려 잘된 일이라는 듯이 좋아하면서……, 글쎄 뭐라고 했는지 알아?"

춘매가 은근히 월미의 눈치를 살피며 말했다.

"저런 찢어죽일 년! 그래, 뭐라고 했는데?"

"인과응보因果應報라면서, 그런 사람은 절대로 용서해 주면 안 된다고 그랬어."

"인과응보가 뭔데?"

"잘못한 일이 있으면 반드시 벌을 받게 된다는 뜻이래. 나도 그 말이 무슨 뜻인지 몰라서 마님한테 물어 봤지. 호호호……."

"죽일 년! 인과응본가 지랄인가, 그렇다면 그 년도 죗값을 받아야 되잖아. 남편을 배반하고 딴 남자에게 붙었으니, 그보다 더한 죄가 어디 있겠느냔 말이야. 안 그래? 그런 년을 귀신이 안 잡아간다면 나라도 죽이고 말 테야."

월미의 사팔뜨기 눈에 번쩍하고 살기가 스쳐갔다.

그러지 않아도 송혜련에 대해선 깊은 증오심을 갖고 있던 월미였다. 그리고 그 증오심은 그녀의 머릿속에 잠재되어 있는 어머니에 대한 증오심과 이어져 있는 것이었다. 어머니는 남편이 병들어 누웠을 때 서방질을 했고, 송혜련은 남편이 동경에 심부름을 가느라 집을 비우고 있을 때 다른 남자와 붙어먹었다. 그런 이유로 송혜련에 대한 증오심을 불태우고 있던 월미에게 춘매의 말은 기름을 부은 것이나 다름없었다.

"두고 봐. 절대로 가만 두지 않을 테니까."

월미의 사팔뜨기 눈이 또 한번 크게 굴렀다.

"벌써 시간이 이렇게 됐네. 그럼 난 이만 가 봐야겠다."

춘매는 마치 할 일을 다한 사람처럼 자리에서 일어났다. 그제야 월미도 제 정신으로 돌아온 듯 같이 일어나며 말했다.

"춘매야, 오늘 밤 고마웠어."

월미와 헤어진 춘매가 쪼르르 달려간 곳은 역시나 반금련의 방이었다. 반금련은 늦은 시각인데도 자지 않고 기다리고 있었다.

"오, 수고했다."

그녀는 춘매가 방으로 들어서자, 반갑게 맞았다.

"그래, 월미가 뭐라고 하더냐?"

"마님이 시켜 주신 대로 말해 주었더니, 분통을 터뜨리면서 절대로 가만 두지 않겠다고 이를 갈던데요."

"그래? 그거 잘됐구나. 그쯤 해 두었으니, 월미도 가만히 있지는 않을 거야. 그 애 성깔이 보통이 아니거든."

"맞아요. 정말 무서운 애예요. 그 사팔뜨기 눈을 번뜩일 때는 소름이 끼치도록 살기가 느껴진다니까요."

"그래, 수고했다. 가서 쉬어라."

그런 일이 있은 지 사흘 후인 구월 보름날 밤이었다. 중천에는 환한 보름달이 떠 있는데, 서문경의 집은 가벼운 흥분으로 들떠 있었다. 바로 다음 날은 송혜련이 서문경의 일곱 번째 아내가 되는 잔칫날이기 때문이었다.

송혜련은 밤이 이슥하도록 잠을 이루지 못했다. 귀양을 간 내왕을 생각하면 마음 한편이 아프기도 하지만, 내일이면 서문경에게 정식으로 개가하여 그의 일곱 번째 부인이 된다고 생각하니, 모든 일이 꿈만 같았다. 사람의 팔자란 알 수 없다더니, 바로 자기를 두고 한 말이 아니가 싶었다.

그녀는 쉽게 잠이 올 것 같지 않자, 침상에서 일어나 껐던 불을 다시 켜고 거울 앞에 앉았다. 거울에 비치는 자기의 얼굴이 오늘 밤 따라 예뻐 보이는 것이 나이도 서너 살은 더 젊어 보였다. 흐뭇한 마음으로 혼자 가만히 미소를 지어 보고 있는데, 그 때 밖에서 가만히 방문을 두드리는 소리가 났다.

"주무세요?"

"누구니?"

송혜련이 귀를 쫑긋 세우며 물었다.

"저에요, 월미."

"아니, 월미가 이 밤중에 웬일이야?"

송혜련이 경대 앞에서 일어났을 때 월미가 방문을 열고 안을 들여다보면서 말했다.

"아직 안 주무셨네요. 하긴 내일이 잔칫날이니, 잠이 올 리가 없겠죠."

"그런데 무슨 일이지?"

"저……, 주인어른께서 잠시 보자고 하시는데요."

"지금?"

"예."

"어디로 나오라는 거야? 이 밤중에……."

그러자 월미는 무슨 비밀이라도 알리는 것처럼 그녀의 한쪽 귀에 입을 갖다대며 조그만 소리로 말했다.

"동산의 석실로 모시고 오래요. 달도 밝고 하니까 같이 달구경도 하면서 바람이나 쐬자고 하시면서……. 주인어른도 내일이 잔칫날이라서 그런지 잠이 안 오시는 모양이죠. 주인어른하고 처음 만난 곳이 그곳이라면서요?"

"호호호……, 그런 말까지 하셔?"

"예, 오늘 밤 기분이 무척 좋으신가 봐요. 연신 싱글벙글 하시면서 먼저 가 있을 테니 빨리 모시고 오라고 하셨어요."

"알았다. 잠시만 기다려라."

송혜련은 서둘러 옷을 갈아입고 방을 나섰다. 제법 서늘한 바람이 옷깃을 여미게 했다. 아직 현청의 북소리가 울리지는 않았지만, 이미 삼경에 가까워진 때여서 집안의 불빛은 거의 다 꺼지고 사방은 고요하기만 했다.

동산의 오솔길로 접어들자, 어쩐지 기분이 좀 으스스해진 송혜련은 월미를 앞장세웠다. 월미가 흘끗 뒤를 돌아보며 말했다.

"주인어른은 참 멋있는 분이세요."

"왜 그런데?"

"이런 한밤중에 호젓한 동산으로 사랑하는 사람을 불러내시는 걸 보니 말예요."

"그런가? 호호호……."

송혜련은 별로 내키지 않는 웃음을 웃었다.

지금 앞장서 걷고 있는 월미가 그녀에게는 결코 마음 편한 계집애는 아니었다. 자기의 남편이었던 내왕과 깊은 관계였고, 또 혼담까지 있었던 애였기 때문이다.

'그이는 도대체 무슨 생각으로 이 애에게 심부름을 시켰을까?

송혜련은 속으로 좀 언짢았지만, 애써 아무렇지도 않은 듯 웃으면서 월미의 뒤를 따라갔다.

석실에 당도해 보니 안에 불이 켜져 있었다. 그런데 서문경의 모습은 보이지 않았다. 먼저 석실로 들어간 월미가 놀라는 표정을 지으며 중얼거렸다.

"어머, 돗자리를 깔아놓았네."

"오, 그래?"

순간 송혜련의 얼굴에 미소가 스쳐갔다. 서문경이 왜 돗자리를 깔아 놓았는지 그 이유를 알 만했기 때문이었다. 내일이 잔칫날이니 오늘 밤 이 석실에서 기념 삼아 사랑을 나누려는 것임이 틀림없었다.

"돗자리까지 깔아놓고 어딜 가셨을까?"

월미는 이상하다는 듯이 고개를 갸우뚱하더니 석실 밖으로 나갔다.

"잠깐 앉아 계세요. 제가 나가서 찾아볼게요."

송혜련은 잠시 머뭇거리다가 조금은 쑥스러운 표정을 지으며 가만히 돗자리에 앉았다. 얼마 안 있어 월미가 다시 석실 안으로 들어서며 사방을 두리번거렸다.

"어디 가셨을까? 밖에도 안 보이시는데……. 어머, 저기 숨어 계시나 봐요. 방금 얼굴이 내다보였어요."

"뭐, 숨어 계시다고? 어디?"

"저기 저 안쪽에요."

월미가 손으로 가리키는 곳을 보니, 석실 안쪽 깊숙한 곳에 탁자와 의자 등 못 쓰게 된 가구가 한 무더기 쌓여 있었다. 송혜련이 헌 가구 더미 앞에서 목을 길게 빼어 그 뒤쪽을 살피고 있을 때였다. 월미는 재빨리 다가가 허리춤에 감추어 두었던 동아줄의 올가미를 송혜련의 목에 걸고는 힘껏 잡아당겼다.

"으윽……."

너무 순식간의 일이라 송혜련은 제대로 비명 한 번 못 지르고 두 눈을 허옇게 뜨며 숨이 자지러졌다. 월미는 사팔뜨기 눈에 살기와 함께 섬뜩한 웃음을 띠우며 말했다.

"이년! 너 같은 년은 죽어야 해. 남편을 배반한 것도 모자라 생지옥으로 보내놓고, 자기는 팔자를 고치려 하다니……."

"으윽, 윽!"

혀를 빼물고 쓰러진 송혜련은 혼신의 힘을 다해 동아줄을 풀려고 안간힘을 썼다. 월미는 그런 송혜련을 타고 앉아서 숨이 끊어질 때까지 계속 올가미를 조였다. 젖 먹던 힘까지 다 내어 힘을 쓰느라 월미의 얼굴이 무섭게 일그러졌다.

"네년을 귀신이 안 잡아가니까 내가 대신 죽이는 거야. 이년, 빨리 뒈져서 염라대왕이나 만나라."

마침내 송혜련은 바르르 경련을 일으키더니 그만 축 늘어지고 말았다. 그제야 월미는 송혜련의 몸에서 내려와 이마에 밴 땀을 손등으로 쓱 문질렀다. 그 모습은 흡사 야차夜叉와도 같은 섬뜩한 모습이었다.

월미는 송혜련의 목을 조였던 동아줄의 올가미를 풀고 헌 가구 뒤에 미리 숨겨놓았던 기다란 밧줄을 가지고 와서 다시 목에 걸고 조였다. 목을 조인 동아줄은 너무 짧아서 자살로 위장하기에 마땅치가 않았던 것이다.

좀 높은 탁자를 딛고 서서 시체의 목을 대들보에 매단 월미는 탁자를 제자리에 도로 갖다놓고 의자를 축 늘어진 시체의 발밑에 옆으로 엎어놓았다. 대들보에 목을 매고서 딛고 서 있던 의자를 발로 차 넘겨버린 형국으로 위장을 한 것이었다.

모든 일을 끝낸 월미는 바닥에 떨어져 있는 동아줄을 집어서 도로 치마 속 허리춤에 찼다. 그리고는 깔아놓은 돗자리를 말아 옆구리에 낀 다음, 불을 끄고는 서둘러 석실을 빠져나갔다.

이튿날 아침이었다. 여느 때보다 훨씬 이른 시각부터 주방이 분주하게 돌아가고 있었다. 서문경이 일곱 번째 아내로 송혜련을 맞아들이는 잔칫날이어서 그 준비에 바빴던 것이다.

혼례 시각은 사시巳時로, 점심시간 전에 잔치가 벌어질 예정이었다. 그러려면 서둘러 아침들을 먹고 빨리빨리 잔치 준비를 해야 했다. 그런데 어찌된 영문인지 아침식사 시간이 다 되어 가는데도 오늘의 주인공인 송혜련이 방에서 나오질 않는 것이었다.

'하필 오늘 같은 날 늦잠을 자다니…….'

춘매는 투덜거리며 가만히 송혜련의 방문을 두드렸다.

"마님, 이제 일어날 시각이에요. 여태 주무세요?"

하지만 방안에서는 아무런 기척도 없었다. 그럴 수밖에 없는 것이, 그녀는 이미 석실 안에서 싸늘한 시체로 변해 있었기 때문이었다.

"어서 일어나세요. 오늘 같은 잔칫날 주인공이 늦으면 어떡해요?"

그래도 아무런 기척이 없자, 춘매는 살그머니 방문을 열고 안을 들여다보았다. 아무도 없었다. 침상 위에 자다가 일어난 듯한 이부자리가 그대로 펼쳐져 있을 뿐이었다.

"아니, 어떻게 된 일이지?"

춘매는 고개를 갸우뚱하며 반금련에게로 가서 알렸다. 그러나 반금련은 대수롭게 생각하지 않았다.

"변소에 갔거나 우물가로 세수하러 갔겠지 뭐."

아무래도 이상하다는 생각이 든 춘매는 곧 변소로 달려가 보았고, 우물가에도 가 보았다. 혹시나 하고 주방으로 찾아가 보기도 했다. 그러나 아무데도 송혜련의 모습은 보이지 않았고, 또 아무도 그녀를 보았다는 사람도 없었다.

도대체 이게 어찌된 일인가 하고 춘매는 헐레벌떡 되돌아가서 반금련에게 다시 고했다.

"아무 데도 없어요. 본 사람도 없고요."

"아니 어딜 갔을까?"

그제야 반금련이도 고개를 갸우뚱하며 서문경을 찾아갔다.

"혹시 그이에게 갔는지도 모르겠군."

서문경은 거실 창가에 서서 정원을 내다보고 있었다. 가을 하늘은 구름 한 점 없이 맑고, 단풍이 물들기 시작한 정원의 나무숲 위로 찬란한 아침 햇살이 쏟아져 내리고 있었다. 더없이 맑고 상쾌한 아침이었다.

그런데 서문경의 모습은 유쾌하기는커녕 어딘가 좀 울적해 보이기까지 했다. 반금련이 가까이 다가간 것도 모르고 멍하니 서 있기만 했다.

"여보, 혹시 여기로 혜련이 오지 않았나요?"

"아니, 오지 않았어."

"이상하네요. 아무리 찾아도 보이지가 않아요."

"그게 무슨 소리야? 그러잖아도 간밤 꿈에 검은 상복을 입고 나타나는 바람에, 영 기분이 찜찜하던 참인데……."

"어머, 검은 상복이요?"

"당신이 한 번 더 찾아봐줘. 월랑이한테도 가서 물어 보고……."

문득 불길함을 느낀 서문경은 이내 표정이 굳어졌다. 아무래도 간밤의 꿈이 예삿꿈이 아닌 것 같아 초조해지기 시작했던 것이다.

아침부터 온 집안이 발칵 뒤집히고 말았다. 오늘이 잔칫날인데 신부 되는 사람이 감쪽같이 자취를 감추어 버렸으니 그럴 만도 했다. 송혜련이 설마하니 동산의 석실 속에 싸늘한 시체가 되어 매달려 있을 줄은 꿈에도 모르고, 아무도 그곳까지는 찾아가 보지도 않았던 것이다.

결국 그날 잔치는 흐지부지되고 말았다. 서문경은 간밤의 꿈이 어쩐지 불길하더니, 이런 어처구니없는 일이 일어나고 말았구나 하고, 혼자서 홧술을 퍼마시고는 대낮부터 곯아떨어져 버렸다.

그날 밤 반금련의 방에는 늦게까지 불이 켜져 있었다.

"어때? 바깥에 아무도 없지?"

반금련이 조그만 소리로 물었다.

"예, 아무도 없어요. 지금 막 둘러보고 오는 길이에요."

역시 조그만 소리로 춘매가 대답했다.

"오늘 일을 어떻게 생각해?"

"아무래도 월미가 수상해요. 하루 종일 잔뜩 긴장한 얼굴로 이 사람 저 사람 눈치만 슬금슬금 보고 있었어요."

"그렇지? 내가 봐도 그렇더라고."

"혹시나 감쪽같이 죽여서 어디다 묻어 버린 건 아닐까요?"

"어떻게 그런 끔찍한 일을……, 더구나 여자 혼자서……."

"하긴 그렇겠군요."

"어쨌든 송혜련이 안 보이니까 속이 다 후련하네."

"나도 그래요. 아예 영영 안 나타났으면 좋겠어요."

"이 얘기는 누구에게도 하면 안 돼. 불똥이 어디로 튈지 모르니까 말이야. 우리 둘만 알고 있자고."

"그럼요. 염려 마세요."

이윽고 반금련의 방도 불이 꺼지고 사방은 고요 속에 묻혔다.

송혜련의 시체가 동산의 석실 속에서 발견된 것은 그 이듬해 어느 봄날이었다. 하인 하나가 낡은 가구를 석실에 갖다 두려고 들어갔다가 목이 매여 늘어져 있는 여자의 시체를 보고 기겁을 했던 것이다. 시체는 이미 알아볼 수 없을 만큼 심하게 부패되어 있었지만, 입은 옷과 모습으로 보아 그게 송혜련의 시체라는 것은 쉽게 짐작할 수 있었다.

온 집안은 또 한 번 발칵 뒤집혔다. 여기저기서 사람들이 웅성거리며 갖가지 추측들이 난무했다. 비록 남편을 배반하긴 했지만 그래도 한 줌의 양심은 있는 여자라느니, 자살을 할 바에야 무엇 때문에 그런 짓을 했는지 참 변덕도 심한 여자라느니 말들이 많았다. 그러나 송혜련의 자살을 의심하는 사람은 한 사람도 없었다. 모든 정황이 틀림없는 자살로 보였기 때문이었다.

"잔치를 하루 앞두고 자살을 하다니……, 그것 참!"

서문경은 겉으로는 그저 쓰디쓰게 입맛을 다셨을 뿐이었지만, 그가 받은 충격은 적지 않았다.

　그녀의 시체를 거두어 동산의 숲속에 묻어 준 뒤로, 서문경은 마치 심한 우울증에라도 걸린 사람처럼 노상 술로 나날을 보냈다. 그것도 자기 방에 들어박힌 채 혼자 청승을 떨며 훌쩍훌쩍 마시는 것이었다. 그리고 여자도 가까이 하지 않았다. 여자라면 하루도 거르는 일이 없었던 서문경으로서는 참으로 보기 드문 일이 아닐 수 없었다.

　이처럼 서문경이 실의에 빠지게 된 것은 물론 송혜련의 죽음에 대한 슬픔과 자책감 때문이었다. 서문경은 지금까지 자기가 하고 싶은 일은 무엇이든 다 할 수가 있었고, 또 가지고 싶은 것은 어떻게 해서든지 다 가질 수가 있었다. 여자도 마찬가지였다. 기녀 따위는 말할 것도 없고, 처녀든 여염집 부인이든 마음만 먹으면 얼마든지 자기 것으로 만들 수 있었다. 그런데 송혜련만은 뜻대로 되지 않았다. 도대체 그녀가 왜 스스로 목숨을 끊었는지, 서문경은 도무지 이해할 수가 없었다. 마치 칠흑의 미궁 속에 빠져 있는 듯 아찔한 당혹감이 끊임없이 그를 괴롭혔다.

　그런 서문경을 누구보다도 걱정한 사람은 역시 정실인 오월랑이었다. 그녀는 밤이 되자, 남편의 마음을 돌려보기 위해 일부러 화장을 짙게 하고 옷까지 화사한 것으로 갈아입고는 그를 찾아갔다.

　오월랑이 거실로 들어갔을 때도, 서문경은 언제나처럼 혼자서 술을 마시고 있었다.

　"여보, 밤이 깊었는데 이제 그만 마셔요."

　"아니야, 좀 더 마셔야겠어."

　"안 돼요. 벌써 많이 취하셨어요. 내일 또 하시면 되잖아요."

"난 아직 괜찮아."

서문경이 흐릿한 눈으로 오월랑을 쳐다보았다.

"아무래도 안 되겠군요."

오월랑이 혼자 중얼거리며 서문경을 일으켜 세워 침실로 데리고 갔다. 서문경은 못 이기는 척 따라가 옷을 입은 채로 무너지듯 침상 위에 쓰러졌다. 그러자 오월랑은 침상으로 다가가 남편의 옷을 벗기기 시작했다.

"당신이 웬일이야? 내 옷을 다 벗겨 주고……."

서문경은 싫지 않은 듯 오월랑을 바라보며 말했다.

"오늘 당신의 사랑을 좀 받으려고요. 호호호……."

"기분 좋은데. 이제 보니까 당신 정말 예뻐."

"그걸 이제야 알았어요? 나도 곱게 꾸미기만 하면 누구한테도 안 빠진다고요."

"그래, 나도 알아."

서문경은 오월랑의 손에 온몸을 맡긴 채 지그시 눈을 감았다. 그런데 옷을 다 벗긴 오월랑이 문득 남편의 아랫도리를 내려다보더니 깜짝 놀란 듯이 불렀다.

"아니, 여보."

"응?"

"눈을 떠 봐요."

"왜 그래?"

서문경이 마지못해 눈을 떴다.

"왜 이런 거죠?"

"뭐가?"

"당신 이거 말예요."

오월랑이 남편의 사타구니 사이를 툭 한 번 건드렸다. 조금 꿈틀거리기는 했지만 여전히 작고 볼품이 없었다.

"뭐가 어때서?"

"완전히 오그라들었어요. 이렇게 힘이 없는 모습은 처음인데요."

오월랑이 몹시 근심스런 얼굴로 물었다. 그 소리에 서문경은 자리에서 벌떡 일어나 자기의 사타구니를 내려다보았다. 과연 조그맣게 오그라든 것이 꼭 번데기 같았다.

"아니, 이게 왜 이렇지?"

서문경도 걱정이 되는 듯 한동안 맥없이 아랫도리만 내려다보고 있더니, 한참 후에야 쓰디쓴 입맛을 쩝쩝 다시며 공허한 웃음을 터뜨렸다.

"허허…… 내가 방구석에 좀 처박혀 있었더니, 이놈까지 불알 속으로 처박혀 버렸군 그래. 당신이 좀 알아서 해 줘."

오월랑은 알았다는 듯이 미소를 지어 보이고는 옷을 홀홀 벗어 버렸다. 그리고는 그대로 서문경의 허리께에 엎드린 채 애무에 열을 올리기 시작했다.

잠시 후 애무를 마친 그녀는 숨을 한번 몰아쉬더니 남편의 몸뚱이 위로 올라갔다. 그때까지 아무 말 없이 몸뚱이를 내맡기고 있던 서문경이 고개를 들고 싱겁게 한 마디 했다.

"당신, 제법이야."

사실 이전까지 오월랑과의 정사는 언제나 수동적이어서, 서문경이 이끄는 대로 따를 뿐이었다. 그런데 오늘 밤은 정반대로 그녀가 마음 껏 남편을 이끌어 나가는 게 아닌가. 그렇게 두 차례의 격정이 지나가 고, 이불 속에 나란히 누운 오월랑은 서문경의 가슴을 슬슬 어루만지 며 물었다.

"기분이 어때요? 좋았어요?"

"응, 아주 좋았어. 이제 보니 당신도 보통이 아니던걸. 다시 봐야겠 어."

"난 뭐 여자가 아닌가요? 그런데……, 당신이 몇날 며칠 동안 여자 도 상대하지 않은 채 술만 드시니까 걱정이 되더라고요. 그래서 오늘 밤 일부러 찾아온 거예요."

"요즘은 여자고 뭐고 도무지 살맛이 없어."

"왜 그래요? 당신답지 않게……. 송혜련 때문인가요?"

"글쎄, 그 여자가 자살을 하다니, 정말 모를 일이야. 왠지 인생이 허 무하다는 생각도 들고……."

"힘을 내세요. 이러다 병이라도 나실까 봐 걱정이에요."

"알았어."

서문경은 그렇게 한숨처럼 한 마디 내뱉고는 아내에게 등을 보이 며 돌아누웠다. 잠시 후, 잠이 들었는지 오월랑의 새근거리는 숨소리 가 들려왔다.

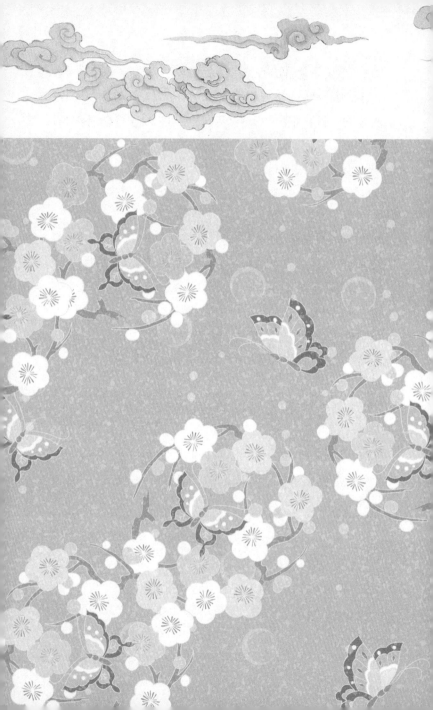

4장

인과응보

● 월미의 수난

송혜련의 시체가 발견되고 난 후, 월미에게는 하루하루가 불안의 연속이었다. 아무도 자기를 의심하는 사람은 없는 것 같은데, 꼭 한 사람, 춘매의 시선이 아무래도 찜찜했다. 노골적으로 의심하는 눈빛을 보내며 무언가 말을 하려다가 그만두곤 하는 것이었다.

그날 저녁에도 그랬다. 정원 숲속 길에서 우연히 춘매와 마주치게 되었는데, 춘매가 필요 이상으로 반색을 하며 다가오더니 불쑥 묻는 것이었다.

"여기가 바로 내왕 아저씨가 잡힌 곳이라며?"

"글쎄, 그렇다더군."

월미가 어정쩡하게 대답했다.

"그런데 월미야, 나한테 뭐 할 얘기 없어?"

춘매의 눈빛이 아주 기분 나쁘게 반짝였다. 그것은 마치 네가 송혜련을 죽였지 하고 묻는 것 같았다. 그러나 월미는 모른 척 시치미를 뗐다.

"할 얘기라니?"

"할 얘기가 있을 텐데……."

"애가 못 먹을 걸 먹었나. 왜 바쁜 사람을 붙잡고 시비야?"

뜨끔해진 월미는 더 이상 아무 말도 않고 홱 돌아서 버렸다.

"호호호, 월미가 단단히 화가 난 모양이구나."

춘매가 재미있다는 듯이 웃어댔다.

자기 방으로 돌아온 월미는 마음이 불안했다. 춘매가 무언가 눈치를 채고 자기를 의심하고 있는 게 분명하다고 생각되었던 것이다. 마음이 불안하고 괴로우니 절로 술 생각이 났다. 그녀는 주방에서 고량주 한 병과 마른 안주거리를 가지고 와서는 혼자서 술을 마시기 시작했다.

독한 술을 서너 잔 연거푸 마시자 마음이 좀 진정되는 듯했다. 자기만 시치미를 떼고 버틴다면 누가 의심을 하겠는가. 빈 술잔을 가득 채워 한 잔을 더 마신 월미는 촛불을 끄고는 옷을 입은 채 침상 위에 쓰러지듯 누웠다.

그 때였다. 천장에서 하얀 발이 대롱대롱 매달린 채 조금씩 내려오는 것이 아닌가.

"어머나!"

월미는 기겁을 하고 침상에서 뛰어 내려왔다. 침상 위에는 사람의 형상을 한 것이 높이 매달린 채 떠 있었다. 머리를 풀어 헤친 여자 같은데, 얼굴은 알아볼 수 없을 만큼 흐릿했다.

놀란 월미가 도망을 치려고 방문 쪽으로 후다닥 달려가니, 이번에는 그 형상이 방문을 밟고 서서 앞을 가로막는 게 아닌가. 월미의 입에서 비명이 터져 나왔다.

"으악!"

정신을 잃지 않으려고 애쓰며 방 한쪽 구석으로 몸을 피하려 하자, 방문을 가로막고 섰던 형상이 어느 틈엔가 방 구석으로 와 조그맣게 웅크리고 앉아 있었다. 월미는 벌떡 일어나 침상 위로 다시 올라갔다. 이불을 뒤집어쓴 채 부들부들 떨고 있으려니, 이불 속으로 한 여자의 얼굴이 보였다. 시퍼렇게 부은 얼굴로 혀를 쭉 빼고 있는 그 여자는, 바로 송혜런이었다.

월미는 가물가물 정신이 멀어져 가는 것을 느끼며 그대로 방바닥으로 굴러 떨어지고 말았다.

이튿날 새벽, 겨우 정신을 차린 월미는 실컷 얻어맞은 것처럼 온몸이 쑤시고 아팠다. 그리고 간밤의 일들이 떠오르자 야릇한 한기와 함께 온몸이 주체할 수 없을 정도로 떨리기 시작했다. 월미는 가까스로 몸을 일으켜 손설아를 찾아갔다.

"마님, 드릴 말씀이 있어요."

월미가 갑자기 심각한 얼굴로 불쑥 꺼내는 말에 손설아는 자기도 모르게 가슴이 철렁 내려앉았다. 이 애가 또 무슨 말을 하려나 하고 은근히 긴장까지 되었다.

"왜, 무슨 얘긴데?"

"저 고향에 좀 다녀왔으면 하고요."

"뭐, 고향에?"

손설아는 놀라지 않을 수 없었다. 월미의 입에서 고향이라는 말이 나오다니 너무나 뜻밖이었다. 어머니에게조차 버림받은 월미는 손설아를 따라서 고향을 떠나 온 뒤로 한 번도 고향이라는 말을 꺼내 본 적이 없었던 것이다.

"아니, 고향에 누가 있다고 간다는 거야?"

"아무튼 갔다 올래요."

"그럼 언제쯤 갈려고?"

"오늘요."

"뭐? 너 지금 제 정신이냐? 왜 별안간 고향엘 가겠다고 난리야?"

"별안간이 아니에요. 송혜련 아줌마가 자꾸 꿈에 나타나요. 무서워서 못 견디겠어요. 오늘 밤에도 또 나타날 거예요. 이대로 여기 있다가는 말라 죽을 것만 같아요."

"별꼴이네. 송혜련이 왜 네 꿈에 나타나는데?"

손설아가 무심코 던진 말에 월미는 흠칫 놀라며 얼버무렸다.

"모르겠어요. 처음에는 꿈에만 나타나더니, 요새는 밤낮을 안 가리고 자꾸만 헛것이 보여요."

손설아는 잠시 생각하더니 고개를 끄덕이며 말했다.

"정 그렇다면 어쩔 수가 없구나. 기왕 그렇게 마음먹었으면 고향에 한번 다녀오는 것도 나쁠 건 없겠지. 그런데 오늘 가면 언제쯤 돌아올 건데?"

"가 보고요."

손설아는 말없이 고개를 끄덕였다. 어쩌면 월미가 다시는 돌아오지 않을지도 모른다는 생각이 들었다. 그 말투나 표정이 꼭 그렇게 보였다. 그렇다면 이건 썩 잘된 일이 아닐 수 없었다.

지난해 내왕과의 삼각관계 때문에 어색해진 뒤로는 속으로 늘 못마땅하게 생각했던 터였다. 어디 적당한 데라도 있으면 시집을 보내 버리려고 해도 워낙 박색이다 보니 도무지 나서는 남자가 없었다. 그래서 은근히 골치를 썩이고 있던 참이었는데, 이제 제 발로 떠나겠다고 하니 차라리 속이 시원했다.

그날 오후 월미는 보따리를 싸들고 급히 집을 나섰다. 월미가 집을 떠났다는 말을 듣고 가장 기뻐한 것은 춘매였다. 춘매는 곧바로 반금런에게 쪼르르 달려갔다.

"마님, 월미가 고향으로 갔대요."

"아, 그래?"

반금련도 그 말을 듣고는 꽤나 기쁜 모양이었다.

"그 애가 또 무슨 일을 저지를지 몰라 늘 조마조마했어요."

"그랬니? 사실 나도 좀 그랬어."

"사실은……, 제가 눈치를 좀 줬거든요."

"눈치를? 어떻게?"

"네 이년, 네가 송혜련 아줌마를 죽였지, 하고 말예요."

"쉿! 누가 듣겠다."

반금련이 손가락으로 자기 입을 가리며 춘매의 말을 끊었다.

"예, 알았어요. 아무튼 잘됐지 뭐예요."

두 사람은 목소리를 죽여 가며 긴 수다를 나누었다.

대문을 나선 월미는 한시라도 빨리 청하현을 벗어나려는 듯 잰걸음을 쳤다. 상쾌한 해방감이 그녀의 발걸음을 더욱 가볍게 했다.

애당초부터 월미는 고향으로 돌아갈 생각이 조금도 없었다. 고향으로 찾아가 봤자 반겨 줄 사람은 아무도 없었다. 그녀는 내왕이 귀양을 간 맹주 땅으로 그를 찾아가야겠다고 마음먹었다. 과연 그곳까지 갈 수 있을지, 가면 그를 만날 수 있을지 알 수 없는 일이지만, 지금 그녀가 갈 곳은 그곳뿐이었다.

어느덧 뉘엿뉘엿 해가 저물어 가고 있었다. 월미는 길이 세 갈래로 갈라지는 삼거리에 이르자, 어느 쪽이 맹주로 가는 길인지 알 수 없어서 길가에 있는 주막으로 들어갔다.

"아주머니, 말씀 좀 묻겠습니다."

"응, 뭔데?"

쉰이 가까워 보이는 주모가 안에서 나오며 월미를 아래위로 훑어 보았다.

"저……, 맹주로 가려면 어느 길로 가야 하나요?"

"뭐, 맹주? 거긴 뭣 하러?"

주모는 놀라는 표정으로 물었다.

"저……."

월미는 얼른 대답을 하지 못하고 머뭇거렸다.

"거긴 중죄인이나 가는 곳인데……, 아버지가 그곳으로 귀양이라 도 가셨나?"

"아녜요."

월미가 얼굴을 붉히자 주모는 알았다는 듯이 빙그레 웃었다.

"사랑하는 낭군을 찾아가는 모양이군."

그 때 가게 한쪽에서 혼자 술을 마시며 두 사람이 주고받는 말을 듣 고 있던 중년의 사내 하나가 불쑥 입을 열었다.

"아니, 맹주 땅이 어디라고 처녀가 혼자서 찾아가겠다는 거야?"

"글쎄 말예요."

주모가 맞장구를 쳤다.

"아저씨, 여기서 맹주까지 몇 리나 되나요?"

"너무 멀어서 몇 린지도 확실히 알 수 없어. 오천 리라는 말도 있고, 만 리도 더 된다는 사람도 있으니……."

그 말을 받아서 주모가 덧붙였다.

"처녀가 무사히 잘 가더라도 가을에나 도착할 거야."

"그렇게 멀어요?"

"멀기도 하지만 길이 험하고 또 도중에 맹수나 강도들도 득실거린 다는데, 처녀 혼자서 어떻게 가려고 그래?"

"그래도 가야 해요."

"처녀가 참 순진하군 그래. 낭군을 찾아가려는 심정은 알겠지만, 어리석은 짓이야. 거기까지 무사히 가기도 어렵지만, 설령 간다 해도 만날 수도 없다니까."

사내가 딱하다는 듯이 말하자, 이번에도 또 주모가 거들었다.

"맞아요. 그래서 그곳을 이승의 지옥이라고 부른다잖아. 그런 생지 옥에 보통 사람이 들어갈 수 있을 것 같아? 어림도 없다고."

"처녀, 내 말을 잘 들어. 아무리 좋아하는 낭군이라 하더라도 일단 맹주 땅에 귀양을 갔다면, 그것으로 그 사람은 끝장이야. 살아서는 돌 아올 수가 없다고. 그러니까 아예 단념을 하는 게 좋아."

주모와 사내가 번갈아 가며 말하는 통에 월미도 이 사람 쳐다봤다 저 사람 쳐다봤다만 할 뿐, 도무지 아무 생각도 떠오르지 않았다.

"거기 좀 앉아. 날도 저물었는데……."

주모가 앉기를 권하자, 월미는 엉거주춤 의자 위에 엉덩이를 걸쳤다.

"그래, 처녀는 어디 살지?"

"성내에 살아요."

월미는 아직 청하현을 벗어나지 못하고 있었던 것이다.

"거기가 고향이야?"

"아니에요."

"그럼?"

월미는 망설이다가 거짓말을 했다. 왠지 고향을 말하기 싫었던 것이다.

"잘 몰라요."

"에구, 고향이 어딘지도 몰라? 그래, 부모님은 살아 계시고?"

"고향이 어딘지도 모르는데, 부모가 살아 있는지 없는지 어떻게 알겠어요?"

월미는 자꾸만 꼬치꼬치 캐묻는 것이 귀찮았다.

"하긴 그렇겠군."

세 사람 사이에 침묵이 흘렀다. 잠시 후 월미의 안색을 살피던 주모가 먼저 입을 열었다.

"처녀, 시장하지? 만두도 있고 전병도 있는데……."

"예, 만두 한 접시만 주세요."

주모는 곧 주방으로 가서 김이 모락모락 피어오르는 만두를 담아 가지고 나왔다. 월미는 시장했던 터라 게 눈 감추듯 단숨에 만두 한 접시를 비웠다.

어느덧 해가 지고 땅거미가 깔리기 시작했다. 월미는 주막집에서 하룻밤을 묵기로 했다. 사내도 먼 길을 가는 듯 같은 주막에 유숙하게 되었다. 여인숙을 겸한 주막이었지만 나그네를 위한 방은 하나뿐이어서 사내가 그 방을 차지하고, 월미는 주모와 함께 안방에서 자기로 했다.

잠자리에 들었으나 월미는 통 잠을 이룰 수가 없었다. 서문경의 집을 나온 뒤로 한 번도 쉬지 않고 줄곧 걸어오느라 몹시 지쳐 있었다.

그런데도 앞으로의 일이 막막하고 암담해서 그런지 도무지 잠이 오지 않았다.

그 때 주모가 월미 쪽으로 돌아누우며 은근히 말을 걸었다.

"처녀, 잠이 안 오는 모양이군."

"……."

월미는 어둠 속에서 말없이 눈만 껌뻑였다.

"잘 생각해 봐. 맹주 땅은 가기도 어렵지만 가 봤자 아무 소용도 없다는 건 누구보다도 내가 잘 알아. 뭇 사람들의 온갖 얘기를 다 듣는 곳이 주막이거든. 그러니까 맹주로 갈 생각일랑 아예 접고, 여기서 나하고 같이 지내. 내가 수양딸처럼 데리고 있다가 좋은 남자를 골라서 시집도 보내줄 테니까. 나도 혼자서 외로운 신세야. 남편도 없고 자식도 없어. 어때? 잘 생각해 봐. 응?"

월미의 마음속에 조그만 파문이 일어났다. 듣고 보니 주모의 말이 조금도 틀린 데가 없고, 또 자기를 그만큼 생각해 주니 고맙기도 했다. 주모는 빙긋 웃고 나서 다시 말을 계속했다.

"그리고 여기서는……, 사내가 그리우면 얼마든지 같이 잘 수도 있어. 여긴 길가는 사내들이 자고 가기도 하는 곳이니까 말이야. 오늘 밤도 저 방에 사내가 자고 있잖아. 호호호……."

순간 월미의 몸이 크게 꿈틀했다. 작년에 내왕의 품에 안겨 처음으로 남자의 맛을 알게 된 뒤로 더는 남자의 살을 접할 수가 없어서 늘 안타까운 갈증을 느껴 오던 월미였다. 그런 월미의 몸뚱어리에 주모의 말은 아찔한 충격으로 다가왔다.

"그래도 전 가야 돼요."

월미의 입에서 뜻밖의 말이 나왔다. 월미 자신이 생각해 봐도 어떻게 그런 말이 나왔는지 알 수 없었다. 그것은 분명 자기의 생각과는 다른, 입에서 순간적으로 튀어나온 말이었다. 주모는 입을 다물고 더 이상 말을 하지 않았다. 월미도 마찬가지였다. 단지 건넌방에서 사내의 코고는 소리만이 요란하게 들려올 뿐이었다.

이튿날 아침, 일찌감치 눈을 뜬 월미는 얼른 자리에서 일어나지 않고 이리저리 몸을 뒤척였다. 어젯밤 주모에게 맹주로 가겠다고는 했지만, 사실은 어떻게 했으면 좋을지 아직 마음을 정하기 못하고 있었다. 주모는 월미가 자기 집에 눌러앉아 주기를 바라면서도 슬금슬금 월미의 눈치만 살폈다.

그런데 아침을 먹고 나서였다. 떠날 채비를 마친 사내가 월미를 돌아보고 말했다.

"처녀, 떠나려면 지금 같이 출발하지. 어젯밤에 하는 얘기를 나도 다 들었는데, 처녀의 생각이 정 그렇다면 가는 수밖에……. 나는 맹주 땅까지는 안 가지만, 그쪽 방향으로 가니까."

사내의 말에 월미의 얼굴이 활짝 밝아졌다.

"아, 그래요?"

"난 양가구溝陽可溝까지 볼 일이 있어서 가는 길인데, 아마도 2, 3일은 걸릴 거야. 거기까지는 내가 데려다 줄 테니, 갈 마음이 있으면 얼른 따라 나서라고."

"예, 가겠어요. 잠시만 기다려 주세요."

월미가 결심한 듯 선뜻 대답을 하자, 주모는 못마땅한 기색을 노골적으로 드러내며 빈정거리듯 말했다.

"처녀, 나중에 후회나 하지 마. 기껏 생각해서 말해 줬더니……."

월미는 보따리를 들고 사내의 뒤를 따라 걷기 시작했다. 사내는 어제 주막에서 술을 마실 때와는 달리 별로 말이 없었다. 묵묵히 걸음만 옮겨놓고 있는 그가 월미는 믿음직하게 여겨졌다.

보기 드물게 화창한 날씨였다. 파릇파릇 숲이 우거진 가운데 여기저기 꽃도 활짝 피어 있어 길을 가기에 아주 좋은 봄날이었다.

그런데 오후로 접어들면서부터 잔뜩 비를 머금은 검은 구름이 온통 하늘을 덮었다. 월미와 사내는 인가라고는 눈에 띄지 않는 호젓한 산길을 잰 걸음으로 걷고 있었다.

"아저씨, 비가 올 것 같아요."

"그러게. 한바탕 쏟아지겠는데."

그제야 사내는 사방을 두리번거렸다. 월미도 비를 피할 만한 곳을 찾아 이리저리 고개를 돌렸다. 봄철의 날씨는 변덕스럽기도 했다. 눅눅한 바람이 불어오는가 싶더니 금방 산의 나무들이 온통 몸부림치듯 흔들거리면서 후두둑 빗방울이 떨어지기 시작했다.

"어떡해요, 비가 와요."

"저기 저 바위 쪽으로 가지."

사내가 스스럼없이 월미의 한쪽 손을 잡고 뛰었다. 월미도 별다른 저항 없이 손목을 잡힌 채 그의 뒤를 따랐다.

바위 옆으로 동굴처럼 움푹 파인 곳이 마침 눈에 들어왔다. 서너 사람이 들어가 앉을 만한 공간이 나 있어, 비를 피하기엔 안성맞춤이었다. 두 사람은 얼른 그 속으로 뛰어 들어갔다.

소나기는 사정없이 쏟아져 내렸고, 온 산이 빗줄기에 가려 희뿌옇게 보였다. 아래쪽으로는 내를 이룬 계곡의 물이 콸콸 소리를 내며 흘러가고 있었다. 월미와 조금 사이를 두고 떨어져 앉은 사내는 한동안 물끄러미 산 아래를 내려다보고 있더니 불쑥 입을 열었다.

"겁나게 쏟아지는군. 봄에 이런 장대비가 쏟아지다니……."

그새 옷이 다 젖은 월미는 자기도 모르게 온몸을 부르르 떨었다. 바로 그때였다. 번쩍 하고 번개가 치더니 얼마 지나지 않아 온 산을 뒤흔드는 천둥소리가 뒤를 이었다.

"엄마야!"

월미는 기겁을 하며 사내의 팔을 잡고 매달렸다. 사내도 조금 놀란 듯 움찔했지만 곧 재미있다는 듯이 웃음을 터뜨렸다. 또 다시 번개가 쳤고, 이번에는 머리 위에서 쾅! 하고 천둥소리가 울렸다. 마치 천지가 개벽을 하는 듯 온 세상이 진동하며 깜깜해지기까지 했다.

잔뜩 겁을 집어먹은 월미는 사내의 가슴에 덥석 얼굴을 묻어 버렸다. 사내도 눈이 휘둥그레지며 자기 가슴에 얼굴을 묻은 월미를 왈칵 끌어안았다.

잠시 후, 천둥이 멀어져 간 듯 소나기만 거세게 퍼부어대자, 월미는 사내의 가슴에서 가만히 얼굴을 뗐다. 그리고 쑥스러운 듯 힐끗 쳐다보며 그의 팔에서 벗어나려 했다. 하지만 사내는 그녀를 안았던 팔을 풀기는커녕 더욱 강하게 끌어안으며 희미한 미소를 지었다. 월미는 조금 당황했지만, 싫지 않은 듯 가볍게 웃어 보이더니 얼른 고개를 떨구었다.

"이름이 뭐지?"

사내는 그녀의 등을 슬슬 어루만지면서 은근한 목소리로 물었다.

"월미요."

"월미라……, 좋은 이름이군. 나이는?"

"이제 스물이 됐어요."

"아주 좋은 때구먼. 제대로 익었을 나이지."

등을 어루만지던 사내의 손이 엉덩이로 가는가 싶더니, 이내 다른 손 하나가 월미의 앞가슴을 더듬기 시작했다. 월미가 반사적으로 가슴을 움츠렸지만, 사내의 손은 아랑곳하지 않고 비로 젖은 옷 위로 그녀의 가슴 하나를 덥석 쥐고는 살살 주물러 댔다.

"제법 잘 익었는데……."

"어머, 이러지 마세요."

"왜, 싫어?"

"몰라요. 모른다고요."

월미는 사팔뜨기인 눈을 곱게 흘기더니, 사내의 가슴을 덮치듯 끌어안으며 안타까운 한숨을 내쉬었다. 월미의 몸은 추위가 아닌 은근한 기대감으로 조금씩 떨려오고 있었다. 사내도 서서히 몸뚱이에 열이 오르기 시작했는지, 두 손으로 그녀의 매끈한 허리와 방방한 엉덩이를 어루만지더니, 이내 치마를 끌어올려 한 손을 그 속으로 깊숙이 들이밀었다.

"아으……."

월미의 입에서 절로 교성이 흘러나왔다. 사내는 뜨거운 침을 한 덩이 꿀꺽 삼키고는 서둘러 그녀의 옷을 벗기기 시작했다. 순간 사내의 얼굴에 놀라움이 내비쳤다. 박색인 얼굴과는 달리 월미의 하얀 알몸은 놀랍도록 부드러우면서도 매끈한 탄력이 그대로 전해졌다.

한동안 황홀한 듯 눈길을 떼지 못하던 그는 월미의 알몸뚱이를 덥석 끌어안았다. 그리고는 열기를 머금은 입술과 혀로 천천히 그녀의 몸을 달구어 나갔다. 그의 애무는 한동안 월미의 가슴에 집중되었다. 혀끝으로 젖꼭지를 살금살금 건드리는가 하면 잘근잘근 물기도 했다.

"아, 으음……."

월미의 입에서 흥분을 이기지 못하는 신음 소리가 새어나왔다. 그럴수록 사내의 애무도 점점 열기를 더해 갔다. 사내의 애무는 이제 종착점인 숲속에 다다랐다. 그의 혀는 숲속의 구석구석을 마구 헤집고 돌아다녔다.

"어머! 난 몰라요."

드디어 사내의 그것이 월미의 숲속을 깊숙이 뚫고 들어오자, 월미는 자지러지면서 사내의 목을 끌어안았다. 흡사 한 쌍의 짐승과도 같았다. 암컷과 수컷이 좁은 동굴 속에서 사투라도 벌이듯 격렬하게 맞붙었다. 소나기는 퍼붓듯이 쏟아져 내리고 계곡의 물은 허옇게 포말을 일으키며 격류를 이루고 있었다. 세상이 온통 뒤집혀지기라도 하는 것 같았다.

얼마나 지났을까, 한바탕 폭풍 같은 시간이 지나고, 그들이 일어나 주섬주섬 옷을 주워 입고 나자, 신기하게도 구름이 걷히기 시작하더니 삽시간에 소나기는 실비로 변했다. 잠시 후, 열린 하늘에서는 눈부신 햇살이 쏟아져 내렸고, 멎었던 새소리도 요란하게 들려왔다.

월미는 얼른 보따리를 찾아 들고, 괴나리봇짐을 멘 채 바위 아래로 내려가는 사내의 뒤를 따랐다. 두 사람은 한동안 말없이 걷기만 했다. 그 때 두 사람 사이의 무거운 분위기와는 어울리지 않게 하늘 한 쪽에 커다란 반원을 그리며 무지개가 떠올랐다.

"어머, 저 무지개 좀 봐!"

월미가 소녀처럼 탄성을 지르며 좋아했다.

"봄에 웬 무지개야."

사내가 비로소 입을 떼었다.

남자와 여자가 한번 살을 섞고 나면 그 뒤부터는 스스럼이 없어지 게 마련이다. 월미와 사내도 동굴 속에서 뜨거운 관계를 가진 뒤로는 남편과 아내 같은 사이가 되어 길을 걸어갔다.

날이 저물자 그들은 여인숙을 찾아 자연스럽게 한 방에 묵으며 밤 이 이슥하도록 사랑을 나누었다. 하루가 더 지나고 다음날 밤이었다. 그러니까 월미가 서문경의 집을 나온 지 사흘째 되는 밤이었다. 그날 밤도 월미는 사내와 두 차례의 뜨거운 사랑을 나눈 후 사내의 품에 안 긴 채 가만히 물어 보았다.

"아저씨, 아저씨가 가신다는 양가구는 아직 멀었나요?"

월미는 사내를 처음 만났을 때 들은 얘기가 있어서, 아마도 양가구 가 가까워졌을 것이라는 짐작이 들었기 때문이었다.

"응, 내일 저녁때면 도착하게 될 거야."

"그럼 난 이제 어떻게 해요?"

"어떻게……? 무슨 말이야?"

"난 이제 맹주 땅으론 안 갈 거예요."

"그게 무슨 소리야?"

사내는 꽤나 당황했다. 그러자 월미는 사내의 가슴에 볼을 문지르며 애원하듯 말했다.

"나……, 아저씨를 따라 갈래요. 아저씨하고 같이 살고 싶어요."

"그건 안돼!"

"왜요? 왜 안 되는데요?"

"난 지금 월미를 거두어 줄 만한 처지가 못 돼. 난 가진 것 하나 없는 떠돌이거든."

"그렇다면 왜 나를……."

사내는 곤혹스러운 듯 잠시 말이 없더니, 무겁게 입을 열었다.

"사실 난……, 여자라면 진저리가 나는 사람이야. 마누라가 웬 젊은 놈과 눈이 맞아 도망을 쳤거든. 그런데 처녀가 죽음을 무릅쓰면서까지 좋아하는 사람을 찾아 맹주로 가겠다는 말을 듣고 그만 월미를 좋아하게 됐어."

"좋아하게 됐다면서 왜 안 된다는 거예요? 몇 번 데리고 놀았으니 이제 나 같은 건 필요 없다는 거예요?"

"그렇지 않아. 미안한 말이지만……, 맹주 땅까지 가려면 설령 운이 좋아서 죽지는 않는다 하더라도 월미의 몸과 마음은 걸레처럼 찢어지고 말거야. 그래서 나는 내 나름대로 생각해서, 내 진정한 마음의 흔적이라도 월미에게 남기고 싶었던 거야. 월미가 알아주든 말든……."

월미는 사내의 말을 다 알아들을 수는 없었으나, 무언가 가슴이 찡해지는 것 같았다. 지금까지 못생긴 자기를 이 사내만큼 마음으로 생각해 준 사람도 없었던 것이다. 월미는 다시 사내의 품안으로 파고들었다.

이튿날 아침 월미가 눈을 떴을 때는 창문으로 햇살이 환하게 비치고 있었다. 어젯밤 잠을 설치느라 늦잠을 잤던 것이다. 문득 옆을 돌아보니, 사내의 모습은 보이지 않고 무언가 한지에 싸인 것이 머리맡에 놓여 있었다. 얼른 집어서 펼쳐 보니 뜻밖에도 돈이었다. 닷 냥의 주화를 허름한 한지로 싸서 머리맡에 놓아두었던 것이다. 월미는 다시 한 번 방안을 두리번거렸다. 사내의 괴나리봇짐이 보이지 않았다.

"어머나……!"

그제야 월미는 한지에 싸인 돈의 의미를 알 수 있었다. 사내가 먼저 떠나면서 노자에 보태 쓰라고 두고 간 게 틀림없었다. 순간 월미의 두 눈에 눈물이 핑 돌았다.

아침밥도 먹지 않고 서둘러 여인숙을 나선 월미는 양가구를 향해 걸음을 재촉했다. 그곳에 가면 혹시나 사내를 만나게 될지도 모른다는 생각에서였다.

양가구는 청하현과는 비교도 되지 않는 조그만 읍이었다. 월미는 온 거리를 누비며 사내를 찾아보았지만, 사내의 모습은 끝내 보이지 않았다.

마침내 월미는 사내를 단념하고, 처음 결심했던 대로 내왕을 찾아 맹주로 가기로 마음을 고쳐먹었다. 설령 다시 사내를 만난다 하더라도 자기를 받아줄 것 같지도 않을뿐더러 작정하고 숨은 사람을 어떻게 찾겠는가 말이다.

어느덧 해가 서쪽으로 꽤나 기울어 있었다. 불과 사흘 동안의 정분이었지만, 월미로서는 너무도 간절한 것이었고, 그 사내가 어딘가에 있을지도 모르는 양가구를 떠나려니, 절로 목이 메어 몇 번이나 뒤돌아보며 눈시울을 적셨다.

그날 밤은 공묘孔廟에서 하룻밤을 보내게 되었다. 근처에는 인가도 주막도 보이지 않아 어쩔 수 없이 그곳으로 찾아들었던 것이다. 공자를 모신 사당인데도 사람의 손길이 끊어진 지 오래인 듯 거의 폐가나 다름없었다.

사당 한쪽 구석에 사람이 자고 간 듯한 흔적이 보였다. 낡은 돗자리가 한 장 깔려 있고, 밥을 지어 먹은 듯 불에 그을은 돌덩이도 몇 개 굴러다니고 있었다.

월미는 돗자리에 앉아 양가구에서 사온 만두로 허기진 배를 채우기는 했지만, 아직 밤바람이 찬데다 덜컥 무서운 생각이 들어 통 잠을 이룰 수가 없었다. 지붕 한쪽이 허물어져 내린 탓에 천장으로 달빛이 흘러 들어왔다.

바짝 웅크리고 누운 채 이런 생각 저런 생각에 잠겨 있을 때, 바깥에서 인기척이 들렸다. 한두 사람이 아닌 것 같았다. 부산하게 주고받는 얘기 소리와 함께 어지러운 발자국 소리가 점점 공묘 쪽으로 다가왔다.

덜컥 겁이 난 월미는 벌떡 일어나 출입문 쪽을 내다보려다 말고, 다시 그 자리에 새우처럼 바짝 웅크리고 누운 채 치마를 홀렁 뒤집어 얼굴을 덮어 버렸다. 그것은 마치 포수에게 쫓긴 꿩이 도망을 가다가 다급한 나머지 대가리만 눈 속에 처박는 것과 흡사한 꼴이었다.

마침내 발길에 차인 문짝이 와장창 넘어지면서 한 무리의 시커먼 그림자들이 공묘 안으로 들어왔다. 월미는 숨도 제대로 쉬지 못하고 바짝 굳어 있었다.

"아니, 이게 뭐야?"

"사람인 것 같은데……."

"암컷이군 그래. 히히히……."

그들이 다가오는 소리가 들리자, 월미는 더욱 오금이 얼어붙는 듯했다.

"아니, 치마는 왜 뒤집어쓰고 그래?"

한 사내가 월미의 치마를 홱 걷어 내렸다.

"에구머니!"

월미는 화들짝 놀라며 두 손으로 얼굴을 가렸다. 그 때 좀 뒤처져 온 듯한 사내가 버럭 소리를 질렀다.

"무슨 일이냐?"

"암컷 하나가 제 발로 굴러들어와 있지 뭡니까."

"뭐라고? 암컷이……?"

그러면서 두목으로 보이는 그 사내가 월미 곁으로 가까이 오더니 발로 툭툭 찼다.

"야, 일어나."

월미는 부들부들 떨면서 간신히 일어나 앉았다. 얼른 보니 모두 넷이었는데, 도둑들이 분명했다. 그 중에서도 두목으로 보이는 사내는 얼굴이 온통 검은 수염으로 뒤덮여 있다시피 했다.

"왜 여기서 혼자 자고 있어?"

"잘 데가 없어서요."

"집이 없단 말이냐? 그럼 거지로군."

"거지는 아니에요. 맹주 땅을 찾아가는 길이라고요."

"맹주 땅을? 거긴 왜?"

"저……, 오라버니를 만나려고요."

좋아하는 사람이라고 하는 것보다 오라버니를 만나러 간다고 하는 편이 나을 것 같아 슬쩍 거짓말을 했다.

"오라비가 거기서 뭘 하는데?"

"귀양을 갔어요."

"무슨 죄를 지었기에?"

내왕이 누명을 쓰고 귀양 간 것을 아직 모르는 월미는 주인에게 아내를 빼앗긴 복수를 하려다가 붙잡혀 결국 맹주로 귀양을 가게 되었다는 얘기를 늘어놓았다. 다 듣고 나자 털보는 재미있다는 듯이 크게 웃어댔다.

"야, 네 오라비, 간덩이 한번 크네. 불을 지르고 주인을 죽인 다음, 보물까지 훔치려 했다니……, 사내의 간덩이가 그 정도는 돼야지. 하하하! 그나저나 그 서문경이란 놈은 난봉꾼인 모양이지?"

이미 청하현과는 멀리 떨어진 고장이어서 서문경이 어떤 사람인지 털보는 모르는 모양이었다.

"난봉꾼도 보통 난봉꾼이 아니에요. 마누가 여섯이나 되는데도 기생집마다 첩들을 두고 있고, 또 조금이라도 그의 눈에 들었다 하면 누구를 막론하고 자기 것으로 만들고 만다고요."

월미는 공연히 열을 올리며 지껄여 댔다.

"그래? 그놈 참 난놈이군. 어떻게 생긴 놈인지 한번 보고 싶네."

털보는 몹시 부러운 듯이 가벼운 한숨까지 쉬면서 중얼거렸다. 그리고는 이제 심문이 끝났다는 듯이 털보가 말했다.

"자, 출출한데 술이나 한 잔 하자고."

털보의 명령이 떨어지자, 도둑들은 돗자리 위에 자리를 잡고 앉아 곧 술판을 벌였다. 이 공묘가 그들의 본거지인 듯, 사당 정면에 세워진 제단의 한쪽 귀퉁이에서 술통을 비롯한 온갖 것들을 다 꺼내 놓았다. 그리고는 방금 훔쳐 온 물건 가운데서 당장 먹어치울 수 있는 것 외에는 모두 그 속에 집어넣었다. 초도 있어서 술자리에는 불까지 켜졌다.

"야, 이 계집애야. 그렇게 멀뚱히 보고 있지만 말고, 우리 두목님 잔에 술이나 따라."

한 사내가 큰 소리로 뇌까리자 털보가 빙긋 웃으며 술잔을 들었다.

"그래, 어디 한번 따라봐."

월미가 털보 곁으로 다가가 무릎을 꿇고 술을 따르자, 또 한 사내가 지껄였다.

"아니, 이거 곰보 아냐."

"눈도 좀 사팔뜨기 같은데……."

다른 사내가 맞장구를 쳤다. 그러자 다른 사내가 키들키들 웃으며 또 뇌까렸다.

"흉년에 쌀밥 보리밥 가리게 됐어? 그리고 뭐 돼지를 얼굴 보고 잡나? 제 발로 걸어 들어와 준 것만도 고맙지 뭐야."

"하하하……."

술판에 때 아닌 웃음꽃이 피었다. 참으로 무지막지한 사내들이었다. 월미는 심한 모욕감에 치를 떨며 그들을 번갈아 노려보았다. 흰자가 유난히 크게 두드러져 보이는 그녀의 사팔뜨기 눈이 독기를 품고 이리저리 뒤룩거렸다.

사내들은 그런 월미는 아랑곳없이 저희들끼리 계속 떠들어 댔다. 털보가 잔을 들어 올리며 자축이라도 하듯 말했다.

"자, 오늘 밤은 암컷까지 하나 생겼으니, 기분 좋게 마시자."

"암컷이 하나에 수컷이 넷이라……, 이거 모처럼 신나는 밤이 되겠는데."

거침없이 지껄여대는 말에 월미는 덜컥 겁이 났다. 아무래도 자기를 그냥 둘 것 같지 않았다. 아니나 다를까, 털보의 커다란 손이 월미의 엉덩이를 슬슬 만지기 시작했다.

"뒤판은 제법 괜찮은데……."

"어머!"

월미가 몸을 뒤틀며 피하려 하자, 털보는 다른 한손으로 월미의 앞가슴을 더듬었다.

"여기도 괜찮은걸. 알맞게 익어 가는 중이야."

"이거 놓으세요."

"놓으라니? 자, 그러지 말고 이제 옷을 벗으라고."

월미는 깜짝 놀랐다. 옷을 벗으라는 게 무얼 하려는 것인지는 알겠지만, 다른 사내들이 보고 있는 이 자리에서 어떻게 옷을 벗는단 말인가.

"어서 안 벗고 뭘 하는 거야!"

옆의 사내가 냅다 호통을 쳤다. 마지못한 월미는 이미 털보의 손에 앞가슴이 풀어헤쳐진 웃옷을 벗어 버렸다. 그녀의 상체가 하얀 알몸으로 드러나자, 털보가 기분 좋은 듯 웃으며 말했다.

"치마도 벗어!"

"여기서 어떻게 벗으란 말예요?"

월미는 애원하는 눈길로 털보를 바라보았다.

"부끄럽다 이거지? 좋아, 그렇다면 치마는 우리가 벗겨 주지."

털보를 제외한 세 사내가 약속이나 한 듯이 벌떡 일어나 월미에게
달려들었다. 그들은 눈 깜짝할 사이에 월미를 홀랑 벗겨 버렸다. 그
광경을 재미있다는 듯이 지켜보고 있던 털보의 입이 벌어졌다.

"히야! 그거 괜찮은데……."

볼품없는 얼굴에 비해 새하얀 몸뚱이는 눈이 번쩍 뜨일 지경이었다.

"두목님부터 어서 개시를 하세요. 그래야 우리도 맛을 좀 보죠."

한 사내가 입맛까지 다시며 재촉했다.

"가만 있자. 여기서는 안 되겠는데……, 저기 제단 위로 좀 옮겨놓
지."

세 사내는 두목의 말이 떨어지자마자, 알몸의 월미를 번쩍 들어서
제단 위로 옮겨놓았다. 월미는 반쯤 넋이 나간 듯 턱만 덜덜 떨고 있
었다.

"반듯이 눕혀야지."

뒤따라 제단 위로 올라온 털보가 명령했다. 그러자 세 사내는 또 일
제히 달려들어 옆으로 몸을 꼬고 있는 월미의 알몸뚱이를 억지로 반
듯하게 눕힌 다음, 두 다리마저 활짝 벌려놓았다. 월미는 모든 것을
체념한 듯 두 손으로 얼굴을 가린 채 꼼짝도 하지 않고 누워 있었다.

"이제 됐으니, 너희들은 가서 술이나 마시고 있어."

세 사내가 술자리로 돌아가자, 털보는 서둘러 자기의 아랫도리를

홀홀 벗어 던지고는 월미를 덮쳤다. 애무고 뭐고 없었다. 월미의 숲은 삽시간에 태풍 속에 휘말려 들어갔다.

과연 도둑들의 두목답게 그 물결이 거칠기 이를 데 없었고, 어느덧 몸이 뜨거워진 월미는 털보의 허리를 두 팔로 안고서 자기도 모르게 교성을 내질렀다. 그러자 그 광경을 보고 있던 세 사내들은 저마다 괴성을 지르며 야단법석을 떨었다.

그날 밤 월미는 네 사내들에게 수없이 겁탈을 당했다. 처음에는 털보를 시작으로 순번이 있는 듯 하더니, 나중에는 제멋대로였다. 술을 마시다가 생각이 나면 아무나 와서 마구 짓밟아 댔다. 월미도 처음에는 소리 없이 흐느껴 울었으나, 나중에는 지칠 대로 지쳐 시체처럼 가만히 누워 있기만 했다.

미친 듯이 마구 술을 퍼마시며 마음 내키는 대로 월미를 짓밟아 대던 사내들이 하나 둘씩 나가떨어지고, 마침내 모두들 코를 골기 시작한 것은 삼경이 훨씬 지나서였다.

월미는 겨우 정신을 가다듬고 일어나 앉았다. 열병을 앓고 난 사람처럼 온몸이 부서지는 듯했고, 코에서는 비린내가 쏟아질 지경이었다. 하지만 잠시도 지체할 수 없었다. 지금이 아니면 도망갈 기회가 영영 없을 것만 같았다.

월미는 이를 악물고 제단 위에서 엉금엉금 기어 내려와 얼른 옷을 챙겨 입고는 숨소리를 죽여 출입문을 빠져나왔다. 그리고는 걸음아 날 살려라 하고, 꼭두새벽의 어둠 속을 정신없이 달렸다.

어느덧 동쪽 하늘이 훤하게 밝아오며 아침 해가 떠오르기 시작했다. 이제 더 이상 걸을 수도 없을 정도로 지친 월미는 길가 풀숲에 쓰러지듯 털썩 주저앉았다. 온몸이 솜처럼 풀어지면서 아찔한 현기증이 몰려왔다.

이제는 사내들이 뒤쫓아 오면 어쩌나 하는 두려움도 없어졌다. 그보다는 오히려 주막에서 만나 사랑을 나누었던 그 아저씨 말대로 걸레처럼 갈가리 찢어진 자기의 신세가 그녀의 마음을 더욱 아프게 했다.

그 날 이후, 월미는 다시는 공묘를 찾지 않았다. 마땅한 주막이나 여인숙이 없으면, 차라리 노숙을 택했다. 공묘라면 모조리 도둑들의 소굴처럼 느껴졌던 것이다.

그렇게 서문경의 집을 떠나온 지 아흐레가 되는 날, 월미는 육십이 넘은 노승과 동행을 하게 되었다.

노승은 월미가 맹주 땅으로 애인을 찾아간다는 말을 듣고는, 놀라우면서도 어이가 없다는 듯 바라볼 뿐 아무 말이 없었다. 월미는 묻지도 않았는데도, 내왕이 왜 맹주로 귀양을 가게 되었는지를 비롯해 지나간 일들을 구구절절이 늘어놓았다. 그러다 어머니의 이야기까지 나왔다.

"스님, 그런 여자도 어머니라고 할 수 있어요?"

그러자 노승은 먼 산 위로 흐르는 구름을 하염없이 바라보며 나지막이 중얼거렸다.

"전생의 업보가 너무 깊구나. 나무관세음보살……."

머쓱해진 월미는 입을 다문 채 묵묵히 노승의 뒤를 따랐다. 이윽고 갈림길에서 노승과 헤어지게 된 월미는 머리를 숙여 작별인사를 했다.

"스님, 안녕히 가세요."

그러자 이제껏 입을 다물고 있던 노승이 측은한 눈길로 월미를 바라보며 한마디 했다.

"처녀도 조심해서 가게. 특히 물을 조심해야 하네. 나무관세음보살……."

월미는 도무지 알 수 없는 노승의 말에 고개를 갸우뚱하며 다음 마을을 찾아 서둘러 잰 걸음을 쳤다. 하지만 그날 해가 저물 때까지, 월미는 하룻밤 묵을 만한 곳을 찾지 못했다. 황량한 들길만이 끊임없이 이어질 뿐 주막은커녕 마을조차 나타나지 않았다. 덜컥 겁이 난 월미 앞에 저 멀리로 강줄기가 보였다. 그리고 강 건너편으로 마을이 있는 듯 불빛이 하나 둘 반짝거리기 시작했다. 월미는 부지런히 발걸음을 재촉했다.

그러나 월미가 강기슭에 도착했을 땐, 이미 뱃길은 끊어지고 나룻배 하나가 강가에 묶여 있을 뿐이었다. 월미는 강둑에 앉아 무심히 흐르는 강물을 막막한 심정으로 바라보았다. 그러다 문득 강 아래쪽을 바라보니 물가에 한 여자가 앉아 있는 게 보였다. 월미는 반가운 마음에 보따리를 들고 일어나 그 여자 쪽으로 발걸음을 옮겼다. 그 여자도 자기처럼 뱃길이 끊겨 막막해 하고 있는 것으로 여겨졌던 것이다.

그런데 월미가 다가가자, 여자는 가만히 일어나더니 신을 벗어들고는 강물 속으로 걸어 들어가는 게 아닌가. 당황한 월미는 손을 흔들며 여자를 불렀다.

"여보세요, 잠시만 기다려 주세요. 저도 강을 건널 거예요."

그러나 여자는 뒤도 돌아보지 않고 천천히 강 속으로 걸어 들어갔다. 보기와는 달리 강이 깊지 않은 듯 물은 무릎에 닿을 듯 말 듯한 깊이였다. 월미는 후다닥 신을 벗어 보따리에 끼우고 치마를 걷어붙였다. 그리고는 보따리를 머리에 이고 강물 속으로 발을 들여놓았다.

그렇게 여자의 뒷모습만 좇아 강 속으로 따라 들어간 월미는 별안간 비명을 지르며 강물 속으로 빠져 들어갔다.

"에구머니! 엄마야!"

냅다 보따리까지 내팽개치고 두 손을 휘저어 보았지만 월미의 몸은 점점 더 깊은 강물 속으로 빨려 들어갔다. 그렇게 두어 번 짧은 비명을 끝으로 월미의 모습은 영영 강물 속으로 사라지고 말았다.

어느새 사라졌는지 앞서갔던 여자의 모습도 보이지 않고, 무심한 달빛만 검은 강물 위에 은빛으로 부서져 내리고 있었다.

● 둘을 얻고, 둘을 잃다

하인의 아내까지 손을 댔다가 한바탕 우환을 겪은 서문경은 그 뒤로 정신을 좀 차리는 듯했다. 아무 여자에게나 욕심을 내지 않았으며, 기방 출입도 되도록 삼갔다. 그리고 일곱 번째 아내도 맞아들이지 않으리라 굳게 다짐까지 했다.

그는 이병아가 살고 있는 집의 넓은 뜰 한쪽에 또 하나의 연못을 파고, 그 연못가에 아담한 별채를 하나 지었다. 그리고는 '비취헌翡翠軒'이라는 제법 그럴싸한 현판까지 갖다 붙였다.

서문경은 그 비취헌에 갖가지 나무와 화초를 심고 아침저녁으로 물을 주며 화초 가꾸기를 취미로 삼았다. 그러다 보니, 자연 그의 발걸음은 이병아를 찾는 일이 잦아졌다. 오월랑을 비롯한 다른 여자들은 모두 서문경의 그런 취미를 좋게 생각했고, 간혹 그곳에 들러 그의 화초 가꾸기를 도와주기도 했다.

그런데 오직 한 사람, 반금련만은 속이 뒤틀릴 대로 뒤틀렸다. 자기 다음으로 들어온 이병아가 자기를 밀어내고 서문경의 사랑을 독차지하고 있는 것이, 생각만 해도 울화가 치밀었다. 그러나 반금련은 그럴수록 더욱 시치미를 떼고 곧잘 비취헌으로 찾아가 이병아의 말상대가 되어 주었다.

어느 무더운 날 오후였다. 그날도 비취헌을 찾아간 반금련은 문밖에서 가만히 걸음을 멈추었다. 안에서 새어나오는 서문경과 이병아가 주고받는 대화가 아무래도 심상치 않아서였다.

"이 더운 날씨에 웬 단속곳이야?"

"점잖지 못하게 그런 걸 다 물으세요?"

"궁금하잖아. 한여름에 단속곳을 입다니, 그것도 빨간 색으로…."

"한번 맞춰 보세요. 호호호…."

이병아는 재미있다는 듯이 웃었다.

"응, 이제야 알았다. 당신 달거리 중이지?"

"틀렸어요. 그것과 관계가 있긴 하지만…."

"그럼 뭐야? 답답하게 그러지 말고 속 시원히 말해 봐."

서문경은 기분이 틀어진 듯 볼멘소리를 하자, 이병아가 환하게 웃으며 말했다.

"당신이 뿌린 씨가 뱃속에서 자라고 있단 말예요."

"아니 뭐라고?"

서문경은 눈이 휘둥그레지며 다시 물었다.

"여보, 그게 정말이야?"

"정말이에요. 그래서 배를 차게 하지 않으려고 이 더위에도 단속곳을 입고 있는 거예요."

"아, 이거 정말 경사로구나, 경사야. 허허허…."

서문경은 함박 같은 웃음을 터뜨리며 이병아를 불끈 끌어안고 좋아서 어쩔 줄 몰라 했다.

"아들만 낳으라고. 그러면 당신이 이 집안의 여왕이 될 테니……."

밖에서 엿듣고 있던 반금련은 눈앞이 아찔해졌다. 이병아가 자기보다 먼저 임신을 하다니, 이게 무슨 날벼락이란 말인가.

서문경에게는 오월랑이 낳은 딸이 하나 있을 뿐 아들이 없었다. 그

동안 다른 네 아내들은 한결같이 아이를 생산하지 못했던 것이다. 그래서 집안사람들 사이에서는 서문경이 뿌리는 씨앗은 알맹이가 없는 쭉정이라는 말이 나도는가 하면, 심지어는 오월랑이 낳은 딸 향림이 서문경의 씨가 아닌지도 모른다는 말까지 나돌기도 했다. 향림이 진짜 서문경의 딸이라면 어째서 다른 네 부인들한테서는 아이가 태어나지 않느냐는 것이었다.

물론 서문경은 향림이 자기의 딸이라는 것을 조금도 의심하지 않았다. 오히려 다른 네 여자들을 아이도 못 낳는 석녀石女라고 은근히 불만을 품어 온 터였다. 그런데 이병아가 잉태를 했다니, 이보다 더 기쁜 일이 어디 있겠는가.

"자, 오늘 당장 축하연을 벌이자고. 다른 사람들은 필요 없고, 마누라들만 다 모이라고 그래. 자, 어서…."

곧 이병아의 몸종인 수춘이 이리 뛰고 저리 뛰고 하여 술상이 차려지고 갖가지 음식들이 그득하게 놓여졌다. 무슨 영문인지도 모르고 모여든 오월랑을 비롯한 네 부인들은 이 더위에 별안간 웬 축하연인가 하고 궁금해 하는 표정들이었다. 다만 반금련만이 잔뜩 굳은 얼굴로 새침하게 앉아 있었다.

춘매와 수춘이 좌석을 돌며 잔에 술을 따르고 나자, 서문경이 활짝 웃는 얼굴로 입을 열었다.

"오늘 이렇게 비취헌에서 축하연을 열게 된 것은 다름이 아니라…, 이 사람이 내 아이를 가졌거든. 하하하…."

방안은 잠시 놀라움과 경탄으로 술렁거렸다. 그 때 서문경의 오른쪽 옆 자리를 잡고 앉은 오월랑이 기쁜 표정으로 물었다.

"어머, 정말 반가운 소식이네. 그래, 몇 달째지?"

"넉 달째예요."

"그럼 보자. 산달이 언제가 되나…, 내년 정월이네. 맞지?"

"예, 맞아요."

이병아가 몹시 쑥스러워하는 얼굴로 대답했다. 서른이 다 되어가는 나이면서도 처음으로 임신을 해서 그런지, 묘하게 부끄럽고 창피하기도 했던 것이다.

즐거운 축하연인데도 불구하고 분위기는 이상하게 가라앉기 시작했다. 아이를 생산하지 못한 네 여자들은 시종 별 말이 없고, 서문경이 혼자 기분이 좋아서 떠들어 대는 가운데 이따금 오월랑이 입을 열었으며, 이병아가 멋쩍게 대답을 하는 정도였다. 서문경이 뒤늦게 이를 알아차리고 분위기를 바꿔 보기 위해 장난기 섞인 어조로 말했다.

"지금 아이가 없다고 실망할 건 없어. 밭만 좋다면 아이는 얼마든지 생길 수 있으니까 말이야. 안 그래?"

이 말에 반금련이 제일 먼저 톡 쏘며 반발했다.

"홍, 그럼 내 밭이 안 좋아서 아이가 없단 말예요?"

그러자 지금까지 꾸어다 놓은 보릿자루처럼 말이 없던 손설아가 항의하듯 말했다.

"하늘을 봐야 별을 따죠. 남편이 씨를 안 뿌려 주는데 어떻게 여자가 혼자서 아이를 배요?"

그러자 맹옥루와 이교아가 동시에 맞장구를 쳤다.

"그래요. 별이 뭐 땅속에서 나오나요?"

"그건 다섯째 말이 백 번 맞아요."

서문경은 어이가 없다는 듯이 아이를 못 낳은 네 마누라를 쭉 둘러보며 화를 벌컥 냈다.

"뭐라고? 그럼 내가 지금껏 씨를 안 뿌려 줬단 말이야? 아니면 내 씨가 말짱 헛것이다 그 말이야!"

사람에게는 누구나 남이 모르는 아픈 데가 있고, 또 조금씩은 자기 나름대로의 열등감이 있게 마련이다. 아픈 곳을 찔린 서문경은 필요 이상으로 버럭 화를 내고 말았다.

"여보, 그렇게 무턱대고 화만 내실 일이 아니잖아요. 말이 나온 김에, 당신이 오늘 밤부터 차례차례 공평하게 씨를 뿌려 주면 되겠네요. 그러지 않고 당신 기분 내키는 대로 했다가는 나중에 그 원망을 어떻게 다 듣겠어요? 안 그래요, 여보?"

역시 정실다운 오월랑의 말이었다.

"그래야 돼요."

"역시 형님 말씀이 맞아요."

모두 오월랑의 말에 동의를 했다.

"허허, 참 오늘 별 귀한 말씀을 다 듣겠네. 이건 마치 아들 낳기 경연장 같군 그래. 좋아, 그렇게 해 보자고."

서문경은 쾌히 응낙했다. 말하자면 씨앗의 분배를 공정히 해서 누가 아기를, 그것도 아들을 낳는지 경쟁을 시키기로 한 셈이었다. 내친 김에 아예 차례도 정했다. 그 동안 가장 설움을 많이 받은 것으로 자타가 공인하는 손설아를 첫 번째로 정하기로 하고, 나머지 다섯 여자들은 정실과 첩실을 가리지 않고 제비를 뽑아 순번을 결정하기로 했다. 그 결과, 반금련이 두 번째, 오월랑이 세 번째, 그리고 이병아, 맹옥루, 이교아의 순이었다.

이렇게 해서 남편의 씨를 공평하게 나누어 받게 된 여섯 부인들은 재미있기도 하고 우습기도 해서 축하연의 분위기는 한결 화기애애해졌다.

그 뒤로 서문경은 아내들과의 약속대로 순번을 지켜, 골고루 씨를 뿌려 주었다. 순번 날이 생리 기간과 겹치거나 몸이 불편할 때는 여자들끼리 상의해서 조정하기도 했다. 서문경이 이렇듯 아내들의 의사를 존중하고 약속을 지켜 나가는 것은 그녀들보다 오히려 자기가 더 간절하게 아들 갖기를 바랐기 때문이었다.

어느덧 해가 바뀌었다. 서문경은 새해가 되면 으레 그 해의 운수를 보는데, 역술가의 말이, 동방의 떠오르는 해가 집 대문에 비치는 괘라면서, 정월에서 삼월 사이에 두 가지 큰 경사가 있겠다고 했다. 그 괘가 틀리지 않는 듯 이병아는 정월이 다 가기 전에 아들을 순산했다. 서문경은 좋아서 어쩔 줄을 모르더니 나중엔 덩실덩실 춤까지 추기 시작했다.

"얼씨구 좋구나, 절씨구 좋아. 나에게 아들이 생기다니, 이게 꿈이냐 생시냐…!"

서문경의 입에서 절로 노랫소리가 흘러나왔다.

이병아가 아들을 낳았다는 소식은 곧 온 집안에 퍼졌고, 근래에 드문 경사라고 모두들 기뻐했다. 다섯 부인들도 모두 얼굴에 희색이 만면했다. 그러나 그것은 겉으로 내보이는 껍데기에 불과한 것이고, 속마음들은 그렇지가 못했다. 은근히 딸을 낳기를 기대했었는데 아들을 낳아 버렸으니, 어찌 보면 그들은 모두가 패자가 되고 만 것이기 때문이다.

서문경은 역술가에게 물어 아들의 이름을 관가官哥라 짓고, 관가가 태어나고 이레째 되는 날에 성대한 잔치를 벌였다. 서문西門 가문의 대를 이을 남아 탄생의 축하연이었다. 서문경은 이번 잔치에 일가친척은 물론이고, 친구들과 현의 유지들, 그리고 몇몇 지체 높은 고관들까지 초대했다.

서문경을 중심으로 오른편에는 정실인 오월랑이 앉고, 왼편에는 이병아가 이 날의 주인공인 아기를 안고 앉았다. 비록 남편의 왼편에 앉기는 했지만, 아들을 낳은 이병아는 이미 서문 가문의 여왕이나 다름없었다.

그러다 보니 좌중의 시선과 관심은 주로 그녀와 그녀가 안고 있는 아기에게 집중되었고, 그럴수록 다른 부인들은 풀이 죽을 수밖에 없었다. 단지 맹옥루만은 그 동안 자기도 잉태를 해서 배가 꽤나 불룩해진 터라, 그래도 간간히 얼굴에 미소를 짓고 있었다.

이런 분위기를 놓칠 리 없는 축일념이 거나해진 목소리로 서문경에게 물었다. 서문구걸 중에서도 입이 걸기로 유명한 친구였다.

"그런데 형님, 소문에 듣기로는 형수들한테 아들 낳기 시합을 시켰다는데, 그게 정말이오?"

"그런 소문이 났던가? 허허허…, 세상 사람들의 눈과 귀는 못 속인단 말이야."

서문경이 싫지 않은 표정으로 웃어넘겼다.

"웃는 걸 보니 정말인 모양인데, 그 통에 수고가 참 많았구려. 저것 보라고. 눈은 쑥 들어가고 턱은 염소처럼 뾰족해졌구면."

"하하하…."

좌중에 폭소가 터졌다.

"그래서 몸보신을 좀 하려고 이렇게 잔칫상을 차리지 않았나."

서문경도 유쾌하게 따라 웃으며 응수했다.

"그러면 말이야…."

축일념은 또 무슨 소리를 하려고 그러는지, 주기가 올라 번들거리는 눈으로 서문경의 양쪽에 세 사람씩 나란히 앉은 부인들을 쭉 훑어보았다. 다른 하객들의 시선도 그에 따라 부인들에게 집중되었다.

"일등은 여섯째 형수가 한 거고……, 이등은 어느 형수가 하실까?"

좌중에 또 한 차례 폭소가 터졌다.

"아들을 보려면 무엇보다도 밭을 잘 골라야 하오. 그렇잖우? 바위 위에 씨 부려서 싹 나는 거 봤소, 박토에 풍년 드는 거 봤냐고요?"

축일념의 입은 다물 줄을 몰랐다.

"우리 집 밭들은 모두가 문전옥답이니, 그런 염려는 말게."

서문경이 제법 재치 있게 축일념의 말을 받아넘기려 하는데, 반금련이 참지 못하고 바로 쏘아붙였다.

"아니, 아무리 술에 취했다지만 농담이 좀 지나치네요. 가만히 듣고 있을 수가 없잖아요."

하지만 그대로 푹 주저앉을 축일념이 아니었다.

"농담이 아닙니다. 나는 형님의 수고를 덜어주기 위해 천하의 진리를 말하고 있는 중입니다. 하긴 좋은 말은 귀에 거슬리게 마련이지요."

"아니, 뭐라고요?"

반금련의 언성이 높아지자 옆에 앉은 상시절이 축일념의 옆구리를 쿡 쥐어박으며 말렸다.

"이 사람아, 이제 그만하게나. 내가 듣기에도 자네 말이 심하네 그려."

바로 그 때였다. 내흥이 뛰어 들어오며 아뢰었다.

"주인어른, 현청에서 관원이 찾아왔습니다요."

"뭐, 현청에서 관원이? 어서 들라고 해라."

서문경은 난데없는 일에 어리둥절해 하면서도 애써 밝은 표정을 지우지 않았다. 좌중의 모든 시선이 일제히 방문 쪽으로 향했다. 관원은 서문경이 앉아 있는 곳까지 와서 허리를 굽혀 정중히 인사를 올리고는 서찰을 건네며 말했다.

"지사님께서 이걸 전해드리라고 하셨습니다."

"음, 그런가?"

서문경은 서찰을 받아 펼쳤다. 읽어 내려가는 동안 그의 얼굴에 활짝 밝은 미소가 떠올랐다.

"허허, 이게 웬일이야. 정말 뜻밖인데…?"

서찰을 다 읽고 난 서문경이 탄성을 질렀다.

"여보, 무슨 일이에요? 어디 좀 봅시다."

오월랑이 서찰을 받아 읽어 보고는 더 호들갑스럽게 소리를 질렀다.

"어머나, 이게 꿈이에요 생시에요?"

하객들이 모두 무슨 일인가 하고 수군거리고 있을 때, 오월랑이 큰 소리로 소식을 알렸다.

"여러분, 축하해 주세요. 우리 주인어른께서 제형소의 부전옥副典

獄에 임명되셨대요."

장내는 탄성과 경탄의 도가니로 변했다. 조금 전 반금련과 티격태격하던 축일념이 벌떡 자리에서 일어나더니, 서문경에게 축하술을 권했다.

"형님, 정말 축하드립니다. 허, 우리 형님이 부전옥이 되시다니, 이런 경사가 또 어디 있겠습니까."

그러자 다른 친구들도 우르르 일어나 빈 잔들을 들고 서문경에게로 몰려갔다. 현청에서 나온 고관들도 의관을 고치며 일어났다. 득남 축하연이 순식간에 등용 축하연이 된 것이다.

이튿날 아침 서문경은 의관을 정제한 다음, 말을 타고 현청으로 지사를 찾아갔다. 현지사의 서찰에, 동경의 조정에서 자기를 산동山東 제형소의 부전옥으로 부임하라는 임명서가 하달되었으니, 내일 아침 현청으로 나와서 받아 가라는 사연이 축하 인사와 함께 적혀 있던 것이다.

현지사는 서문경을 반가이 맞이하여 임명장을 건네주며 몇 번이나 허리를 굽혔다.

"진심으로 축하합니다. 앞으로 서로 협조하며 잘해 나갑시다."

부전옥이라면 서열상으로는 지사와 동격이지만, 이웃인 양곡현을 비롯한 여러 개의 현을 관할하고 있기 때문에 그 위세는 지사보다 월등히 높다고 할 수 있었다.

서문경이 이렇게 높은 감투를 쓰게 된 것은 동경에 있는 양태사가 힘을 썼기 때문이었다. 서문경의 자형인 양제독이 몇 달 전 내각에 다시 중용되어 병무兵務를 총괄하는 태사가 되었던 것이다. 양태사로서는 처남인 서문경에게 늘 고마운 마음을 갖고 있었다. 해마다 생일을 그냥 넘기는 일이 없는데다가 이번에도 적지 않은 승진 축하 선물을 보내주었으며, 게다가 자기가 국사범으로 감옥에 갇혀 있을 때에는 딸 교랑과 사위를 숨겨 주었으니 말이다. 그래서 이번에 그 은혜를 톡톡히 갚은 셈이었다.

서문경은 마치 하늘에라도 날아오른 기분이었다. 이제 세상에 부러울 것이라고는 아무것도 없었다. 넘쳐나는 재물에다 꽃밭에 둘러싸인 듯한 여복, 그리고 얼마 전에는 득남까지 했는데 이번에는 또 큼직한 감투까지 썼으니, 어깨춤이 절로 나왔다.

그러니 서문경이 더욱 우쭐해질 수밖에 없었다. 등청을 할 때는 말할 것도 없고, 집에서도 그전과는 판이하게 거드름을 피웠다.

벼슬이라는 것은 참 좋은 것이었다. 서문경은 진작 돈을 좀 들여서라도 감투를 쓸 걸 하고 은근히 후회를 하기도 했다. 그것은 재물이 가져다주는 충족감이나 여자들이 안겨주는 쾌감과는 또 다른 묘한 성취감을 주는 것이었다.

서문경이 부전옥이 된 뒤로는 찾아오는 방문객이 줄을 이었다. 그들은 누구 하나 맨손으로 오는 법이 없었다. 현금을 비롯한 갖가지 재물을 가지고 왔다. 재물에 남달리 욕심이 많은 서문경은 그것이 어떤 성격의 것이든 서슴지 않고 받았고, 그러다 보니 그의 금고가 넘쳐나지 않을 수 없었다.

내방객이 많다 보니 술자리도 빈번해졌다. 그야말로 주지육림 속에서 기녀들이 부르는 노래와 춤을 즐기며 세월 가는 줄을 몰랐다.

하지만 좋은 일은 그리 오래가지 못했으니, 서문경이 부전옥이 되고 달포쯤 지난 어느 날이었다.

반금련의 거실 문이 열리자 고양이 한 마리가 복도로 홀쩍 뛰어나오고, 뒤따라 반금련이 거실 밖으로 나왔다. 온몸이 하얀 털로 뒤덮인 고양이는 몸집이 어지간한 개만큼이나 컸다.

복도로 나온 고양이는 흘끗 반금련을 쳐다보았다. 마치 어느 쪽으로 가야 할지 묻는 것 같았다. 반금련은 미소를 지으며 얼른 허리를 굽혀 두 팔로 고양이를 안고는 그 이마에 쪽 소리가 나도록 입맞춤을 했다.

반금련은 그 고양이를 '백사자'라고 부르고 있었다. 백호를 귀여운 아기처럼 가슴에 안은 반금련은 복도를 걸어가 회랑으로 나섰다. 차가운 바깥 공기가 목덜미를 휘감았다.

"아이 추워!"

반금련은 목을 움츠리며 백호를 더욱 꼭 끌어안고는 종종 걸음으로 맹옥루의 거처로 향했다.

"어서 와. 그러잖아도 기다리고 있었어."

맹옥루가 반색을 하자, 반금련이 백호를 거실에 내려놓으며 말했다.

"형님은 꼭 내가 놀러와야 되우? 내 방에도 좀 놀러오세요."

"그래, 다음부턴 내가 놀러가지. 그런데 이 고양이는 어쩜 이렇게 백설같이 하얗지? 수놈이라서 그런가?"

"예, 형님도 한 마리 키우세요."

"난 고양이는 별로 좋은 줄 모르겠더라고."

"그건 형님이 고양이의 진미를 아직 몰라서 그래요."

"고양이의 진미라니, 그게 무슨 소리야."

맹옥루가 의아한 표정으로 물었다.

"참, 형님도 영 깜깜하시네. 정말 모르고 하는 말이우?"

"아니, 그럼 동생이 저 고양이와…?"

"호호호, 이제야 짐작이 가시는 모양이군요. 양쪽 가슴에 개나 고양이의 발톱 자국이 없는 과부는 맹추라는 말이 그래서 생겨난 거라니까요."

"어머, 어머….."

맹옥루는 눈을 동그랗게 뜬 채 어머만 연발했다.

"형님, 내가 큰 맘 먹고 저 백호를 빌려줄 테니, 오늘 밤에 한 번 데리고 자 보시겠어요?"

"아이고, 망측해라. 난 싫어."

"호호호…, 형님은 참 무던하시기도 하우. 그이가 형님한테 자러 온 지도 오래 됐지요?"

"하도 오래 돼서 언제 왔는지 기억도 안 나."

서문경은 제형소의 부전옥이 된 뒤로는 여섯 부인들에게 차례로 씨를 뿌려 주던 일을 흐지부지 그만두고 말았다. 이병아가 아들을 낳은 데다가 높은 감투까지 써서 분망하다 보니, 이제 마누라들과의 그런 구차스런 약속을 굳이 지킬 필요도 없고, 흥미마저 사라져 버렸던 것이다. 그래도 부인들 중 누구 하나 입을 열어 불만을 털어놓질 못했다. 그만큼 서문경의 권위가 월등히 높아졌던 것이다.

반금련이 한동안 맹옥루의 거처에서 노닥거리다가 백호를 안고 자기 거처로 돌아갈 때였다. 찬 바깥 공기 때문에 잔뜩 몸을 웅크린 채 회랑을 걸어가고 있는데, 어디선지 아기의 울음소리가 들려왔다. 가만히 귀를 기울여 들어 보니, 이병아의 거처 쪽이었다. 아마도 관가의 울음소리 같았다.

'관가가 왜 저렇게 울고 있을까?'

반금련이 아기의 울음소리가 들리는 내실의 문을 열고 들어가 보니, 관가가 혼자서 자다가 잠을 깬 듯 침상의 포대기 위에 누워 울고 있었다.

"아이고, 우리 관가가 혼자 있었구나. 모두들 어디 갔지?"

반금련은 안고 있던 백호를 얼른 내려놓고 침상으로 다가가 대신 관가를 안았다. 그런데도 관가는 울음을 그치지 않았다.

"관가가 아주 예쁜 옷을 입었네. 빨간 옷이 참 잘 어울리는구나."

관가는 짙은 진홍색 담으로 지은 옷을 입고 있었다. 이병아가 관가에게 그런 옷을 지어 입힌 것은 무당의 말을 듣고서였다. 붉은 옷을 입혀야 마귀가 겁이 나서 근접을 못한다는 것이었다.

반금련이 관가가 입고 있는 빨간 옷을 눈여겨 들여다보고 있을 때, 백호도 그 빨간 옷이 눈에 강렬하게 비쳐 들어오는 듯 유난히 두 눈을 크게 뜨고 노려보고 있었다.

"아하, 맹수들이 빨간색을 보면 흥분한다더니, 과연 맞는 말이구나."

이렇게 혼자 중얼거리던 반금련은 순간 제 그림자에 자기가 놀라듯 흠칫 몸을 떨었다. 어떤 음흉한 생각이 번개같이 그녀의 머릿속을 스치고 지나갔던 것이다. 그 때 유모가 헐레벌떡 달려 들어왔다.

"아이고 마님, 어떻게 된 일이에요?"

유모는 반금련이 아기를 안고 있는 것을 보고 깜짝 놀랐다.

"어떻게 되긴?…, 내가 묻고 싶은 말을 자네가 하는구먼. 아기를 혼자 두고 어딜 갔다 오는 거야?"

"배가 좀 아파서 약방에 약을 얻으러 갔었어요."

"그렇다고 갓난애를 혼자 두고 가면 어떡해. 어서 받기나 해."

"예, 죄송해요."

유모가 받아 안자 관가는 비로소 울음을 그쳤다. 자기 거처로 돌아온 반금련은 서둘러 나들이옷으로 갈아입고 저자거리로 나섰다. 아직 땅거미가 지기 전이라 사람들이 꽤 많이 붐비고 있었다. 그녀는 잡화점부터 먼저 들렀다.

"혹시 빨간 옷을 입힌 인형 있어요?"

반금련이 가게 안을 이리저리 살피며 물었다.

"예, 동자 인형 말이군요."

"동자 인형에 빨간 옷을 많이 입히나 보죠?"

"꼭 그런 건 아닙니다만, 액막이를 한다고 더러 입히죠."

"아, 그래요? 기왕이면 진홍색 담옷을 입힌 인형으로 주세요."

"예, 마침 여기 그런 게 하나 있군요."

잡화점을 나선 반금련은 그 길로 포목점에 들러 청색 모본단도 몇자 끊었다. 그것으로 백호에게 옷을 지어 입히기 위해서였다.

집으로 돌아온 반금련은 동자 인형을 경대 위에 얹어놓고는 그 앞에 앉아서 모본단으로 백호의 옷을 짓기 시작했다. 바느질 솜씨가 남다른 반금련은 문득 왕파네 찻집 내실에서 서문경의 옷을 짓던 지난날의 일이 생각났다.

불과 몇 해 전에만 해도 그처럼 가슴 두근거리고 짜릿하기만 하던 사랑이 어느덧 식을 대로 식어, 이제는 고양이하고나 노닥거리는 생과부 신세가 된 걸 생각하니, 한숨이 절로 나왔다.

그럴수록 반금련은 백호의 옷 짓는 일에 정성을 다했다. 백호는 그녀의 손놀림을 멀뚱히 바라보기도 하고 경대 위에 얹혀 있는 동자 인형을 흘끗 노려보기도 했다.

그러다가 갑자기 백호의 눈이 동자 인형에게 고정되더니, 허연 이빨을 드러내며 '야옹!' 하고 울었다. 그것은 분명 오싹 소름이 끼칠 정도로 섬뜩한 살의였다. 반금련은 숨을 죽인 채 백호를 바라보고 있었다.

"이야옹!"

백호는 또 한 번 크게 울었다. 순간 반금련은 얼른 동자 인형을 집어 백호의 코앞에 던져 주었다. 아니나 다를까, 백호는 반금련이 짐작했던 대로 비호같이 달려들어 동자 인형을 물어뜯기 시작했다.

"그래, 물어뜯어. 어서! 갈기갈기 찢어놓으라고."

반금련은 야차 같은 얼굴로 백호를 부추기고 있었다. 동자 인형은 삽시간에 망가져서 너덜너덜해지고 말았다.

"수고했다, 백호야. 이리 온."

반금련은 백호의 머리를 쓰다듬으며 가슴에 꼭 안아 주었다.

이튿날 아침을 먹고 나자, 반금련은 다시 어제의 그 잡화상을 찾아갔다. 주인이 반금련을 알아보고 반갑게 맞았다.

"아저씨, 어제의 그 동자 인형 말예요."

"예? 뭐가 잘못된 데라도 있습니까?"

"아니에요. 인형이 좀 작아서요. 이만한 정도의 인형으로 주세요."

반금련은 관가의 몸집만한 크기를 두 팔로 그려 보였다.

"예. 그런데 그만한 크기의 인형이 있을는지 모르겠네요. 여기 앉아서 잠깐만 기다리세요."

주인은 의자를 내놓으며 반금련에게 앉기를 권하고 안으로 들어갔다. 한참을 기다려서야 주인이 커다란 동자 인형을 가지고 나왔다.

"이거 오래 기다리시게 해서 죄송합니다. 창고를 온통 뒤지느라 늦었어요."

"괜찮아요. 수고했어요."

반금련은 자기가 원했던 물건을 제대로 찾아서 가져온 주인이 오히려 고맙기만 했다.

마침내 반금련은 백호로 하여금 관가를 물어뜯어 죽이게 하는 일을 본격적으로 준비하기 시작했다. 처음에는 이 일에 춘매를 끌어들일까 하는 생각도 해 보았지만, 이내 그만두었다. 목숨을 내걸어야 하는 일에 약삭빠른 춘매가 쉽사리 발을 들여놓을 리 없었다.

아무래도 혼자서 이 일을 해내는 수밖에 없다고 생각한 반금련은 은밀히 백호를 훈련시키기 시작했다. 처음에는 인형을 그냥 방바닥에 앉혀 놓고 백호에게 물어뜯도록 했다. 그것이 익숙해지자, 다음에는 인형을 이불 속에 눕혀 놓고 했다. 관가가 방안에 앉아 있든 침상에 누워 자든 어떤 경우에도 상관없이 공격할 수 있어야 하기 때문이었다. 또한 먹는 것도 주로 날고기를 먹이는 치밀함을 잊지 않았다. 백호의 성깔을 더욱 사납고 표독스럽게 만들기 위해서였다.

첫 번째 훈련이 거의 완벽하게 끝나자, 다음은 백호를 관가에게 접근시키는 것이 문제였다. 관가가 혼자 있는 일이 거의 없기 때문이었다. 설령 요전 같은 그런 기회가 있다 하더라도, 그런 기회를 용케 알아내기란 쉬운 일이 아니었다.

생각한 끝에 반금련은 백호에게 두 번째 훈련을 시키기로 했다. 이번에는 빨간 옷을 입은 인형을 스스로 찾아내게 하는 훈련이었다. 인형을 침상 밑에 감추어 두기도 하고, 경대 뒤에 숨겨 놓기도 했으며, 선반이나 장롱 위에 얹어 놓기도 했다.

백호는 두 번째 훈련도 능숙하게 잘 해냈다. 인형을 실내의 어디에 감추어 두어도 용케 잘 찾아내었고, 맹렬하게 달려들어 갈기갈기 물어뜯었다.

모든 훈련이 거의 끝나자, 반금련은 정월 보름날을 결행 날짜로 잡았다. 그날은 이병아가 수춘을 데리고 무당한테 아기의 축원을 빌러 가기 때문에, 유모 혼자서 관가를 돌보게 되어 있었다. 관가에게 접근할 수 있는 좋은 기회가 아닐 수 없었다.

그리고 그날은 또 반금련의 친정어머니 생신이기도 했다. 일 년에 한 번씩 잊지 않고 매년 찾아가 어머니의 생신을 축하해 온 터라, 그날 친정집 나들이를 하면 나중에 자기에게 혐의를 둘 사람도 없을 것이었다.

드디어 정월 보름날 아침이 밝았다. 서둘러 아침을 먹은 반금련은 춘매에게 먼저 자기 친정집에 가 집안일을 거들도록 일렀다. 춘매가 이바지를 가지고 먼저 집을 나서자, 반금련은 백호를 안은 채 동쪽 창가에 자리를 잡고 앉아 바깥을 내다보기 시작했다. 창문의 맞은편으로 이병아의 거처가 보였다.

"망할 년! 여태 뭘 꾸물거리고 있는 거야. 빨리빨리 차려입고 무당이나 찾아가지 않고…."

반금련이 수없이 욕지거리를 내뱉고 난 다음에야 이병아의 모습이 멀리 정원의 나무들 사이로 보였다. 화사한 겨울 나들이옷으로 차려입은 그녀는 수춘을 데리고 몹시 추운 듯 잔뜩 고개를 움츠린 채 집을 나서고 있었다. 그녀가 대문을 나서 큰길로 사라져 가는 것을 확인한 반금련은 자리에서 벌떡 일어났다.

"이제 됐다, 백호야. 어서 가자꾸나."

거실을 나선 그녀는 이병아의 거처까지 가지 않고 중간에 있는 비취헌의 문을 열고 가만히 안으로 들어갔다. 그녀는 문을 닫지 않고 그대로 바깥을 향해 쪼그리고 앉으며 백호를 바닥에 내려놓았다.

"백호야, 저기 저 집이다. 알겠지?"

반금련은 백호의 머리를 가만가만 쓰다듬으며 속삭이듯 말했다.

"야옹….."

백호가 마치 그 말에 대답이라도 하는 듯이 조그맣게 울었다.

"그래, 그래. 저 집 안에 들어가서 빨간 옷 입은 아이를 물어뜯어 죽이는 거야. 사정없이 말이야."

"야옹….!"

"자, 어서 달려가!"

반금련이 백호의 엉덩이를 살짝 치며 앞으로 밀어내자, 백호는 쏜살같이 이병아의 거처를 향해 달려갔다. 그것을 확인한 반금련은 다시 자기 거처로 돌아가 서둘러 채비를 하고 친정집으로 떠났다.

한편 관가를 침상에 재워 놓고 그 곁에 앉아 뜨개질을 하고 있던 유모는 현관문이 자꾸만 덜컹거리기에 무슨 일인가 싶어 나가 보았다.

"누구세요? 누가 왔어요?"

유모가 문을 열어 보니, 뜻밖에도 고양이 한 마리가 문 앞에 웅크리고 있었다.

"어머, 백호 아냐. 네가 여긴 웬일로 왔지?"

유모도 반금련이 키우고 있는 고양이의 애칭이 '백호'이고, 또 그 백호를 반금련이 안고 다니는 걸 여러 번 봐서 알고 있었다. 유모는 혼자서 심심하던 차에 고양이가 오자 반가웠다.

"추우니까 어서 들어와."

유모가 웃으며 문을 열어주자 그 말을 알아듣기라도 하는 듯, 야옹! 하고 얼른 현관 안으로 뛰어 들어왔다.

집 안에 들어온 백호는 거침없이 복도를 달려 응접실로 들어갔다. 유모가 잰 걸음으로 뒤따라 들어가 보니, 백호는 마치 무엇을 찾는 듯 응접실 안을 이리저리 쏘다니고 있었다.

"호호호…, 뭘 찾는 거니?"

"야옹."

"여긴 손님을 접대하는 응접실이야. 너 같은 고양이를 접대하는 곳이 아니라고. 자, 어서 나가자."

그 때 유모에게 내몰린 백호가 훌쩍 탁자를 뛰어넘는 바람에 탁자 위에 놓여 있던 화병이 떨어지면서 '쨍그랑!' 하고 요란한 소리를 냈다. 그 소리에 놀라 잠을 깬 듯 방에서 관가의 울음소리가 들려 왔다.

"으앙…."

순간 백호의 눈에 살기를 띤 푸른 빛이 도는가 싶더니 비호같이 응접실을 빠져나갔다. 방에서는 관가의 우는 소리가 더욱 요란해졌다.

"으앙, 으앙…!"

"그래, 금방 간다. 울지 말고 조금만 기다려."

유모는 깨진 화병 조각을 대강 치우고 얼른 방으로 향했다. 그 때였다.

"으앙! 아앙!"

방 쪽에서 단말마의 비명 소리와 함께 무언가 침상에서 굴러 떨어지는 듯한 소리가 '쿵!' 하고 크게 들렸다.

"아니, 이게 무슨 소리야!"

허둥지둥 방으로 달려간 유모는 그만 소스라치게 놀랐다. 방 안에서는 너무도 끔찍한 일이 벌어지고 있었다. 백호가 방바닥에 굴러 떨어져 있는 관가를 사정없이 할퀴고 물어뜯고 있었던 것이다.

"에구머니, 이 고양이가 사람 죽이네."

깜짝 놀란 유모는 정신없이 백호에게 달려들어, 두 손으로 백호의 목과 등을 움켜쥐고 있는 힘을 다해 방바닥에 내팽개쳤다.

"캬웅…."

관가에게서 떨어져 나온 백호는 그제야 잽싸게 복도로 도망쳐 나갔다.

백호의 공격을 받은 관가의 모습은 처참하기 이를 데 없었다. 얼굴과 목은 물론 온몸이 날카로운 이빨에 물어 뜯겨 피투성이가 되고, 입에서는 피거품이 흘러나오고 있었다. 진홍색 담옷도 갈기갈기 찢겨져 여기저기 조각들이 흩어져 있었다.

"아이고, 이 일을 어쩌면 좋아. 아이고…."

유모가 울먹이면서 오월랑에게 뛰어가 알리자, 온 집안이 발칵 뒤집히고 말았다. 모두들 깜짝 놀란 얼굴로 이병아의 거처로 몰려들었다. 잠시 후 연락을 받고 달려 온 의원은 관가의 몰골을 보고는 벌어진 입을 다물지 못했다. 어디서부터 손을 써야 할지 모르겠는지 조금 망설이다가 우선 맥부터 짚어 보았다. 미약하게나마 맥은 뛰고 있었지만 살아날 가망은 거의 없어 보였다.

서문경이 말을 타고 황급히 달려 온 것은 한참 뒤의 일이었다. 방에 들어선 서문경 역시 관가를 보고는 질겁을 하고 말았다. 유모로부터 자초지종을 들은 그는 다짜고짜 그녀의 따귀부터 갈겨댔다. 그리고는 길길이 날뛰면서 그 자리에 있는 모든 사람들에게 호통을 치는가 하면, 의원에게는 관가를 꼭 살려 놓으라고 으름장을 놓기도 했다.

잠시 후 이병아가 돌아왔다. 그녀는 붕대로 둘둘 감긴 관가를 보고는 그 자리에서 쓰러져 기절하고 말았다. 헐떡거리며 급히 달려온 데다 너무나 끔찍한 광경에 놀라 정신을 놓은 것이었다. 그 모양을 멍하니 지켜보고 있던 서문경은 문득 정신이 들었는지 방에서 뛰어나가며 소리쳤다.

"그 백혼지 지랄인지 하는 고양이부터 당장 잡아 들여라!"

곧 고양이 사냥이 시작됐다. 남녀 하인들이 모두 장대나 몽둥이를 들고 나선 지 얼마 되지 않아 비취헌 마루 밑에 숨어 있는 백호가 발견되었다. 하인 하나가 마루 밑으로 기어 들어가 고양이를 몰아내자, 밖에서 기다리고 있던 하인들이 우르르 달려들었다. 사람들에 둘러싸여 갈피를 못 잡던 백호는 하인들의 장대와 몽둥이 세례를 받고는, '캑!' 하는 비명소리와 함께 나가떨어지고 말았다.

그러자 하인 하나가 얼른 달려들어 뒷다리를 거머쥐고는 서문경 앞에 패대기를 쳤다. 이제 꿈틀거리기만 하지 거의 죽은 거나 다름없는 백호가 앞에 놓여지자, 서문경은 옆에 있던 하인에게 몽둥이를 받아 쥐고는 이를 악물고 내리쳤다.

"이 망할 놈의 고양이! 어디 내 손에 죽어 봐라!"

그런데 이상한 일이 벌어졌다. 대번에 뻗어 버렸어야 할 백호가 뒷다리로 땅을 뻗디디고 벌떡 일어서더니 날카롭게 발톱을 세우고는 서문경을 할퀼 듯이 노려보는 게 아닌가. 그렇게 사정없이 내리쳤는데도 말이다.

"캬옹!"

백호의 두 눈에서 파란 불꽃이 튀었다. 서문경은 섬뜩한 기운을 느끼고 한 걸음 뒤로 물러섰다가, 다시 있는 힘을 다해 백호를 내리쳤다. 결국 대가리가 박살이 난 백호는 바르르 떨다가 쭉 뻗고 말았다.

"이제야 뒈졌군!"

서문경은 속이 시원하다는 듯 침을 한 번 뱉고는 발걸음을 돌렸다. 그 때였다. 이병아의 거처에서 그녀의 울음소리가 터져 나왔다.

"아이고, 아이고! 우리 아기 불쌍해서 어쩌나……."

관가가 숨을 거두고 만 것이다. 공교롭게도 서문경이 두 번째로 백호를 내리쳐서 뻗어 버리게 한 그 순간의 일이었다. 서문경은 비틀거리며 관가의 침상으로 다가가 이불을 두 손으로 부여잡고 오열하기 시작했다. 그의 눈에서 참으로 오랜만에 터져 나온 눈물이었다.

관가의 죽음은 서문경에게 이루 말할 수 없는 슬픔을 안겨주었다. 그는 실의와 절망에 빠져 술로 밤을 지새우다시피 했다. 공연히 이런저런 트집을 잡아 분통을 터뜨리는가 하면 닥치는 대로 물건을 부수기도 했다.

특히 백호의 주인인 반금련에 대한 분노는 쉽게 가라앉지 않았다. 친정에서 돌아온 그 날부터 매일같이 서문경의 매 타작에 시달려야 했고, 그녀의 몸에선 멍 자국이 가실 날이 없었다.

집안에서 뿐만 아니라 제형소에 나가서도 마찬가지였다. 붙들려온 죄인들을 자기가 직접 문초를 하면서 분풀이라도 하듯 마구 두들겨 패기 일쑤였고, 부하 관원들에게도 걸핏하면 벌컥 화를 내면서 호통을 쳤다.

하지만 서문경의 불행은 거기에서 끝나지 않았다. 이병아 역시 아들을 잃은 슬픔에 시름시름 않더니, 죽은 장죽산이 고양이의 모습으로 돌아왔다며 헛소리를 하기 시작했던 것이다. 결국 그녀는 관가를 떠나보낸 지 보름 만에 숨을 거두고 말았다.

● 반금련, 죄 값을 치르다

경양강 고개를 넘어 청하현 성내가 한눈에 내려다보이는 언덕길에
두 승려가 서 있었다. 한 승려는 보통 사람의 두 배는 됨직한 거구에다
힘도 꽤 있어 보이는 데 비해, 다른 한 승려는 그저 평범한 체구였다.

"소륜小輪, 저 숲에서 잠시 쉬었다 가세."

"이제 거의 다 왔잖아요. 저기 성문이 보이는데….."

"그러니까 좀 쉬어가자는 걸세. 성 안엔 해가 진 다음에 들어가야
하지 않겠나."

"그렇군요. 역시 대륜大輪 스님의 혜안엔 못 당하겠네요."

대륜이 앞장을 서자 소륜이 그 뒤를 따라 숲 쪽으로 걸어갔다. 두
승려는 모두 머리에 삿갓을 깊게 눌러 썼고, 손에는 굵고 긴 지팡이를
짚었다.

두 승려는 길가에서 제법 떨어진 숲속의 풀밭에 바랑을 벗고 앉았
다. 삿갓 속으로 보이는 두 승려의 머리털은 자랄 대로 자랐고 수염도
더부룩했다. 먼 길을 걸어온 모양이었다.

"아, 드디어 돌아왔구나."

대륜은 자못 감개가 무량한 듯 혼자 중얼거렸다.

"정말 꿈만 같아요."

소륜도 동감이라는 듯 맞장구를 쳤다.

대륜은 무송이었고, 소륜은 내왕이었다. 그들은 죽음의 땅 맹주에
서 서로 만났다. 비록 같은 고장 사람이기는 하지만, 무송은 내왕을

알아보지 못했다. 무송은 순포도두였고, 내왕은 서문경 집안의 한낱 하인에 불과했기 때문이었다.

그러나 내왕은 무송을 잘 알고 있었다. 자기 고장의 순포도두인데 다가 호랑이를 맨손으로 때려잡았으며, 더욱이 억울하게 독살당한 자기 형의 원수를 갚으려고 서문경과 반금련을 죽이려고 했던 그를 내왕이 모를 리 없었다.

유배지에서의 그들의 만남은 그야말로 행운이 아닐 수 없었다. 그 것은 두 사람에게 희망과 용기를 주었으며, 그리하여 지혜와 힘을 모 아 그곳에서 탈출하는 계기를 만들어 주었던 것이다.

탈출에 성공한 그들은 깊은 산사山寺에 들어가 얼마 동안 일을 해주 면서 염불을 익힌 다음, 승려로 가장하여 청하현을 향해 길을 떠났다. 법명은 그저 머리에 떠오르는 대로 무송에게는 큰 대자를 붙여 대륜 이라 했고, 내왕은 작을 소자가 붙은 소륜이라 부르기로 했다.

대륜과 소륜은 멀고 먼 험로를 운수승雲水僧이 되어 탁발을 하면서 원수가 살고 있는 청하현으로 돌아온 것이었다. 맹주를 벗어난 지 거 의 일 년이 다 되어 가고 있었다.

그들이 성문 앞에 이른 것은 행인의 얼굴을 잘 분간할 수 없을 만큼 어두워졌을 때였다. 성문을 닫을 시각이 된 듯 수문지기 하나가 문짝 을 밀어서 천천히 닫고 있었다.

"여보시오! 잠깐만…."

내왕이 한손을 쳐들고 큰 소리로 부르며 달려갔다.

"조금만 늦었더라면 큰일날 뻔했네."

무송은 그 뒤를 따르며 가볍게 합장을 해 보였다.

"나무관세음보살…."

수문지기는 놀란 눈으로 이 대단한 덩치의 중을 아래위로 훑어보았지만, 그가 무송이라고는 꿈에도 생각지 못했다. 무사히 성 안으로 들어온 그들이 제일 먼저 찾아간 곳은 왕파네 찻집이었다. 왕파부터 먼저 해치우고, 그 다음에 서문경의 집으로 가서 두 연놈을 없애버리기로 했던 것이다. 그리고 그 일은 하룻밤 새에 모두 끝내야만 했다.

"어서 오세요."

왕파가 얼굴에 주름을 잡으며 반갑게 손님을 맞았다. 안으로 들어서자 내왕은 답답한 듯 삿갓을 벗었으나, 무송은 그대로 삿갓을 쓴 채 탁자에 앉았다. 왕파나 손님들이 혹시 자기를 알아볼까 두려워서였다.

"무슨 차를 드릴까요?"

왕파가 물었다.

"아무 차나 주시오."

내왕이 퉁명스레 대꾸하자, 무송이 점잖게 주문을 했다.

"난 오룡차烏龍茶를 주구려."

"그럼 나도 오룡차를…."

내왕이 얼른 무송을 따라 주문했다. 오룡차는 고급차로, 일개 하인에 불과했던 내왕이 그런 차를 마셔 보았을 리가 없었다.

"예, 알았어요."

왕파가 주문을 받고 주방으로 들어가자, 무송은 삿갓 밑으로 가게 안을 가만히 둘러보았다. 한쪽 구석에 낯익은 얼굴이 일행과 함께 차를 마시고 있었다. 검시관 하구였다.

"저놈도 그 사이에 주름이 꽤 늘었군."

무송은 혼자 중얼거리며 잠시 생각에 잠겼다. 하구도 그 때의 한 패거리라면 한 패거리였다. 서문경에게 매수되어 독살당한 시체를 병사한 것처럼 검시해 준 놈이 아니던가. 그러나 무송은 하구까지 손봐줄 건 없다고 여겼다. 그 정도의 부패한 관원들은 어디에나 으레 있는 일이라고 생각했기 때문이었다. 오히려 그에게 자기의 정체가 드러날까 염려해야 할 형편이었다.

이윽고 왕파가 차를 가져왔다. 무송은 김이 모락모락 피어오르는 오룡차를 삿갓을 쓴 채 입으로 가져갔다.

"스님, 삿갓은 벗고 드시지요."

왕파가 수상하다는 눈으로 무송을 쳐다보며 말했다.

"…."

무송이 얼른 대답할 말이 떠오르지 않아 꾸물거리고 있자, 왕파가 한 번 더 채근했다.

"귀를 좀 잡수셨나?…, 삿갓을 벗고 차를 드시라니까요."

"원 별 걱정을 다 하는구려. 남이야 삿갓을 쓰건 말건 신경 끄고 할멈 할 일이나 해요."

그 때 하구가 일행과 함께 자리에서 일어섰다. 왕파가 뒤뚱거리며 달려가자, 찻값을 치룬 하구는 가게 문을 나서며 무송을 한 번 흘끗 쳐다보았다. 그러나 무송을 알아본 것 같지는 않았다.

두 사람이 나가고 가게 안에 아무도 없게 되자, 무송은 안도의 숨을 내쉬면서 남은 차를 훌쩍 마시고는 왕파를 불렀다.

"할멈, 이리 좀 오시오."

"왜요?"

왕파가 퉁명스럽게 대답했다. 아마도 지나가는 뜨내기로 생각하고 대수롭지 않게 여기는 것 같았다.

"가게 문을 좀 닫으면 안 되겠소?"

"가게 문을 닫으라니, 그게 무슨 소리예요?"

"오늘 밤은 우리 둘이서 이 가게를 사겠다는 거요."

"돈은 얼마나 줄 건데요?"

"까짓것, 돈이야 달라는 대로 주지 뭐."

"정말이죠?"

왕파의 얼굴이 금세 활짝 펴졌다. 서둘러 가게 문을 닫고는 무송에게로 다가와 다음 주문을 기다렸다. 아니나 다를까, 무송의 주문이 쏟아지기 시작했다.

"할멈, 우선 몹시 시장하니까 저녁상부터 좀 차려주오. 반찬도 기름진 것으로 푸짐하게 내오고, 술과 고기 안주도 좀 장만해 주구려. 돈 걱정은 말고….."

"아니, 스님도 술과 고기를 드시우?"

왕파는 장난기를 섞어 짐짓 놀라는 표정을 지었다.

"원래 도통한 고승은 그런 것 안 가리는 법이오."

무송이 제법 농을 걸자 왕파는 능글맞게 웃으며 되받아쳤다.

"나중에는 색시까지 부르시겠구려."

"그리고 할멈, 먹고 마시는 건 내실에서 했으면 좋겠소. 혹시 누가 문틈으로 보고 흉볼까 봐 그러오."

"방을 안 치워서 지저분한데요?"

"상관없소. 우리는 남의 처마 밑이나 무덤 위에서도 잠을 자는 중놈들이니까. 허허허…."

"그럼 그러시구려."

내왕과 함께 내실로 들어간 무송은 그제야 삿갓을 벗고 의자에 앉았다. 얼마 안 있어 음식이 나오고 술과 안주도 나왔다. 두 사람은 몹시 시장하던 터라, 우선 배부터 채웠다. 그 사이에 왕파가 몇 번을 들락거렸으나, 무송을 알아보지 못했다. 그럴 수밖에 없는 것이, 무송은 승려 행색을 하고 있는데다 머리와 수염이 얼굴을 온통 뒤덮고 있기 때문이었다.

이제 어지간히 배를 채우고 나자, 무송이 왕파를 불렀다.

"할멈, 거기 좀 앉아요. 뭐 좀 물어 볼 게 있으니까."

"내게 뭘 물어 보시겠다고…?"

왕파가 엉거주춤 의자에 앉았다.

"할멈, 혹시 서문경이라는 사람 아오?"

"이 고을에서 그분 모르는 사람이 있나요. 스님은 먼 곳에서 온 모양이죠."

"그렇소. 그 사람 요즘 뭘 하오?"

"제형소의 부전옥이죠. 위세가 아주 당당하답니다."

"아니, 그런 천하의 호색한이 부전옥이라니…?"

"스님도 그분에 대해서 잘 아시나 보구려."

"그건 그렇고, 반금련은 아직도 서문경의 첩 노릇을 하고 있나요?"

"예. 그런데 스님이 반금련을 어떻게…?"

"내가 반금련을 모를 리가 있나. 우리 형님을 독살한 년인데!"

무송의 말투가 별안간 달라졌다.

"그게 무슨 말씀입니까?"

왕파가 수상한 낌새를 눈치 채고 눈을 동그랗게 떴다.

"이 못된 할망구야, 나를 똑똑히 보아라. 내가 누군지 알겠느냐?"

"아니, 스님은⋯?"

그 때, 이제 일을 시작할 때가 됐다고 생각한 내왕이 의자에서 일어나며 빈정거리듯 말했다.

"무대 아저씨의 동생 무송 어른, 청하현의 전 순포도두 나리를 여태 몰라보다니⋯?"

"아이고, 나리. 잘못했습니다. 한 번만 용서해 주십시오."

왕파는 그만 무너지듯 방바닥에 무릎을 꿇고 두 손을 모아 싹싹 빌었다.

"이 할망구는 그저 서문경이 시키는 대로 했을 뿐입니다. 안 그랬다간 그놈한테 맞아죽었을 겁니다. 정말입니다요, 나리."

"용서를 해 주고도 싶지만, 억울하게 죽은 불쌍한 우리 형님의 원한을 풀어 드리지 못하면, 내가 구천에 가서 무슨 면목으로 형님을 뵙겠는가."

왕파는 비벼대던 두 손을 방바닥에 짚고 머리를 조아리며 애원했다.

"아이고 무송 어른, 비상은 서문경이 가져왔고, 형님을 독살한 건 반금련 그년이에요. 전 형님의 시체를 수습한 죄밖에 없다고요. 그러니까 서문경과 반금련은 죽어 마땅하지만, 전 억울합니다요. 정말입니다, 나리."

"닥쳐, 이 늙은 너구리야! 너희들 세 연놈이 공모를 해서 우리 형님을 죽여 놓고선 이제 와서 무슨 발뺌이냐! 늙은 목숨이 그렇게도 아깝더냐! 이 못돼먹은 할망구 같으니……."

무송이 말을 마치고 내왕에게 눈짓을 하자, 바랑 속에서 밧줄을 꺼내 들고 있던 내왕이 왕파의 등 뒤로 다가갔다. 이를 본 왕파가 미처 비명을 지를 사이도 없이 내왕은 밧줄의 올가미를 왕파의 목에 걸었고, 무송이 다른 쪽 가닥을 힘껏 잡아당겼다. 왕파는 온몸을 바르르 떨며 두 손을 올가미로 가져갔지만, 이내 아무 힘없이 풀썩 주저앉고 말았다.

"끄윽!"

너무 간단했다. 늙어서 그런지 숨이 끊어지는 것도 잠깐이었다. 그저 몸뚱어리를 몇 번 꿈틀거리며 바르르 떨었을 뿐이었다.

"저기에 걸면 되겠구먼."

무송이 손으로 가리키는 곳에 천장을 가로지른 대들보가 있었다. 내왕은 자기가 앉았던 의자를 가져다가 방 한가운데 놓고, 그 위에 올라서서 밧줄의 가닥을 훌쩍 던져 대들보에 걸었다. 그리고는 그 가닥을 두 손으로 잡고 당겼다. 왕파의 시체는 대들보 바로 아래까지는 끌려왔으나, 그 이상은 움직이지 않았다.

"아니, 그렇게 밥을 먹고도 늙은 할망구 하나를 못 이겨? 허허허…."

무송이 빙그레 웃으며 다가가 한 손으로 가닥을 잡고 당기자, 왕파의 시체가 허공으로 떠오르며 대들보에 대롱대롱 매달렸다. 내왕이 다시 의자를 옮겨 그 밑에다 넘어뜨려 놓으니, 영락없이 왕파가 자살한 것처럼 보였다.

다시 가게로 나온 무송은 탁자를 붙여 침상을 만들었다. 내왕이 미간을 좁히며 물었다.

"뭘 하시려고 그래요?"

"한숨 자야지."

"아니, 자다니요? 서문경이한테는 안 가고요?"

"밤이 깊은 다음에 가야지. 지금 갔다간 서문경은 보기도 전에 그 집 하인놈들 상대하느라 날밤을 샐 거야. 하하하…."

무송은 원수 하나를 처치해선지 유쾌하게 웃으며 탁자 위에 벌렁 드러누웠다. 그러더니 금방 코를 골기 시작했다. 그 모습을 본 내왕은 설레설레 고개를 저었다.

"참 덩치만큼이나 간도 큰 양반이야. 자기가 죽인 시체를 한 집에 놔두고 저렇게 태평스레 잠이 들다니…."

그들이 왕파의 찻집을 나선 것은 삼경이 거의 가까웠을 무렵이었다. 곧 통행금지를 알리는 북소리가 울릴 시각이 가까워선지 거리는 호젓하기만 했다. 서문경의 저택이 저만큼 어둠 속에 보이자, 내왕은 한편으로 감개가 무량하면서도 분노가 새삼스럽게 들끓어 올랐다.

"서문경, 이놈! 어디 두고 보자."

무송 역시 새삼 지난날의 일이 떠올라 지그시 어금니를 물었다.

그들이 서문경의 대문 앞에 이르렀을 때, 마침 삼경을 알리는 북소리가 들려왔다. 내왕이 먼저 대문으로 다가가 문을 두드렸다.

"문 열어요. 문!"

"누구요?"

안에서 문지기의 목소리가 들렸다.

"영복사永福寺에서 왔소이다."

내왕은 오월랑이 불공을 드리러 자주 다니던 절 이름을 댔다.

"영복사라구요? 이 밤중에 무슨 일로…?"

"큰 마님께서 오늘 밤 이 시각에 꼭 오라는 부탁이 있었소."

"아, 그래요?"

곧 빗장 뽑는 소리가 나면서 삐걱 하고 육중한 대문이 열렸다. 문지기도 오월랑이 영복사에 자주 가는 것을 아는지라, 아무런 의심 없이 문을 열어 준 것이다.

문이 열리자 내왕이 앞장을 서고 무송이 뒤따라 얼른 안으로 들어섰다. 문지기가 두 승려를 흘끗 한 번 쳐다보며 도로 문을 닫고 빗장을 지르려 할 때였다.

"빗장은 그대로 두게."

무송이 명령하듯 말했다.

"아니, 왜요?"

"그대로 두라면 두는 거지, 무슨 말대꾸야."

무송이 달려들어 왼팔로 문지기의 목을 휘감고, 오른손으로는 그의 입을 틀어막았다. 그와 거의 동시에 내왕이 미리 준비한 베로 한 가닥은 문지기의 두 손을 뒤로 꺾어 한데 묶고, 또 한 가닥으로는 그의 입을 틀어막았다.

무송은 대문간에 붙어 있는 문지기의 방으로 그를 끌고 들어갔다. 뒤따라 들어온 내왕이 삿갓을 벗으며 문지기에게 말했다.

"나야, 나. 내왕이! 내가 살아서 돌아왔네."

문지기는 입이 틀어 막혀 말은 못하지만, 내왕을 알아보는 모양이었다.

"이분이 누군지 알아? 무송 나리야. 전에 순포도두였던 무송 나리 말이야. 맹주 땅에서 만나 둘이서 원수를 갚으러 돌아온 거라고. 그러니까 미안하지만, 우리가 일을 마칠 때까지 자네는 여기서 꼼짝 말고 있게. 알겠지."

그러자 문지기는 입이 틀어 막힌 채 고개를 끄덕여 보이더니 순순히 침상 위로 올라가 누웠다. 내왕은 바랑에서 밧줄을 꺼내어 문지기를 침상에 꽁꽁 묶은 다음, 서문경의 거처를 향해 잰 걸음을 쳤다. 무송이 그 뒤를 그림자처럼 따라갔다.

서문경의 거처에 이르자, 두 사람은 잠깐 멈추어 섰다. 불은 꺼져 있었고, 사방은 쥐 죽은 듯이 조용하기만 했다. 무송이 품속에서 칼 빼들고 가만히 방문을 열었다. 고리를 걸지 않았는지 문은 스르르 열렸다. 성큼 안으로 들어선 무송은 재빨리 사방을 둘러보았다. 아무도 없는 것 같았다. 침상으로 다가가 이불을 홀떡 걷었으나, 서문경의 모습은 보이지 않았다.

"아뿔싸! 이놈이 또 새고 말았구나."

무송의 입에서 저도 모르게 탄식하는 소리가 새어나왔다. 그 때 거실 한쪽에 붙어 있는 방문이 열리며 여자아이의 졸리는 듯한 소리가 들렸다.

"누구세요?"

"너는 누구냐?"

"아량이에요."

"서문경의 몸종인 모양이구나."

"예, 그런데 스님은 누구세요?"

그제야 아량은 무송의 우람한 몸집에 흠칫 놀라며 물었다.

"어서 불부터 켜라."

방안에 불이 켜지자, 바깥에서 망을 보고 있던 내왕이 들어왔다.

"아량아, 잘 있었느냐?"

"스님은 또 누구신지…?"

"나 몰라? 내왕이 아저씨야."

"어머, 내왕이 아저씨! 그런데 언제 스님이 되셨어요?"

"스님이 된 게 아니고 변장을 한 거야. 억울하게 누명을 쓴 원수를 갚으려고?…. 그나저나 서문경이는 지금 어디 있느냐?"

"집에 안 계세요. 저녁을 잡숫고 나가서서 아직 안 돌아오셨어요."

그러자 무송이 맥 빠진 목소리로 물었다.

"어디로 갔지?"

"모르지요. 아마도 기생집에 갔을 거예요. 요즘은 이틀에 하루 정도는 바깥에 나가서 주무시거든요."

"음…."

무송이 땅이 꺼지게 한숨을 쉬자, 뒤이어 내왕도 씹어뱉듯이 말했다.

"이런 죽일 놈, 하필이면 오늘 밤에 계집질을 하러 갈 건 뭐람."

한동안 맥이 다 풀린 듯 멍하니 서 있던 무송이 다시 입을 열었다.

"반금련이는 집에 있느냐?"

"예, 자고 있을 거예요."

아량은 평소에 얌전하고 친절했던 내왕이 있어서 그런지 별로 놀라거나 두려워하지 않고 고분고분 대답했다.

"그럼 그년한테로 가세. 저 아이는 묶어 두고…."

내왕은 아량을 데리고 그녀의 방으로 갔다.

"아량아, 아무 잘못도 없는 너를 묶어놓는 게 안됐지만, 어쩔 수가 없구나. 우리가 일을 끝내고 이 집을 나갈 때까지 가만히 있어. 알겠지?"

내왕은 아량의 두 손을 뒤로 묶은 후 문득 생각난 듯이 물었다.

"참, 아량아. 이제 혜련이는 서문경의 첩이 되어 살고 있겠지?"

"아니에요, 벌써 죽었어요."

"아니, 무슨 병으로?"

"자살을 했어요. 누가 죽였을 거라는 소문도 있지만…."

"뭐, 자살을 해? 왜?"

"그건 아무도 몰라요. 유서 같은 것도 없고 해서…."

"흥, 그년이 자살을 한 걸 보니, 그래도 양심은 있었던 모양이지. 그건 그렇고 월미는 잘 있겠지?"

"월미는 집을 나가 버렸어요."

"아, 그래? 그럼 손설아 마님은?"

"그 마님은 잘 계세요."

그러자 밖에서 기다리고 있던 무송이 소리를 버럭 질렀다.

"빨리 서두르지 않고 뭘 하는 거야?"

내왕은 아량의 입을 적당히 묶은 다음, 후다닥 방에서 나왔다. 이 집의 내부를 잘 모르는 무송은 어둠 속에서 사방을 두리번거리며 내왕의 뒤만 따라갔다. 이윽고 반금련의 거처에 당도하자, 앞장서 간 내왕이 살그머니 방문을 당겨 보았다. 문이 안으로 잠겨져 있어 열리지 않았다. 그러자 내왕은 똑똑똑 하고 문을 두드리며 불렀다.

"마님, 마님. 벌써 주무세요?"

처음에는 반응이 없더니 몇 번 더 두드리자, 여자의 목소리가 들려 왔다.

"으응?…, 바깥에 누가 왔어?"

틀림없는 반금련이었다.

"예, 저에요. 저….'"

내왕은 반금련이 소문난 음녀라는 걸 잘 알고 있는 터라, 마치 한밤 중에 그녀에게 은밀히 접근하려는 사내처럼 목소리에 수컷 냄새를 물씬 풍기며 대답했다.

"이 밤중에 누구지?"

반금련이 불을 켠 듯 거실이 환하게 밝아졌다.

"제 목소리 모르시겠어요?"

"글쎄, 누굴까?"

"문을 열어 보시면 아실 게 아네요."

"도대체 누구지?"

반금련이 반은 혼잣말로 중얼거리며 달그락 하고 문고리를 벗겼 다. 순간 내왕이 벌컥 문을 열어젖히고 방안으로 들어섰다. 무송도 그 뒤를 따라 들어갔다.

"마님, 그 동안 안녕하셨소?"

내왕이의 어조가 갑자기 퉁명스럽게 바뀌었다.

"어머, 스님들이네."

반금련의 눈이 휘둥그레졌다.

"어디서 온 스님들인가요? 이 밤중에…"

"맹주 땅에서 왔소이다. 자, 내가 누군지 자세히 보시지."

그러면서 내왕이 삿갓을 홀떡 벗었다.

"아니, 내왕이가…?!"

반금련의 얼굴이 하얗게 변했다.

"여기 이분은 누군지 알겠어?"

"…?"

"무송 스님이라고."

이번에는 무송이 삿갓을 벗었다.

"어머나…?!"

너무도 놀란 나머지 반금련은 말을 잇지 못하고 입만 딱 벌리고 있었다.

"네 이년! 아직 살아 있었구나."

무송이 한 걸음 앞으로 나아가며 소리쳤다. 핏기가 싹 가서 사색이 되었던 반금련의 얼굴이 이번에는 빨갛게 상기됐다.

"네년을 죽여 형님의 원수를 갚으려고 내가 이렇게 찾아왔다. 남편을 독살한 천하에 고약한 년! 하늘이 언제까지고 네년을 가만히 내버려둘 줄 알았더냐?"

무송의 그 말에 반금련은 재빨리 억울하다는 표정을 지으며 하소연하듯 말했다.

"독살을 하다니, 누가 누굴 독살했다는 거예요? 그이는 가슴앓이로 돌아가신 거란 말예요."

"뭐라고? 이런 뻔뻔한 년을 보겠나. 지금 눈앞에 죽음이 넘실거리고 있는데, 끝까지 거짓을 나불거리고 있군. 이미 왕파가 다 실토를 했단 말이다."

"그건……, 그 할망구가 저만 살려고 나를 모함한 것이라고요."

"뭐가 어째!"

순간 무송의 주먹이 반금련의 볼따구니를 후려갈겼다.

"으악!"

비명을 지르며 저만치 나가떨어진 반금련의 턱이 아예 한쪽으로 돌아가 버렸다. 무송의 돌덩이 같은 주먹에 맞은 연약한 여자의 턱이 온전할 수가 없었던 것이다.

"이래도 또 거짓말을 늘어놓을 테냐? 우리 형님이 얼마나 착하고 또 불쌍한 사람인지는 네년도 잘 알 것 아니냐. 그런 사람을 죽이다니, 너희 연놈들은 사람의 탈을 쓴 짐승들이다. 천벌을 받아 마땅한 것들……, 이번에는 네년 차례다! 어서 일어나!"

반금련이 온몸을 부르르 떨 뿐 일어설 생각을 하지 못하자 무송이 다시 발길질을 하며 호통을 쳤다.

"어서 일어나지 못해!"

반금련은 겁을 잔뜩 집어먹은 얼굴로 후다닥 몸을 일으키더니, 무릎을 꿇고 앉았다. 무송은 메고 있는 바랑 속에서 주둥이가 긴 병 한 개를 꺼내어 마개를 뽑은 다음, 자못 엄숙하게 말했다.

"이건 네년이 우리 형님에게 먹인 것과 똑같은 비상이다. 남편을 독살했으니, 네년도 이걸 마시고 스스로 목숨을 끊어라. 그래야 조금이라도 속죄가 될 것 아니겠냐?"

그 병을 받아 든 반금련의 눈썹이 바르르 경련을 일으키듯 떨렸다.

"어서 마시라니까!"

그러자 반금련은 냅다 찢어지는 듯한 비명을 지르더니, 그 병을 무송에게 내던졌다.

"이대로 죽기 싫어! 사람 살려!"

그리고는 정신없이 소리를 지르며 춘매의 방 쪽을 향해 날쌔게 내달렸다.

"춘매야, 춘매야! 나 좀 살려줘!"

내왕이 재빨리 다가가 그녀의 뒷덜미를 사정없이 낚아채자, 반금련은 비명과 함께 다시 방바닥으로 벌렁 나자빠졌다. 무송은 떨어진 병을 집어 들고 반금련에게 다가가며 내왕에게 일렀다.

"어서 그년의 아가리를 벌려!"

내왕은 재빨리 쓰러져 있는 반금련을 타고 앉아 준비해 온 밧줄로 그녀의 두 팔을 단단히 묶었다. 그리고는 한 손으로 반금련의 목을 꽉 눌러 입이 벌어지게 한 다음, 다른 손으로 그녀의 턱을 움켜잡아 벌린 입을 다물지 못하게 고정시켰다.

이윽고 무송이 반금련의 벌려진 입에다 병 주둥이를 갖다 꽂았다.

"으윽! 푸푸, 풋!"

반금련은 입 안으로 콸콸 쏟아져 들어오는 비상을 넘기지 않으려고 필사적으로 버둥거렸지만 소용없는 일이었다. 비상은 사정없이 목구멍 속으로 흘러 들어갔다. 마침내 반금련은 두 눈을 허옇게 뜨고는 온몸에 심한 경련을 일으켰다.

거실에서 들리는 남자의 호통 소리와 반금련의 비명 소리에 춘매가 잠에서 깼다. 그녀는 이불 속에 그대로 누운 채 이 한밤중에 무슨 일인가 하고 귀를 곤두세웠다.

처음에는 주인어른이 마님을 꾸짖는 소리인 줄 알았다. 그런데 주고받는 말소리를 가만히 들어 보니, 천만뜻밖에도 한 사람은 맹주 땅으로 귀양을 간 내왕이 틀림없고, 다른 한 사람은 소문으로만 듣던 무송인 것 같았다.

두렵기는 했지만 춘매는 호기심을 이기지 못하고 자기 방에서 살금살금 나와, 열려져 있는 문틈으로 거실 안을 들여다보았다.

"에구머니!"

춘매는 자기도 모르게 비명을 지르며 몸서리를 쳤다. 반금련이 허옇게 두 눈을 까뒤집은 채 입으로 시뻘건 피거품을 울컥울컥 쏟아내고 있는 게 아닌가. 기겁을 한 춘매는 정신없이 복도를 내달려 밖으로 뛰어나가더니 고래고래 소리를 질렀다.

"사람 살려요! 마님이 죽었어요! 마님이…."

"아니, 저년이!"

내왕이 춘매를 뒤쫓으려고 하자 무송이 제지했다.

"반금련을 해치웠으니 우선 이곳을 빠져나가세."

"그럼 서문경이는 어떻게 하고요?"

"여기 없는 걸 어떻게 하나. 그놈이 돌아올 때까지 기다릴 수도 없고…."

"이런 원통한 일이 어디 있답니까?"

"어쩔 수 없지. 후일을 기약하는 수밖에…."

"무송 어른은 왕파와 반금련을 처치했으니 그래도 절반은 원수를 갚은 셈이지만, 전 이게 뭡니까? 완전히 공치고 말았잖아요."

내왕은 공연히 무송에게 화풀이를 했다.

"뒷날 기회를 봐서 또 오자고. 나도 왕파와 반금련만으로는 분이 풀리지 않으니 말일세. 원흉은 서문경이잖아."

"아, 정말 분하고 원통하네요."

내왕은 반쯤 울먹이는 소리로 중얼거렸다.

그 때 바깥에서 요란하게 개 짖는 소리가 들려왔다. 한두 마리가 아니고 여러 마리인 것 같았다.

"자, 어서 서두르세. 마구간이 어디지?"

"저쪽이에요. 절 따라 오세요."

개 짖는 소리가 더욱 요란해지고 사람들이 웅성거리는 소리도 가까이 들려왔다. 내왕이 마구간에서 말 두 필을 끌어내 오자, 무송은 지체하지 않고 훌쩍 말 위에 올라탔다. 내왕도 따라 말을 타고서 두 사람은 서문경의 집을 빠져나갔다. 들어올 때 대문을 닫아만 놓았을 뿐 빗장을 걸지 않았기 때문에 말을 탄 채 대문을 열어젖히고 그냥 뛰어나갈 수가 있었다.

거리로 나서자 무송이 앞장을 서고 내왕이 뒤를 따르는 가운데 두 필의 말은 말발굽 소리도 요란하게 전속력으로 성문을 향해 달렸다. 삼경도 훨씬 지난 깊은 밤중이라 아무런 거침도 없이 말을 달려 성문에 도착해 보니, 막사에 불만 가물거리고 있을 뿐 수문지기의 모습은 어디에도 보이지 않았다.

"참으로 한심한 놈들이군."

아무리 쫓기고 있는 몸이라 하지만, 한 사람씩 교대로 밤을 새워 성문을 지키기로 되어 있는 수칙을 잘 아는 무송의 입에서 절로 한숨이 나왔다. 물론 그것이 그들에게는 천만 다행이었지만 말이다.

내왕이 얼른 말에서 뛰어내려 엄청나게 큰 빗장을 뽑고, 성문 한 짝을 밀어붙였다. 원체 육중한 문짝이라 끼이익 하고 요란한 소리가 났다. 그 소리에 잠을 깬 듯 수문지기 하나가 막사에서 뛰어나오며 고함을 질렀다.

"누구냐?"

"우리는 서문경 부전옥 나리의 객승客僧으로, 밀명을 띠고 급히 동경으로 가는 길이오."

무송이 중량감 있는 목소리로 말하자 수문지기는 고개를 갸우뚱했다.

"부전옥 나리의 명령이라 했소? 아직 연락을 받지 못했는데…??"

"그러니까 밀명이라 하지 않소?"

무송이 오히려 꾸짖듯 수문지기에게 핀잔을 주고는 내왕을 향해 말했다.

"소륜 스님, 어서 말에 오르시오. 한시가 급하오이다."

수문지기가 어찌할 바를 몰라 망설이고 있을 때, 무송과 내왕을 태운 두 필의 말은 성문을 빠져나와 쏜살같이 어둠 속으로 사라지고 말았다.

이튿날 아침 집에 돌아온 서문경은 분노를 이기지 못하고 펄펄 뛰었다. 맹주 땅을 탈출한 무송과 내왕이 자기 집에 침입한 것도 모자라 반금련까지 죽이고 유유히 사라졌다니, 생각할수록 분통이 터져 견딜 수가 없었다. 그러면서도 한편으로는 안도의 한숨을 내쉬었다. 만약 간밤에 자기가 기루에서 자지 않고 집에 있었더라면, 틀림없이 무송이 그놈에게 목숨을 빼앗겼을지도 모른다고 생각하니 모골이 송연해지기까지 했다.

서문경은 반금련의 시신을 잘 수습하도록 일러놓고는 서둘러 등청하여 부하 관원들에게 무송과 내왕을 잡아들이도록 엄히 영을 내리는 한편, 현청의 지사 앞으로도 이 일을 알리게 했다.

아침부터 제형소는 물론 현청도 아연 긴장했다. 유배지에서 도망쳐 나온 죄수가 다른 사람도 아닌 부전옥의 부인을 죽이고 달아났다니, 경악할 일이 아닐 수 없었다.

제형소의 전옥도 크게 노했지만, 현청 지사의 진노도 이만저만이 아니었다. 그 범인이 다름아닌 무송과 내왕이라니, 바로 자기들이 유배형을 내려 맹주로 귀양을 보낸 놈들이 아니던가. 그놈들을 서둘러 붙잡지 못하면 언제 또 잠입해 들어와서 서문경을 살해할지도 모를 일이었다. 어떻게 해서든지 그 두 놈을 잡기 위해 긴급히 관병을 출동시키고, 현상금까지 걸어서 곳곳에 방문을 크게 붙여 수배를 했다.

그러나 허사였다. 무송과 내왕은 밤새도록 말을 달려 날이 밝아 올 무렵에는 이미 청하현을 훨씬 벗어나 있었다. 그들은 의논 끝에 서문경에 대한 복수를 후일로 미루고, 그 길로 양산박梁山泊을 향해 말머리를 돌렸다.

당시 양산박에는 송강宋江이라는 천하의 대협도大俠盜가 하늘을 대신해 올바른 일을 행한다는 제천행도替天行道의 기치를 높이 들고 크게 세력을 떨치고 있었다. 무송과 내왕은 그 송강의 수하로 들어갈 생각이었던 것이다.

◉ 당돌한 소녀

그해 가을, 청하현에 색다른 방문이 한 장 나붙었다. 그 방문을 본 백성들은 모두들 얼굴을 찌푸리며 수군거렸다. 더러는 노골적으로 욕지거리를 하는 사람도 있었다.

"나라에서 한다는 일이 고작 이런 거야? 흥, 더러운 놈들! 그래, 잘들 처먹어라."

방문의 내용인즉, 천고마비의 계절을 맞이해 홍아각紅雅閣에서 일할 관기官妓를 새로 모집한다는 것으로, 첫째는 용모가 아름다워야 하고, 둘째는 열여섯 살 이하라야 하며, 셋째는 여염집 처녀라야 한다는 것이었다.

모두 일곱 명을 채용하며, 한 달에 서른 냥을 준다는 이 방문의 명의는 '산동 제형소 전옥 서문경'으로 되어 있었다. 부전옥이었던 서문경이 다시 뇌물을 듬뿍 쓴 덕분에 일 년도 채 안 되어 '부' 자를 떼어 버리고 어엿한 전옥이 되었던 것이다.

사실 그 동안 서문경의 심기는 편치 않았다. 비록 자살이라는 판정이 나긴 했으나, 왕파가 의문의 죽음을 당했고, 반금련이 무참하게 살해된 뒤로는 하루도 마음 편할 날이 없었다. 더구나 현상금까지 걸어서 무송과 내왕을 잡으려고 했으나, 그것 또한 뜻대로 되지 않아 항상 마음이 불안하고 뒤숭숭하기만 했다.

그런 그가 이번에 제형소의 우두머리가 되고 나자, 첫번째 사업으로 홍아각을 새롭게 단장하고, 모든 관기들을 새 얼굴로 갈아치우기로 한 것이었다. 때는 바야흐로 가을, 남자의 색정이 새삼스럽게 발동하는 계절이기도 했다.

그러나 서문경이 그런 착상을 하게 된 데에는 다른 이유가 또 있었다. 무엇보다도 그는 집에서 자는 것이 불안했다. 물론 곳곳에 관병을 배치하고 순라군으로 하여금 순라를 돌게도 했지만, 언제 또 무송과 내왕이 몰래 들어올지 몰라서였다. 그전과는 달리 침상에 누워도 쉽게 잠이 오지 않고, 잠이 들어도 깊은 잠을 잘 수가 없었다. 개라도 짖을라치면 깜짝 놀라 깨어나기 일쑤였다.

그러던 차에 전옥이 되자, 자기의 잠자리를 아예 홍아각으로 옮겨야겠다고 결심했다. 홍아각을 전옥의 관사官舍로 정하고, 밤에는 그곳에서 자고 집에는 낮에 잠깐 들르는 식으로 하면 더욱 신변의 안전을 기할 수 있으리라고 생각했던 것이다.

지금 있는 관기들은 나이도 거의 스무 살을 넘은 데다가 얼굴뿐 아니라 몸뚱어리까지 이미 속속들이 다 알고 있는 터였다. 그래서 심기일전의 일환으로 이번 기회에 계집들도 모조리 새것으로 갈아치우기로 한 것이다. 그렇게 되면 잠자리의 안정도 되찾을 수 있을 뿐만 아니라 새로운 즐거움도 맘껏 누릴 수 있으니, 일거양득인 셈이었다.

마침내 관기를 뽑는 날이 되었다. 수많은 처녀들이 속속 모여들어, 삼엄하고 음산하기 이를 데 없는 제형소의 앞마당이 별안간 화사한 꽃밭으로 변했다. 용모도 가지각색이었고, 맵시도 형형색색이었다. 그러면서도 한결같이 풋풋한 미모를 자랑하고 있었다.

일곱 명을 뽑는데 무려 육십여 명이 모였다. 늙은 관원이 나와서 열을 맞추어 앉게 한 다음, 선발에 임하는 데 있어서의 주의 사항을 설명해 주었다. 그리고 차례대로 한 사람씩 선발 장소인 별관 안으로 들어가도록 했다.

선발은 두 차례의 면접을 통해서 하는데, 일차는 세 사람의 고위직 관원이 맡아서 두 사람에 한 명 꼴로 절반을 추려내기로 되어 있었다. 말하자면 예선으로, 이 예선을 통과한 처녀들을 상대로 하는 이차 면접은 전옥인 서문경이 별실에서 직접 한다는 것이었다.

일차 면접을 맡은 세 관원의 얼굴에는 오늘따라 밝은 미소가 떠나질 않았다. 주로 죄인들만 다루어 오는 터라 그들의 얼굴은 마치 화라도 난 사람처럼 굳어져 있게 마련이었는데, 오늘은 앳되고 고운 처녀들을 상대하게 되었으니 그럴 만도 했다. 그것도 죄를 추궁하는 게 아니라 미인을 골라내는 희한한 직무를 수행하게 되었으니 말이다.

세 관원들은 나란히 앉아, 처녀들이 들어오는 대로 우선 성명과 주소, 부모와 집안에 관한 것을 물은 다음, 용모와 맵시, 예의범절 등을 세심하게 살폈다. 그 결과 두 사람 이상이 '가可'라는 판정을 내리면 본심인 2차 면접실로 보내지고, '부否' 판정을 받은 처녀는 낙방의 고배를 마시게 되는 것이었다.

"아니, 처녀는?"

"허허 참, 허허허…."

예심을 진행해 나가던 관원들은 한 처녀가 방에 들어서자, 어이가 없다는 듯 서로 얼굴을 마주보며 웃음을 터뜨렸다.

난쟁이라고까지 할 수는 없으나 보통 처녀들의 어깨에도 채 미치지 못하는 작은 키에 눈도 코도 입도 모두 터무니없이 작아 보였다. 게다가 몸매마저 애처롭도록 가늘어서 수양버들처럼 하늘하늘했다.

그러나 인형처럼 깜찍한 용모에다 들꽃 같은 싱싱함과 앳됨은 세 관원들의 눈길을 끌기에 충분했고, 은근한 홍조를 띠고 얼굴 가득히 지은 미소는 보는 사람들로 하여금 절로 탄성을 자아내게 했다. 뿐만 아니라 다른 처녀들은 거의가 긴장된 표정으로 조심스럽게 들어서는 게 보통인데, 이 처녀는 긴장은커녕 마치 낯익은 사람이라도 대하는 듯이 조금도 스스럼이 없었다.

이 때 혼자서 가만히 미소를 짓는 사람이 있었다. 세 관원 중에서 선임 심사관이라 할 수 있는 진명進明이라는 사람이었다. 그는 어젯밤 뜻밖의 방문객을 맞고 적잖이 당황하지 않을 수 없었다. 하인들이 한사코 제지를 했으나 막무가내로 자기 앞에 나타나 공손히 절을 올리는 사람이 있었는데, 한 마디로 손바닥 안에 들 만큼 작은 몸집의 어린 처녀였다.

"이 밤중에 날 찾아온 까닭이 무엇이냐?"

진명이 의아하여 물었다.

"내일 관기 모집에 저를 꼭 합격시켜 주세요."

처녀의 언사는 당돌하기 그지없었지만 조금도 밉지가 않았다.

"네가 꼭 관기가 되겠다는 이유는?"

"전국 제일의 명기가 되어 천하 제일의 영웅과 사귀고 싶어요."

"호오, 그래?"

진명은 자기도 모르게 자세를 고쳐 앉았다.

"저의 소망을 이루게 해 주신다면, 그 은혜는 죽어서도 잊지 않겠습니다."

처녀의 눈빛은 간절했고, 열정과 자신감으로 불타고 있었다.

"네 이름이 무엇이냐?"

"국주菊朱라고 합니다. 국화 국자, 붉을 주자."

"알았으니 그만 가 보아라."

처녀를 내보내고 난 진명은 이런 생각 저런 생각으로 잠을 이루지 못하고 꼬박 밤을 새운 채 오늘 아침 등청했던 것인데, 어젯밤의 바로 그 처녀가 나타났던 것이다.

"그런데 처녀는 왜 그렇게 키가 작지?"

관원의 질문은 심사라기보다는 농담에 가까웠다.

"하늘의 깊은 뜻을 제가 어찌 알겠습니까?"

처녀의 얼굴에도 살짝 장난기가 어렸다.

"뭐, 하늘의 뜻이라?"

"예, 하늘이 저 같은 사람도 필요하다고 생각해서 세상에 나오게 한 게 아니겠습니까."

"허 참, 거창하게 나오는데?…. 그보다는 네 아버지 어머니의 실수가 아니었을까?"

"그것 또한 하늘의 뜻이겠죠."

국주는 생글 웃으며 되받았다. 그러자 관원은 약간 머쓱해진 얼굴을 하고 다소 근심스럽다는 듯이 말했다.

"여자가 너무 총명하면 자칫 큰일을 저지를 수가 있지."

"일개 관기가 큰일을 저질러 봤자 실수로 술잔 하나 깨뜨리는 것밖에 더 있겠습니까?"

국주의 너무도 거침없는 대답에 관원들은 설레설레 고개를 젓고는, 노래와 춤을 시켜 보았다. 국주는 노래도 제법 간드러지게 불렀고, 춤도 그만하면 소질이 있었다. 특히 조그만 엉덩이를 흔들어가며 춤을 추는 모습은 흡사 인형이 춤을 추는 것처럼 귀엽기까지 했다.

그런데도 세 관원은 서로의 얼굴을 마주보기만 할 뿐, 선뜻 가부의 결정을 내리지 못했다. 다른 것은 다 능히 합격인데, 무엇보다도 키가 너무 작은 것이 결정적인 흠이었다.

그 모양을 보고 있던 국주는 아무래도 안 되겠다 싶었는지 표정을 굳히고 진지해진 목소리로 말했다.

"나리, 관기가 되는 것이 저의 간절한 소망입니다. 부디 제 소망을 이루게 해 주세요. 관기가 되면 제 목숨은 나라에 매인 것…, 죽음도 마다하지 않고 열심히 몸 바쳐 일하겠습니다."

지금까지와는 달리 국주는 반쯤 울먹이는 목소리로 간절히 애원을 했다. 그러자 이제껏 굳게 입을 다물고 있던 선임 심사관 진명이 무겁게 입을 열었다.

"마지막 판단은 전옥 나리께 맡기고, 일차 심사는 통과시켜 주는 게 어떨까? 키가 비록 작다고는 하나 용모가 뛰어나고 총명한 데다 나라에 봉사하려는 마음 또한 남다른 데가 있으니, 그냥 버리기에는 너무 아깝지 않은가."

선임 심사관으로서의 무게가 실린 말이었다. 결국 다른 두 관원도 고개를 끄덕이며 동의를 표했다.

"세 분의 은혜는 결코 잊지 않겠습니다."

국주는 세 관원에게 다시 한 번 큰절을 올렸다.

이렇게 하여 일차 면접을 통과한 국주는 차례를 기다렸다가 최종 면접실로 들어갔다. 일차 면접실과는 달리 엄청나게 넓은 방에 으리으리한 탁자를 앞에 놓고 의젓하게 앉아 있는 서문경을 보는 순간, 국주는 자기도 모르게 온몸이 오그라드는 듯한 긴장감을 느꼈다.

"하하하!"

국주가 막 들어서서 탁자 앞에 서자, 서문경은 웃음부터 터뜨렸다. 그는 체면도 불구하고 자지러지듯 한참 동안 웃고 나더니 놀리듯 말했다.

"아니, 어디서 이런 조그만 인형이 나타났을까. 하하하…."

국주는 서문경의 웃음에는 아랑곳하지 않고, 모아 쥔 두 손을 이마에까지 쳐들어 올려 공손히 큰절을 하고는 다소곳이 서 있었다.

"넌 내가 두렵지도 않니? 다른 애들은 모두 벌벌 떨었는데…."

서문경은 호기심 어린 눈으로 국주를 바라보았다.

"예, 두렵지 않아요."

"호, 그래?"

"두렵기보다는 얄미워요."

"뭐, 내가 얄밉다고?"

"관기는 저 한 사람이면 족할 텐데, 여러 사람을 뽑으니까요."

국주는 웃지도 않고 아주 진지한 얼굴로 말했다.

"하하하! 넌 참 욕심도 많은 아이로구나. 그래, 나이는 몇이지?"

서문경은 어이가 없어 하면서도 몹시 재미가 있는 모양이었다.

"열여섯 살입니다."

"넌 지금껏 나이만 먹었지 밥은 안 먹었느냐? 왜 그리 키가 작지?"

"실속을 다지느라 그렇습니다."

"허허, 그래? 어디 그럼 한번 벗어 봐."

"예?"

이 말에는 국주도 당황하지 않을 수 없었다.

"옷을 다 벗어 보란 말이다. 얼마나 실속을 다졌는지 좀 보게…."

"어머."

"앞으로 노래와 춤도 익혀야 할 텐데, 몸매가 나쁘면 기녀로서는 실격이지. 자, 어려워 말고 어서 벗어 보라니까."

"예."

국주는 결심한 듯 조그맣게 입을 오므리고는 가만가만 윗옷부터 벗기 시작했다. 서문경은 국주의 발갛게 상기된 얼굴을 번들거리는 눈으로 지그시 바라보고 있었다.

방 한쪽에 나란히 줄을 지어 앉아 있는 십여 명의 처녀들도 국주의 옷 벗는 모습을 가만히 지켜보았다. 서문경이 다시 일차로 뽑은 처녀들이었다.

위아래 겉옷을 다 벗은 국주가 벗은 옷을 잘 개어 옆에 놓은 후 다시 일어서자, 서문경의 다음 명령이 떨어졌다.

"속옷도 벗어야지."

"어머, 그럼 맨몸인데요?"

국주가 눈을 빤히 뜨고 서문경을 바라보았다.

"그럼, 맨몸을 보려고 옷을 벗으라는 거지, 네가 어떤 속옷을 입었는지 보려고 그러는 줄 아느냐? 저 아이들도 다 벗어 보였단 말이다."

"예, 벗겠어요. 나리의 명령인데 불 속엔들 못 들어가겠습니까."

국주의 다부진 말에 서문경은 싫지 않은 듯 입을 크게 벌리고 다시 한 번 벙긋 웃었다.

"하하하! 참 맹랑한 아이로구나."

그런데 국주가 막상 옷을 다 벗어 보이자, 서문경의 입에서 감탄의 소리가 흘러나왔다.

"호오!"

하도 키가 작고 왜소해서 볼품이 없으리라 싶었는데, 드러난 국주의 몸은 의외로 미끈하면서도 탐스러워 보였으며, 살결 또한 눈이 부실 정도로 희고 고왔다. 뿐만 아니라 유방도 제법 봉긋하게 솟아 있고, 젖무리도 바야흐로 물이 올라 발그레한 빛깔이 선명하게 보였다.

"올해 열여섯 살이라고 했지?"

"예."

"열여섯 살 치고는 아주 조숙한 편이구나. 어디 이리 가까이 와 봐."

국주가 사뿐사뿐 걸음을 옮겨 탁자 앞으로 다가가 서자, 국주의 앞가슴을 유심히 바라보던 서문경이 불쑥 물었다.

"너 숫처녀가 아니지?"

"그게 무슨 말씀이에요?"

"숫처녀가 뭔지 몰라?"

"예."

"아니, 나이를 열여섯 살이나 먹었으면서 숫처녀가 뭔지도 모른다고? 남자랑 자 본 일이 없는 처녀를 숫처녀라고 한단 말이야. 알겠어?"

서문경은 무슨 대단한 것이라도 가르쳐 주는 듯이 열을 올리며 설명했다.

"그럼 전 숫처녀예요. 아직 한 번도 남자하고 자 본 일이 없거든요."

"그래? 하하하……."

서문경이 큰소리로 웃자, 다른 처녀들도 모두 따라 웃었다.

"숫처녀인지 아닌지는 나중에 내가 데리고 자 보면 알게 돼 있어. 공연히 거짓말을 했다간 경칠 줄 알아!"

"거짓말이 아닙니다. 전 틀림없는 숫처녀예요."

서문경은 의자에서 일어나 국주 곁으로 다가가더니, 한 손으로 대뜸 그녀의 젖가슴을 주물럭거렸다.

"어머나!"

깜짝 놀란 국주가 몸을 웅크리려 했지만, 서문경은 아랑곳하지 않았다.

"가만 있어봐."

손바닥 안에 뿌듯하게 들어온 젖가슴은 말랑말랑하면서도 어딘지 모르게 설익은 느낌이 역력했다. 서문경은 고개를 끄덕이더니, 이번에는 그녀의 엉덩이로 시선을 옮겼다. 그리고는 이번에도 역시 엉덩이를 덥석 거머쥐었다. 방방하면서도 기분 좋은 탄력이 전해졌다.

"됐어. 저리 가 앉아 있어."

이렇게 서문경의 예심도 무사히 통과한 국주는 가만히 안도의 숨을 내쉬며 다른 처녀들이 있는 곳으로 가 앉았다. 일차 면접에서 넘어온 처녀들 가운데서 서문경이 일단 다시 골라낸 처녀는 모두 열여섯 명이었다. 서문경은 그 열여섯 명을 자기를 향해 나란히 서도록 했다. 마치 눈앞에 아름다운 꽃들이 활짝 피어있는 것만 같아, 서문경의 얼굴에 흡족한 미소가 번졌다.

"자, 그럼 이 중에서 일곱 명을 골라 볼까."

서문경은 자못 엄숙한 얼굴로 의자에서 일어나 처녀들 앞으로 걸어갔다. 면접실 안에는 팽팽한 긴장감이 감돌았다. 마지막 판정의 순간이 다가온 것이다.

서문경은 한 줄로 나란히 늘어선 처녀들 앞으로 천천히 걸음을 옮기면서, 순식간에 세 사람을 골라내고는 그 자리에 멈추어 섰다. 모두가 뛰어나게 예쁜 처녀들인지라, 선발이 쉽지 않은 듯 남은 계집아이들을 쭉 다시 한 번 훑어보았다. 그 속에 물론 국주도 끼어 있었다. 국주는 잔뜩 긴장된 얼굴로 서문경을 쳐다보고 있었다.

서문경이 다시 천천히 걸음을 옮겨 놓으며, 다시 한 계집아이를 지적했다.

"너!"

"어머, 합격이다!"

그 계집아이는 가벼운 환호성을 지르며 이미 뽑힌 세 명 사이로 뛰어 들어갔다.

그 다음이 국주였다. 서문경은 국주 앞에서 잠시 머뭇거리더니 그냥 지나쳐 버리고 말았다. 국주는 눈앞이 캄캄해지는 듯했다. 이윽고 일곱 처녀를 다 골라낸 서문경이 말했다.

"자, 이제 면접이 끝났으니 나머지는 그만 나가 봐."

그러자 뽑히지 못한 처녀들은 모두 아쉬운 표정들을 지으며 말없이 출입문 쪽으로 걸어 나갔다. 그러나 국주만은 꼼짝도 하지 않고 그 자리에 가만히 서 있었다.

"오, 꼬마 아가씨. 넌 왜 나가지 않지?"

서문경이 빙그레 웃으며 물었다.

"나리, 조금 전에 하신 말씀과 틀리잖아요?"

국주는 거의 울상이 되어 말했다.

"틀리다니, 뭐가?"

"제가 숫처년지 아닌지 데리고 자 보면 아신다고 그러셨죠? 그런데 데리고 자 보지도 않고 퇴짜를 놓으시면 어떡해요?"

"내가 꼭 너를 데리고 자겠다고 말하지는 않았을 텐데……."

"그 말씀이 그 말씀이죠 뭐."

"허허, 참 재미있는 아이로군."

서문경의 입에서 웃음이 나왔다.

"나리, 한 번만이라도 좋으니까 부디 저를 데리고 자 봐 주세요. 나리께 제가 숫처녀라는 걸 꼭 보여드리고 싶어요."

국주의 말은 피가 맺힐 만큼 간절한 것이었다.

"그렇지만 키가 너무 작아서……."

"키가 작은 게 어때서요? 작으면 작은 대로 색다른 맛이 있는 거라고요."

"호오, 그래?"

정말 솔깃한 말이었다. 사실 지금까지 수없이 많은 여자들을 데리고 즐겼지만, 저렇게 작은 몸뚱어리는 안아 보지 못했던 것이다. 이 조그만 계집아이의 말대로 정말 색다른 맛이 있을지도 모르지 않은가.

"좋아, 너도 합격이다."

"정말 고맙습니다, 나리."

국주가 뽑히자, 먼저 뽑힌 일곱 처녀들의 표정이 일시에 굳어졌다. 그렇다면 자기들 중 하나가 떨어질 게 아닌가. 서문경은 그 일곱 처녀들 가운데 누구를 추려낼까 하고 잠시 돌아보더니, 결심한 듯 거침없이 선언했다.

"좋아, 여덟 명 모두 합격이다!"

처녀들이 일제히 환호성을 지르자, 흡족해진 서문경은 거드름을 피우며 자기 자리로 돌아가 앉았다. 국주도 환한 표정을 지으며 일곱 처녀들 사이로 섞였다.

서문경은 처음부터 국주를 몸종으로 쓰리라고 마음먹은 바 있었다. 계집애가 보니까 비록 몸집은 작지만 앳되고 예쁠 뿐만 아니라, 총명한 데다 주인을 섬기는 마음이 지극하여 곁에 두고 몸종으로 부리기에 안성맞춤이라고 생각했던 것이다. 게다가 처녀가 자기의 순결을 바치겠다는 말에 감동하지 않을 남자가 어디 있겠는가. 더구나 천하의 호색한 서문경이었다. 국주의 그 말 한 마디에 마음이 움직여 그녀를 관기로 합격시킨 것은 어쩌면 지극히 당연한 일이었다. 그러나 이로써 그의 운명이 나락으로 떨어질 줄을 아는 사람은 국주밖에 없었다.

낙방 일보 직전에 아슬아슬하게 합격이 된 국주는 그 후 제형소의 홍아각으로 들어가 관기 신분으로 전옥인 서문경의 몸종 노릇을 하게 되었다.

서너 명씩 나누어 합숙을 하는 다른 관기들과는 달리, 국주는 서문경의 거처 바로 옆에 붙어 있는 작은 방을 혼자서 썼다. 낮으로는 노래나 춤, 또는 악기 연주를 배우고, 서문경이 퇴청해 오면 그 때부터는 그림자처럼 그의 곁을 떠나지 않고 온갖 정성을 다해 시중을 들었다.

저녁으로 외빈을 접대하는 연회가 베풀어지는 경우에도 국주는 그런 자리에 나가지 않아도 되었다. 그러니까 홍아각의 관기이면서도 오로지 서문경 한 사람만을 위한 전속 관기인 셈이었다.

관기로 뽑힌 처녀들은 이름도 기녀에 어울리게 모두 새로 짓는 것이 관례였다. 국주도 어떤 이름으로 바꿀까 하고 이것저것 생각해 보았지만, 마땅한 이름이 떠오르지 않아 차일피일 미루고 있을 때였다.

하루는 퇴청해 온 서문경이 저녁을 먹다 말고 불쑥 물었다.

"그래, 새 이름은 지었느냐?"

"아뇨, 아직 마음에 드는 이름이 생각나지 않아서……."

"그래? 그럼 내가 지어 줄까?"

"나리께서 지어 주신다면, 그보다 더한 영광이 없죠."

국주는 손뼉을 치면서 좋아했다.

"소조가 어때? 작을 소小자, 새 조鳥자…, 작은 새라는 뜻이지."

"어머, 좋아요."

서문경은 국주에게 소조라는 기명妓名을 지어 주기까지 했지만, 웬일인지 한 달이 다 되도록 그녀를 침실로 불러들이지 않았다. 다른 일곱 기녀들부터 차례로 즐긴 다음, 마지막으로 데리고 놀 생각이었던 것이다.

소조는 그것이 못마땅하거나 섭섭하기는커녕 내심 좋기만 했다. 끝내 자기만은 손대지 말아 준다면 얼마나 좋을까 싶었다. 면접 때 꼭 한 번만이라도 자기를 데리고 자 봐 달라고 했던 것은 단지 낙방을 면하기 위한 임기응변이었지, 결코 진심으로 한 말이 아니었다.

그러나 서문경이 누구인가. 색다른 별미를 잘 간수해 두었다가 가장 구미가 당길 때 시식을 하려고 지금껏 눈으로만 즐기고 있었던 것이다. 그럭저럭 이십 여일이 지나고, 마침내 그날 밤이 왔다.

"소조야, 자느냐?"

"아뇨."

소조는 얼른 자기 방에서 나와 서문경의 거실로 갔다.

"난 오늘은 술을 한 잔도 입에 대지 않았어. 왜 그랬는지 알겠느냐?"

"글쎄요, 몸을 생각해서겠죠."

"절반은 맞았는데, 절반은 틀렸어."

"호호호……, 그럼 나머지 절반은 뭐죠?"

"오늘 밤 말이야, 소조랑 같이 술을 먹으려고 그랬어. 나가서 술과 안주를 가지고 오너라."

"어머, 저랑 드시려고요?"

소조는 뜻밖이라는 듯이 일부러 눈을 크게 떠 보였다.

"네 잔도 같이 가지고 와."

"전 술을 못 마셔요."

"그럼 오늘 밤 술도 함께 가르쳐 주지."

서문경은 무슨 생각을 했는지 혼자 키들키들 웃었다.

소조는 얼른 주방으로 가서 술과 안주를 날라 와 거실 한쪽의 탁자 위에 차려놓고 서문경의 맞은편에 자리를 잡고 앉았다. 그리고는 두 손으로 술병을 들어 서문경의 잔에 공손히 술을 따랐다.

"자, 잔을 들어. 이번에는 내가 술을 따라 줄 테니까."

"어머, 황송해서 어떡해요. 제가 따를게요."

"괜찮다니까. 어서 잔을 들어."

소조에게 손수 술을 따라 준 서문경은 자기 잔을 높이 들며 유쾌하게 웃었다.

"자, 건배부터 하고……."

"어머, 황송해라."

소조는 난생 처음으로 남자와 마주 앉아 술을 마시게 되었을 뿐만 아니라, 상대는 산천초목도 벌벌 떨게 한다는 전옥 나리였다. 얼떨결에 두 눈을 찔끔 감고 마신다는 것이 그만 독한 술을 훌쩍 다 마셔 버리고는, 쓰디쓴 약이라도 들이킨 것처럼 오만상을 찌푸렸다.

"아이고, 이걸 무슨 맛으로 드시는지……."

"허허허, 그 무슨 소리……, 술의 진미를 터득하고 나면 도사가 된다는 말도 있단다."

서문경이 자기의 몸종과 더불어 건배까지 해 가면 술을 마시는 것은 신분 차이를 뛰어넘으려는 남다른 생각이 있어서가 아니었다. 그것은 단지 여색을 희롱하고 즐기려는 하나의 수순에 불과한 것이었다.

소조 또한 자신의 나이보다 더욱 앳되고 깜찍하게 보이려고 애를 쓰고, 나오지도 않는 웃음을 웃어 가며 비위를 맞추려는 것은 결코 우러나서 하는 짓이 아니었다. 그것은 오로지 서문경의 신임을 받기 위한 수단에 지나지 않는 것이었다.

그러한 그들인지라, 서문경은 예정된 수순을 밟아 나가는 것이고, 소조는 이미 짐작하고 있는 수순을 따라갈 뿐이었다.

서문경이 여섯 잔을 비우는 동안 소조도 두 잔 반을 마셨다. 어느덧 소조의 얼굴이 발갛게 상기되고, 서문경 또한 취기가 알맞게 올라 온몸이 따뜻해지기 시작했다.

"자, 소조야. 이제 술은 그만 하고 침실로 가자꾸나."

"어머, 어쩌나……."

소조의 얼굴에 당황하는 빛이 역력했다.

"진짜 숫처녀인지 어떤지 어디 한 번 검사를 해 보자니까."

아무렇게나 씨부렁거리는 서문경의 이 한 마디가 소조에게는 자신의 소중한 순결이 깨뜨려지는 것을 의미하는 것이다. 소조의 꼭 다문 입에서 체념의 한숨이 가늘게 흘러나왔다.

서문경은 침실에 들어서기가 무섭게 소조를 지그시 끌어안았다. 가슴에 안은 소조의 몸뚱어리는 다른 계집들보다 월등히 작으면서도 통통한 살집이 그대로 전해지는 게 빼어난 균형미를 자랑하고 있었다. 손 하나를 가져가 그녀의 엉덩이를 슬슬 어루만지니, 엉덩이 역시 한결 작으면서도 방방하고 말랑말랑한 것이 귀엽게까지 느껴졌다. 서문경의 손이 엉덩이를 애무하자, 소조는 가슴이 걷잡을 수 없이 뛰고 숨결도 절로 할딱거려졌다.

뜨거운 욕구가 치밀었는지 서문경이 소조를 번쩍 안아 침상 위에 눕혔다. 소조는 눈을 꼭 감은 채 반듯이 누워 있었다.

"그대로 가만히 있어. 옷은 내가 벗겨 줄게."

"……."

익숙한 솜씨로 소조의 옷을 다 벗겨낸 서문경이 입으로 그녀의 가슴을 애무하기 시작했다. 순간 소조의 몸이 꿈틀했다. 난생 처음 느껴 보는 야릇한 흥분이 온몸에 전류처럼 흘렀다.

"열여섯밖에 안 됐는데 이렇게 탐스럽다니……. 정말 남자의 손이 한 번도 안 닿은 게 사실이더냐?"

"한 번 닿았지요. 면접 때 나리께서 한 번 만져 보셨잖아요."

"하하하, 그렇구나."

서문경은 기분 좋게 웃고는 두 봉우리 아래로 슬슬 손을 옮겨가기 시작했다. 그러자 소조가 야릇한 교성을 내지르며 이리저리 몸부림을 쳤다. 손으로 하는 애무만으로 이런 반응을 보이다니, 재미를 느낀 서문경은 한참을 더 짓궂게 가지고 놀았다.

"자, 이제부터 네가 정말 숫처녀인지 아닌지 검사를 해 봐야겠다."

마침내 실오라기 하나 걸치지 않은 서문경의 육중한 몸뚱어리가 소조의 조그마한 알몸 위로 거칠게 포개어졌다. 소조는 이름 그대로 작은 새처럼 온몸을 파르르 떨었다.

"아, 아악!"

이윽고 소조의 순결이 처참하게 망가지면서 고통스런 비명이 조그맣게 방안을 울렸다.

"조금만 참아. 이제 곧 기분이 좋아질 테니까."

서문경의 얼굴에 만족스러운 미소가 떠오르고 있었다. 수많은 여자들을 정복해 온 그는 소조가 숫처녀인 것을 확인하고는 몹시 기분이 좋은 듯했다.

서문경은 일부러 시간을 오래 끌었다. 소조의 조그마한 몸뚱어리가 의외로 괜찮았던 것이다. 한동안 방안에는 쾌감을 즐기는 탄성과 고통을 참는 신음 소리가 어지러이 교차되었다. 그러나 서문경이 거의 절정을 향해 치달으며 격렬한 물결을 일으켰을 때는 소조의 몸도 뜨겁게 달아올라 남자의 열기를 목마르게 받아들이기 시작했다. 급기야 소조의 입에서 형언할 수 없는 황홀함에 빠진 교성이 숨 가쁘게 흘러나왔다.

이윽고 서문경의 알몸이 소조의 몸 위에서 미끄러져 내려오자, 방 안은 삽시간에 조용해지면서 정적이 감돌았다. 서문경은 소조를 가슴에 안은 채 잠시 눈을 감는가 싶더니 어느새 잠이 들어 버렸다.

소조는 그의 품에서 빠져나와 얼른 옷을 찾아 입었다. 서문경은 입을 벌린 채 코까지 골면서 자고 있었다. 한동안 서문경의 자는 모습을 멍하니 내려다보고 있던 소조의 눈이 점점 이상한 빛을 띠기 시작했다. 그것은 증오에 찬, 살의를 품은 눈빛이었다.

눈빛만이 그런 것이 아니었다. 소조는 주먹을 쥔 채 서문경의 가슴을 겨누었다. 마치 손에 칼이라도 쥐고 있는 듯, 그 비수를 그의 가슴에 냅다 꽂을 듯이 말이다.

만일 비수로 저 서문경을 내리꽂는다면 어떻게 될까? 즉사를 할까? 즉사를 하지 않는다면 비수를 뽑아 다시 찌를 수 있을까? 그 후엔 붙잡히지 않고 무사히 도망칠 수 있을까? 붙잡힌다면 자기 목숨은 없는 것이나 마찬가지가 아닌가.

소조는 고개를 설레설레 저었다. 그녀는 반드시 서문경을 죽여야만 했고, 실패란 있을 수 없는 일이었다. 두 번 다시 그를 죽일 기회가 없을 것이기 때문이다. 설사 실패한 후 무사히 도망을 친다 하더라도 평생 동안 한을 품고 살아야 할 테고, 그것은 죽음보다도 더한 고통이 될 것이었다.

이런 생각이 들자, 소조는 그만 전신에 맥이 탁 풀렸다. 좀더 시간을 두고 기회를 노리는 수밖에 없다고 생각한 그녀는 도망치듯 자기 방으로 건너갔다.

그 날 이후 서문경은 일주일 내내 하룻밤도 거르지 않고 소조를 불러들여 동침을 했다. 새로 뽑은 관기 여덟 명 중에 소조가 가장 마음에 들었던 것이다. 특히 그녀의 야릇한 교성엔 매료되지 않을 수 없었다. 첫날엔 잘 모르겠더니, 관계가 거듭될수록 소조의 몸뚱어리가 차츰 눈을 뜨는 듯 내지르는 교성이 날로 야릇해져 갔다. 굳이 말하자면, 소조는 춘매와 계저, 그리고 죽은 이병아를 합쳐놓은 것 같은 여자였다.

하지만 입에 맞는 음식도 계속 먹으면 물리는 법이다. 일주일 동안 줄곧 소조만 품고 있던 서문경은, 이제 싫증이 났는지 다른 일곱 관기들 중에 마음에 들었던 계집을 다시 불러들이기 시작했다.

그러자 소조의 마음속에서 난데없는 질투심이 고개를 치켜들었다. 결코 서문경을 사랑하지 않는데도, 사랑은커녕 가슴속 깊이 증오의 불꽃을 키우고 있음에도 불구하고, 그가 다른 계집을 데리고 자는 게 못마땅하고 분하기까지 하다니, 참으로 알 수 없는 심리가 아닐 수 없었다.

서문경의 품에 안겨보기 전에는, 그가 다른 계집들을 차례차례 데리고 자고 질투는 고사하고 오히려 그들이 안됐다는 생각이 들었고, 자기도 언제 그런 신세가 될지 몰라 마냥 심란하기만 했었다. 그래서 서문경의 침실 쪽에서 계집애의 야릇한 비명이 들려올 때면 두 귀를 틀어막은 채 온몸을 떨곤 했었다. 그런데 이제는 귀를 막기는커녕 서문경의 침실 문 앞에 쪼그리고 앉아 그 안에서 흘러나오는 소리를 엿

듣기 일쑤였다.

　그렇게 남자와 여자가 교합하며 지르는 야릇한 소리를 엿들을 때면, 소조의 가슴속에선 공연히 부아가 끓어올랐다. 그리고 그 부아는 으레 증오로 변하여 한 가지 결심을 더욱 굳게 했다.

　"죽여야 해! 저 짐승 같은 놈은 죽어 마땅해!"

● 천벌

소조는 국주라는 이름으로 관기에 응모하여 채용됐지만, 실은 이름도, 나이도 모두 가짜였다. 그녀의 본명은 다름 아닌 영아迎兒로, 반금련의 손에 독살당한 난쟁이 행상 무대의 딸 영아였던 것이다. 무대가 비명에 횡사할 당시 열세 살이었던 영아는 세월이 흘러 어느덧 열여덟 살이 되어 있었다.

무대가 독살당한 뒤, 반금련에 의해 도화촌의 부잣집 양딸로 팔려 간 영아는, 얼마 전까지만 해도 그 집의 딸 노릇을 하며 어려움 없이 살고 있었다. 그런데 지난 봄 어느 날, 동네 어귀에 붙은 방문을 보는 순간 걷잡을 수 없는 회한에 빠져들고 말았다.

맹주 땅으로 유배를 갔다 탈출한 무송이 청하현으로 잠입해 들어와 반금련을 죽이고 도망갔다는 내용의 방문 앞에서, 영아는 복받치는 뜨거운 기운을 이기지 못해 주르륵 눈물을 흘렸다. 그날 밤 영아는 밤이 깊도록 잠을 이루지 못하고 눈물로 베갯잇을 적셨다. 생각할수록 슬프기도 하고, 기쁘기도 하고, 말로 형용할 수 없는 눈물이 하염없이 흘러내렸던 것이다.

생지옥이라는 그 맹주 땅에서 삼촌이 무사히 살아 돌아온 데다 반금련까지 죽이고 달아났다니 기쁘고 통쾌했다. 억울하게 죽은 형의 원수를 갚기 위해 목숨을 걸고 서문경의 집에 쳐들어간 삼촌이 영아는 한없이 고맙고 자랑스러웠다. 하지만 진짜 원흉인 서문경을 죽이지 못한 것은 정말 안타깝고 분한 일이었다.

영아는 돌아가신 아버지 생각에 새삼 가슴이 미어졌다. 울고 또 울면서, 영아는 삼촌이 이루지 못한 서문경에 대한 복수를 꼭 자기 손으로 하고 말겠다고 굳게 다짐을 했다. 그러기 위해선 두 가지 방법밖에 없었다. 하나는 서문경의 집 하녀로 들어가는 일이고, 또 하나는 서문경이 자주 다니는 기방의 기녀가 되어, 어떻게든 그의 곁으로 다가가 죽일 기회를 노리는 수밖에 없다 싶었다.

그렇게 마음을 굳히기는 했지만, 영아는 쉽사리 실천에 옮기지 못했다. 오 년 동안이나 친딸처럼 돌봐준 양부모의 곁을 떠나는 게 그리 쉽지가 않았던 것이다.

그럭저럭 여름이 가고, 가을로 접어든 어느 날, 영아는 동네 어귀에 붙은 방문을 보고 눈이 번쩍 띄었다. 제형소의 홍아각에서 일할 관기를 모집한다는 내용이 아닌가. 이것이야말로 하늘이 내린 절호의 기회라 생각한 영아는 기어이 관기가 되고 말겠다고 결심했다.

관기를 모집하는 날짜가 하루하루 다가오자, 영아는 양부모 몰래 집을 떠날 채비를 했다. 그리고 집을 떠나기 전날 밤, 양부모 앞으로 그 동안 키워주신 것에 대한 감사와 허락 없이 떠나는 것에 대한 사죄의 마음을 담아 서찰에 적어 남겨 두었다.

며칠이 지나, 영아는 천신만고 끝에 관기로 채용되었을 뿐만 아니라, 운 좋게도 서문경을 곁에서 모시는 몸종이 되었다. 덕분에 소조라는 기명까지 갖게 된 그녀는, 아버지의 원수를 갚을 수 있도록 하늘이 길을 열어준 것이라 여기며, 서문경을 향한 복수의 기회만 노리며 하루하루를 견뎌나가고 있었다. 서문경의 마음을 사로잡기 위해 온갖 노력을 다하면서 말이다.

그러던 어느 날 밤, 소조가 자기 방에서 혼자 뜨개질을 하고 있는데, 난데없이 여자의 애원하는 목소리가 서문경의 거실 쪽에서 들려왔다. 소조는 이 깊은 밤중에 무슨 일인가 싶어, 뜨개질하던 손을 멈추고 귀를 기울였다.

　"제발 부탁입니다. 전 남편이 있는 여자예요! 저에게 죄가 있으면 법에 따라 처벌하면 되는 것이지, 남편이 있는 여자를 이러는 법이 어디 있습니까?"

　여자의 목소리였다.

　"닥치지 못해! 어느 안전이라고 함부로 주둥이를 놀려!"

　두 관원이 한 여자를 서문경의 거실로 끌고 들어온 모양이었다.

　"전옥 나리가 계시니까 하소연을 하는 게 아닙니까. 전 몸을 파는 창녀가 아니라고요!"

　"그래도 이것이……."

　뒤이어 한 관원이 '철썩!' 하고 여자의 뺨을 때리는 소리가 들렸다.

　"에구구, 사람 죽네."

　여자의 비명 소리가 거실 안을 울렸다.

　"이거 봐, 색시. 내가 오늘 낮에 옥을 순시하러 갔다가 색시를 한 번 보고 그만 반해 버렸다고. 색시는 정말 보기 드문 미인이야. 그래서 은밀히 사랑을 나눠 보려고 부른 건데, 이렇게 소란을 피워서야 되겠어?"

　서문경의 목소리였다. 소조는 너무도 어이가 없어 벌린 입을 다물 줄 몰랐다. 어떤 죄를 짓고 붙들려 온지는 알 수 없으나, 옥에 갇혀 있는 여자 미결수를 끌어내다가 강제로 추행하려는 수작이 아닌가. 참으로 후안무치하고 천인공노할 만행이 아닐 수 없었다.

"전옥 나리, 아무리 그렇지만 남의 유부녀를 강제로 이럴 수가 있는 겁니까? 더구나 법을 집행한다는 제형소에서……."

여자가 말을 맺기도 전에 또 한 번 '철썩!' 하고 뺨을 때리는 소리와 함께 관원의 호통 소리가 들렸다.

"아니, 이것이 그래도 정신을 못 차려!"

"아무래도 안 되겠네. 저년을 홀랑 벗겨서 침실로 끌고 가게."

다시 서문경의 목소리가 들렸다.

"이게 무슨 짓들이야. 으으으……."

여자의 비명 소리가 들리다 말고 갑자기 뚝 그쳤다. 사정없이 입이 틀어 막힌 듯 여자의 몸부림치는 소리만이 들렸다.

소조는 여자가 원통하게 당하는 현장을 자기 눈으로 직접 보아야겠다는 생각으로 가만히 거실 쪽으로 다가갔다. 그래서 서문경에 대한 증오심을 한층 더 격렬하게 불태우고 싶었던 것이다.

"저기 침상 위에 반듯이 눕히고 팔다리는 모서리에 묶어 놓게. 꼼짝 못하게……."

서문경은 신이 나서 계속 명령을 내렸다. 두 관원은 발버둥치는 여자를 우격다짐으로 침상 위에 눕힌 다음, 팔과 다리를 큰 대자로 활짝 벌려서 침상의 모서리에 묶었다. 입에는 수건으로 재갈이 물려 있었다.

"됐어. 아주 멋지게 됐어. 흐흐흐……."

서문경은 기분이 몹시 좋은 듯 여자의 알몸뚱이를 내려다보며 비굴한 웃음을 짓더니 두 관원에게 말했다.

"수고들 했어. 이제 밖에서 잠시만 기다려 줘야겠구먼. 이년을 도로 데리고 가야 할 테니까……."

"예, 나리."

소조는 침실 안에서 벌어지고 있는 광경에 치를 떨었다. 사람이 어쩌면 저렇게도 파렴치하고 뻔뻔스러울 수 있을까 하고 생각하니, 분노에 앞서 오싹 소름이 끼치는 것이었다.

"이것 봐. 남편 물건만 맛이 아니라니까. 이제 내 물건을 한번 맛보면 생각이 싹 달라질 걸. 흐흐흐……."

서문경이 여자의 엉덩이를 슬슬 어루만지면서 중얼거리자, 여자는 안간힘을 다해 버둥거렸다.

"으으으……."

"가만히 있으라니까. 곧 기분이 좋아질 텐데, 왜 이 난리야."

서문경은 유유히 옷을 벗고 침상 위에 큰 대자로 묶여 있는 여자 위로 올라갔다.

"으윽!"

여자의 비명에 가까운 신음 소리와 함께 서문경이 씩씩거리기 시작했다. 소조는 입을 꼭 다문 채 눈 한 번 깜빡이지 않고 방안의 광경을 지켜보고 있었다.

"으윽……, 이렇게 억지로 여자의 몸뚱어리를 즐기는 것도 색다른 맛이 있다니까. 어때, 너도 기분이 좋아졌지?"

서문경은 한 번으로 그치질 않고 연거푸 두 차례나 여자를 짓뭉갠 후에야 밖에서 대기하고 있는 두 관원들을 불러들였다.

"이 여자를 도로 옥에다 집어넣어."

"예."

"그리고 말이야, 나가서 함부로 입을 놀리지 못하도록 잘 단속한 다음에 내보내 주라고. 오늘 밤 수고가 많았으니까. 하하하⋯⋯."

서문경은 마치 큰 인심이라도 쓰는 듯이 말하고는 크게 하품을 했다.

하지만 이 소문은 삽시간에 홍아각을 비롯한 제형소 곳곳에 퍼졌다. 직접 당한 사람이 살아 있는데다가 보거나 들은 사람들이 많았기 때문이었다.

제형소의 관원들은 그 일이 바깥으로 새어 나갈까봐 전전긍긍하면서도 삼삼오오 모여서 수군거렸다. 서문경이 희대의 호색한이라더니 과연 그 말이 틀리지 않구나 하고 모두들 혀를 내둘렀다.

오후의 한가한 시간이 되자, 홍아각의 관기들도 모두 한자리에 모여 앉아 그 이야기로 꽃을 피웠다. 물론 그 속에는 소조도 섞여 있었다.

"어머, 너무 하셨어. 어쩌면 그럴 수가⋯⋯."

"그러게 말이야. 게다가 상대는 유부녀라면서?"

어린 관기들이 저마다 혀를 차며 한 마디씩 하고 있는데, 유독 한 사람만이 얼굴에 웃음을 가득 띤 채 입을 다물고 있었다. 월향月香이라는 계집애였다.

"얘, 넌 왜 웃고만 있니?"

"아무래도 전옥 나리께서 너무 서두르셨던 것 같아서⋯⋯."

"그게 무슨 소리야?"

"어젯밤 같은 경우엔 미약媚藥을 쓰면 간단할 텐데⋯⋯."

"미약이 뭔데?"

소조가 눈을 반짝이며 물었다.

"미약이란 말이야, 남자가 먹으면 여자 생각이 나서 못 견디고, 여자가 먹으면 남자 생각이 나서 못 견디는 그런 약이라고. 어젯밤 그 여자에게 그 약을 먹였더라면, '아이고 나리, 저를 좀 안아 주세요' 하고 여자 쪽에서 오히려 더 달려들었을 게 아니냔 말이야."

참으로 어린아이 같은 생각이었다.

"어머, 그런 약이 다 있어?"

소조의 조그만 눈이 동그래졌다. 다른 관기들도 처음 들어 보는 듯 신기하다는 표정들을 지었다. 한 계집애가 나불거렸다.

"나도 그 약 한 번 먹어 봤으면 좋겠다."

그러자 옆에 앉은 계집애가 얼른 받았다.

"그 약을 먹었는데 남자가 없으면 어떡하지?"

"그럼 뭐 밭에 가서 오이라도 하나 따오면 되겠네. 호호호……."

아직도 철이 덜 든 탓일까, 어린 관기들의 화제는 금방 엉뚱한 방향으로 흘러가고 있었다. 웃음이 가라앉자, 소조가 아무래도 미심쩍다는 듯이 물었다.

"정말 그런 약이 있을까?"

"있다니까. 내 이 두 눈으로 본 적도 있는걸."

"어떻게 생겼는데?"

"환약 같았어. 겉에다 금칠을 했는지 온통 번쩍이는 황금빛이었다니까."

"야, 그럼 약값이 비싸겠구나."

다른 계집애가 묻자, 월향이 대답했다.

"비싸기도 하지만, 나라에서 금하는 약이라 아무에게나 팔지도 않아. 우리들에겐 그림의 떡인 셈이지."

"아, 그래?"

월향의 대답을 듣고는 흥미를 잃은 듯 모두들 슬금슬금 제 방으로 흩어져 가고, 소조와 월향이만 남게 되었다.

"그런데……, 그 약이 몸에 해롭지는 않아?"

"사실 몸에는 아주 해롭대. 자꾸 생각이 나서 마구 해대면 몸에 좋을 게 뭐 있겠어. 그리고 계속 복용하면 중독이 돼서 나중에는 안 먹고는 못 배기게 된다는 거야."

"그럼 아편 같은 거네?"

"말하자면 그런 거지. 그 약을 먹고 그 짓을 하면 기가 막히게 좋다더라고."

"그럼 그 약을 많이 먹을수록 기분이 더 좋아지겠네?"

소조의 질문은 집요하게 이어지고 있었다.

"그렇지 않아. 대개는 한 번에 한 알씩 먹는데, 만약 두세 알 이상 먹으면 입이 비틀리고 손발이 마비된다지 뭐야."

"그렇다면 더 많이 먹으면 목숨도 위태로울 수 있겠네?"

"물론이지. 대여섯 알을 한꺼번에 먹으면, 곧장 황천길로 가고 만다더라고."

"어머, 그래?"

소조는 그 말을 듣고 속으로 무릎을 쳤다. 바로 그거로구나 싶었다. 그것이면 독살용으로 안성맞춤이 아니고 무엇인가. 그러나 소조는 더 이상 그 약에 대해서 묻지 않았다. 너무 꼬치꼬치 캐묻다가는 월향의 의심을 받을 테고, 또 월향이 어떤 사람인지도 아직 잘 모르기 때문이었다.

아무리 서문경을 죽이는 일이 급하다 하더라도 오랜 세월을 기다려서 마침내 그의 곁에까지 바짝 다가오게 되었는데, 섣불리 나서다 일을 그르치고 만다면, 천추의 한이 될 게 아닌가.

그래서 소조는 먼저 월향과 가까운 사이가 되려고 애를 썼다. 기회만 있으면 그녀에게 다가가 친근감을 표했고, 사소한 것이나마 색다른 물건이 생기면 남몰래 선물로 주기도 했다. 가는 정이 있으면 오는 정도 있게 마련이어서, 월향도 소조를 남달리 좋아하게 되었고, 그러는 사이에 소조는 월향의 사람됨이나 주위 환경에 대해서 어느 정도 알게 되었다.

어느덧 가을이 가고 겨울도 깊어져서 그 해도 서서히 저물어 가는 어느 날 오후였다. 마침 서문경도 제형소로 나가고 없는 한가한 시간이었다.

소조는 월향을 은근히 자기 방으로 불러 단둘이 마주 앉았다. 먼저 그녀에게 주려고 손수 뜨개질을 해서 만든 빨간 빛깔의 목도리를 내놓으며 생긋 웃었다.

"이거 내가 너한테 선물하려고 짠 거야."

"어머, 예쁘기도 해라. 뜨개질 솜씨가 보통이 아닌데."

"아이, 뭘 이런 걸 가지고……."

"아니야, 이렇게 좋은 선물을 받고 가만있을 순 없지. 난 무엇으로 보답을 하지?"

그러자 소조는 또 한번 생긋 웃으며 그 동안 오래 묻어 두었던 말을 자연스럽게 꺼냈다.

"정 그렇다면……, 내 부탁 한 가지만 들어 줘."

"무슨 부탁인데?"

"말하기가 좀 쑥스러워서……."

"뭔지 말해 봐."

"저…… 다름이 아니라, 지난번에 말한 그 미약이라는 거 있잖아."

"응, 그게 왜?"

"그걸 좀 구했으면 싶어서……."

"어머, 미약을?"

뜻밖이라는 듯 월향이 눈을 동그랗게 뜨더니 묘한 웃음을 흘렸다. 소조는 얼른 미리 준비해 두었던 거짓말을 술술 내뱉었다.

"내가 쓰려는 게 아니야. 사실은 말이야, 우리 오라버니가 장가를 든 지가 꽤 오래 됐는데, 아직 아기도 없고 걸핏하면 부부 싸움이래. 아마도 그게 시원찮은가 봐. 그게 시원찮으면 여자가 바가지를 긁는 다잖아……."

"히히히…… 그렇다더군."

소조의 속마음을 모르는 월향은 그저 킬킬대기만 했다.

"저러다 언제 갈라설지 몰라. 그래서 그 미약이란 걸 구해다가 오라버니한테 줘 보려고……."

그제야 월향은 웃음을 거두고 한참 생각하더니 입을 열었다.

"약을 구할 수는 있어. 하지만 약값이 좀 비쌀 텐데……."

"돈은 모아둔 게 좀 있어. 그건 걱정하지 마."

"그럼 말이야, 둘이서 틈을 내어 우리 삼촌을 한 번 찾아가 보자. 우리 삼촌이 남몰래 주문을 받아서 그 약을 만들어 주고 있거든."

"어머, 그래? 그럼 언제쯤 갈까?"

"그런데 말이야, 이건 절대 비밀로 해야 한다. 만약 탄로라도 나는 날에는 우리 삼촌은 말할 것도 없고 우리까지 다 잡혀서 옥에 갇히게 돼. 알겠지?"

"걱정하지 마. 내가 어린앤가 뭐."

소조는 자기가 염려했던 바를 오히려 월향이 염려해 주니, 그것처럼 다행한 일도 없었다. 서로의 안전을 위한 비밀만큼 단단하게 지켜질 비밀도 없을 것이기 때문이다.

이틀 뒤가 마침 휴일이었다. 그날 아침을 먹은 후 소조는 월향과 함께 외출을 해 그녀의 삼촌을 찾아갔다. 갸름한 체구에 어딘지 학자풍이 흐르는 중년의 삼촌은 소조가 염려했던 것과는 달리 주문에 선뜻 응했고, 오히려 기뻐하는 기색마저 보였다. 약값도 생각했던 것보다는 싸서 한 제에 월급 한 달 치보다 조금 많은 사십 냥밖에 되지 않았다.

그리하여 소조는 며칠 뒤에 알약으로 된 한 제분의 미약을 손에 넣을 수가 있었다. 월향의 말대로 알약은 섬뜩하도록 찬란한 황금색이었다.

소조는 한 알씩 봉지에 싸인 미약을 잘 으깬 후 물에 탔다. 물에 녹인 미약은 흡사 짙게 달인 탕약 같았다. 손가락으로 찍어서 혀끝에 대어 보니, 딱 먹기 좋게 달착지근한 맛에 은은한 박하향이 풍기면서 황홀한 신비감을 자아내는 듯했다.

'과연 특효가 있는 미약임에 틀림없구나.'

소조는 미약을 병에 담아서 잘 봉한 다음, 다른 사람의 눈에 띄지 않는 곳에 깊숙이 감추었다. 그리고는 잠자리로 들어가 그것을 어떻게 사용할 것인지 생각하기 시작했다.

우선 크게 두 가지 방법이 있을 것 같았다. 서문경을 미약에 중독되게 하여 서서히 고사시키는 방법과 단번에 많은 양을 먹여서 즉사케 하는 방법이었다.

첫 번째 방법은 언제 죽을지도 모르고 또 반드시 죽는다는 보장도 없었다. 게다가 약방을 운영하고 있는 서문경인지라, 약에 대해서 어느 정도 알고 있는 그에게 그것이 미약이라는 것을 모르게 하고서 계속 먹도록 할 수도 없는 일이었다.

그렇다면 한꺼번에 많은 양을 먹여 즉사토록 하는 수밖에 없었다. 그럴 경우, 진액을 그대로 마시게 할 수도 있고, 술이나 음식에 타서 먹게 할 수도 있을 것이다. 어떤 경우든 서문경이 만취가 되어 있을 때를 노리는 것이 가장 안전하고 효과적일 것 같았다.

연말이 다가오자 홍아각에서는 하루가 멀다 하고 주연이 베풀어졌다. 외부의 각계 인사들을 위한 주연에 제형소 내부의 각 부서별 주연도 겹쳐, 망년忘年의 흥청거림으로 홍아각의 불빛은 밤이 깊어도 꺼질 줄을 몰랐다.

서문경은 근래 들어 한껏 기분이 좋아서, 술자리에 앉으면 많은 술을 마셨고, 흥겹게 노래를 불렀으며, 때로는 취흥에 겨워서 관기들과 어울려 덩실덩실 춤을 추기도 했다.

서문경이 그처럼 기분이 좋은 것은 별 탈 없이 한 해를 보내는 감회 때문만은 아니었다. 그의 정실 오월랑이 잉태를 한 것이 그를 그토록 들뜨게 한 것이었다. 이미 한번 아들을 잃은 그에게 이보다 더 기쁜 소식이 어디 있겠는가.

주연은 홍아각에서 뿐만이 아니었다. 현청에서도 뻔질나게 열렸고, 유지들과 부호들도 곧잘 서문경을 초대하여 극진한 대접을 하기도 했다.

그러던 어느 날이었다. 서문경은 청하현에서도 이름난 운삼雲森이라는 대부호의 집에 초대되어 가서, 실컷 마시며 흥겹게 춤까지 추고서 밤이 꽤 이슥해서야 수행 관원과 함께 홍아각으로 돌아왔다. 여느때 같으면 그대로 곯아 떨어져 자거나, 아니면 관기를 불러들이는 것이 보통인데, 이날따라 서문경은 술이 미진한 듯 소조를 불러, 혀 꼬부라진 소리로 말했다.

"여기 이 관원과 한 잔 더 할 테니, 술상을 보아 오너라."

소조는 서둘러 술과 안주를 탁자 위에 차려 놓고 두 사람의 잔에다 술을 따라 주었다.

"야, 이 계집애야. 어서 술을 따르지 않고 뭘 하는 거야."

서문경은 몹시 취한 듯 자기 잔에 술을 따라 놓은 것도 잘 몰랐다.

"호호호, 나리도 참, 벌써 따라 놓았잖아요. 자, 어서 드세요."

"언제 따라 놓았지? 호호호……"

평소에도 서문경은 술에 취하면 호기 있게 더 마시려 드는 버릇이 있는데, 요즘은 기분이 들떠서 그런지 한결 더했다.

서문경은 몸도 제대로 가누지 못하면서도 거듭 잔을 비워 댔다. 눈은 이미 초점을 잃었고 입에서는 술이 줄줄 흘러내리는 것도 잘 몰랐다. 마주 앉아 대작을 하고 있는 관원은 그런 서문경이 속으로 걱정되었으나, 그의 성격을 잘 아는지라 조심스럽게 눈치만 살피고 있었다.

'그렇다. 오늘 밤이 바로 그 기회다!'

소조는 번개같이 머릿속을 스치는 생각에 자기도 모르게 으스스 몸을 떨었다. 실로 하늘이 내려준 절호의 기회가 아닐 수 없었다. 서문경은 이미 만취한 상태인데도 계속 술을 들이키고 있었다.

"여보게, 자네. 내가 말이지. 오늘 운삼이네 집에 갔을 때 말이야……."

얼마쯤 술잔이 오고가더니, 갑자기 서문경이 정신을 차리려는 듯 두 눈을 연신 깜빡이며 불쑥 입을 열었다.

"말씀하십시오, 나리."

마주 앉은 관원이 긴장된 얼굴로 서문경을 쳐다보았다.

"그 집에서 마음에 드는 계집을 하나 보았다 이거야. 알겠어, 모르겠어?"

"아, 예. 알고말고요. 운삼 노인의 왼편에 앉았던 그 여자 말이죠?"

"맞았어. 바로 그 계집이야. 자네도 눈치가 꽤 빠르군 그래. 좋아, 아주 좋았어."

서문경의 말이 점점 횡설수설로 흐르고 있었다.

"그 여자는 운삼 노인의 둘째 첩으로 청하현 내에서 꽤 알려진 미인입니다, 나리."

"음, 그렇던가? 내가 그걸 왜 진작 몰랐지? 이보게, 자네. 어찌 좀 잘해 봐."

소조는 그제야 서문경이 이미 취했는데도 굳이 거실에서 관원을 붙잡고 다시 술판을 벌인 이유를 알 것 같았다.

"예, 염려 마십시오."

관원은 자신 있게 대답했다. 그러자 서문경은 소조에게 자리를 비키라는 눈짓을 했다. 소조는 얼른 거실에서 나왔으나, 자기 방으로 가지 않고 거실 문에 붙어 서서 가만히 엿들었다.

"여보게, 허투루 말하면 안 돼. 난 지금 애가 타서 못 견디겠다고."

그렇듯 술에 취했는데도 서문경의 한 가지 목적을 위한 집념은 남다른 데가 있을 뿐만 아니라, 치밀하기까지 했다.

"나리, 저한테 맡겨만 주십시오. 까짓것 털어서 먼지 안 나는 놈이 천하에 어디 있겠습니까. 사흘 안으로 운삼 노인이 제 손으로 그 여자를 나리께 바치도록 하겠습니다."

"좋아, 좋았어. 자넨 역시 내 심복이야. 자네만 믿겠네. 자! 그런 의미에서, 우리 건배……!"

얼마 후 관원이 돌아가려고 자리에서 일어났다. 소조는 자기 방에 있다가 나온 것처럼 거실로 들어갔다.

"어, 취한다."

관원이 돌아가고 나자, 서문경은 이제야 할 일을 다 했다는 듯이 흐트러진 자세로 잠시 멍하니 앉아 있었다. 소조는 이 기회를 놓치지 않았다.

"나리, 오늘 밤은 이상하게도 잠이 오지 않아요. 마침 술과 안주까지 있으니, 저에게도 딱 한 잔만 주세요."

딱 한 잔이란 말만큼 술꾼을 자극하고 흥분시키는 것도 달리 없을 것이다. 과연 서문경은 거의 다 풀어진 게슴츠레한 눈을 빛내며, 다시 자세를 고쳐 앉았다.

"뭐? 딱 한 잔이라……. 그것 좋지."

"어머 고마워요, 나리. 보잘것없는 일개 관기의 마음을 이토록 따뜻하게 보살펴 주시다니……."

소조는 짐짓 감격한 목소리로 말했다.

"뭐, 이까짓 걸 가지고……."

"어머, 그런데 술이 다 비었어요. 제가 술을 조금만 더 가져올게요."

소조가 술병을 일부러 크게 흔들어 보이며 주방으로 갔다. 술병 속에는 물론 아직 술이 많이 남아 있었으나, 사기로 된 술병의 내부가 보일 턱이 없었다.

주방으로 간 소조는 떨리는 손으로 미리 준비해 놓은 미약을 술병 속에 부어 넣었다. 치사량의 두 배, 한 잔만 제대로 먹어도 서문경은 이 세상을 뜰 정도의 양이었다.

그리고 물그릇에도 미약을 듬뿍 탔다. 서문경은 술에 취하면 갈증을 많이 타는 듯 남달리 물을 자주 찾는 버릇이 있었다. 지키고 있다가 물을 찾을 때 그대로 입안에 쏟아 부어 주면, 그것으로 서문경은 끝장이 나고 마는 것이다.

이렇게 이중으로 약을 준비한 소조는 먼저 미약이 담긴 물그릇을 침상 머리맡에 있는 조그만 탁자 위에 갖다 놓고는 술병을 들고 거실로 갔다.

"자, 나리. 먼저 제가 드리는 술부터 한 잔 하세요."

"응? 누구지?"

서문경은 취기가 대발하는 듯 사람도 알아보지 못하고 흐늘거렸다.

"소조, 소조예요. 제 술 한 잔 드세요."

"음, 술이라……."

원체 취한 탓일까, 서문경은 그 좋아하는 술을 보고도 얼른 마시려 들지 않았다. 소조는 당황했다. 절체절명의 순간이 아닐 수 없었다.

"자, 나리. 그럼 제가 술을 입에 부어 드릴게요. 제 정성을 생각해서 딱 한 잔만 드세요."

소조는 잔을 서문경의 입에 갖다 대고는 살짝 들이밀었다. 예상했던 대로 서문경이 헤벌레 입을 벌렸다. 소조는 사정없이 입안으로 술을 쏟아 부었다. 술 한 잔을 거의 다 삼킨 서문경은 의자 위에 그대로 널브러졌다.

'됐다! 넌 이제 죽었다!'

소조가 속으로 쾌재를 부르며 막 거실을 나가려 할 때였다.

"우웩, 우웩!"

서문경이 갑자기 구역질을 해 대더니 먹은 것을 죄다 쏟아내는 것이 아닌가. 그의 입에서는 온갖 잡동사니가 계속 우르르 쏟아져 나오고 있었다. 먹은 것을 다 토해낼 모양이었다.

'아뿔싸! 다 된 일이 이렇게 틀어지다니…….'

소조는 그만 맥이 탁 풀렸다. 십 년 공부 나무아미타불은 바로 이를 두고 하는 말 같았다. 그러나 소조는 그대로 주저앉지 않았다. 그녀는 다시 기민하게 움직이기 시작했다.

서문경이 먹은 것을 거의 게우고 나자, 소조는 토한 것을 닦아 내고 물로 입을 가시게 한 다음, 그를 의자에서 일으켜 세웠다. 서문경은 토하고 나니 약간 정신이 드는 듯 비틀거리며 소조가 이끄는 대로 침상으로 가 누웠다.

"으음, 음, 음……."

서문경은 계속 신음 소리를 냈다.

"나리, 이제 정신이 좀 드세요?"

소조가 그의 안색을 살피며 걱정스러운 듯이 물었다.

"음, 그동안 기력이 많이 떨어졌는지 취기가 갑자기 오르는군."

"어머, 나리의 기력이 떨어져선 안 돼지요. 나리에게 딸린 여자들
이 몇인데요. 호호호……."

"그런데 말이야, 실컷 토해서 그런지 갈증이 나는군."

"그럼 제가 오룡차를 따끈하게 끓여 올게요."

소조가 일어나 침실을 나가려고 하자 서문경이 손을 저으며 말했다.

"나갈 거 없어. 뜨거운 차보다는 시원한 게 더 낫지. 여기 마침 식
은 게 있군."

서문경은 부스스 일어나 앉더니, 침상 머리맡의 탁자 위에 놓아둔
물 그릇을 두 손으로 들고 벌컥벌컥 들이키기 시작했다. 너무도 뜻밖
의 일에 소조는 하마터면 소리를 지를 뻔했다. 이 무슨 하늘의 조화인
가. 서문경이 제 손으로 독약을 마시고 있는 것이었다.

"어. 그 물맛 한번 좋구나. 은은한 박하향이 아주 그만인데 그래."

그릇에 담긴 미약을 다 마시고 난 서문경은 '끄윽' 하고 크게 한 번
트림을 하고는 침상에 도로 누웠다. 거북하던 속이 시원하게 풀린 듯
창백하던 얼굴에는 화색마저 감돌았다.

'아니, 이게 어찌된 일이지?'

소조는 어이가 없었다. 아무래도 속았다는 생각이 들었다. 월향의

말대로라면 벌써 눈을 까뒤집으며 죽어가야 할 텐데, 죽기는커녕 생기를 되찾고 있지 않는가. 한꺼번에 대여섯 알만 먹으면 죽는다는 약을 지금 서문경은 스무 알도 더 먹은 셈인데도 말이다.

어쩌면 가짜약인지도 모른다는 생각이 들자, 소조는 분한 마음과 함께 깊은 절망감에 빠져 잠시 어쩔 줄을 몰랐다. 그저 멀뚱히 서문경의 자는 모습만 내려다보며 그대로 서 있을 뿐이었다.

그 때였다. 서문경이 갑자기 학질에라도 걸린 사람처럼 온몸을 덜덜 떨기 시작했다.

"으으으……."

그는 몹시 고통스러운 듯 두 팔을 마구 내저으며 자리에서 일어나려다 말고 도로 털썩 쓰러졌다. 몸이 말을 안 듣는 것 같았다. 그는 계속 눈을 깜빡이며 숨소리도 점점 가빠져 갔다.

"무, 무, 무울……."

이젠 혀도 차츰 굳어져 가는 듯 말이 제대로 되어 나오지 않았다.

"흥!"

지금까지 숨을 죽인 채 서문경을 지켜보고 있던 소조가 그제야 싸늘하게 웃으며 콧방귀를 뀌었다.

"이놈아, 저승길에 물은 무슨 물!"

소조의 앙칼진 소리에 서문경은 겨우 눈의 초점을 모으며 노려보았다.

"네…… 네가 약을 먹였구나."

"그렇다. 어서 죽기나 해라, 이놈아. 네놈이 죽는 걸 내 눈으로 봐야 이곳을 떠날 테니까."

"너, 넌 누구냐?"

서문경은 혼신의 힘을 다해 물어 보았다.

"그래, 말해 줄 테니 똑똑히 들어라. 나는 사자가의 난쟁이 행상 무대의 딸 영아다! 영아라는 이름이야 잘 모르겠지만, 무대라는 이름만은 기억하고 있을 테지?"

"아, 아……."

서문경의 두 눈이 크게 휘둥그레지면서 덜덜덜 턱을 떨었다.

"이 날을 위해 네놈에게 몸까지 짓밟혀 가면서 절치부심한 지 오래거늘……. 오늘에야 원통하게 돌아가신 아버지의 원수를 갚게 되는구나."

소조는 잠시 회상에 젖은 듯 울먹이는 소리가 되었다.

서문경은 이빨을 허옇게 악물며 몸을 일으켜 보려고 계속 팔다리를 버둥거렸다. 그러나 이미 독이 온몸에 속속들이 퍼진 듯 꼼짝도 하지 않았다.

"으으윽……."

마침내 서문경은 두 눈알이 허옇게 뒤집어지면서 입으로 피거품을 울컥울컥 게워내기 시작했다. 그와 동시에 입도 한쪽으로 흉물스럽게 비틀어졌다. 곧이어 온몸이 격렬한 경련을 일으키는가 싶더니 팔다리와 함께 축 늘어지고 말았다.

'아, 내가 사람을 죽였구나.'

소조는 갑자기 엄습해 오는 공포감에 으스스 몸을 떨었다. 지금껏 그렇게 표독스럽기만 하던 소조의 얼굴이 한순간에 두려움으로 가득 찼다.

그러나 소조는 침착했다. 현장을 그대로 두고 도망을 쳤다가는 자기가 서문경을 독살한 게 탄로가 날 염려가 있었다. 서문경이 스스로 미약을 과용하다가 죽은 것처럼 뒤처리를 하지 않으면 안 되었다.

먼저 서문경이 미약을 먹고 정사를 거듭한 것으로 보이기 위해 그의 옷부터 홀랑 벗겨서 알몸으로 만들었다. 그리고는 자기 방으로 가서 액체로 된 미약이 담긴 병과 알약 그대로 남아 있는 봉지를 가지고 와서 탁자 위에 놓았다. 이제 누가 보더라도 약방을 하는 서문경이 미약을 구해다가 그것을 먹고 지나치게 정사를 즐긴 나머지 숨을 거둔 것으로 보일 것이었다.

대강 일을 끝내고 자기 방으로 돌아간 소조는 황황한 마음을 진정시키면서 앞으로 어떻게 해야 할지 생각을 거듭했다.

'옳지, 그게 좋겠군.'

그녀는 이제 자취를 감추되, 서찰을 적어 남겨놓고 가는 게 좋겠다는 생각이 들었다. 그 서찰은 특별히 지정된 사람에게 주는 것이라기보다 간밤에 있었던 일을 공개적으로 해명하는 내용의 것이었다.

지난밤에 제가 거듭 만류했건만 술에 취한 전옥 나리께서는 다량의 미약을 드셨고, 그 약 기운 탓인지 무려 다섯 차례나 정사를 나누었습니다. 저는 너무도 지친 나머지 제 방으로 돌아와 잠자리에 들었는데, 이상한 소리가 나서 가 봤더니, 나리께서는 이미 숨을 거둔 뒤였습니다. 몸종으로서 나리를 제대로 뫼시지 못한 대죄를 지어 두려운 마음에 몸을 감추오니, 부디 저의 죄를 너그러이 용서하소서.

소조는 서찰을 자기 방의 탁자 위에 놓아두고는 꼭두새벽 문지기가 잠시 조는 틈을 타 살그머니 현관문을 열고 정원으로 나갔다. 그리고는 뒷문을 통해서 밖으로 빠져나가 어둠 속으로 자취를 감췄다.

서문경의 죽음이 알려진 것은 날이 밝고도 한참이 지난 후의 일이었다. 아침 준비가 다 됐는데도 기척이 없고 소조마저 모습이 보이지 않자, 홍아각의 관리를 맡은 책임 관원이 어떻게 된 영문인가 하고 서문경의 거처로 가 보았다.

거실에 아무도 없어 더욱 수상하게 여긴 관원이 침실 문을 열어 보고는 그만 기절초풍을 했다. 천만 뜻밖에도 침상 위에 서문경이 시체로 변해 있지 않은가.

홍아각이 발칵 뒤집힌 것은 두말할 나위도 없거니와, 소조가 써서 남긴 한 통의 서찰은 또 한 번 사람들을 경악하게 만들었다. 다행히 소조의 서찰을 의심하는 사람은 아무도 없었다. 현장 상황이 너무도 감쪽같이 서찰 내용을 뒷받침해 주고 있었기 때문이었다.

다만 월향이만이 미약이 어떻게 서문경의 손에 들어갔는지 의아해하고 있었다. 봉지를 보니 틀림없이 자기 삼촌이 소조에게 건네준 그 미약이었던 것이다. 그러나 그녀는 곧 그럴 수도 있는 일이라고 생각했다. 오빠에게 준다는 것은 핑계였고 사실은 서문경과 즐기기 위한 것이리라 여겼던 것이다. 그리고 그 미약의 출처에 대해선 절대로 입밖에 내지 않아야겠다고 마음먹었다. 그랬다가는 자기와 삼촌에게도 화가 미칠 게 뻔하지 않은가.

서문경의 죽음은 지사에게도 보고되었고, 현청도 온통 술렁거렸다. 제형소 전옥이 미약 과용으로 사망했다니 수치스럽기 짝이 없는 일이었다. 결국 지사는 서문경의 죽음을 과로로 인한 급사로 상부에 보고하는 한편, 모든 관원들에게도 함구령을 내렸다. 그리고 방을 붙여 전옥의 과로사를 애도하도록 했다.

하지만 발 없는 말이 천 리를 간다고, 소문을 막을 길이 없었다. 말할 것도 없이 서문경의 집도 발칵 뒤집혔고, 정실 오월랑은 청천벽력 같은 일에 방바닥을 치며 통곡했다. 더욱이 배 안에 유복자를 가진 그녀였기에 그 슬픔은 더욱 애절할 수밖에 없었다.

그의 나이 불과 서른셋. 청하현 최고의 부호이자 제형소 전옥이기까지 했던 서문경의 장례는 성안이 들썩거릴 정도로 성대히 치러졌다. 하지만 부와 권세를 한몸에 지니고 온갖 영화와 쾌락을 누리던 그도 마침내 응보의 손길을 피하지 못해 땅 속으로 들어가는 신세가 되고 말았던 것이다.

서문경의 장례식이 치러지던 날이었다. 경양강 너머 양곡현의 한 주막에 사내 대여섯이 모여 서문경의 이야기로 꽃을 피우고 있었다. 그 옆에선 백발이 성성한 한 노인과 초립을 쓴 소년이 차를 마시며 그들의 이야기를 듣고 있었다.

"억울해서 어떻게 땅 속으로 들어가나. 그 많은 재산과 감투까지 버리고 말이야."

"그뿐인가? 계집들은 또 얼마나 많은데. 비록 첩 둘이 죽었다고는 해도 아직 마누라가 넷이나 남았고, 지난 가을엔 관기도 여덟이나 새로 뽑았다 하지 않던가. 그 많은 꽃들을 버리고 어떻게 눈을 감았을꼬."

"그러니까 미약까지 쓰지 않았나. 제가 물개가 아닌 이상 그 많은 계집을 거느리려면 미약의 힘이라도 빌려야 하지 않겠어?"

"그래도 그렇지. 미약을 얼마나 먹었기에 돼지기까지 하냔 말이야."

"잘 돼졌지. 그런 놈은 좀더 일찍 돼졌어야 해. 얼마나 못된 짓을 많이 했게."

"하지만 그놈만큼 복이 많은 사람도 드물다고. 비옥 젊은 나이에 요절하기는 했지만 인생 하나는 굵고 화끈하게 살지 않았나. 부호인 데다 벼슬까지 하고 술과 여자들 속에 묻혀 살았으니, 아쉬울 게 뭐 있겠나. 나도 한번 그놈처럼 살아 봤으면 좋겠구면."

그러자 묵묵히 듣고 있던 노인이 한마디 했다.

"아무리 그래도 그런 사람을 부러워해서야 쓰겠나. 그자는 사람의 낯가죽을 썼을 뿐 짐승만도 못한 인간이라고. 남이야 어떻게 되던 제 한몸만 생각하고 못된 짓은 골라서 했으니 어찌 하늘이 노하지 않겠나. 이번에 미약을 너무 많은 먹고 죽은 게 바로 천벌이 아니고 뭐겠나."

두 눈을 반짝이며 노인의 이야기를 듣고 있던 초립동이가 묘한 표정을 지으며 살짝 고개를 떨구었다.

"굵고 짧게 사는 것도 좋고, 화끈하게 사는 것도 좋겠지만, 사람이라면 모름지기 덕을 쌓으며 살아야 하네. 부와 권세가 있으면 인심을 얻기가 얼마나 수월하겠는가. 조그만 후하게 하고, 조금만 너그럽게 하면 백성들이 절로 떠받들게 아닌가. 그런데 서문경이는 그걸 모르게 자신을 위해선 악행도 서슴지 않았으니, 그보다 더 값어치 없는 인생이 어디 있겠는가. 그러니 죽은 후에도 욕을 먹는 게지."

노인의 말에 할말을 잃은 사내들은 이내 고개를 돌리고 저희들끼리 수군거렸다. 그러자 노인은 초립을 쓴 소년을 보고 물었다.

"네 생각은 어떠냐? 내 말이 틀린다고 생각하느냐?"

"아닙니다. 어르신의 말씀이 지당하십니다. 그런 사람은 천벌을 받아 마땅하지요."

유난히 곱상하게 생긴 이 소년이 바로 소조, 즉 영아였다. 홍아각을 빠져나온 그녀는 초립동이로 가장하고 어린 시절 살았던 양곡현으로 가는 길이었다. 사람들의 눈을 피하기 위해 길에서 만난 노인과 동행을 하고 말이다.

"자, 이제 그만 일어나 볼까."

노인이 봇짐을 지고 일어나자, 영아는 남아 있던 차를 홀짝 마시고는 따라 일어났다. 어느덧 짧은 겨울 해가 뉘엿뉘엿 서산으로 기울고 있었다. 붉은 저녁놀 속으로 두 사람의 모습이 점점 멀어졌다.

편역 차평일

와세다대학 이학부를 졸업하고 교편 생활을 하였다.
역서와 저서로는 《청소년이 단숨에 읽는 삼국유사》외에도 《알기쉬운 사자소학》,
《생생 청소년 고사성어, 명심보감》, 《한 권으로 끝내는 삼국지,수호지, 손자병법,초한지》등이 있다.
현재, 후학들을 위해 집필 활동을 하고 있다.

한권으로 끝내는
금병매

2014년 7월 10일 1판 1쇄 인쇄
2014년 7월 15일 1판 1쇄 발행

펴낸곳 | 파주북
펴낸이 | 하명호
지은이 | 소소생
편 역 | 차평일
주 소 | 경기도 고양시 일산서구 대화동 2058-9호
전화 | (031)906-3426
팩스 | (031)906-3427
e-Mail | dhbooks96@hanmail.net
출판등록 제2013-000177호
ISBN 979-11-951713-5-4 (03820)
값 11,000원

- **파주북**은 **동해출판**의 자회사입니다.
- 값은 뒷표지에 있습니다.
- 잘못 만들어진 책은 구입하신 서점에서 바꿔 드립니다.